滄海叢刊

# 牛李黨爭與唐代文學

傅錫壬著

1984

東大圖書公司印行

行政院新聞局登記證局版臺業字第○一九七號

中華民國七十三年九月初版

©牛李黨爭與唐代文學

基本定價叁元柒角捌分



著作者 傅錫壬
發行人 莊剛彰
出版者 東大圖書有限公司
總經銷 三民書局股份有限公司
印刷所 東大圖書有限公司
臺北市重慶南路一段六十一號二樓
郵政劃撥一○七一七五號

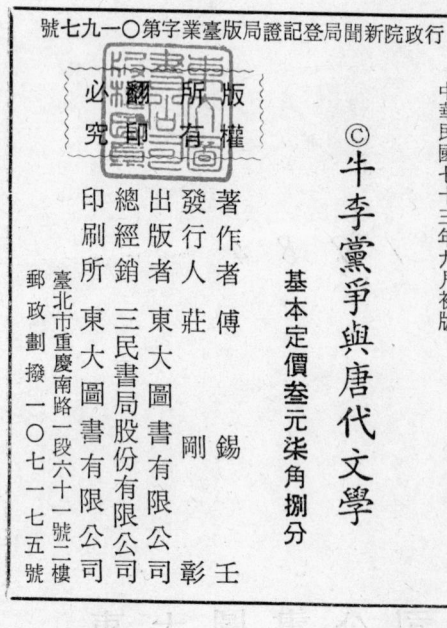

本書承國科會獎助

# 自序

讀書是終「生」大事，所以我替自己安排了一個遠期讀書計劃：四十歲以前讀文學，四十到五十歲讀歷史，五十歲以後讀哲學，尤其是宗教哲學。因為凡人在四十歲以前多比較感情用事，把世事看得華艷溫馨，對人生充滿了憧憬和眷戀。他的情懷多能與文學的情趣相投。到了四十歲以後，不但需為事業的成就而奔波，更為家庭的負擔而勞累，雖然挫折、碰壁在所難免，往往讒嫉、毀謗也接踵而來。此時他的心境是堅忍而悲憤的，這時唯有從激盪的歷史洪流中，去尋求慰藉和寄託。因為只有歷史能證明，何者為真正的善良與虛假的邪惡。到了五十歲以後，他已參悟了人生的虛空，年邁的雙親往往就在此時故逝。這時他的情緒沉陷進哀怨、悽絕。對人生的態度是無常。這時他的心靈面臨到一次枯涸的打擊，於是唯有宗教家的偉大情操，才能挽回他的消沉。

這本「牛李黨爭與唐代文學」的小書，就是我邁入四十歲以後，讀歷史中體驗到的些微心得。

在我國浩瀚的歷史賡續中，我為什麼獨鍾愛於從唐代的「牛李黨爭」以為讀史的起程呢？

第一：唐代的「牛李黨爭」從開始到結束，整整延續了四十年。使它成為了一個結構非常完整的研究個體。

第二：唐代是一個文風鼎盛、文體已備、文士衆多的時代，歷史與文學的相互影響力可以達到深而廣的層面。

而且更藉着歷史與文學相互交錯的某些現象中，窺見了當代歷史的真象，或透析了文學的表面，探觸到了和人類接觸更廣泛的文化意義。

不論這本小書在學術研究的價值與意義上是否能被肯定，但我一直堅信歷史與文學的整合性研究，是未來必須走的一條路。在未來的一、兩年中，我計劃再去讀宋代的歷史，以備完成一本以宋代文化背景為主體的「元祐黨爭與宋代文學」的論文。從此讓自己的讀書領域不斷的擴充。

這本小書原名叫「唐代牛李黨爭與當時之文學關係析論」，是我於七十一年畢業於師大時的博士論文。在論文的構思、撰述中，承臺師伯簡、邱師燮友的多方指導、啓示、糾謬、鼓勵。使我不至半途而廢，在此謹誌最誠摯的謝意。又論文曾蒙國科會獎助，在此也一併誌謝。

傅錫壬

七十三年六月

於淡江大學

# 牛李黨爭與唐代文學　目次

敍論……一
第一章　牛李黨爭的始末……一一
一、黨爭的肇始……一一
二、形成的原因……一八
㈠帝王的牽制策略……一八
㈡宦官的操縱左右……二三
㈢外廷的權力爭奪……三四
三、黨爭中的幾件大事……四五
㈠李逢吉之謗毀裴度……四六
㈡李逢吉之迫害李紳……四八
㈢李宗閔引牛僧孺共排李德裕……五〇

(四)李德裕排斥李宗閔黨……五一
(五)李逢吉之排斥李德裕……五二
(六)李德裕李宗閔同遭斥逐……五三
(七)李德裕之再斥牛僧孺、李宗閔……五四
(八)白敏中之排斥李德裕以及德裕之死……五六
第二章　黨爭與史料鑑別……五七
一、通鑑考異中提到幾種因牛李黨爭而竄改的史書……五八
二、兩唐書所論「牛李黨爭」的歧異……七三
三、唐人筆記小說中的牛李傳聞……九六
第三章　黨爭與文學……一二一
一、假借散文以揭示私見……一二三
(一)黨人論「朋黨」……一二三
(二)牛李的幾篇攻訐散文……一三六
二、利用詩歌以發抒恩怨……一五〇
(一)從韓愈的「南山有高樹」談起……一五〇
(二)李紳「趨翰苑遭誣構四十六韻」詩之史實背景……一六五

㈢楊虞卿的虔州之斥……一七九
㈣庭筠詩中的溫「李」情誼……一八九
三、編撰小說以攻訐政敵……一九九
㈠試探李娃傳的寫作動機及其時代……一九九
㈡蔣防霍小玉傳的創作動機……二一七
㈢周秦行紀的再審視……二三三
第四章　黨爭與文士……二五一
一、捲入了黨爭的糾紛……二五二
㈠沒落中的舊族——元稹……二五二
㈡杜牧與牛李之恩怨……二六五
㈢李商隱的婚姻與黨爭……二八五
二、擺脫了黨爭的羈絆……三〇六
㈠退守自保的劉禹錫……三〇六
㈡不為朋黨所累的白居易……三一三
總結……三三五
附錄一：牛李黨爭大事年表……三四四

附錄二：牛李黨爭有關人物年里科第表……三五七
參考資料舉要……三六〇

# 敍論

## 一、朋黨正解

朋黨的形成以致萌生黨爭，是古代帝王政體下，士大夫間權力爭奪後的必然結果。所以宋歐陽修曾說：

「朋黨之說，自古有之。惟幸人君辨其君子小人而已。大凡君子與君子，以同道爲朋；小人與小人，以同利爲朋，此自然之理也。」（朋黨論）

然而黨爭後所造成的不良影響，輕則止於相互攻訐，誣謗他人名節，重則擾亂朝政，加速國家滅亡。因此，歷代君主，凡是勤政愛民的，對朋黨都是深惡痛絕，除之猶恐不及。

當唐憲宗元和三年（西元八〇八）到宣宗大中三年（西元八四九），外廷士大夫間，黨爭頻頻不斷。若推尋兩黨主事的領袖，則多數後代的歷史學家，都歸罪於牛僧孺和李德裕。於是就統稱這四十餘年的動盪朝局，謂之「牛李黨爭」。

實際上，黨爭期中，兩黨都相互指責對方爲朋黨，而自居於君子。那麼究竟誰是朋黨？朋黨的眞正界說又如何？我想就從他們自己的言論中去探討，必是最爲直接了當的。據李絳說：

「臣歷觀自古及今，帝王最惡者是朋黨，姦人能揣知上旨，非言朋黨不足以激怒主心。故小人譖毀賢良，必言朋黨。尋之則無迹，言之則可疑，所以搆陷之端，無不言朋黨者。夫小人懷私，常以利動，不顧忠義，自成朋黨……。夫聖賢合跡，千載同符，忠正端慤之人，所以知奬，亦是此類，是同道也，非謂黨也。」（「對憲宗論朋黨」見全唐文卷六四五）

又裴度說：

「方以類聚，物以羣分。君子小人，志趣同者，勢必相合。君子爲徒，謂之同德；小人爲徒，謂之朋黨。」（見通鑑憲宗元和十三年十二月）

又李德裕說：

「臣以爲正人如松柏，特立不倚，邪人如藤蘿，非附他物，不能自起。故正人一心事君，而邪人競爲朋黨。」（見通鑑文宗開成五年）

又說：

「治平之世，教化興行，羣臣和於朝，百姓和於野，人自砥礪，無所是非，天下焉有朋黨哉！仲長統所謂：同異生是非，愛憎生朋黨，朋黨致怨讎者也。……今之朋黨，皆依倚倖臣，鼓天下之動，以養交游，竊儒家之術，以資大盜，所謂教猱升木，嗾犬害人，穴居城址不可薰鑿。」（「朋黨論」見全唐文卷七〇九）

綜觀以上三家議論，雖然有些指斥是針對特定個人而發（參下章「黨人論朋黨」一文），但他們對朋黨的共同體認，則可歸納為如下諸重點：

(1)朋黨是基於私利的結合。而君子之道義相惜，謂之同德或同道。所以君子特立不倚，小人好為朋黨。

(2)朋黨之罪狀不可確指，所謂「尋之則無迹，言之則可疑」。凡為君主皆惡之。

(3)小人多藉「朋黨」之詞以誣陷君子。

所以在當時，「朋黨」一詞，顯然被公認為「結黨營私」之意。既然朋黨的界說，有了是非的判斷，於是必定有人會問：「牛李兩黨，誰才是眞朋黨？」

## 二、辨識朋黨的困難

在「朋黨」的辨識上，李絳著重於「義利之辨」。所以他強調「小人懷私，常以利動，不顧忠義，自成朋黨」。而裴度則提出「小人君子之別」。於是他說：「君子為徒，謂之同德，小人爲徒，謂之朋黨」。其實二人的辨識態度是一致的，都是承襲於儒家的思想。卽如論語里仁篇所說：「君子喻於義；小人喻於利」的意思。

而且裴度和李德裕又都以爲，辨識「朋黨」，往往取決於君主的是否聖賢。裴度說：「（朋黨與同德）外雖相似，內實懸殊，在聖主辨其所爲邪正耳」。李德裕也說：「致理之要，在於辨羣臣之邪正，夫邪正二者，勢不相容，正人指邪人爲邪，邪人亦指正人爲邪，人主辨之甚難。」

可是這種辨識的方法，運用上似有困難：

第一：君子、小人爲人格標準的二分法；是否適用於由多數人組成的朋黨，以及他們的政治行爲。

第二：君主是否有分辨的能力，以及他是否肯去分辨。

於是仍然留給我們兩個困惑的難題：

**(一) 究竟兩黨中誰是君子，孰爲小人**

「牛李」兩黨中，包括了許多政治利益、地緣、社會背景等相同者的組合，其中各有君子，各有小人。而且「牛李黨爭」是長達四十餘年間，若干事件的總稱，我們實無從藉此以肯定牛李兩黨，誰的人格較高。而且政治行爲，有時受制於最高決策，而政治衝突實又無關於義利。所以我只能從反面立論：

李德裕不是小人，就以他提攜孤寒的行爲可證。如舊唐書卷一七七劉鄴傳載：

「劉三復聰明絕人，善屬文，少孤貧，母有廢疾，三復丐食供養。長慶中，李德裕拜浙西觀察使，三復以所業文詣郡干謁。德裕閱其文，倒履迎之，乃辟爲從事。」

又如太平廣記一八三貢舉條說：

「進士盧肇，宜春人，有異才。德裕嘗左宦宜陽，肇投以文卷，由此見知，後隨計京師，待以優禮。」

又如他的「薦處士李源表」說：

「源嘗守沉默，不語是非，或心交靜求，理契深要，一言開析，百慮洗然。致君皐時，指象如見；抱此貞用，棄於淸朝。臣竊爲陛下深惜。伏乞就授一官，召赴京闕。」（見會昌一品集、補遺一）

所以當李德裕被貶崖州時，據說有「八百孤寒齊下淚，一時回首望崖州」（見范攄「雲溪友議」）的感人場面。而且李德裕又有接納牛僧孺朋友的雅量。如舊唐書卷一六八韋溫傳說：

「李德裕作相，遷（溫）禮部員外郞，或以溫厚於牛僧孺，言於德裕。德裕曰：此人堅正中立君子也。」

又如柳仲郢，曾爲牛僧孺鎭江夏時，辟爲從事。而李德裕不以爲嫌，依然重用他。見舊唐書卷一六五柳公綽傳：

「德裕奏（仲郢）爲京兆尹。謝曰，言曰：下官不期太尉恩奬及此，仰報厚德，敢不如奇章公門館。德裕不以爲嫌。」

凡此種種作爲，都可以表示，李德裕不是小人。但是李德裕的門人韋瓘，撰「周秦行紀」等文以誣害牛僧孺、楊虞卿，則又是小人行徑（見本論文第三章第參節第三項「周秦行紀的再審視」一文）。

再者，牛僧孺也不是小人。如舊唐書卷一七二本傳中說：

「宿州刺史李直臣坐贓當死，賂中貴人爲之申理，僧孺堅勢不回。穆宗面諭之曰：直臣事雖僭失，然此人有經度才，可委之邊任，朕欲貸其法，僧孺對曰：凡人不才，止於持祿取容耳。帝王立法，束奸雄，正爲多才者……上嘉其守法，面賜金紫。」

這是牛僧孺不畏權貴，守法不阿的表現。又如本傳中敍及他不貪汚的操行。說：

「初韓弘入朝，以宣武舊事，人多流言。其子公武，以家財厚賂權幸及多言者，班列之中，悉受其遺。俄而父子俱卒，孤孫幼小，穆宗恐爲厮養竊盜，乃命中使至其家，閱其宅簿，以付家老，而簿上具有納賂之所。唯於僧孺官側，朱書曰：某日送牛侍郎物若干，不受，卻付訖。穆宗按簿甚悅。居無何，議命相，帝首可僧孺之名。」

凡此種種都說明，牛僧孺也並非小人。但是牛黨中人李逢吉，搆于方獄以排斥元稹、裴度，挑撥韓愈與李紳，使臺府不協，又結納宦官，聚集張又新等爲「八關十六子」（見舊唐書卷一六七、新唐書卷一七四李逢吉傳）。新唐書就說他是「性忌刻，險譎多端，及得位，務償好惡」的小人。

所以清代徐賓在歷代黨鑑中說：「牛李之相仇，此以君子而攻君子者」。眞是甚中肯綮。可是牛李二黨中，卻又有營求私利的小人，則二黨自爲「朋黨」無疑。

## （二）君主的對待態度

既然牛李二黨中君子、小人皆有，則君主的分辨邪正就益形重要。但有時「朋黨」之勢既已形成，牽涉範圍過大，弭平已屬不易，君主縱使有圖治之心，恐也無能爲力。如文宗以二李（李宗閔、李德裕）朋黨，但又欲繩之而不能去，嘗對侍臣說：「去河北賊非難，去此朋黨實難。」（見舊唐書李宗閔傳）

有時，君主則是有意利用「朋黨」間衝突的微妙關係以爲相互牽制之用。如敬宗寶曆元年十二月，敬宗爲了阻止李逢吉勢力的坐大，從興元召回了裴度，果然發揮了牽制作用。又如李宗閔在文宗大和三年八月，假藉宦官之助而取得了相位後，引薦了牛僧孺，對李德裕黨大事排斥，勢力不斷擴張。於是文宗在大和七年，就引用了李德裕，果然使李宗閔黨大爲收斂。（參本論文第一章「牛李黨爭的始末」第二節第一項「帝王的牽制策略」。）

顯然，唐代有些帝王，都缺乏徹底清除「朋黨」的決心，而僅作權術的運用，無怪乎它會延續了四十餘年之久。

## 三、我的研究態度

本論文是屬於文學背景之探討研究。所謂文學背景，是指可以影響文學作品內容和形式的力量而言。也就是可以使文學作品特殊化的條件。一般而言，它包括個性、國民性和時代性三種。而本論文旨在分析文學與時代性中歷史事件之關係。

眾所皆知，文學常爲時代的反映，所以文學的內容或形式也隨時代而轉移。就如詩序上說：「治世之音安以樂，其政和；亂世之音怨以怒，其政乖；亡國之音哀以思，其民困。」不過這種影響還是較爲廣泛，且不顯見的。至於歷史上的某一特殊事件，對文學的影響，可能更爲直接。就如發生在唐玄宗天寶年間的「安史之亂」來看，它影響於文學的，不外乎兩方面：一是該歷史事件，成爲文學作品內容的一部或全部，在天寶十四年以後產生的作品，有不少就以它爲敍事的對象。例如：白居易的長恨歌和陳鴻的長恨歌傳等是。一是該歷史事件，引起文士的生活變遷，改變他的人生觀，進而激盪他創作的情緒。例如：杜甫的月夜、春望、哀江頭、哀王孫等詩皆是。

而「牛李黨爭」則是中、晚唐時，歷史上的一件大事。而我的這篇論文，就是想全盤的探討，這歷史事件究竟對當時的文學，產生了如何的影響。

基於這種目的，於是我對「牛李黨爭」此一歷史事件的處理就簡單多了。

第一：我不必利用太多的篇幅去探究「牛李黨爭」中，二黨的孰是孰非。那自有執董狐之筆的歷史學家去論斷。所以我只客觀地分析並敍述了此一事件的形成原因和發展過程。因爲這樣做已足够去尋覓它的影響脈絡了。於是我完成了論文的第一章「牛李黨爭的始末」。

第二：對歷史事件的了解，多來自史料，所以史料的鑑別，對了解事實的眞象，十分重要。於是我完成了論文的第二章「黨爭與史料鑑別」。研究「牛李黨爭」比較直接的史料，有四個來源：

(1)當時的歷史紀錄（實錄）。

(2)當時的傳聞（筆記、小說）。

(3)後來官修的史書（兩唐書）。

(4)後來私人撰述的史書（資治通鑑）。

於是利用這些資料，作歸納或比較之研究，完成論文三篇。

第三：本論文的中心問題，是在探討「牛李黨爭」對文學的影響。前文已提及，影響不外二途。

一是對作品的影響。於是我完成了論文的第三章「黨爭與文學」。唐代文學作品，在形式方面大體已發展完成。所以又依文體，分別撰成「假借散文以揭示私見」、「利用詩歌以發抒恩怨」、「編撰小說以攻訐政敵」等三節，每節中又收錄論文若干篇。

一是對文士的影響。於是我完成了論文的第四章「黨爭與文士」。文士與歷史事件相涉，也不外二途。不是「捲入了黨爭的糾紛」，就是「擺脫了黨爭的羈絆」。其中各列舉了元稹、杜牧、李商隱、温庭筠以及劉禹錫、白居易諸人爲代表。

爲了使每一單篇論文，都能分析透徹，所以各立「前言」與「結論」。至於各篇資料的運用，取材的標準，都在每章的敍言和文末的「總結」中說明。

# 第一章　牛李黨爭的始末

唐代的牛(僧孺)李(德裕)黨爭，起自憲宗元和三年，迄於宣宗大中三年，延續了四十餘年，它不但影響了朝局，也激盪了文人的生命脈動。尤其當黨爭最激烈之時「一般文士大有『非楊卽墨』的現象」(用臺師伯蕳「論唐代士風與文學」一文中語)。捲入這一事件的文士中，除了傳世詩文不多的李德裕、李宗閔、牛僧孺、李逢吉、楊虞卿、令狐綯等士大夫外，其他純粹以文學聞名於中、晚唐的大家，如元稹、白居易、韓愈、李紳、杜牧、李商隱……等無不參與盛事。所以它已不僅是政治事件，也是文學史上的大事，此研究唐代文學與歷史者，不可不知也。

## 一、黨爭的肇始

牛李黨爭始於唐憲宗元和三年（西元八〇八）。據舊唐書李宗閔傳說：

「宗閔貞元二十一年進士擢第，元和四年（按：據清徐松「登科記考」，當在三年。參見本論文附表二）復登制舉賢良方正科。初宗閔與牛僧孺同年登進士第，又與僧孺同年登制科。應制之歲，李吉甫爲宰相當國。宗閔、僧孺對策，指切時政之失，言甚鯁直，無所迴避。考策官楊於陵、韋貫之、李益等又第其策爲中等，又爲不中第者注解牛李策語，同爲唱誹。又言翰林學士王涯甥皇甫湜，中選考覈之際，不先上言。裴垍時爲學士，居中覆視，無所異同。吉甫泣訴於上前。憲宗不獲已。罷王涯、裴垍學士。垍守戶部侍郎，涯守都官員外郎。吏部尚書楊於陵出爲嶺南節度使。吏部員外郎韋貫之出爲果州刺史。王涯再貶虢州司馬。貫之再貶巴州刺史。僧孺、宗閔久之不調，隨牒諸侯府。」

其後司馬光通鑑因之，遂成定論❶。到後來馮承基先生有「牛李黨爭始因質疑」一文（載臺大文史哲學報第八期）以爲牛李黨爭之始，斷在長慶元年。其後羅聯添先生撰「白香山年譜考辨」（大陸雜

❶ 通鑑元和三年夏四月：「上策試賢良方正直言極諫，舉人伊闕牛僧孺、陸渾尉皇甫湜、前進士李宗閔，皆指陳時政之失無所避。吏部侍郎楊於陵，吏部員外郎韋貫之爲考策官。貫之署爲上第，上亦嘉之，詔中書優與處分。李吉甫惡其直言，泣訴於上，且言翰林學士裴垍，王涯覆策，湜、涯之甥也。涯不先言，垍無所異同。上不得已，罷垍學士。垍爲戶部侍郎，涯爲都官員外郎，貫之爲果州刺史，後數日，貫之再貶巴州刺史，涯貶虢州司馬。乙亥，以楊於陵爲嶺南節度使，亦坐考策無異同也，僧孺等久之不調，各從辟於藩府。」

誌第三十一卷第三期民國五十四年八月十五日出版）贊成馮說。他們的主要論見是：

㈠舊唐書憲宗紀（唐會要七六制舉條同）、裴垍傳、李吉甫傳都明載李宗閔、牛僧孺等對策所譏刺的對象是權倖，考官韋貫之被貶是由於權倖泣訴。而權倖一詞，當時是特稱宦官的。

㈡舊唐書李吉甫傳說：「（元和）三年秋，裴均爲僕射、判度支，交結權倖，欲求宰相。先是制策試直言極諫科，其中有譏刺時政，忤犯權倖者，因此均黨揚言皆執政教指，冀以動搖吉甫，賴諫官……密疏陳奏，帝意乃解。」

又同書卷一三七呂温傳：「三年，吉甫爲中官所惡，將欲出鎭揚州，温欲乘其間傾之。」據此可知李吉甫實際上就是同案被貶的人❷。

而拙見與之不盡相同。

㈠舊唐書憲宗紀、李吉甫傳雖然都說是「權倖」，但裴垍傳則書「貴倖」（見舊唐書卷一四八。馮先生於文中一三八頁第十行亦作「貴幸泣訴」）則裴垍傳中「及爲貴倖泣訴，請罪於上，憲宗不得已，出於陵、貫之官，罷垍翰林學士，除戶部侍郎。」的「貴倖」不能必指宦官，自不能排除「貴倖」即爲吉甫的可能，所以宗閔傳有「吉甫泣訴」之說。

㈡李吉甫傳的作僞併湊痕迹，至爲明顯。文中「三年秋，裴均爲僕射、判度支，交結權倖，欲求宰相」云云，實際上是併湊了兩件史事，據舊唐書憲宗紀說：

❷ 以上兩點論見文字取羅聯添先生語。

「元和三年夏四月、乙丑，貶翰林學士王涯虢州司馬，時涯甥皇甫湜與牛僧孺、李宗閔並登賢良方正科第三等。策語太切，權倖惡之，故涯坐親累貶之。丁丑，以荆南節度使裴均爲右僕射，判度支，敕五月一日御殿受朝，賀禮宜停。」

則裴均爲僕射、判度支確在元和三年。然裴均欲爲宰相事在德宗時。據新唐書裴均傳說：

「初均與崔太素俱事中人竇文場，入臥內，自謂待己至厚，徐觀後榻，有頻伸者，乃均也。德宗以均任方鎮，欲遂相之。諫官李約上疏斥均爲文場養子，不可汙臺輔，乃止。」

而併湊的用意，無非在爲「均黨揚言皆執政教指，冀以動搖吉甫」找個藉口。

㈢通鑑考異也已明斥吉甫傳爲德裕竄改。見通鑑憲宗元和三年九月戊戌「以中書侍郎同平章事李吉甫同平章事充淮南節度使」條下說：

「按牛僧孺等指陳時政之失，吉甫泣訴，故貶考覆官。裴垍等雖欲爲讒，若云執政自教舉人詆時政之失，豈近人情邪？吉甫自以誣搆鄭絪，貶斥裴垍。蓋憲宗察見其情而疏薄之，故出鎮淮南。及子德裕秉政，掩先人之惡，改定實錄，故有此說耳❸。」

馮先生在他的論文中也提到這項資料，只是他認爲通鑑考異有先入之見，不予採信。

而馮先生又說：

「夫執政教人詆時政之失，固非人情；德裕欲掩其父之惡，何說不可造，獨造此不情之

❸ 詳細情形並參本論文第二章「黨爭與史料鑑別」。

說，與後人以口實，無乃益不近人情乎？且憲宗實錄，重修於會昌，德裕主之；再定於大中，主之者皆反德裕者也。劉昫唐書，成於易代以後，所採實錄，未必盡出會昌之本，考異之說，殊不足以服人。」

而拙見則以爲以「益不近人情」之事掩其父惡，正是作僞者露了破綻。再者，前文既已有「裴均爲僕射、判度支」等在，若不湊合「交結權倖、欲求宰相」爲藉口而嫁禍於「均黨揚言皆執政教指，冀以動搖吉甫」而外，還不知能造出何種較爲近人情的說法呢？又憲宗實錄之修撰凡兩次，一在文宗太和四年，卽新唐書藝文志史部實錄類所載之四十卷本。一在武宗會昌元年李德裕奏請重修之本，不過重修本，被周墀等奏請廢止後，今已不傳❹。但並未毀板。是否易代撰舊唐書的劉昫，一定見不到「會昌本」已難論定。

㈣李吉甫不是同案被貶的人，雖然舊唐書呂溫傳（附呂渭傳中）說：「三年吉甫爲中官所惡，將欲出鎭揚州，溫欲乘間傾之。」而實際上李吉甫並未被呂溫所害。而李吉甫的出鎭淮南，是在三年秋，亦是「自圖出鎭」（舊唐書李吉甫傳）並非被貶。倒反是呂溫遭斥❺。

❹ 見中興館閣書目輯考（趙士煒輯）。

❺ 舊唐書卷一三七呂溫傳：「溫自司封員外郞，竇羣請爲知雜。吉甫以疾在第，召醫人陳登（按李吉甫傳作克明）診視，夜宿於安邑里第，溫伺知之，詰旦，令吏捕登，鞫問之。又奏吉甫交通術士，憲宗異之，召登面訊其事，皆虛，乃貶羣爲湖南觀察使，羊士諤資州刺史，溫均州刺史……五年轉衡州，秩滿歸京，不得意，發疾卒。」

(五)且舊唐書李德裕傳明說：「初吉甫在相位時，牛僧孺、李宗閔應制舉直言極諫科，二人對詔，深詆時政之失。吉甫泣訴於上前，由是考策官皆貶。事在李宗閔傳。」（通鑑長慶元年也同）則又該如何解釋呢？

(六)舊唐書裴垍傳說：「三年詔舉賢良時，有皇甫湜對策，其言激切。牛僧孺、李宗閔亦苦詆時政，考官楊於陵，韋貫之升三子之策皆上第。垍自中覆試，無所異同。及爲貴倖泣訴，請罪於上，憲宗不得已，出於陵、貫之官，罷垍翰林學士，除戶部侍郎。」有意將皇甫湜對策與牛僧孺、李宗閔之苦詆時政事分別列舉。皇甫湜的對策有七道，在文集中尙存。所謂「屛近習之纖佞，進周行之骨鯁，斯達聰之道也。」又說：「夫奮夷虧殘之微，偏險之徒，皂隸之職，豈可使之掌王命……」等語皆針對宦官。又說：「誠能復周之舊典，去漢之末禍，還諫官、史官、侍臣之職，使之前後左右。日延宰相與論義理，有位于朝者，咸引而進之。」更以漢末宦官之禍比擬。顯然是針對宦官，而在爲宰相、諫官、史官等的不被重用而進言❻。而牛僧孺的對策不得見。但杜牧撰牛僧孺墓誌銘中說：「元和四年（按：當三年）應賢良直諫制，數強臣不奉法；憂天子熾於武功」等語看，則似不是針對宦官。裴垍傳中將二事分述，是十分恰當的❼。

基於以上理由，我仍定牛李黨爭肇始之遠因，當依傳統說法，定在憲宗元和三年爲妥。直到

❻ 見馮先生「牛李黨爭始因質疑」一文。也見皇甫持正集卷三制策策對。
❼ 朱桂「牛僧孺研究」一書，頁一四四，也有此說。

穆宗長慶元年（西元八二一）李吉甫之子李德裕用事，才藉機排除異己而引起兩黨明朗之對立。據舊唐書卷一七六李宗閔傳：

「長慶元年，子壻蘇巢於錢徽下進士及第，其年巢覆落，宗閔涉請託貶劍州刺史。時李吉甫子德裕爲翰林學士，錢徽牓出，德裕與同職李紳、元稹連衡言於上前云：徽受請託，所試不公，故致重覆比相嫌惡，因是列爲朋黨，皆挾邪取權，兩相傾軋，自是紛紜排陷，垂四十年。」

若再證之舊唐書卷一六八錢徽傳以及通鑑長慶元年紀事，則可知李德裕是以李宗閔嘗對策譏切其父，而恨之。又藉宗閔與元稹爲爭進取而有隙之機，和李紳等聯合攻擊錢徽之主制舉事。其中段文昌曾薦舉楊渾之，李紳請託周漢賓，二人均落第，而中選的十四人中有李宗閔的子壻蘇巢和楊汝士（錢徽的舊交）的季弟殷士。自然利害之所在，李黨中人，羣起而攻之。迫使及第舉子鄭朗等十人遭貶。錢徽以「貢舉非人」貶江州刺史，李宗閔、楊汝士皆遭牽連，而分別貶斥劍州刺史與開江令。從此牛李兩黨，壁壘愈趨分明，相互傾軋，而種下黨爭之禍根❽。

❽ 舊唐書卷一六八錢徽傳說：

「長慶元年，爲禮部侍郎。時宰相段文昌出鎭蜀川，文昌好學，尤喜圖書古畫，故刑部侍郎楊憑兄弟以文學知名，家多書畫，鍾王張鄭之蹟，在書斷畫品者兼而有之。憑子渾之求進，盡以家藏書畫，獻文昌，求致進士第。文昌將發，面託錢徽，繼以私書保薦。翰林學士李紳，亦託舉子周漢賓於徽。及牓出，渾之、漢賓皆不中選。李宗閔與元稹素相厚善。初稹以直道譴逐久之，及得還朝，大改前志，由逕

## 二、形成的原因

黨爭既爲政治權力爭奪之結果，所以我的分析牛李黨爭形成原因，也選擇從帝王、宦官、士大夫等三種最具權力慾望者之心態與社會背景，政治因素著手。

### ㈠帝王的牽制策略

唐代的宰相制度是三省制，它的主要作用就在分權和制衡，使權力不要集中在宰相一人之手。所以三省的執行程序是中書出令，門下審駁，而尙書受成，頒之有司。但所謂「中書出令」者，也不過承旨宣行而已，所以唐初中書無異帝皇的祕書長。如此相權已相當低微，還需經門下的駁難，於是在其交互作用中，往往發生困難，主駁者認定政策來自中書，每每吹毛求疵，多所

以徼進達，宗閔亦急於進取，二人遂有嫌隙。楊汝士與徽有舊。是歲宗閔子壻蘇巢及汝士季弟殷士俱及第。故文昌、李紳大怒，文昌赴鎮，辭日，內殿面奏，言徽所放進士鄭朗等十四人皆子弟，藝薄，不當在選中。穆宗以其事訪於學士元稹、李紳二人，對與文昌同，遂命中書舍人王起，主客郎中知制誥白居易，於子亭重試。內出題目：孤竹管賦，鳥散餘花落詩，而十人不中選。詔曰：國家設文學之科，本求材實。苟容僥倖，則異至公，訪聞近日浮薄之徒扇爲朋黨，謂之關節，干撓主司，每歲策名，無不先定……。」

對段文昌、李紳等請託事記載詳盡。

刁難；主出命者，因怕詔書阻於門下，自不免模稜委婉。主奉行之尚書省，只有被動之接受命令，敷衍塞責。（參鄺士元國史論衡）唐太宗爲了補救這種缺失，而設「政事堂」作爲三省首長議事之所，而唐制，凡出席政事堂的，皆爲宰相之職，又無定額，或三、五人，或七、八人不等。議政鋒起，難以決斷。所以宰相中若有堅持主張的，就不免結成朋黨，以張聲勢（合參國史論衡與傅樂成中國通史唐代的制度）。帝王就依照這種三省制的制衡政策，發揮了極其微妙的作用。

如通鑑元和三年載：

「九月、丙申。以戶部侍郎裴垍爲中書侍郎同平章事。上雖以李吉甫故，罷垍學士，然寵信彌厚，故未幾復擢爲相。」

按裴垍的罷學士爲戶部侍郎是在同年的夏天四月，原因爲牛僧孺、皇甫湜、李宗閔因直言指陳時政之失，而李吉甫泣訴於上前（見前節「黨爭的肇始」），以裴垍覆策「無所異同」而被斥。然而憲宗對垍反而更加寵信，顯然他並不以垍爲非。而且不到半年，裴垍卽拜相，而李吉甫在二日後，卽以「自圖出鎭」（舊唐書李吉甫傳），充淮南節度使。此項安排，無疑是憲宗牽制策略的運用成功。

又如：通鑑元和六年載：

「十二月、己丑，以戶部侍郎李絳爲中書侍郎同平章事。李吉甫爲相，多修舊怨，上頗知之。故擢絳爲相。吉甫善逢迎上意，而絳鯁直，數爭論於上前。上多直絳而從其言，由是兩人有隙。」

按李吉甫在元和六年正月拜相時，李絳正被宦官所惡，而爲戶部侍郎判本司。李絳一反常規，不進羨餘，爲憲宗嘉賞❾。而且他強項敢言❿。所以憲宗很重用他，以之與李吉甫並列，在朝廷上，發揮了二李相互牽制的作用，達三年之久。先是元和七年，李吉甫自託於吐突承璀，而拔擢媚事吐突承璀的元義方爲京兆尹。而李絳則有意將義方去官，斥出外地，於是義方誣陷李絳私其同年。既然憲宗有意安排二李牽制，自然對義方之舉證不予採信。其後李絳更對李吉甫多所羞辱⓫。繼而二人又因對魏博用兵事，發生衝突⓬。直到元和八年，李吉甫李絳猶數度爭端於君上之前。其時李絳與李吉甫實已水火不容，而雙方以聲氣相求的同志，一定也不少。所以憲宗終有朋黨之問。據通鑑元和八年冬十月載：

❾ 參通鑑六年春二月：「宦官惡李絳在翰林，以爲戶部侍郎判本司。上問故事戶部侍郎皆進羨餘，獨無進，何也？對曰：守土之官，厚歛於人，以市私恩，天下猶共非之。況戶部所掌，皆陛下府庫之物，給納有籍，安得羨餘。若自左藏輸之內藏，以爲進奉，是猶東庫移之西庫。臣不敢踵此弊也，上嘉其直，益重之。」

❿ 李絳強項敢言事如「極言宦官驕橫」（通鑑元和四年十月），爲白居易辯直言之無罪（通鑑元和五年五月）等皆是，不勝枚擧。

⓫ 見通鑑元和七年三月：「上顧李絳曰：何如？對曰：王者之政，尙德不尙刑，豈可捨成康文景，而效秦始皇父子乎！……上曰：此欲使朕失人心耳。吉甫失色退，而抑首不言笑竟日……」按吉甫和于頔皆主張威刑。

⓬ 見通鑑元和七年冬十月。

「上問宰相，人言外間朋黨大盛，何也？李絳對曰：自古人君所甚惡者，莫若人臣為朋黨。何則？朋黨言之則可惡，尋之則無跡故也。東漢之末，凡天下賢人君子，宦官皆謂之黨人而禁錮之，遂以亡國。此皆羣小欲害善人之言，願陛下深察之。夫君子固與君子合。豈可必使之與小人合，然後謂之非黨邪⑬！」

而且從元和六年以後直到元和九年二月李絳罷相止，二人始終並列朝廷而又爭議不休。可見憲宗藉二人以相互牽制的用意，至為明顯。

又如：裴度和李逢吉在元和十一、十二年都同時拜相，彼此之間已產生牽制作用。如元和十二年七月兩人對討淮蔡的意見不合⑭。同年八月翰林學士令狐楚與逢吉善。度恐其合中外之勢以沮軍事，乃請改制書數字⑮。九月，逢吉又與裴度異議，上方倚度以平蔡。終於罷去了逢吉，為東川節度使⑯。

自此以後，李逢吉黨勢力坐大⑰，當寶曆元年，有人建議再度引裴度入朝以牽制李逢吉。據

⑬ 據新唐書卷一五二李絳傳，於論朋黨後言「絳居中介特，尤為左右所不悅，因以自明。」

⑭ 通鑑說：「諸軍討淮蔡，四年不克，饋運疲弊。民至有驢耕者。上亦病之，以問宰相李逢吉等競言師老財竭，意欲罷兵，裴度獨無言，上問之。對曰：臣請自往督戰。」

⑮ 見通鑑元和十二年八月。

⑯ 見通鑑元和十三年九月。

⑰ 見通鑑敬宗寶曆元年十二月：「御史中丞王播，恃逢吉之勢，與絳相遇於塗不之避。」

通鑑寶曆元年十二月載：

「言事者多稱裴度賢，不宜棄之藩鎭。上數遣使至興元勞問度，密示以還期。度因求入朝。逢吉之黨大懼。」

敬宗的政術運用成功，果然逢吉黨大爲惶恐。二年以後就不斷的利用謠讖造謗，所謂「緋衣小兒坦其腹，天上有口被驅逐」，又以「長安城中有橫亘六岡如乾象，度宅偶居第五岡」。來影射裴度有造反之意⑱。當然敬宗既是有意用裴度牽制李逢吉，自能「悉察其誣謗而待度益厚（用通鑑語）」了。

又如，李宗閔在文宗太和三年八月藉宦官之助取得了相位後，先排斥了李德裕爲義成節度使。四年再引薦武昌節度使牛僧孺入朝，爲兵部尚書同平章事，對李德裕之黨「稍稍逐之」（用通鑑語）。至此，牛黨勢力擴張。於是文宗在七年，又引用了李德裕來牽制宗閔。據通鑑太和七年二月載：

「丙戌，以兵部尚書李德裕同平章事，德裕入謝，上與之論朋黨事。對曰：方今朝士三分之一爲朋黨。時給事中楊虞卿與從兄中書舍人汝士，弟戶部郎中漢公、中書舍人張元夫、給事中蕭澣等善交結，依附權要，上干執政，下撓主司，爲士人求官及科第，無不如志，上聞而惡之，故與德裕言首及之。德裕因得以排其所不悅者。」

⑱ 見通鑑敬宗寶曆二年春正月。

使李宗閔黨遭到大規模的貶斥。繼而李德裕又重用了李宗閔的政敵，自己的同志鄭覃為御史大夫⑲，又引用與牛黨中人李逢吉不和的李程為宣武節度使⑳，並主張用楊綰議，進士試論議，不試詩賦來削弱牛黨人登第的機會㉑。李黨勢力達到顛峯，於是新的牽制政術產生。在太和八年九月，再度引用李宗閔以對抗德裕。據通鑑說：

「王守澄、李仲言、鄭注皆惡李德裕，以山南西道節度使李宗閔與德裕不相悅，引宗閔以敵之。」

這種抵制的結果，必然是引起朋黨之爭，所以通鑑在同年十一月載：

「時德裕、宗閔各有朋黨，互相擠援，上患之，每歎曰：去河北賊易，去朝廷朋黨難。」

我們從以上所舉的例子看，兩黨的制衡是當時國君貫用的政術之一，其必然結果就是造成黨爭。一批批充滿權力慾望的野心家，被捲入了鬥爭的狂流，那是咎由自取。可憐一些天性愛好和平的文士，卻也在牽連中，流離失所，客死異域。

## ㈡宦官的操縱左右

⑲ 見通鑑太和七年四月：「壬申，以工部尚書鄭覃為御史大夫。初李宗閔惡覃在禁中，數言事，奏罷其侍講。」

⑳ 見通鑑太和七年秋七月。

㉑ 見通鑑太和七年七月：「上患近世文士不通經術。李德裕請依楊綰議『進士試論議，不試詩賦』。」

朋黨的爭議雖是外廷士大夫之間的權力衝突。但也莫不是宦官的勢力，從中操縱的結果。陳寅恪先生在「唐代政治述論稿」中「政治革命與黨派分野」一文中說：

「就牛李黨人在唐代政治史之進退歷程言之，兩黨雖俱有悠久歷史社會背景，但其表面形式化，則在憲宗之世，此後紛亂鬥爭，愈久愈烈，至文宗朝爲兩黨參錯並進，競逐最劇之時，武宗朝爲李黨全盛時期，宣宗朝爲牛黨全盛時期，宣宗以後士大夫朋黨似已漸次消泯，無復前此兩黨對立，生死搏鬥之跡象，此讀史者所習知也。然試一求問此兩黨競爭之歷程，何以呈如是之情狀者，則自來史家尠有解答。鄙意外朝士大夫朋黨之動態卽內廷閹寺黨派之反影，內廷閹寺爲主動，外朝士大夫爲被動，閹寺爲兩派同時並進，或某一時甲派進而乙派退，或某一時乙派進而甲派退，則外朝之士大夫亦爲兩黨同時並進，或某一時甲黨進而乙黨退，或某一時乙黨進而甲黨退。迄至後來，內廷之閹寺『合爲一片』全體對外時，則內廷閹寺與外廷士大夫成爲生死不兩立之仇敵集團，終於事勢既窮，乞援外力，遂同受別一武裝社會階級之宰割矣。」

陳先生的說法，若從資治通鑑，自憲宗元年到宣宗大中年間的史實檢視一遍，不難發現，當時與宦官援引的士大夫，牛李兩黨中都有。如：元和七年春：

「初義方媚事吐突承璀。李吉甫欲自託於承璀，擢義方爲京兆尹。」

又元和七年冬十月：

「吉甫素與樞密使梁守謙相結。守謙爲其言於上——。」

又元和十三年八月：

「鎛（皇甫鎛）又以厚賂結吐突承璀。甲辰，鎛以本官、（程）异以工部侍郎同平章事。」

又元和十四年三月：

「初，膳部員外郎元稹爲江陵士曹，與監軍崔潭峻善。上在東宮，聞宮人誦稹詩而善之。及卽位，潭峻歸朝，獻稹歌詩百餘篇。上問稹安在？對曰：今爲散郎。夏五月、庚戌、以稹爲祠部郎中知制誥。」

又長慶元年十月：

「翰林學士元稹與樞密魏弘簡深相結，求爲宰相。由是有寵於上，每事咨訪焉。稹無怨於裴度，但以度先達重望，恐其復有功大用，妨已進取。故度所奏畫軍事，多與弘簡從中沮壞之。」

又長慶三年夏四月：

「乃使注往謁守澄，守澄初有難色，不得已見之，坐語未久，守澄大喜，延之中堂，促膝笑語，恨相見之晚……守澄專制國事。勢傾中外，注日夜出入其家，與之謀議，語必通夕……。」

又長慶三年九月：

「丙辰、加昭義節度使劉悟同平章事。李逢吉爲相，內結樞密王守澄，勢傾朝野。」

又長慶四年十一月：

「王播以錢十萬緡賂王守澄，求復領利權。」

又太和三年八月：

「徵浙西觀察使李德裕爲兵部侍郎。裴度薦以爲相，會吏部侍郎李宗閔有宦官之助，甲戌以宗閔同平章事。」

又太和七年八月：

「前邠寧行軍司馬鄭注依倚王守澄，權勢熾灼，上深惡之。」

又開成五年九月：

「初德裕在淮南，敕召監軍楊欽義，人皆言必知樞密，德裕待之無加禮。欽義心銜之。一旦獨延欽義，置酒中堂，情禮極厚，陳珍玩數牀。罷酒，皆以贈之。欽義大喜過望。行至汴州敕復還淮南。欽義盡以所餉歸之。德裕曰：此何直？卒以與之。其後欽義竟知樞密。德裕柄用，欽義頗有力焉。」

當然在這時期中也有幾位不恥與宦官交結的士大夫；如李絳、李鄘、牛僧孺等㉒，然而畢竟是少數。

至於宦官之操縱與黨爭之消長之勢，可由吐突承璀、王守澄、仇士良三人的權力變化中得之，今分述於下：

**（1）吐突承璀**

吐突承璀的崛起是在他能承希上意。當憲宗即位之初，有意力圖中興，並主張不惜以用兵削減藩鎮之勢力。但朝廷中也有人反對，於是形成「用兵」和「銷兵」兩派意見。元和四年（西元八〇九）憲宗有意革除河北藩鎮世襲之積弊，乘王士眞初死，其子承宗擅立之時，派人去接替藩鎮兵權，若不順從，則興兵討伐。這時吐突承璀乘機自請將兵征討。當時反對的人很多。如裴

㉒ 李絳與宦官吐突承璀有隙，詳見上節「帝王的牽制策略」一節。又如元和三年六月：「左軍中尉吐突承璀領功德使，盛脩安國寺，奏立聖德碑，高大一準華嶽碑。先構碑樓，請敕學士撰文，且言臣已具錢萬緡欲酬之。上命李絳爲之。絳上言：堯舜禹湯，未嘗立碑，自言聖德。惟始皇於巡遊所過，刻石高自稱述，未審陛下欲何所法。且敍修寺之美，不過壯麗觀遊。豈所以光益聖德！上覽奏，承璀適在旁，上命曳倒碑樓，承璀言碑樓甚大不可曳，請徐毀撤，冀得延引，乘閒再論，上厲聲曰：多用牛曳之。承璀乃不敢言。凡用百牛曳之，乃倒。」又李鄘事見通鑑元和十二年十二月：「初吐突承璀方貴寵用事，爲淮南監軍。李鄘爲節度使，性剛嚴，與承璀互相敬憚，故未嘗相失，承璀歸，引鄘爲相。鄘恥由宦官進，及將佐出祖，樂作，鄘泣下曰：吾老安外鎮，宰相非吾任也。戊寅鄘至京師，辭疾不入相，不視事，百官到門，皆辭不見。」又牛僧孺不畏宦官事，見通鑑長慶元年十月：「宿州刺史李直臣坐贓當死，宦官受其賂，爲之請。御史中丞牛僧孺，因請誅之。上曰：直臣有才可惜。僧孺對曰：彼不才者，無過溫衣飽食，以足妻子，安足慮。本設法令，所以擒制有才之人——。」

垍、白居易、李元素、李鄘、許孟容、李夷簡、呂元膺、穆質、獨孤郁等，都認爲承璀以中使身分統領軍隊，必貽笑四夷。可是，憲宗主意已定，獨排眾議，一意孤行。後來李絳幾次抗顏直諫，而承璀又經年無功，憲宗只得假意贊許李絳，疏遠承璀。

到了元和六年春，李吉甫爲中書侍郎同平章事，對吐突承璀百般獻媚（見前通鑑元和七年事）。雖然李吉甫已和承璀勾結，但外廷阻力仍大。一則是憲宗對李絳的信任未減。另則是吐突承璀因劉希光案㉓的牽連而略爲見疏。所以李吉甫雖有宦官之助（除承璀外吉甫與梁守謙也相結），也只能和李絳在朝廷上偶相抗辯而已。到元和九年時，李絳因爲足疾而辭去相位，於是吐突承璀的勢力又復坐大，李吉甫才又活躍起來，直到他在元和九年十月逝世爲止。

元和十二年，吐突承璀又想引薦李鄘爲相，但鄘的個性剛直，以被宦官引用爲恥，而藉老病爲由辭退。這時未再見吐突承璀在外廷中有援引的士大夫。

到了元和十五年，吐突承璀終在擁立澧王惲的鬥爭中失敗，被其他宦官梁守謙、馬進潭、劉承偕、韋元素、王守澄等的聯合謀策中被殺。這是「牛李黨爭」正式展開前，宦官與外廷士大夫勾結弄權的顯證。

㉓ 通鑑元和六年冬十一月：「弓箭庫使劉希光受羽林大將軍孫璹錢二萬緡，爲求方鎭，事覺賜死。事連左衞上將軍知內侍省事吐突承璀。丙申以承璀爲淮南監軍。上問李絳，朕出承璀何如？對曰：外人不意陛下遽能如是。上曰：此家奴耳。曏以其驅使之久，故假以恩私，若有違犯，朕去之輕如一毛耳。」

## （2）王守澄

王守澄等在殺了吐突承璀和澧王惲後，因爲擁立穆宗有功，遂取代了承璀的勢力。守澄先是重用鄭注。據通鑑長慶三年載：

「初，翼城人鄭注，眇小，目下視，而巧譎傾諂，善揣人意，以醫遊四方，羈貧甚。嘗以藥術干徐州牙將，牙將悅之，薦於節度使李愬，愬餌其藥頗驗，遂有寵，署爲牙推，浸預軍政，妄作威福，軍府患之。監軍王守澄以衆情白愬，請去之。愬曰：注雖如是，然奇才也，將軍試與之語，苟無可取，去之未晚。乃使注往謁守澄，守澄初有難色，不得已見之，坐語未久，守澄大喜，延之中堂，促膝笑語，恨相見之晚。明日謂愬曰：鄭生誠如公言，自是又有寵於守澄，權勢益張，愬署爲巡官，列於賓席，注既用事，恐牙將薦己者泄其本末，密以他罪譖之於愬，愬殺之。及守澄入知樞密，挈注以西，爲立居宅，贍給之，遂薦於上，上亦厚遇之。自上有疾，守澄專制國事，勢傾中外，注日夜出入其家，與之謀議，語必通夕，關通賂遺，人莫能窺其迹——。」

同年九月李逢吉用族子李仲言（後改名訓）之謀，依附鄭注、王守澄而拜相（見前文長慶三年九月事）。從此大排異己。先是蓄意製造韓愈與李紳之不協，以斥李紳（李黨三俊之一）。再利用紳之族子李虞對紳之怨隙，探知李紳平日言論，並囑使張又新、李仲言於士大夫間造謠、離間，以打擊李紳，並將紳所薦引的杜元穎、龐嚴、蔣防諸人皆予貶斥。於是李逢吉獨攬大權，手下親附黨羽，有所謂「八關十六子」（參見新唐書卷一七四、舊唐書卷一六七李逢吉傳）。

所以穆宗朝，內廷王守澄專權，外廷幾爲「牛黨」天下。迨及敬宗卽位，形勢並未改變。李逢吉深恐李紳復用，又與王守澄聯手誣謗李紳，以李紳輩皆曾欲立深王。當時敬宗雖然只有十六歲，卻只是懷疑而並未深信，可是逢吉等再三奏言李紳對上不利，敬宗只得將李紳貶爲端州司馬。而張又新等仍不罷休，必欲置紳於死地，幸虧韋處厚的上疏申辯，加之敬宗又看到了禁中文書，得知裴度、杜元潁、李紳，請上立太子的疏奏，才眞象大白（參見資治通鑑穆宗長慶四年二月）。此時敬宗雖已明知李紳被陷害，猶不敢召還，足見王守澄、李逢吉的勢力是如何之大了。

寶曆二年（西元八二六）十二月，辛丑。敬宗被宦官劉克明等弒殺。宦官中引起了劉克明擁立絳王與王守澄等擁立江王的鬥爭。結果王守澄成功，倉促間，以韋處厚博通今古，而以爲相。可是韋處厚與裴度等善，政治立場和李逢吉是對立的，顯然王守澄此時已放棄支持李逢吉（十一月罷相），於是劉栖楚等也先後遭斥，李逢吉之黨被貶殆盡。

文宗太和二年（西元八二八）十二月韋處厚卒，路隋繼相。三年八月裴度欲引薦李德裕爲相。這時另一股宦官韋元素、王踐言等（見新唐書李宗閔傳）卻支持李宗閔，結果王踐言等成功，李宗閔拜相。於是「牛李黨爭」再趨熾烈。宗閔隨卽出德裕爲義成節度使。四年更引薦牛僧孺並列，從此李黨悉遭排斥。

所以文宗朝兩黨爭鬥最爲激烈，勢力各有消長、起伏。這種明爭暗鬥，早令文宗厭惡之極，但又懼於宦官專橫，憲、敬二宗逆弒之黨猶在左右。而中尉王守澄，招權納賄，上不能制。於是文宗想倚賴沈厚忠謹的宋申錫，謀誅宦官，可惜事機不密，被王守澄事先得知，失敗後文宗也乏魄力擔當，宋申錫終遭誣陷而死㉔。

到了太和八年，李逢吉又想入相，再度利用李仲言以阿諛守澄，當時李德裕對仲言的爲人十分不滿，目爲姦邪（李德裕在太和七年二月入相）。於是王守澄、李仲言、鄭注便徵召了李宗閔

㉔ 見通鑑太和五年：「上與宋申錫謀誅宦官，申錫引吏部侍郎王播爲京兆尹，以密旨諭之。播泄其謀，鄭注、王守澄知之，陰爲之備。上弟漳王賢，有人望，注令神策都虞侯豆盧著誣告宋申錫謀立漳王。戊戌，守澄奏之，上以爲信然，甚怒。守澄欲卽遣二百騎屠申錫家。飛龍使馬存亮固爭曰：如此則京城自亂矣。宜召他相與議其事，守澄乃止。是日旬休，遣中使悉召宰相至中書東門。中使曰：所召無宋公名。申錫知獲罪，望延英，以笏扣頭而退。宰相至延英，上示以守澄所奏，相顧愕眙。上命守澄捕豆盧著，所告十六宅宮市品官晏敬則及申錫親事王師父等，於禁中鞫之，師父亡命。三月庚子申錫罷爲右庶子。自宰相大臣無敢顯言其寃者，獨京兆尹崔琯，大理卿王正雅連上疏，請出內獄，付外廷覈實，由是獄稍緩……左常侍崔玄亮、給事中李固言，諫議大夫王質，補闕盧鈞、舒元褒、蔣係、裴休、韋溫等復對於延英，乞以獄事付外覈按。上曰：吾已與大臣議之矣。屢遣之出，不退。玄亮叩頭流涕曰：殺一匹夫猶不可不重愼，況宰相乎？上意稍解。曰：當更與宰相議之，乃復召宰相入。牛僧孺曰：人臣不過宰相，今申錫已爲宰相，假使如所謀，復與何求？申錫殆不至此。鄭注恐覆案詐覺，乃勸守澄請止行貶黜。癸卯，貶漳王湊爲巢縣公，宋申錫爲開州司馬，存亮卽日請致仕……晏敬則等坐死，及流竄者數百人，申錫竟卒於貶所。」

來對抗德裕，從此又掀起「二李」之間的激烈爭鬥，互相擠援，文宗患之，而有「去河北賊易，去朝廷朋黨難」的慨歎。而實際上從中操縱煽動的都是宦官（當然文宗也是有意使兩黨牽制。參前節）。

經過宋申錫事件的失敗後，文宗表面上對宦官包容，而內心恨之益急，這種心理被李訓、鄭注識破，時時以話語暗示，願爲文宗出力，文宗也覺得李訓有才辯，似可託大事，況且訓、注又都是王守澄心腹，如能「以子之矛，攻子之盾」，必收奇效。於是文宗密以誠心相告，訓、注也慨然以誅宦官爲己任，二人相挾，朝夕計議，從此凡所奏議，無不順從，聲勢煊赫一時，外人只知他們倚宦官，擅作威福，而不知與上已有密謀。他們的行動步驟是：第一，抬高宦官仇士良的地位以削弱王守澄的勢力，並製造仇、王間的矛盾，採「以宦制宦」策略。第二，藉韋元素、楊承和、王踐言等與王守澄爭權不協爲由，相繼貶斥，表面維護守澄，而實則使守澄處於孤立無援。

在外廷方面，因爲李宗閔是依靠楊承和的援引爲相的，當然不能信任，所以把楊虞卿、李漢、蕭澣等都坐以李宗閔黨，先後繫獄或放逐。而對李德裕也不信任，罷黜了他的相位。從此凡是李訓、鄭注所憎惡的朝士，皆目爲二李之黨，貶斥無虛日，班列殆空，廷中恟恟然。訓、注恐爲人所搖，才把行動稍趨緩和。

不久，遣中使李好古酖殺王守澄，進一步計劃一舉殲滅宦官餘孽，可惜未能成功。訓、注相繼被殺，罹難士大夫近千餘人，此卽史稱「甘露之變」。

## （3）仇士良

由於「甘露之變」的失敗，反而促成了宦官之間的大團結，氣勢益盛。而權力則逐漸集中在仇士良的手上。文宗死後，仇士良以太子之立，功不在己，乃言太子幼且有疾，議更立，而李珏極力反對。可是仇士良矯詔立瀍爲太弟。後來卽位是爲武宗，於是楊嗣復，李珏相繼去職，這時淮南節度使李德裕以厚賂宦官欽義而柄用（參前文文宗開成五年）。

至於李德裕秉權後，對仇士良也多所曲護。如通鑑開成五年載：

「開府儀同三司左衞上將軍兼內謁者監仇士良，請以開府蔭其子千年。給事中李中敏判曰：開府階誠宜蔭子。謁者監何有兒，士良慙恚，李德裕亦以中敏爲楊嗣復之黨惡之，出爲婺州刺史。」

這時李德裕黨顯然在仇士良的支持下而大展威勢，排除異己。在武宗會昌三年五月，貶李宗閔爲湖州刺史。四年再以陰毒左計，陷害宗閔和僧孺入罪。（參見下節黨爭中的幾件大事）而李德裕之日趨專橫，武宗不悅，且宦官也對他失去支持的興趣㉕。到了宣宗卽位，尤惡李德裕之專，遂一再遭貶斥，終於在宣宗大中三年己未，貶死於崖州司戶任內。而僧孺、宗閔早已先於會昌末而卒，

㉕ 通鑑會昌五年：「李德裕秉政日久，好徇愛憎，人多怨之。自杜悰、崔鉉罷相，宦官左右言其太專，上亦不悅。」

垂四十年之黨爭，終告結束。若究其原因，宦官始終爲黨爭的後盾與操縱者。

## ㈢外廷的權力爭奪

唐代「牛李黨爭」形成的直接因素，就是外廷士大夫間的爭權奪利。而權力之所以分野，利益之所以偏頗，都是由某些個人生活背景，政治立場的異同而產生。現摘其重要者分述於下：

### (1)門閥的不同

從唐代建國到武則天稱帝以前，外廷士大夫間就存在著山東（或稱關東）世族和關隴人士的衝突。所謂山東世族，是指漢代以來漢族數百年發展而成的大門閥制度。而關隴人士則是屬於西魏、北周一脈相傳的統治階級的後裔，包括漢人、六鎭的鮮卑人。他們在經過長時期的同化、通婚以後，已經形成一個強有力的政治集團。唐代高祖李淵，就出於這個系統㉖。李淵在隋大業十二年（西元六一六）受命爲太原留守，就藉著關隴集團的支持而成功。見舊唐書卷五八柴紹傳說：

「平陽公主、高祖第三女也，太穆皇后所生。義兵將起，公主與紹並在長安，遣使密召之。紹謂公主曰：尊公將掃淸多難，紹欲迎接義旗，同去則不可，獨行恐罹後患，爲計若何？公主曰：君宜速去，我一婦人，臨時易可藏隱，當別自爲計矣。紹卽間行赴太原，公主

㉖ 劉開榮唐人小說研究：「他（淵）的父親李虎是西魏鮮卑政權的軍事領袖，爲八柱國之一，並被賜姓爲大野氏。李淵的母親獨孤氏、妻子竇氏以及兒媳（唐太宗李世民的皇后）長孫氏，都是出自鮮卑貴族。」

乃歸鄠縣莊所。遂散家資，招引山中亡命，得數百人，起兵以應高祖——得兵七萬人，公主間使以聞，高祖大悅，及義軍渡河，遣紹將數百騎趨華陰傍南山以迎公主，時公主引精兵萬餘與太宗軍會於渭北，與紹各置幕府，俱圍京城，營中號曰娘子軍。」

等到唐一統中國，山東世族就與關隴集團產生鬥爭。所以唐太宗也曾蓄意修氏族志來打擊山東世族，據舊唐書卷六五高士廉（儉）傳說：

「是時朝議以山東人士好自矜夸，雖復累葉陵遲，猶恃其舊地，女適他族，必多求聘財。太宗惡之，以爲甚傷敎義，乃詔士廉與御史大夫韋挺、中書侍郎岑文本、禮部侍郎令狐德棻等，刊正姓氏，於是普責天下譜諜，仍憑據史傳，考其眞僞。忠賢者褒進，悖逆者貶黜，撰爲氏族志。士廉乃類其等第以進。太宗曰：我與山東崔、盧、李、鄭，舊既無嫌，爲其世代衰微，全無冠蓋，猶自云士大夫。婚姻之間，則多邀錢幣。才識凡下，而偃仰自高，販鬻松檟，依託富貴。我不解人間何爲重之？祇緣齊家惟據河北，梁陳僻在江南，當時雖有人物，偏僻小國，不足可貴，至今猶以崔、盧、王、謝爲重。我平定四海，天下一家，凡是朝士，皆功效顯著，或忠孝可稱，或學藝通博，所以擢用，見居三品以上。欲其衰代舊門爲親，縱多輸錢帛，猶被偃仰，我今特定族姓者，欲崇重今朝冠冕，何因崔幹猶爲第一等？昔漢高祖，止是山東一匹夫，以其平定天下，主尊臣貴。卿等讀書，見其行迹，至今以爲美談，心懷敬重，卿等不貴我官爵耶？不須論數世以前，止取今日官爵，高下作等級。遂以崔幹爲第三等。及書成一百卷，詔頒於天下。」（也見唐會要三六〇）不論太宗使用何種手段，想破除山東世族在政治與社會上的潛在勢力已經很難。因爲山東世族是承襲漢代守「禮法」，擅「經術」的高門延續而來，他們優美的門風和家學的淵源深厚，是關隴集團所難以比擬的。所以唐代始終不能將山東世族排除於政壇之外。而細檢唐代牛李黨爭的派系分野，就植源於此。例如李黨中的幾位要人：李德裕爲趙郡人、鄭覃爲榮陽人、李紳本山東著姓，後來落籍潤州無錫（見舊唐書卷一七三李紳傳）、元稹爲河南人、王茂元爲濮州人、陳夷行爲潁川人、賈餗爲河南人、盧簡辭爲范陽人、鄭亞爲滎陽人、崔羣爲清河人。大體上不出今之河北、河南、山東諸省，也卽所謂太行山以東之山東（或以函谷關爲分界，故有稱之爲關東）之地。

至於牛黨之中堅分子，李宗閔爲隴西人、牛僧孺也隴西狄道人、李逢吉也隴西人、楊於陵爲華陰人、白居易爲太原人、王涯爲太原人、令狐楚（綯）爲敦煌人、皇甫鎛爲安定人、杜牧爲京兆人。大體上也不出今之山西、陝西、甘肅一帶，也卽所謂關內、隴右之地。當然其中亦有部分例外，如李黨王質爲太原人、劉軻爲曲江人、李讓夷爲隴西人；而牛黨的楊虞卿爲弘農人、李珏爲趙郡人、張又新爲深州人（以上籍貫參本論文末附表二「牛李黨爭有關人物年里科第表」）。其所以會如此現象，當從下節中討論。

## （2）制舉的爭奪

從本章牛李黨爭的肇始中，所敍及的黨爭遠因與近因觀之，黨爭的引起都與制舉的權力爭奪有關，先就憲宗元和三年的遠因觀之；從事件表面看，是導致於李吉甫的痛惡牛僧孺等人的指陳批評時政，直言無諱，使他羞惱，故而泣訴於上，以致大肆排斥。而實際上因案牽連被貶的，除了牛、皇甫、李外，其他多爲考策官。而這次的考試，又是經憲宗「嘉之」，並且「詔中書優與處分」。顯然並沒有「貢舉非其人」（見唐律疏議）的職務上的過失。可見李吉甫是別具用心的，果然他在憲宗元和七年藉義方以攻擊李絳時，暴露了他的居心，他以李絳「私其同年許季同」爲斥責，就是他對進士科考策後形成勢力的排斥心理在作祟。原來唐代士人最注重座主與門生間的親密關係，往往政治勢力就藉重於此。

再看發生在穆宗長慶元年時的牛李黨爭近因，就事件表面上看，是李德裕懷恨李宗閔譏切其父的私怨，而引起段文昌、元稹、李紳等和德裕的聯合對付宗閔、錢徽、楊汝士，以及貶斥鄭朗等及第者十人的行動，則全歸罪於貢舉時不公而引用私人的緣故，這就觸犯了「貢舉非其人」的戒律了。故而穆宗還特爲此下了詔書。說：

「國家設文學之科，本求才實，苟容僥倖，則異至公，訪聞近日，浮薄之徒，扇爲朋黨，謂之關節，干撓主司，每歲策名，無不先定……。」

試想，這種特重進士科策試的心理，又是如何形成的呢？

原來，到了唐高宗時，他對山東世族和關隴集團都一概予以壓抑。如新唐書卷九五高儉傳說：

「（高宗）又詔後魏隴西李寶、太原王瓊、滎陽鄭温、范陽盧子遷、盧澤、盧輔，清河崔宗伯、崔元孫，前燕博陵崔懿，晉趙郡李楷，凡七姓十家不得自爲婚。」

高宗明令禁止他們互通婚姻，以貶低他們的姓氏優越感。而其中山東世族和關隴集團的門第都有。

到了武則天時，他爲了滿足政治野心，想從山東世族和關隴集團之外，培養起絕對擁護自己的新興階級。所以武則天首先破格任用了一批「不讀律」、「不尋章」的人參政。如太平廣記二五五卷張鷟條說：

「則天革命，舉人不試皆與官。起家至御史、評事、拾遺、補闕者，不可勝數。張鷟爲謠曰：補闕連車載，拾遺平斗量，杷推侍御史，椀脫校書郎。時有沈全交，傲誕自重，露才揚己。高巾子，長布衫。南院吟之。續四句曰：評事不讀律，博士不尋章，麵糊存撫使，眯目聖神皇。……」

武則天的這種做法，是在使仕宦不爲世家所專有。繼而他再改變科舉內容：據通典載沈既濟之議說：

「顯慶以來，高宗不康，武太后任事，參決大政。太后頗涉文史，好雕蟲之藝，永隆中，始以文章選士。及永淯之後，太后君臨天下，二十餘年，當時公卿百辟，無不以文章達。因循日久，寖以成風，至開元天寶之中，五尺童子，恥不言文墨焉。是以進士爲士林華選，四方觀聽，希其風采。每歲得第之人，不浹辰而周聞天下㉗。」

把原來攷經術改爲文章，這顯然是有意以對付以經學爲長的山東世族而設。如此一來，門第觀念，就漸漸被打破，布衣也可以藉進士科爲卿相，而這種新興的階級又正能爲帝王所用。但是此一階級的組成份子，十分複雜；有放浪才華的讀書人，有小公務員，也有家道沒落的山東舊族，自然他們行爲的表現也不一致，所謂進士浮薄的批評，因而產生。職是之故，以山東舊族高門第自詡的文士，是不屑以進士爲進身之階的。如舊唐書卷一七四李德裕傳說：

「幼有壯志，苦心力學，尤精西漢書、左氏春秋，恥與諸生同鄉賦，不喜科試，年纔及冠，志業大成。」

又如唐語林言語門說：

「李德裕太尉，未出書院，盛有詞藻，而不樂應舉。吉甫相，俾親表勉之。犕公曰：好驢馬不入行。由是以品子敍官也㉘。」

㉗ 新唐書卷四十四，選舉志：「永隆二年考功員外郎劉思立建言：明經多抄義條，進士唯誦舊策，皆亡實才，而有司以人數充第，乃詔：自今，明經試帖，麤十得六以上。進士試雜文二篇，通文律者然後試策。武后之亂，改易舊策頗多。」

㉘ 李吉甫對進士的觀點與德裕稍有差異。如新唐書卷四十四選舉志說：「（李）德裕曰：……臣祖（李栖筠）天寶末，以仕進無他歧，勉彊隨計（應科舉），一舉登第，自後家不置文選。」吉甫有勸德裕走栖筠路線之意。

但是李德裕的這種「自尊」，並不表示他潛意識中不熱中進士。這種心理杜悰已能窺破。如通鑑文宗太和六年載：

「丁未，以前西川節度使李德裕爲兵部尚書。初李宗閔與德裕有隙，及德裕還自西川，上注意甚厚，朝夕且爲相。宗閔百方沮之，不能。京兆尹杜悰，宗閔黨也。嘗詣宗閔，見其有憂色。曰：得非以大戎乎？宗閔曰：然，何以相救？悰曰：悰有一策可平宿憾，恐公不能用。宗閔曰：何如？悰曰：德裕有文學而不由科第，常用此爲慊慊。若使之知舉，必喜矣。宗閔默然有間，曰：更思其次……。」

只是李宗閔輩對既得的政治優勢，不肯輕易捨棄，這也就是「牛李黨爭」所以會形成的原因之一。

再者，李德裕的這種心理壓抑必須尋找出路，於是形成了對進士的強烈嫉恨。如玉泉子載：

「李德裕以己非由科第，恆嫉進士舉者，及居相位，權要束手。德裕嘗爲藩府從事日，同院李評事，以詞科進，適與德裕同官，舉子投文軸，誤與德裕。舉子既誤，復請之曰：其文軸當與及第李評事，非與公也。由是德裕志在排斥。」

而排斥的最佳手段是一如武則天的辦法，改變科舉內容。如通鑑文宗太和七年載：

「上患近世文士不通經術。李德裕請依楊綰議，試議論，不試詩賦。」

如此才能使仕宦之途，回到以經術擅長的山東舊族的手上。然而既得利益的李宗閔輩，又豈肯罷休，於是形成爭端。如通鑑文宗七年載：

「壬申，以工部尚書鄭覃爲御史大夫。初李宗閔惡覃在禁中數言事，奏罷其侍講。上從容謂宰相曰：殷侑經術頗似鄭覃。宗閔對曰：覃、侑有經術誠可尙，然議論不足聽。李德裕曰：覃、侑議論，他人不欲聞，然陛下欲聞之。後旬日，宣出。除覃御史大夫……。」

又如唐語林文學門載：

「文宗皇帝嘗製詩以示鄭覃。覃奏曰：且乞留聖慮於萬機，天下仰望。文宗不悅，覃出，復示李宗閔，歎伏不已，一句一拜，受而出之。上笑謂之曰：勿令適來阿父子見之。」

又識鑒門載：

「……同列陳夷行、鄭覃請經術孤立者進用。珏與嗣復論地冑詞彩者居先。每延英議政，多異同，卒無成效，但寄之頰舌而已……」

明乎此，則知「牛李黨爭」中的山東舊族在與關隴集團的鬥爭後，又增加了與新興階級，政治勢力衝突的另一階層爭執。此時山東舊族與新興階級，在仕途出身上的分野，已不甚明晰。誠如陳寅恪先生所說：

「由此可設一假定之說；卽唐代士大夫中，其主張經學爲正宗，薄進士爲浮冶者，大抵出於北朝以來山東舊家也，其由進士出身，而以浮華放浪著稱者，多爲高宗武后以來君主所提拔之新興統治階級也。其間山東舊族亦有由進士出身，而放浪才華之人，或爲公卿高門之子弟者，則因舊日之士族既已淪替，乃與新興階級漸染混同，而新興階級雖已取得統治地位，仍未具舊日山東舊族之禮法門風，其子弟逞才放浪之習氣猶不能改易也。總之，兩種新舊不同之士大夫階級，空間、時間既非絕對隔離，自不能無傳染薰習之事，但兩者分野之界畫，要必於其社會歷史背景求之。然後唐代士大夫最大黨派，如牛李諸黨之如何構成，以及與內廷閹寺之黨派互相鉤結利用之隱微本末，始可豁然通解……。」（見唐代政治述論稿「政治革命及黨派分野」一文）

## （3）政策的分歧

牛李黨爭的形成，多為私怨。因為兩黨都不是政治制度上的黨派，他們都沒有系統的政綱，也無所謂政策上的歧見。只是兩黨在對藩鎮和外族上，意見有些相左。李黨皆主張用武，而牛黨則主和平，現分述於下：

### （甲）對淮蔡

憲宗朝，淮蔡牽制住了唐室數十萬的兵力，使軍費的消耗極大。所以憲宗為解決兵源與財政上的負擔，初即位時就採用了宰相杜黃裳的政策，以制裁不法、驕蹇之藩鎮為第一要務。從元和十年，就以李光顏、嚴綬率兵討之，一時未能奏功。憲宗再命宰相武元衡主持進兵事，不幸在五月，又遭賊黨刺殺。於是憲宗就把討淮蔡的事，交由裴度主持。十一年正月，朝士中主張罷兵的人，愈來愈多。然而憲宗用兵之意甚堅，就將翰林學士中書舍人錢徽、駕部郎中知制誥蕭俛各解職守本官，以儆其餘。到了七月，終因罷兵之議而引發了「朋黨」事件。據通鑑元和十一年七月載：

「中書侍郎同平章事韋貫之，性高簡，好甄別流品，又數請罷用兵，左補闕張宿毀之於上，云其朋黨。八月壬寅，貫之罷爲吏部侍郎。」

而其中，牛黨中人李逢吉，就是對裴度用兵反對最力者。見舊唐書卷一六七李逢吉傳說：

「時用兵討淮蔡，憲宗以兵機委裴度，逢吉慮其成功，密沮之。繇是相惡。及度親征，學士令狐楚爲度制辭，言不合旨。楚與逢吉相善。帝皆黜之。罷楚學士，罷逢吉政事，出爲劍南東川節度使㉙。」

（乙）對劉從諫

劉從諫是潞州節度使劉悟之子。劉悟在敬宗寶曆元年（西元八二五）九月病卒。死前遺表請以其子從諫繼纘戎事。敬宗遂下大臣議處。當時朝臣中有兩派不同之意見㉚。僕射李絳等以爲澤

㉙ 據通鑑則事在元和十二年八月：「李逢吉不欲討蔡。翰林學士令狐楚與逢吉善，度恐其合中外之勢以沮軍事，乃請改制書數字，且言其草制失辭。壬戌，罷楚爲中書舍人。」則又似爲裴度陷害令狐楚。

㉚ 通鑑會昌三年四月：「上以澤潞事謀於宰相。宰相多以爲回鶻餘燼未滅，邊境猶須警備，復討澤潞，國力不支，請以劉稹權知軍事。諫官及羣臣上言者亦然。李德裕獨曰：澤潞事體與河朔三鎭不同，河朔習亂已久，人心難化，是故累朝以來置之度外，澤潞近處心腹，一軍素稱忠義……敬宗不恤國務，宰相又無遠略，劉悟之死，因循以授從諫，從諫跋扈難制，累上表進脅朝廷，今垂死之際，復以兵權擅付豎子，朝廷若又因而授之，則四方諸鎭，誰不思效其所爲，天子威令，不復行矣。……上喜曰：吾與德裕同之，保無後悔。遂決意討稹。」則與劉悟傳所說之語出於李絳者不同。

潞係內地，與三鎭事理不同，以爲不可從。而宰相李逢吉與中尉王守澄曾受從諫賄賂，故曲爲奏請，而李德裕對劉從諫的印象甚差。他在會昌一品集卷三，討劉稹制中說：

「劉從諫生稟戾氣，動扇剛風，因跋扈之資，以專封壤，恃紀綱之律，以逞驕恣。暫展執珪之儀，終無上受之請。隙駒爲樂。魏豹姑務於絕河；井蛙自居，孫述頗聞於巴蜀，大受亡命。妄作妖言，中伺朝廷，潛圖左道；謀動戎師，屢奏陰謀。」

而李宗閔與牛僧孺卻與劉從諫有書函交通。據新唐書卷一七四李宗閔傳說：

「會昌中，劉稹（從諫從子）以澤潞叛，德裕建言，宗閔素厚從諫，今上黨近東都，乃拜宗閔湖州刺史。稹敗，得交通狀，貶漳州長史，流封州。」

又新唐書卷一七四牛僧孺傳中也說：

「劉稹誅，而右雄軍吏得從諫與僧孺、李宗閔交結狀。又河南少尹呂述言僧孺聞稹誅，恨歎之。武宗怒，黜爲太子少保分司東都，累貶循州長史。」

從以上資料顯示，牛僧孺、李宗閔和李德裕在對澤潞劉從諫的態度不同。而牛僧孺之所以遭武宗怒而斥黜爲太子少保分司東都，卽導因於此。

(丙) 對悉怛謀

對「悉怛謀請降」事，牛僧孺和李德裕的處理態度不同，是二人在「吐蕃政策」上最大的歧見。據通鑑文宗太和五年九月載：

「吐蕃維州副使悉怛謀請降，盡帥其眾奔成都。德裕遣行維州刺史虞藏儉將兵入據其城。庚申，且奏其狀，且言欲遣生羌三千，燒十三橋，擣西戎腹心，可洗久恥，是韋皐沒身恨不能致也。事下尚書省，集百官議，皆請如德裕策。牛僧孺曰：吐蕃之境，四面各萬里，失一維州，未能損其勢，比來修好，約罷戎兵。中國禦戎，守信爲上，彼若來責曰：何事失信。養馬蔚茹川，上平涼阪，萬騎綴回中，怒氣直辭，不三日至咸陽橋。此時西南數千里外，得百維州何所用之。徒棄誠信，有害無利，此匹夫所不爲，況天子乎！上以爲然。詔德裕以其城歸吐蕃，執悉怛謀及所與偕來者悉歸之。吐蕃盡誅之於境上，極其慘酷。德裕由是怨僧孺益深。」

直到太和六年十一月，西川節度使王踐言入知樞密，他在對吐蕃的態度與德裕相同。於是「數言縛送悉怛謀，以快虜心，絕後來降者，非計也。」（見通鑑）。此時文宗也有悔意，以中書侍郎牛僧孺爲失策。加之，附擁李德裕者，也揚言牛僧孺與李德裕有怨隙，而害德裕之功。從此文宗疏遠僧孺。直到會昌三年，李德裕對悉怛謀事猶念念不忘㉛。可見牛李在對吐蕃的政策歧異甚大。

## 三、黨爭中的幾件大事

㉛ 通鑑會昌三年三月載：「李德裕追論維州悉怛謀事……。」知其仍不忘此隙也。

在長達四十餘年的「牛李黨爭」中，兩黨勢力互有消長。大致在憲宗元和至穆宗長慶，是牛李黨爭逐漸由醞釀而至公開爆發的時期。敬宗、文宗之世，是兩黨參雜並用和相互鬥爭最激烈的時期，至武宗會昌中，是李黨全盛時期，武宗崩，宣宗卽位，李德裕遭貶，牛黨隨之再盛，直到德裕於大中三年貶死崖洲，結束黨爭。在此期間，兩黨相殘之事，不可勝計。然其中較重大的爭端，則有以下數事：

㈠李逢吉之謗毀裴度

裴度和元稹之間，本無芥蔕，只因元稹嫉心太重，難以容忍裴度的成功，所以處處刁難裴度。據通鑑長慶元年的記載：

「翰林學士元稹與知樞密魏弘簡深相結，求爲宰相，由是有寵於上，每事咨訪焉。稹無怨於裴度，但以度先達重望，恐其復有功大用，妨已進取，故度所奏書、軍事，多與弘簡從中沮壞之。度乃上表極陳其朋比姦蠹之狀，以爲逆豎搆亂，震驚山東，姦臣作朋，撓敗國政，陛下欲掃蕩幽鎭，先宜肅清朝廷！」

結果，這種裴度與元稹不協的矛盾，被李逢吉所利用，以謀一舉打擊兩人。他所使用的詭計，見於舊唐書卷一六六元稹傳中有載：

「度在太原時，嘗上表論稹姦邪。及同居相位，逢吉以爲勢必相傾，乃遣人告和王（順宗子）傅于方結客，欲爲元稹刺裴度。及捕于方，鞫之，無狀。稹、度俱罷相位，逢吉代度爲門下侍郎平章事。」

但在通鑑長慶二年則不言逢吉害度。但載：

「有李賞者知其謀，乃告裴度云：方爲稹結客刺度，度隱而不發。賞詣左神策告其事。丁巳，詔左僕射韓皐等鞫之……三司按于方刺裴度事，皆無驗。六月甲子，度及元稹皆罷相。度爲右僕射，稹爲同州刺史。以兵部尚書李逢吉爲門下侍郎同平章事。」

李逢吉雖得了私利，但對裴度的誣謗，並未罷休。通鑑三年又載：

「李逢吉惡度，左補闕張又新等附逢吉，競流謗毀傷度，竟出之。」

到了四年六月，上聞王庭湊屠牛元翼家。而慨歎宰輔非人，使凶賊縱暴。時韋處厚即上言：「裴度勳高中夏，聲播外夷，若置之巖廊，委其參決，河北、山東必禀朝筭」。並極言逢吉排沮裴度事，上即加度平章事。及敬宗寶曆元年，裴度聲望大增，有還朝之望。於是李逢吉之黨大懼，極力毀謗裴度。據通鑑載：

「言事者多稱裴度賢，不宜棄之藩鎮。上數遣使至興元勞問度。密示以還期，度因求入朝，逢吉之黨大懼。二年春，正月壬辰，裴度自興元入朝，李逢吉之黨首計毀之。先是民間謠云：緋衣小兒坦其腹，天上有口被驅逐。又長安城中有橫亙六岡如乾象，度宅偶居第五岡。張權輿上言：度名應圖讖，宅占岡原，不召而來，其旨可見。」

這種謠言顯然是在暗示裴度有謀反的意圖，惡毒之極。所幸敬宗英明，所謂「上雖年少，悉察其誣謗，待度益厚。」李逢吉黨的陰謀詭計至此徹底失敗。

## (二)李逢吉之迫害李紳

穆宗長慶二年，裴度、元稹相繼罷相，兵部侍郎李逢吉爲門下侍郎同平章事。三年，戶部侍郎牛僧孺也以不納韓弘賄貨，爲上所厚，爲中書侍郎同平章事。當時李德裕也頗有入相之望，結果反被黜爲浙西觀察使。於是李德裕一心以爲是李逢吉因要排己而引僧孺，由是牛、李的怨恨益深。後來李逢吉又內結宦官王守澄，勢力傾動朝野。獨有翰林學士李紳不畏逢吉，且常排抑之。逢吉深以爲患，於是又設下詭計，陷害李紳，其手法一如陷誣裴度者，據通鑑長慶三年載：

「會御史中丞缺，逢吉薦紳清直，宜居風憲之地，上以中丞亦次對官，不疑而可之。會紳與京兆尹兼御史大夫韓愈爭臺參及他職事，文移往來，辭語不遜。逢吉奏二人不協。冬十月丙戌，以愈爲兵部侍郎，紳爲江西觀察使。」

依例京兆尹新除必詣臺參，而逢吉有意激二人使爭，所以讓韓愈兼御史大夫，則可免臺參，以製造二人之間的誤會與矛盾。韓愈勁直，李紳剛烈，果然都中了逢吉設計的圈套。後來韓愈、李紳在入謝時，皇上令各敍其事，始深寤，而恢復韓愈爲吏部侍郎，李紳爲戶部侍郎。

李紳於穆宗時，和李德裕、元稹齊名，號稱「三俊」，而「牛黨」中人李逢吉豈能就此罷休，於是再度聯合張又新、李仲言等，散佈謠言，以離間李紳與士大夫間的感情，據通鑑長慶四年所載：

「初穆宗既留李紳，李逢吉愈忌之。紳族子虞頗以文學知名，自言不樂仕進，隱居華陽川。及從父耆爲左拾遺，虞與耆書求薦。誤達於紳，紳以書誚之，且以語於衆人，虞深怨之。乃詣逢吉，悉以紳平日密論逢吉之語告之，逢吉益怒，使虞與補闕張又新及從子，前河陽掌書記李仲言等，伺求紳短，揚之於士大夫間，且言紳潛察士大夫有羣居議論者，輒指爲朋黨，白之於上。由是士大夫多忌之。」

迨及敬宗卽位，李紳已經失勢。但李逢吉等仍恐上復用李紳，又與王守澄密謀害紳。他們使用的手段，明載於通鑑長慶四年：

「逢吉乃令王守澄言於上曰：陛下所以爲儲貳，臣備知之，皆逢吉之力也。如杜元穎、李紳輩，皆欲立深王。度支員外郎李續之等，繼上章言之。上時年十六，疑未信。會逢吉亦有奏，言紳不利於上，請加貶謫，上猶再三覆問，然後從之。二月癸未，貶紳爲端州司馬。」

此次被牽連的還有翰林學士龐嚴，貶信州刺史，蔣防被貶汀州刺史，只因爲他們皆李紳所引薦的緣故。這時張又新等仍不罷休，日日上書，言貶李紳太輕，上許爲殺之，朝臣皆畏懼不敢言，唯有翰林學士韋處厚上疏，指紳爲逢吉黨所讒，上稍開寤。此時敬宗在閱覽禁中文書時，也發現了一篋裴度、杜元穎、李紳等上穆宗，請立今上爲太子的奏疏，於是毀謗李紳的流言，才算平息，但並未赦李紳罪。直到寶曆元年，敬宗登基改元，大赦天下，李逢吉恐李紳被赦，而下令說：「左降官已經量移者，宜與量移。」而不言未量移者。韋處厚上書，以爲逢吉出此策，乃有意對付李紳，敬宗始追赦，李紳得以移江州長史。

## ㈢李宗閔引牛僧孺共排李德裕

文宗太和三年秋八月，徵浙西觀察使李德裕爲兵部侍郎，裴度薦以爲相。會吏部侍郎李宗閔得宦官韋元素、王踐言之助而同平章事，他深畏李德裕逼己，於是極力排斥德裕。據通鑑載：

「壬辰，以李德裕爲義成節度使，李宗閔惡其逼己，故出之。」

四年，會武昌節度使牛僧孺入相，牛與李德裕本有怨隙㉜。於是李宗閔援引牛僧孺以排斥德裕及其黨。據通鑑載：

「李宗閔引薦牛僧孺。辛卯，以僧孺爲兵部尚書同平章事。於是二人相與排擯李德裕之黨，稍稍逐之。」

到文宗太和五年，李德裕與牛僧孺在對吐蕃的政策上發生齟齬㉝，加之李德裕黨也極力誣牛，以爲「僧孺與德裕有隙，害其功。」從此牛僧孺被疏，李宗閔引薦牛僧孺以排斥德裕之舉，就此結

㉜ 通鑑長慶三年：「三月、壬戌，以牛僧孺爲中書侍郎同平章事。時僧孺與李德裕皆有入相之望，德裕出爲浙西觀察使，八年不遷。以爲李逢吉排己，引僧孺爲相，由是牛李之怨愈深。」

㉝ 見前節「黨爭形成的原因」(3)政策的分歧（丙）項。

束。

## ㈣李德裕排斥李宗閔黨

文宗太和六年十二月丁未，李德裕爲兵部尚書，上注意甚厚，旦夕且爲相。李宗閔百方沮擾，不成。七年春二月，李德裕同平章事，立卽展開了一次對李宗閔黨之大規模排斥。據通鑑載：

「德裕入謝，上與之論朋黨事，對曰：方今朝士三分之一爲朋黨。時給事中楊虞卿與從兄中書舍人汝士，弟戶部郎中漢公、中書舍人張元夫、給事中蕭澣等善交結，依附權要，上干執政，下撓有司，爲士人求官及科第，無不如志。上聞而惡之，故與德裕言首及之。德裕因得以排其所不悅者。」

其中楊虞卿是李宗閔的知友，宗閔待之如骨肉，且能與之唱和，故時人號稱「黨魁」（參新舊唐書楊虞卿傳）而其他諸人也均爲牛黨中人，自必爲德裕排斥。楊虞卿貶常州刺史，張元夫爲汝州刺史、蕭澣爲鄭州刺史，當時還有左散騎常侍張仲方，只因曾經駁斥李吉甫的謚號，雖然德裕爲相時，他稱疾不朝，仍被牽連而斥爲賓客分司。且從此李宗閔被德裕奚落的無地自容。據通鑑載：

「他日，上復言朋黨，李宗閔曰：臣素知之，故虞卿輩，臣皆不與美官。李德裕曰：給事非美官而何？宗閔失色。」

七年六月，李德裕以鄭覃爲御史大夫。但李宗閔曾因惡鄭覃在禁中數言事，而奏罷覃爲翰林學士。此次見德裕有援引之意，於是又欲加阻擾，遂與李德裕發生衝突。據通鑑載：

「上從容謂宰相曰：殷侑有經術，頗似鄭覃。宗閔對曰：覃、侑經術誠可尙，然議論不足聽。李德裕曰：覃、侑議論，他人不欲聞，惟陛下欲聞之。後旬日宣出，除覃御史大夫。宗閔謂樞密使崔潭峻曰：事一切宣出，安用中書。潭峻曰：八年天子，聽其自行事亦可矣。宗閔愀然而止。」

事後四天，李宗閔卽充山南西道節度使。

㈤李逢吉之排斥李德裕

文宗太和八年，李逢吉思復入相，於是使李仲言厚賂鄭注，注引仲言見王守澄，並得轉薦於上，而得寵。時李德裕極力反對，而文宗卻以李逢吉所薦爲由，而不聽德裕，此事發生在八月。到九月時李逢吉黨卽時展開排斥李德裕之行動。據通鑑載：

「王守澄、李仲言、鄭注皆惡李德裕，以山南西道節度使李宗閔與德裕不相悅，引宗閔以敵之。壬戌召宗閔於興元。」

同年十月庚寅，李宗閔爲中書侍郎同平章事，五日後，卽出李德裕充山南西道節度使。李德裕見上自陳，請留京師爲兵部侍郎。李宗閔卽言德裕制命已行，不宜自便，復以李德裕爲鎭海節度使，不復兼平章事。當時德裕和宗閔各有朋黨，相互援擠，故文宗有「去河北賊易，去朝中朋黨難」之歎，此次鬥爭，李德裕黨失勢。

(六)李德裕李宗閔同遭斥逐

文宗太和九年，李訓、鄭注迎合上意，以擬誅宦官而得幸。然在朝士中，對二李之黨皆多所排斥。先是三月，以李德裕曾存處漳王傅母杜仲陽爲由，而貶德裕。據通鑑載：

「初李德裕爲浙西觀察使，漳王傅母杜仲陽坐宋申錫事，放歸金陵，詔德裕存處之。會德裕已離浙西，牒留後李蟾，使如詔旨，至是左丞王璠、戶道侍郎李漢，奏德裕厚賂仲陽，陰結漳王，圖爲不軌。上怒甚。召宰相及璠、漢、鄭注等面質之。璠、漢等極口誣之。路隋曰：德裕不至有此，果如所言，臣亦應得罪。言者稍息。夏四月，以德裕爲賓客分司……。丙申，以門下侍郎同平章事路隋，充鎮海節度使。趣之赴鎮，不得面辭，坐救李德裕故也。」

其次，再設計貶李宗閔，據通鑑太和九年七月載：

「初，李宗閔爲吏部侍郎，因駙馬都尉沈㼆，結女學士宋若憲、知樞密楊承和得爲相。及貶明州，鄭注發其事。壬子再貶處州長史。著作郎分司舒元輿與李訓善。訓用事，召爲右司郎中，兼侍御史知雜，鞫楊虞卿獄。癸丑……貶吏部侍郎李漢爲汾州刺史、刑部侍郎蕭澣爲遂州刺史，皆坐李宗閔之黨。是時，李訓、鄭注連逐三相，威震天下，於是平生絲恩髮怨，無不報者。」

又載：「八月丙子，又貶李宗閔潮州司戶，賜宋若憲死。」

又載：

「丙申，詔以楊承和庇護宋申錫、韋元素、王踐言與李宗閔、李德裕中外連結，受其賂遺。承和可驩州安置，元素可象州安置，踐言可恩州安置。今所在錮送。楊虞卿、李漢、蕭澣爲朋黨之首。貶虞卿虔州司戶，漢汾州司馬，澣遂州司馬。尋遣使追賜承和、元素、踐言死。時崔潭峻已卒，亦剖棺鞭尸。……鄭注之入翰林也，中書舍人高元裕草制。言以醫藥奉君親。注銜之，奏元裕嘗出郊送李宗閔。壬寅，貶元裕閬州刺史。……時注與訓所惡朝士，皆指目爲二李之黨，貶逐無虛日，班列殆空，廷中恟恟，上亦知之。訓、注恐爲人所搖。九月癸卯朔，勸上下詔，應與德裕，宗閔親舊及門生、故吏，今日以前，貶黜之外，餘皆不問，人情稍安。」

李訓、鄭注對二李及其黨人之排斥，幾達「一網打盡」，此時二李已無暇自鬥了。

㈦李德裕之再斥牛僧孺、李宗閔

武宗會昌元年，李德裕同中書門下平章事，對牛僧孺和李宗閔再度展開排斥。先是委罪僧孺。據通鑑載：

「先是漢水溢，壞襄州民居，故李德裕以爲僧孺罪而廢之。（胡三省注：史言李德裕以私怨廢牛僧孺）。」

三年五月，再以私怨貶李宗閔。據通鑑載：

「五月，李德裕言太子賓客分司李宗閔與劉從諫交通，不宜置之東都。戊戌，以宗閔爲湖州刺史。」

按劉從諫初爲昭義節度使時，因與仇士良有隙。從諫曾獻九尺馬，以爲武宗卽位賀，但不被接納，從諫以爲是仇士良阻撓，怒而殺其馬，由是與朝廷猜怨，後來從諫死，他的弟弟左驍衞將軍從素之子劉稹，繼掌兵權。其時李德裕極力主張征伐劉稹，所以李德裕藉機貶斥宗閔。到四年，更擴大事態，以排斥牛僧孺。據通鑑載：

「李德裕怨太子太傅東都留守牛僧孺，湖州刺史李宗閔。言於上曰：劉從諫據上黨十年。太和中入朝，僧孺、宗閔執政不留之，加宰相縱去，成今日之患，竭天下之力，乃能取之，皆二人之罪也。德裕又使人於潞州，求僧孺、宗閔與從諫交通書疏，無所得，乃令孔目官鄭慶，言從諫每得僧孺、宗閔書疏，皆自焚毀。詔追慶下御史臺按問。中丞李回，知雜鄭亞，以爲信然。河南少尹呂述與德裕書，言稹破報至，僧孺出聲歎恨。德裕奏述書，上大怒，以僧孺爲太子少保分司，宗閔爲漳州刺史。戊子，再貶僧孺汀州刺史，宗閔漳州長史……。十一月，復貶牛僧孺循州長史，宗閔長流封州。」

李黨又是一次鬥爭的勝利。不過此後，李德裕由於秉政日久，好徇愛憎，以致人多怨之，而且武宗對他也失去了重視。

## (八)白敏中之排斥李德裕以及德裕之死

及宣宗卽位，尤惡李德裕之專橫，會昌六年四月，出德裕爲檢校司徒同平章事荆南節度使。大中元年正月，更爲白敏中所排斥。據通鑑載：

「初，李德裕執政，引白敏中爲翰林學士，及武宗崩，德裕失勢，敏中乘上下之怒，竭力排之。使其黨李咸訟德裕罪，德裕由是自東都留守，以太子少保分司。左諫議大夫張鷟等上言：陛下以旱理繫囚，慮有寃滯，今所原死罪，無寃可雪，恐凶險僥倖之徒，常思水旱爲災，宜如馬植所奏，詔從之，皆論如法。以植爲刑部侍郎，充鹽鐵轉運使。植素以文學政事有名於時，李德裕不之重，及白敏中秉政，凡德裕所薄者，皆不次用之……。」

到了九月，吳汝納訟其弟湘，罪不至死，李紳與李德裕相表裏，欺罔武宗，枉殺其弟，於是召江州司戶崔元藻等對辨，十二月御史臺判如吳汝納言，貶太子少保分司李德裕爲潮州司馬。影響所及，二年秋九月，李回、鄭亞皆坐前不能直吳湘獄，回左遷湖南觀察使，亞貶循州刺史，李紳時已死，故追奪三任告身，崔嘏坐草李德裕制，不盡言其罪，貶端州刺史。秋九月，李德裕再貶崖州司戶，三年十一月，己未，李德裕卒。結束了爲時四十餘年的「牛李」黨爭。

# 第二章　黨爭與史料鑑別

研究唐代「牛李黨爭」的主要史料來源，不外四方面：

一、唐代當時人的歷史記錄：以實錄爲主。

二、後代官修的正史：以新、舊唐書爲主。

三、後代私人撰述的史書：以資治通鑑爲主。

四、唐代當時人的傳聞：以唐人的筆記小說爲主。

因爲這些資料正代表了來自四種不同的角度和觀點，倘能融會貫通，去僞存眞，則對唐代「牛李黨爭」眞相的了解，自有不可磨滅之價值。然而以上史料中，憲、穆、敬、文、武、宣諸朝之實錄，皆已不存，今日雖可於通鑑考異中，得悉一、二，但已不能窺知全貌，且其中憲、穆、敬諸朝實錄，皆出唐人之手，甚或修撰者即爲黨爭中人，其態度不得不令人存疑。而官修之劉昫舊唐書與宋祁、歐陽修之新唐書，由於個人政治立場之不同，其品評人物，敍述史事，也偶有偏頗好惡之詞。而司馬光所撰之資治通鑑，雖爲史態度謹嚴，引用資料博贍，但是否由於是書主題、立意之影響，而有曲筆附會之處也有待還其本眞。至於唐人筆記小說，雖事出稗官野史，或涉黨爭恩怨，然其樸直純眞處，也往往可以補正史之闕。故此章撰論文三篇，皆與唐代「牛李黨爭」之史料及其鑑別有關，故名之爲「黨爭與史料鑑別」。

## 一、通鑑考異中提到幾種因牛李黨爭而竄改的史書

### 前言

宋司馬光撰述資治通鑑，以宋英宗治平二年（西元一〇六五）受詔，至神宗元豐七年（西元一〇八四）十二月戊辰書成，歷時凡十九年。其所採用之書，除正史外，雜史有三百二十二種之多。殘稿之存於洛陽者，尙盈兩屋❶。所用材料不爲不豐。因此其中一事，有以三、四出處所撰成者，於是爲釐別資料，別撰考異三十卷，以明異同去取之標準。逮及元代胡三省注通鑑時，才以所注並通鑑考異，散入本書各文字之下，冠以「考異」二字，以爲識別。今所傳之通鑑本卽是

❶ 見高似孫緯略載。

如此。

今於通鑑考異中檢得，有部分史籍資料，因「牛李黨爭」之故而將史事加以竄改者。分別有憲宗實錄、穆宗實錄、敬宗實錄、舊唐書與李德裕所撰之文武兩朝獻替記等五種，並經考異一一指明其竄改之處。現分別臚列於下，並討論其所以竄改之原因。

## (一) 見於實錄者：

古者左史記言，右史記事，迨及漢代，凡記言記事之職，統歸之於起居注；掌記皇帝之起居與言行。而後世之「實錄」一體，卽本起居注之資料而略加增補者。考「實錄」一詞，最早見於漢書司馬遷傳贊：

「皆稱遷有良史之才，其善序事理，辨而不華，質而不俚，其文直，其事該，不虛美，不隱惡，故謂之實錄。」

而王先謙集解則說：

「自唐後，每帝修實錄，義取於此。」

所以唐代自高祖以下，迄於哀宗，廿一帝，無一人無實錄。然唐代實錄之存於今者，僅得有韓愈所撰之「順宗實錄」而已❷。照理「實錄」中所記史事皆當眞實無疑，但事實不然，韓愈之「順

❷ 見金毓黻撰中國史學史第六章第一節「唐及五代實錄」。

宗實錄」早在當代就遭人非議，以爲「繁簡不當，敍事拙於取捨」❸。這恐怕與實錄中所敍及之當事人往往健在；卽或物故，然其子孫或部屬猶存有關，故褒貶稍有不當，卽易招殺身或貶斥之禍，所以實錄在撰著上，自有其困難。

尤其唐代自憲宗以降，歷經穆、敬、文、武、宣數帝，正是「牛李黨爭」鬥爭、排擠最爲激烈時期，士大夫間，幾非「牛」卽「李」。於是修撰者往往因其政治立場之影響而及其史筆。故出於唐人之手所修撰之憲、穆、敬三朝實錄，在司馬光作考異之審視下，幾皆有被竄改之處，今分述於下：

(1)憲宗實錄

通鑑憲宗元和三年九月戊戌「以中書侍郎同平章事李吉甫同平章事，充淮南節度使」條下，考異說：

「舊唐書吉甫傳曰：『初，裴均爲僕射判度支，交結權倖，欲求宰相。先是制試直言極諫科，其中有譏刺時政，忤犯權倖者。因此均黨揚言皆執政教指，冀以動搖吉甫。賴諫官李約、獨孤郁、李正辭、蕭俛密疏陳奏，帝意乃解。吉甫早歲知獎羊士諤，擢爲監察御史，又司封員外郎呂温有詞藝，吉甫亦眷接之。竇羣初拜御史中丞，奏請士諤爲侍御史，温爲郎中

❸ 舊唐書韓愈傳：「繁簡不當，敍事拙於取捨，頗爲當代所非。穆宗，文宗嘗詔史臣添改。」穆宗時路隋受詔修改順宗實錄，見新舊唐書路隋傳俱有載。

知雜事。吉甫怒其不先關白，而所請又有超資者，持之數日不行，因而有隙。羣遂伺得日者陳克明出入吉甫家，密捕以聞。憲宗詰之，無姦狀。吉甫以裴垍久在翰林，憲宗親信，必當大用，遂密薦垍代己，因自圖出鎮。其年九月拜淮南節度使，在揚州，每有朝廷得失，皆密疏論列。』

按牛僧孺等指陳時政之失，吉甫泣訴，故貶考覆官。裴垍等雖欲爲讒，若云執政自教舉人詆時政之失，豈近人情邪！吉甫自以誣搆鄭絪，貶斥裴垍。蓋憲宗察其情而疏薄之，故出鎮淮南，及子德裕秉政，掩先人之惡，改定實錄，故有此說耳❹。」

按：考異引舊唐書史事爲例，而按語中則以爲德裕掩先人之惡而改定實錄，則此「實錄」顯指憲宗實錄，劉昫舊唐書之修撰，必有參引實錄者，又「憲宗實錄」之成書。據新唐書藝文志史部實錄類載：

「憲宗實錄四十卷，爲沈傳師、鄭澣、宇文籍、蔣係、李漢、陳夷行、蘇景胤撰。杜元穎、韋處厚、路隋監修❺。」

館閣書目說：

「起藩邸，盡元和十五年正月。按：文宗實錄：『長慶二年，閏十月己亥，路隋以學

❹ 德裕作僞之迹，見第一章「黨爭的肇始」一節有詳細論辯。

❺ 崇文總目、館閣書目、晁氏讀書志、陳氏書錄解題、宋志並同。

士，處厚以舍人並修撰，更日入史館。明年，詔元穎與傳師、滸、籍與處厚、隋等，分年編次，未及成。大和中，詔景裔（即胤）、夷行、漢、係等續修，成四十卷（原注：四年三月丁酉路隋進）目錄一卷（原注：今不存）上之。時大和四年也。賜錦綵銀器。會昌元年四月，又詔再修撰，與先撰成本同進。三年十月，宰臣李紳、史臣鄭亞等，進重修四十卷。賜銀綵。大中二年十一月，又詔止行舊本，其再修本，今不傳。」

可知「憲宗實錄」的修撰凡兩次。傳世者爲舊本，舊本的發凡起例，都出於處厚之手❻。而書成於路隋爲相之時。舊本「憲宗實錄」中，某些記事可能對李吉甫不利。所以李漢即以「預修憲宗實錄，尤爲李德裕所憎」（舊唐書李漢傳）。會昌元年，李德裕爲中書門下平章事，所以有重修「憲宗實錄」之舉，參與重修者有李紳、鄭亞等。他們皆李德裕黨之中堅份子❼，於重修時經李德裕授意，以爲李吉甫庇護者，甚有可能。所以後來周墀才會建言說：

「故宰相德裕，重定元和實錄，竄寄他事，以廣父功，凡人君尚不改史，取必信也，遂制新書❽。」

❻ 舊唐書韋處厚傳：「奉詔修元和實錄，未絕筆，其統例取捨皆處厚創起焉。」

❼ 李紳事可參本論文第三章黨爭與文學中「李紳的趨翰苑遭誣搆四十六韻詩」一文。又鄭亞事參見本論文第三章黨爭與文學中「試探李娃傳的寫作動機及其年代」。

❽ 周墀建言見新唐書卷一八二周墀傳。

到大中二年李德裕貶崖州。據「再貶李德裕崖州司參軍制（見全唐文七九）」說：

「元和實錄乃不刊之書，擅敢改張，罔有畏忌；奪他人之懿續，爲私門之令猷。又附會李紳之曲情，斷成吳湘之寃獄。」

於是新撰實錄遂廢，而德裕、鄭亞也於此時流竄，然則，德裕之貶死崖州，已不僅爲吳湘寃死之獄訟之故❾。

則考異中說：「德裕掩先人之惡，改定實錄，故有此說。」云云，所謂「此說」當卽指新撰實錄而言。新撰實錄雖廢而不行，並未板毁。是否撰舊唐書李吉甫傳者，未經深察，而採掇入傳，亦未可知。

(2)穆宗實錄

通鑑穆宗長慶三年十月壬辰，於「復以愈爲吏部侍郎，紳爲戶部侍郎。」條下，考異說：

「穆宗實錄曰：『紳性險，果交結權倖，自以望輕，頗忌朝廷有名之士。及居近署，封植己類，以樹黨援，進修之士，懼爲傷毒，疾之，常指鈞衡，欲逞其私志。時宰病之，因以人情上論，諫官歷獻，方有江西之命，行有日矣，因延英對辭，又泣請留侍，故有是拜，人情憂駭。』此蓋修穆宗實錄者惡紳，故毁之如是，今從敬宗實錄。」

按：據新唐書藝文志所載，穆宗實錄二十卷。爲蘇景胤、王彥威、楊漢公、蘇滌、裴休撰，

❾ 據通鑑、李德裕係以寃殺吳湘案，於大中元年被牛黨攻擊而貶潮州司馬，再貶崖州司戶。

路隋監修⑩。而館閣書目，敍其編撰之經過則說：

「起於元和十五年正月，盡長慶四年十一月，凡五年。隋傳云：太和七年，表上憲、穆實錄。今按上憲錄在四年。」

今翻查參與修撰「穆宗實錄」諸人，蘇景胤、王彥威⑪、蘇滌等新舊唐書中皆無傳。裴休傳見新唐書卷一八二、舊唐書卷一七七，路隋傳見新唐書卷一四二、舊唐書卷一五九。然二人傳中均無可尋檢與李紳不協之迹。唯楊漢公傳附見於舊唐書卷一七六、新唐書卷一七五楊虞卿傳中。略載：

「漢公字用乂，始辟爲興元李絳幕……坐虞卿下除舒州刺史，徙湖、亳、蘇三州，擢桂管浙東觀察使……⑫。」

而新唐書楊虞卿傳有提及蘇景胤之名。略說：

「虞卿佞柔、善諧麗權幸，倚爲姦利，歲貢舉者皆走門下，署第注員，無不得所欲，升沈在牙頰間。當時有蘇景胤、張元夫，而虞卿兄弟汝士、漢公爲人所奔向。故語曰：欲趨舉場問蘇、張，蘇張猶可，三楊殺我，宗閔待之尤厚，就黨中爲最能唱和者，以口語軒輊事

⑩ 崇文總目、館閣書目、郡齋讀書志、直齋書錄解題、宋志並同。
⑪ 王彥威、裴休於全唐文或全唐詩中有傳。但不書與紳不協事。
⑫ 全唐詩楊漢公小傳，所敍大致相同。

機，故時號『黨魁』……。」

則顯然蘇景胤、楊漢公俱爲牛黨中人，自與有李黨中「三俊」之稱的李紳爲政治立場所對立。漢公爲虞卿弟，當虞卿之貶死虔州司戶，卽由於李固言之素嫉虞卿朋黨，而誣奏：「鄭注爲上合金丹，須小兒心肝」語出於京兆尹虞卿之從人。當時雖有漢公、幷男、知進等人的撾鼓訴寃，虞卿仍不免遭貶，且漢公因此係累。故考異中所謂「惡李紳者」，當爲蘇景胤、楊漢公諸人，應無可疑。

(3)敬宗實錄

通鑑穆宗長慶三年九月「李逢吉爲相，內結知樞密王守澄，勢傾朝野。」條下，考異說：

「李讓夷敬宗實錄曰：『逢吉用族子仲言之謀，因鄭注與王守澄潛結上於東宮，且言逢吉實立殿下，上深德之。』又曰：『張又新、李續之皆逢吉藩僚。時又新爲右補闕，續之爲度支員外郞。』劉昫承之爲逢吉傳，亦言『逢吉令仲言賂注，求結於守澄。仲言辯譎多端，守澄見之甚悅。自是逢吉有助，事無違者。』其李訓傳則云：『訓自流所還，丁母憂，居洛中。時逢吉爲留守，思復爲相，乃使訓因鄭注結王守澄。』然則逢吉結守澄乃在文宗時，非穆宗時也，二傳自相違，逢吉結守澄要爲不誣。然未必因鄭注。李讓夷乃李德裕之黨，惡逢吉，欲重其罪，使與李訓、鄭注皆有連結之迹，故云用訓謀因注以交守澄耳。又張又新、李續之爲逢吉藩僚，乃在逢吉再鎭襄陽後，於此時未也，今不取。」

又通鑑穆宗長慶四年三月「遂以額叩龍墀，見血不已，響聞閤外。」條下，考異說：

「實錄曰：『莊周云：爲善無近名，爲惡無近刑。意者，旣能爲近名之善，卽必忍爲近刑之惡。栖楚本王承宗小吏，果敢有聞，逢吉擢而用之。蓋取其鷹犬之效耳。夫諍諍之道，是豈能知之乎？卽如比干剖心，當文王與紂之事也。朱雲析檻，恐漢室之爲新室也。時危事迫，不得不然，故忠臣有死諫之義。至如上少嗜寢，坐朝稍晚，蓋宰臣密勿，諫臣封事而可止者也。豈在暴揚面數，激訐於羽儀之前，致使上疑死諫爲不難，謂細事皆當碎首，從此遂不覽章疏，卒有克明之難，實栖楚非之。況諫辭皆羣黨所作，而使栖楚道之哉！續前直而資後詐，殊可歎駭。』按李讓夷此論，豈非惡栖楚而彊毀之邪！今所不取。」

又通鑑穆宗長慶四年夏四月「時人惡逢吉者，目之爲八關十六子。」條下，考異說：

「按宰相之門何嘗無特所親愛之士，數蒙引接，詢訪得失，否臧人物，其間患邪渾殽，因亦多矣。其疏遠不得志者，則從而怨疾之，巧立品目，以相譏誚，此乃古今常態，非獨逢吉之門有八關十六子也。舊逢吉傳以爲，有求於逢吉者，必先經此八人納賂，無不如意，亦恐未必然。但逢吉之門險詖者爲多耳。此皆出於李讓夷敬宗實錄。按栖楚爲吏，敢與王承宗爭事，此乃正直之士，何得爲佞邪之黨哉！蓋讓夷德裕之黨，而栖楚爲逢吉所善，故深詆之耳。」

按：以上三條資料皆提及「敬宗實錄」有被李讓夷竄改之嫌。據新唐書藝文志所載，「敬宗實錄」有十卷。爲陳商、鄭亞撰，李讓夷監修⑬。館閣書目說：

「起於長慶四年，盡寶曆二年，凡三年，會昌五年上。」

陳商生平不見於新舊唐書載錄，鄭亞爲德裕黨人已無庸置疑⑭。而舊唐書卷一七六李讓夷傳說：

「開成元年，以本官兼知起居舍人事，時起居舍人李褒有痼疾，請罷官。宰臣李石奏闕官，上曰：褚遂良爲諫議大夫，嘗兼此官。卿可盡言，今諫議大夫姓名，石遂薦李讓夷、馮定、孫簡、蕭俶。帝曰：讓夷可也。李固言欲用崔球、張次宗。鄭覃曰：崔球遊宗閔之門，赤墀下秉筆記注爲千古法，不可用朋黨。如裴中孺、李讓夷，臣不敢有纖芥異論。其爲人主、大臣知重如此。二年拜中書舍人，以鄭覃此言深爲李珏、楊嗣復所惡。」

對李讓夷知重者鄭覃爲李黨中堅，而深惡讓夷者李珏、楊嗣復俱爲牛黨中人，則李讓夷之政治立場之屬李黨已十分明顯。其於監修「敬宗實錄」時，將牛黨的劉栖楚、李逢吉加以醜化，自有可能。

### (二) 見於舊唐書者

通鑑穆宗長慶二年辛巳：「中書侍郎同平章事崔植罷爲刑部尚書。以工部侍郎元稹同平章事。」條下，考異說：

⑬ 崇文總目、館閣書目、郡齋讀書志、直齋書錄解題、宋志並同。

⑭ 鄭亞與李德裕之關係，可參見本書第三章黨爭與文學「試探李娃傳的寫作動機及其年代」。

「實錄以御史中丞牛僧孺爲戶部侍郎，翰林學士李德裕爲御史中丞。舊李德裕傳：『元和初用兵伐叛，始於杜黃裳誅蜀，吉甫經畫欲定兩河，方欲出師而卒。繼之元衡、裴度。而韋貫之、李逢吉沮議，深以用兵爲非。而韋、李相次罷相，故逢吉常怒吉甫、裴度。而德裕於元和時，久之不調。逢吉、僧孺、宗閔以私怨恆排擯之，時德裕與李紳、元稹俱在翰林，以學識才名相類，情頗款密，逢吉之黨惡之，其月自學士出爲御史中丞。』按：德裕元和中揚歷清要，非爲不調。此際元稹入相，逢吉在淮南，豈能排擯德裕。蓋此德裕黨人之語耳。」

按：考異此段文字，旨在說明，舊唐書李德裕所謂「元和時，久之不調」不實，爲德裕黨嫁禍李逢吉等人之語，而「穆宗實錄」中本無。其實劉昫之舊唐書記牛李黨爭事，態度上較新唐書爲公正⑮。舊唐書李德裕傳所說：「久之不調」當指元和十一年以後，因爲李吉甫卒於元和十年五月，在此之前，德裕皆以「父（吉甫）再秉國鈞，避嫌不仕臺省，累辟諸府從事」（見舊唐書李德裕傳）自十一年以後直到長慶元年間，李德裕的仕宦情形，據舊唐書李德裕傳所載：

「十一年張弘靖罷相，鎭太原，辟爲掌書記。由大理評事得殿中侍御史。十四年府罷，從弘靖入朝，眞拜監察御史。明年（元和十五年）正月穆宗卽位，召入翰林充學士……踰月改屯田員外郎。」

德裕從諸府從事到太原府掌書記（從九品下）是升官，因爲唐代除京兆、河南兩府外，太原府爲

⑮ 舊唐書論牛李黨事較新唐書爲公正，參見下節「兩唐書所論牛李黨事之歧異」一文。

最貴。從太原掌書記到全國最高司法機關——大理寺爲評事（從八品下）也是升官。再到全國最高監察機關——御史臺爲殿中侍御史（從七品下），也是升官。及拜監察御史（正八品下），是在御史臺的察院，與殿中侍御史之在殿院，職司不同，官品稍低，則是調遷。穆宗卽位時召入翰林充學士，則是到了輔弼機構，乃是協助天子樞機者，其禮尤寵⑯。則李德裕在元和時雖未必「揚歷清要」，至少也是「步步高陞」。劉昫舊唐書李德裕傳，既已明白敍述德裕這段仕宦經歷，自不應再書「元和時久之不調」以自相矛盾。故考異所指，此爲「德裕黨人之語」的說法，似可成立，但何以得滲入舊唐書，則不可確知。宋祁等重修新唐書時，必已發現此一矛盾，所以李德裕傳中特刪去「由大理評事得殿中侍御史」等職銜⑰。並不言「德裕元和時久之不調」而僅書「擯德裕不得進」，則已是穆宗長慶年事，於事實已無不合。

### （三）見於文武兩朝獻替記者

通鑑武宗會昌三年五月「李德裕言太子賓客分司李宗閔與劉從諫交通，不宜寘之東都。戊戌以宗閔爲潮州刺史。」條下，考異說：

「獻替記曰：『四月十九日，上言東都李宗閔：我聞比與從諫交通，今澤潞事如何？可

⑯ 見新唐書百官志、國立政治大學叢書楊樹藩著「唐代政制史」。

⑰ 舊唐書所云：「由大理評事得殿中侍御史」記載，本有問題。按殿中侍御史已在御史臺。而下文言「十四年府罷，從弘靖入朝，眞拜監察御史。」則又似是十四年始隨弘靖入朝，至御史臺爲官。

別與一官，不要令在東都。德裕曰：臣等續商量。上又云：不可與方鎭，只可與一遠郡。德裕又奏云：須與一郡。』此蓋德裕自以宿憾，因劉稹事害宗閔，畏人譏議，故於獻替記載此語，以隱其跡耳。今從實錄。」

又通鑑武宗會昌三年五月「上卽命下詔討之。」條下，考異說：

「獻替記曰：『五月十一日，德裕疾病，先請假在宅，李相紳其日亦請假。李相讓夷獨對上，便決攻討之意。李相歸中書後，錄聖意四紙，令德裕草制，至薄晚封進。明日，遂降麻處分。』舊本紀下制討稹。今從實錄。」

按：考異所引前一例明言「獻替記」爲隱藏德裕之迹而有竄改，後一例雖未明言，但考異旣從實錄，則知「獻替記」也經改撰無疑。據新唐書藝文志雜史類載：

「李德裕文武兩朝獻替記三卷。」

則考異所謂「獻替記」當卽指此書。爲李德裕自撰。不過，今存於百部叢書本、十萬卷樓叢書、續談助中之「文武兩朝獻替記」中，俱不見考異所錄者。據該書後有附記說：

「右鈔李德裕文武兩朝獻替記。其已爲史官所取，與挾黨情者皆比略之。」

則李德裕自撰之「文武兩朝獻替記」有爲黨爭事而改撰史事、或隱藏其迹之事，當爲定論。

## 結 論

前文所提到幾種因牛李黨爭而竄改的史書中，有實錄、正史、雜史等，使我們驚異的是：

㈠實錄是史學研治中的第一手資料，往往爲後世修正史者所本。今翻檢唐代憲、穆、敬三朝實錄，經考異指出，均有因牛李黨爭而有竄改之處。實錄之撰述均明注作者姓名，與小說之可以僞造撰者以爲惡意攻訐者不同，而竟然仍有曲筆、改竄之處，由此可見「牛李黨爭」之激烈。

㈡唐代歷朝實錄不下廿餘種。然流傳至今的僅存韓愈所撰的「順宗實錄」而已，但「順宗實錄」也已多加刪改，其爲後人所非議處，是否爲韓愈之舊，似成問題，據韓愈進「順宗實錄」表中說：

「八年十一月，臣在史職，監修李吉甫授臣，以前史官韋處厚所撰先帝實錄三卷，云未周悉，令臣重修。臣與修撰左拾遺沈傳師、直館京兆府咸陽縣尉宇文籍等，共加採訪，並尋檢詔勅，修成順宗實錄五卷。刪去常事，著其繫於政者，比之舊錄，十益七八。忠良姦佞，莫不備書，苟關於時，無所不錄。吉甫愼重其事，欲更研討。比及身歿尚未加功。臣於吉甫宅取得舊本，自冬及夏刊正方畢。」

則「順宗實錄」之多經刪改，是否韓愈功過，蓋難論定。所以唐代實錄之所以多所亡佚，恐因內容之不實爲其主因。

㈢從通鑑考異中彙集與「牛李黨爭」相涉，而經兩黨中人，因政治立場的關係，加以刪改史實的實錄，計有憲宗實錄一條，穆宗實錄一條，敬宗實錄三條。其中重修本憲宗實錄之所以被竄改，是由於參與重修者李紳和鄭亞是屬於李黨，所以對李德裕之父親李吉甫多所曲護。而穆宗實錄之所以被竄改，是由於修撰者蘇景胤、楊漢公爲牛黨，所以對李黨「三俊」之一的李紳，惡意中傷。至於敬宗實錄之所以被竄改，是由於修撰者李讓夷、鄭亞屬於李黨，所以對牛黨中人李逢吉、劉栖楚多所誣謗與曲解。

因爲憲、穆、敬三朝實錄，今已不傳，於是我們只能從考異中窺知少許被竄改之跡，若有存書比對，可能被竄改處，不止如此，足見當時「牛李黨爭」之嚴重影響，已到不惜汚染實錄的程度。

㈣舊唐書中一則資料的偏頗，是編撰者引用「重修本憲宗實錄」，未加審察而造成。並非有意作僞，甚至它本身也是竄改後實錄的受害者。從此一例子，益證牛李黨爭對正史影響的嚴重性。

㈤文武兩朝獻替記爲李德裕所撰，竄改史事以解宿憾的可能成份甚大。除了考異中指出一則外，其他竄改處一定仍多。只可惜今所存本中之「挾黨情者」已被略去。不過李德裕的此種做法是難逃後人指責的。

以上只是從通鑑考異中尋檢出的一些例子，已足可喚醒我們讀史不可不愼的警惕。

# 二、兩唐書所論「牛李黨爭」的歧異

## 前　言

歷代比較、評析新、舊唐書在文筆、紀事方面，得失、優劣的文章已不少⑱。至於比較兩唐書對「牛李黨爭」此一歷史事件之異同的文章，則前人未曾詳言。因爲「牛李黨爭」是中、晚唐，外廷士大夫間一件大事，對歷史、政治、文學各方面的影響都甚大。而一般人對此一事件的了解概念，多來自於新、舊唐書，可是新、舊唐書的編撰者，由於個人時代背景，所見史料以及史觀的不同，在敍述上卻有一些文字的歧異。經常許多學者對新、舊唐書的引用，往往是不作分別的。如今爲求明白「牛李黨爭」的眞相，我把兩唐書中同時記載「牛李黨爭」有關的文字，兩兩比勘，若二者記敍有不够明晰處，再以通鑑以爲衡量。檢得歧異者十二條，臚列於下：

### (一) 黨爭肇始之原因所繫傳略不同

⑱ 如清趙紹祖撰「新舊唐書互證」，見藝文史學叢書，又如金毓黻著「中國史學史」第六章第二節「兩唐書之得失」，又見余嘉錫「四庫提要辯證」新唐書條。

唐代「牛李黨爭」的肇始，以元和三年，李宗閔、牛僧孺、皇甫湜的條指李吉甫失政爲遠因。長慶元年，李德裕、李紳、元稹的聯合攻擊錢徽貢舉不公者爲近因。在兩唐書的李宗閔傳和李德裕傳中均明載此事（唯繁簡不同）。然而牛僧孺傳對此事的敍述，則僅載於新唐書（卷一七四），不見於舊唐書（卷一七二）。對這種安排可能有一種解釋是：新唐書把「牛李黨爭」的重點，著落在李德裕、李宗閔以及牛僧孺三人的身上，而舊唐書則把重點只落於李德裕、李宗閔而已。所以牛僧孺在黨爭中的地位提高，是新書的安排。

## （二）新唐書隱李德裕之名以爲諱

兩唐書中均敍及朋黨爭議，或排擯之事時，舊唐書多據事直書，而新唐書則往往有意隱去李德裕之名，或簡稱「李」，以爲德裕朋黨諱。如李珏傳。舊唐書卷一七三載：

「三年（開成），楊嗣復輔政，薦珏以本官同平章事。珏與固言、嗣復相善。自固言得位，相繼援引，居大政，以傾鄭覃、陳夷行、李德裕三人。凡有奏議，必以朋黨爲謀，屢爲鄭覃所廷折之。」

照舊唐書的行文看，楊嗣復、李珏、李固言爲一黨，而鄭覃、陳夷行、李德裕又爲一朋。而新唐書卷一八二李珏傳則删去「李德裕」三字，而說：

「開成中楊嗣復得君，引珏同中書門下平章事，與李固言皆善，三人者居中秉權，乃與鄭覃、陳夷行等更持議一，好惡相影和，朋黨益熾矣。」

用一「等」字爲省略，而隱去「李德裕」之名。且新唐書所敍朋黨相斥之意，較之舊唐書尤爲明顯，則顯見新唐書特重朋黨之爭，而又有意爲「李德裕」諱惡。又如李石傳。舊唐書卷一七二載：

「文宗自德裕，宗閔朋黨相傾。大和已後，宿素大臣疑而不用，意在擢用新進孤立，庶幾無黨，以革前弊。故賈餗、舒元輿驟階大用。」

而新唐書卷一三一，又隱去「德裕」之名，而說：

「帝惡李宗閔等以黨相排，背公害政，凡舊臣皆疑不用，取後出孤立者，欲懲刈之。故李訓等至宰相。」

據舊唐書所載的用意，在文宗所以拔擢孤立新進，是有意打擊李宗閔和李德裕兩人的朋黨勢力，這也是造成鄭注、李訓被重用，進而大肆排斥「二李」之黨，以及意欲對付宦官，演成內廷與外廷鬥爭之「甘露事件」的原因之一。在唐史上至爲重要，而經新唐書此一刪削，則文宗所惡者，僅及李宗閔等之相互排擠而已，使德裕置身「黨爭」之外。又如魏謩傳，舊唐書卷一七六載：

「謩初立朝，爲李固言、李珏、楊嗣復所引，數年之內至諫議大夫。武宗卽位，李德裕用事。謩坐楊、李之黨，出爲汾州刺史。」

而新唐書卷九七，則刪去「李德裕用事」一句。說：

「始謩之進，李珏、楊嗣復實推引之。武宗立，謩坐二人黨，出爲汾州刺史。」

則出蓍爲汾州刺史者，似爲武宗之意，而與「李德裕之用事」無關。使李德裕排擯「牛黨」中人之事迹隱去。又如白居易傳。舊唐書卷一六六載：

「太和已後，李宗閔、李德裕朋黨事起，是非排陷，朝昇暮黜，天子亦無如之何？」

「天子亦無如之何」者是何等大事！而新唐書卷一一九竟將此數字删去，繼而澹然說：

「大和初，二李黨事興，險利乘之，更相奪移，進退毀譽，若旦暮然。」

逕用「二李」以代宗閔與德裕，使文意固多含蓄。凡此種種删削處，似皆不能以「新唐書文較簡省」之簡單理由作爲搪塞。

## (三) 新唐書增名以褒德裕

凡舊唐書中對李德裕之言行未盡記載，而此言行又足以褒揚德裕之無黨者。新唐書多能增添德裕之名。如舊唐書卷一七六楊嗣復傳載，武宗卽位後，懷疑嗣復原有擁立安王之意，欲殺之。其文說：

「武宗性急，立命中使往湖南桂管殺嗣復與珏，宰相崔鄲、崔珙等詣延英……珙等曰：

此事曖昧，直虛難辨。」

崔珙這一言，關係重大，就此救了嗣復等一命。而新唐書卷一七四則「宰相」改爲「德裕與」三字，而成：

「德裕與崔鄲、崔珙等詣延英……。」

又改珙等之辭而爲語出德裕。說：

「德裕曰：飛語難辨。」

此一事件於舊唐書卷一七四李德裕傳中，未見著錄，而新唐書卷一八〇中則記載甚詳。說：

「帝嘗疑楊嗣復、李珏、顧望不忠，遣使殺之。德裕知帝果而斷，卽率三宰相見延英，嗚咽流涕曰：昔太宗、德宗誅大臣，未嘗不悔，臣欲陛下全活之，無異時恨，使二人罪惡暴著，天下共疾之。帝不許。德裕伏不起。帝曰：爲公等赦之。德裕降拜升坐。帝曰：如令諫官論事，雖千疏我不赦。德裕重拜，因追還使者，嗣復等乃免。」

讀新唐書此段文字時，對李德裕之不計前嫌，寬宏大量，力救楊嗣復等必感動不已。新唐書所增文決非虛幻，然有意藉此以褒揚李德裕之德行，則用心昭然若揭。

## （四）新唐書刪文爲德裕諱

舊唐書中如有敍及對李德裕不利之文字，於新唐書中則往往刪去全文，以爲德裕諱惡。如舊唐書卷一七二牛僧孺傳，有一段德裕排斥僧孺的文字。說：

「僧孺少與李宗閔同門生，尤爲李德裕所惡。會昌中，宗閔棄斥，不爲生還。僧孺數爲德裕掎摭，欲加之罪，但以僧孺貞方有素，人望式瞻，無伺其隙。德裕南遷，所著窮愁志，引里俗犢子之讖，以斥僧孺，又目爲太牢公，其相憎恨如此。」

而新唐書卷一七四牛僧孺傳中，則將此一段文字全刪。其偏袒德裕之意至爲明顯。

（五）新唐書增文以誣僧孺

凡對牛僧孺不利之事迹，而舊唐書中若或不載者，新唐書多增補之，甚或引用不可信之史料以誣蔑僧孺。如牛僧孺左遷太子少保一事。據舊唐書卷一七二說：

「僧孺奏曰：漢南水旱之後，流民待理，不宜淹留，再三請行，方允。會昌二年，李德裕用事，罷僧孺兵權，徵爲太子少保，累加太子少師。」

可見僧孺之罷，必與德裕之用事有關。而新唐書卷一七四，則增文以言僧孺被罷之原因是：

「漢水溢，壞城郭，坐不謹防，下遷太子少保進少師。」

則僧孺被遷，顯爲治事不力之故。其實此種看法，似有問題。如杜牧說：

「李太尉德裕挾維州事，曰修利不至，罷爲太子少師。」（牛公墓誌銘）

又李珏說：

「仇家得以逞志，舉兩漢故事，坐災異册免，降授太子少師，時議不平。」（牛公神道碑銘並序）

杜牧、李珏皆以僧孺被遷，是爲仇家所害，與漢水溢關係不大。或者有人說杜牧、李珏爲牛黨中人，自爲僧孺諱。其實不然。再看通鑑說：

「以前山南東道節度使同平章事牛僧孺爲太子少師。先是漢水溢，壞襄州民居，故李德裕以爲僧孺罪而廢之。」

胡三省音注：「廢之者，使居散地也。史言李德裕以私怨而廢牛僧孺。」通鑑說法介乎兩唐書之間，態度也較持平[19]。

又如新唐書牛僧孺傳，較之舊唐書增錄一段僧孺與劉從諫交通事。說：

「（會昌二年）劉稹誅，而石雄軍吏得從諫與僧孺、李宗閔交結狀。又河南少尹呂述言僧孺聞稹誅，恨歎之。武宗怒，黜爲太子太保分司東都，累貶循州長史。」

其實參諸通鑑（卷二四八），僧孺並無與劉從諫交結事。文載：

「李德裕怨太子太傅東都留守牛僧孺、湖州刺史李宗閔。言於上曰：從諫據上黨十年，大和中入朝，僧孺、宗閔執政，不留之，加宰相縱去，以成今日之患，竭天下力，乃能取之，皆二人之罪也；德裕又使人於潞州求僧孺、宗閔與從諫交通書疏，無所得，乃令孔目官鄭慶言從諫每得宗閔書疏，皆自焚毁。詔追慶下御史臺按問。中丞李回、知雜鄭亞以爲信然。河南少尹呂述與德裕書，言稹破報至，僧孺出聲歎恨。德裕奏述書，上大怒，以僧孺爲太子少保分司，宗閔爲漳州刺史。」

然則所謂僧孺與從諫交結事，顯然爲「莫須有」[20]。而新唐書竟隱去重要節目，並增錄一段不可盡信之「史料」，其用意必在打擊僧孺無疑。

[19] 湯承業「李德裕研究」、朱桂「牛僧孺研究」二者均論及此事。作者以爲朱說較長。

[20] 朱桂「牛僧孺研究」一書第五章「牛僧孺被誣諸案攷辨」有詳細論辨可參。

又如舊唐書卷一七四李德裕傳中，敍李逢吉與李德裕交怨之情形說：

「逢吉代裴度爲門下侍郎平章事，既得權位，銳意報怨。時德裕與牛僧孺俱有相望。逢吉欲引僧孺，懼紳與德裕禁中沮之。九月出德裕爲浙西觀察使，尋引僧孺同平章事，繇是交怨愈深。」

據舊唐書行文文意看，「交怨愈深」者乃逢吉與德裕。而新唐書卷一八〇則省改爲：

「奪其宰相而已代之，欲引僧孺，益樹黨，乃出德裕爲浙西觀察使，俄而僧孺入相。由是牛李之憾結矣。」

文意竟一變而爲「牛李結憾」。連當事人也變了。

又如舊唐書李德裕傳中敍宗閔、僧孺與德裕結怨的情形說：

「太和三年八月……宗閔尋引牛僧孺同知政事，二憾相結，凡德裕之善者皆斥之於外。」

既云「二憾相結」，當然是指宗閔、僧孺之黨與德裕之黨兩相結怨。而新唐書所載事迹大致相同。唯其於文後又說：

「於是二人權震天下，牢不可破矣。」

不但文意變成宗閔與僧孺勾結（宗閔、僧孺既屬同黨又豈能以二憾爲喩），而且其朋黨勢力已臻至「牢不可破」地步，無非強誣僧孺之爲黨而已。

又如李德裕傳中敍及悉怛謀投降事。據舊唐書說：

「時僧孺沮議，言新與吐蕃結盟，不宜敗約，語在僧孺傳。」

而新唐書則改爲：

「僧孺居中沮其功，命返悉怛謀於虜，以信所盟，德裕終身以爲恨。」

德裕終身以此爲恨，確是事實。而「牛僧孺居中沮其功」則斷非事實。其實二人爭論觀點之不同，在於義利之辨。司馬光在通鑑中已有明確論斷㉑。

## （六）新唐書省文以誣僧孺

新唐書之行文較舊唐書爲簡約，此已爲公論。然主語有不當省者，而新唐書於有意無意間省去，頓使僧孺爲之蒙誣。如鄭覃傳，舊唐書卷一七三說：

「五年，李宗閔、牛僧孺輔政。宗閔以覃與李德裕相善，薄之。」

就文意解釋，薄鄭覃者爲李宗閔一人。而新唐書卷一六五則說：

㉑ 通鑑卷二百四十七：「臣光曰：論者多疑維州之取捨，不能決牛李之是非，臣以爲昔荀吳圍鼓，鼓人或請以城叛。吳弗許。曰：或以吾城叛，吾所甚惡也。人以城來，吾獨何好焉，吾不可欲城而邇姦，使鼓人殺叛者，而繕守備。是時唐新與吐蕃修好，而納其維州。以利言之，則維州小而信大。以害言之，則維州緩而關中急，然則爲唐計者，宜何先乎？悉怛謀在唐則爲向化，在吐蕃不免爲叛臣，其受誅也，只何矜焉。且德裕所言者，利也；僧孺所言者，義也。匹夫徇利而忘義，猶恥之。況天子乎！譬如鄰人有牛逸而入於家。或勸其兄歸之，或勸其弟攘之。勸歸者曰：攘之不義也，且致訟。勸攘者曰：彼嘗攘吾羊矣，何義之拘，牛大畜也，鬻之可以富家。以是觀之，牛李之是非，端可見矣。」

「李宗閔、牛僧孺知政，以覃與李德裕厚，忌其親近爲助力……。」

省去「宗閔」二字，則薄鄭覃者，似爲宗閔和僧孺二人。

又如舊唐書卷一七二牛僧孺傳，於文宗問「何由太平？」之後，有一大段敍述牛僧孺的文字。說：

「旬日間三上章請退，不許。會德裕黨盛，垂將入朝，僧孺故得請，上既受左右邪說，急於太平，奸人伺其銳意，故訓、注見用，數年之間，幾危宗社，而僧孺進退以道，議者稱之。開成初，搢紳道喪，閹寺弄權，僧孺嫌處重藩，求歸散地，累拜章不允。……是時宰輔皆僧孺僚舊，未嘗造其門，上頻宣召，託以足疾，久之，上謂楊嗣復曰：僧孺稱疾不任，趨朝未可，卽令自便。」

這一段文字說明了牛僧孺一意退隱不仕的心迹。所謂「僧孺進退以道，議者稱之」，褒揚僧孺的意思也深。但是新唐書卷一七四，竟將此段文字完全删去。此種做法，豈非有意隱藏僧孺之善。

**（七）新唐書改文以誣僧孺**

舊唐書中對僧孺有利之敍事，新唐書往往加以簡省或錯改文字，以造成對僧孺的誣衊。如舊唐書牛僧孺傳說：

「長慶元年，宿州刺史李直臣坐贓當死，直臣賂中貴人爲之申理，僧孺堅持不回。穆宗面喩之曰：直臣事雖僭失，然此人有經度才，可委之邊任，朕欲貸其法。僧孺對曰：凡人不才，止於持祿取容耳。帝王立法，束縛奸雄，正爲多才者。祿山、朱泚以才過人，濁亂天下，況直臣小才，又何屈法哉！上嘉其守，而賜金紫。」

這段文字把僧孺直言抗行，秉公守法的形象刻劃的極爲成功。及至新唐書，卻把「上嘉其守」改爲「帝異其言」，則穆宗對僧孺之嘉許之意盡失。這種改動，顯然是有意貶低牛僧孺的人品。

又如舊唐書牛僧孺傳，記載牛僧孺和李德裕二人，在處置悉怛謀投降事之後。舊唐書說：

「僧孺素與德裕仇怨，雖議邊公體，而怙德裕者以僧孺害其功，謗論沸然，帝亦以爲不直。」

就舊唐書觀之，「以僧孺害其（德裕）功」者，僅限於「怙德裕者」而已。而新唐書改爲：

「時皆謂僧孺挾素怨，橫議沮解之，帝亦以爲不直。」

把「怙德裕者」改成「皆」字，於是沸然謗論牛僧孺的，已變爲公意，而不僅是與德裕立場相同者，此種改易，無異在貶低僧孺的人望。

又如舊唐書牛僧孺傳，載其家居及交遊生活。說：

「僧孺識量弘遠，心居事外，不以細故介懷，洛都築第於歸仁里。任淮南時，嘉木怪石，置之階廷，館宇清華，木竹幽邃，常與詩人白居易吟詠其間，無復進取之懷。」

描繪出僧孺淡泊之胸襟，高雅之行迹。而新唐書則簡省爲：

「僧孺治第洛之歸仁里，多致嘉石美木，與賓客相娛樂。」

文字簡省，且意境了無，不復得知僧孺豁達胸襟與退隱不仕的心意。且將「白居易」易爲「賓客」，「吟詠」換成「娛樂」，則文士高雅貞亮習氣已不復可見。

## （八）新唐書增文以罪逢吉

逢吉爲「牛黨」中人，新唐書對之也頗多貶抑。如舊唐書卷一六〇韓愈傳中敍韓愈和李紳不協之經過情形說：

「愈既至，集軍民諭以逆順，辭情切至，廷湊畏重之。改吏部侍郎轉京兆兼御史大夫，以不臺參，爲御史中丞李紳所劾，愈不伏，言準勅仍不臺參。紳、愈性皆褊僻，移刺往來，紛然不止，乃出紳爲浙西觀察使，愈亦罷尹，爲兵部侍郎。」

文中敍及李紳、韓愈二人不協的起因，在於韓愈「不臺參」，而所以一發不可收拾，演爲爭端，則在二人皆性情褊僻之故。而新唐書一七六卷則添加：「時宰相李逢吉惡李紳，欲逐之，遂以愈爲京兆尹」云云。則說明韓愈和李紳不協，是中了李逢吉的挑撥詭計。讀新唐書至此，自然對李逢吉之行爲不齒。逢吉之與李紳交惡，原是事實。見舊唐書李德裕傳說：

「元和初，用兵伐叛，始於杜黃裳誅蜀，吉甫經畫欲定兩河，方欲出師而卒。繼之元衡、裴度。而韋貫之，李逢吉沮議，而深以用兵爲非。而韋、李相次罷相，故逢吉常怒吉甫、裴度。而德裕於元和時久之不調。而逢吉、僧孺、宗閔以私怨，恆排擯之。時德裕與李紳、元稹俱在翰林，以學識才名相類，情頗款密，而逢吉之黨深惡之。」

此卽李逢吉、李紳所以結怨，而欲逐李紳之原因。而且李逢吉之設計以愈、紳不協而逐紳，也是事實㉒。新唐書貶李逢吉之詞，雖非揑造，而與舊唐書之記事究已不同。

## （九）新唐書增文以罪宗閔

新唐書卷一七四，李宗閔傳，於敍至宗閔卒後，作者特加一段文字，以史家之筆，論斷宗閔。說：

「李宗閔性機警，始有當世令名，旣寖貴，喜權勢。初爲裴度引拔，後薦德裕可爲相，宗閔遂與爲怨。韓愈爲作南山、猛虎行規之。而宗閔崇私黨，薰熾中外，卒以是敗。」

這種蓋棺論定式的史評，對李宗閔人品、行爲的影響至深且鉅。舊唐書並無此段記載，新唐書的增補，用意顯然是在貶抑宗閔，並論定其罪狀。而且文中所謂「韓愈爲作南山、猛虎行規之（宗閔）」者也是僞托㉓。

## （十）新唐書增補「牛黨」之罪狀

舊唐書對李德裕所排斥之「牛黨」中人，但說：「爲德裕所憎」，並未說明原因，而新唐書中則增列被斥牛黨的罪狀，以表示德裕處事之態度公正。如舊唐書卷一七一李漢傳說：

「漢、韓愈子壻，少師愈爲文，長於古學，則剛訐亦類愈。預修憲宗實錄，尤爲李德裕



㉒ 參舊唐書卷一六七、新唐書卷一七四李逢吉傳。

㉓ 參本論文第三章「黨爭與文學」第二節第一項「從韓愈的『南山有高樹』談起」一文。

所憎。太和四年轉兵部員外郎……九年……六月李宗閔得罪罷相，漢其黨，出爲汾州刺史。」文中敍及李漢但因預修憲宗實錄，爲德裕所斥，而以宗閔之黨，貶汾州刺史。語意含蓄。而新唐書卷七八則增補爲：

「撰論次憲宗實錄，書宰相李吉甫不假借，子德裕惡之。會李宗閔當國……初，德裕貶袁州，漢助爲排擠，後德裕復輔政，漢坐宗閔黨，出爲汾州刺史。」

把李漢(一)書宰相吉甫不假借，(二)曾助宗閔排斥德裕等宿怨皆敍出。則李德裕之斥李漢，皆理有所據，斷非褊狹妄爲。

**（十一）新唐書錯引譏論屬鄭覃**

鄭覃與李德裕相善㉔，其重經學，廢進士科之試詩賦等主張也與德裕相同，是爲「李黨」無疑。故新唐書行文，對之偏袒。如舊唐書卷一七三鄭覃傳說：

「帝嘗爲宰臣曰：百司施慢，要重條舉，因指前香爐曰：此爐始也華好，用之既久，乃無光彩，若不加飾，何由復初？覃對曰：丕變風俗，當攷實効。自三十年以來，多不務實，取於顏情。如嵇、阮之流，不攝職事。李石云：此本因治平，人人無事，安逸所致。今之人俗亦慕王夷甫，恥不能及之。上曰：卿等輔朕，在振舉法度而已。」

此段譏論，原出於鄭覃、李石二人。而新唐書卷一六五則簡省而合併之爲：

㉔ 參舊書卷一七三、新唐書卷一六五鄭覃傳。

「覃曰：救世之弊，在先責實，比皆不攝職事，至慕王夷甫以不及爲靳，此本于治平，人人無事，安逸致然。」

則似變爲鄭覃一人所言。而且也不見分載於新唐書卷一三一李石傳。此種做法，有掠美之嫌。

## （十二）兩唐書所言「牛李」含意不同

史稱李德裕與牛僧孺爲首之朋黨之爭，謂之「牛李黨爭」。然稽之兩唐書行文體例，對「牛李」之詮釋，各有不同。凡敍及朋黨事，大體上，兩唐書都直書其名，或以「二李」簡稱。如白居易傳。舊唐書卷一六六說：

「太和已後，李宗閔、李德裕朋黨事起，是非排陷，朝昇暮黜，天子亦無如之何？」

直呼李宗閔、李德裕之名。而新唐書卷一一九，則簡省爲：

「太和初，二李黨事興，險利乘之，更相奪移，進退毀譽若旦暮然。」

則簡稱「二李」。且不獨新唐書，舊唐書中也有簡稱「二李」者。如李宗閔傳（卷一七六）說：

「文宗以二李朋黨，繩之不能去，嘗謂侍臣曰：去河北賊非難，去此朋黨實難。」

於是我們可先立一假定，所謂黨爭者，原以「二李」爲首，可稱之爲「二李黨爭」。

至於「牛李」一詞之連用，兩唐書中也均有之，但用法及所指之事完全不同，舊唐書中所用「牛李」，是泛稱牛僧孺與李宗閔二人而言。如舊唐書李宗閔傳說：

「元和四年，復登制舉賢良方正科。初，宗閔與牛僧孺同年登進士第，又與僧孺同年登制科。應制之歲，李吉甫爲宰相當國。宗閔、僧孺對策，指切時政之失，言甚鯁直，無所迴避。考策官楊於陵、韋貫之、李益等，又第其策爲中等，又爲不中第者注解牛李策語，同爲唱誹……。」

又如：舊唐書李德裕傳說：

「牛李權赫天下。」

都泛稱牛僧孺與李宗閔而言。

然而新唐書中所用「牛李」，則有兩種界域。

第一：稱代牛僧孺和李宗閔二人。與舊唐書用法相同，例如新唐書楊虞卿傳（卷一七五）說：

「汝士……牛李待之善，引爲中書舍人。」

其中善待楊汝士之「牛李」係指牛僧孺和李宗閔而言。

又如新唐書卷一七四、楊嗣復傳說：

「夫口道先王語，行如市人，其名曰：盜儒，僧孺、宗閔以方正敢言進。既當國，反奮私昵黨，排擊所憎，是時權震天下。人指曰：牛李非盜謂何？逢吉險邪，稹浮躁，嗣復辯給，固無足言，幸主孱昏，不底於戮，治世之罪人歟！」

此段話，出於贊語。直斥「牛李」爲盜儒的說法，也未見於舊唐書。而文中「牛李」仍是泛指牛僧孺和李宗閔。

第二：指稱牛僧孺和李德裕二人。後世所謂「牛李黨爭」中之牛李，卽爲新唐書所獨有。如李商隱傳。在舊唐書卷一九〇上說：

「商隱幼能爲文，令狐楚鎭河陽，以所業文干之，纔及弱冠，楚以其少俊，深禮之。令與諸子遊……。王茂元鎭河陽，辟爲掌書記，得侍御史。茂元愛其才，以子妻之，茂元雖讀書爲儒，然本將家子，李德裕素厚遇之。時德裕秉政，用爲河陽帥。德裕與李宗閔、楊嗣復、令狐楚大相讎怨，商隱旣爲茂元從事，宗閔黨大薄之。時令狐楚已卒，子綯爲員外郞，以商隱背恩，尤惡其無行……。」

文中敍及「宗閔黨大薄之（商隱）」，「綯以商隱背恩，尤惡其無行」。並未敍及李德裕有任何薄視商隱之詞。且文中更未提及「牛僧孺」之名。而新唐書卷二〇三則更改文詞爲：

「令狐楚帥河陽，奇其文，使與諸子遊……王茂元鎭河陽，愛其才，表掌書記，以子妻之，得侍御史。茂元善李德裕，而牛李黨人蚩謫商隱以爲詭薄無行，共排笮之。」

這段文字中，「牛李」一詞，所指稱者爲誰？語意十分曖昧。第一：文中並未敍及李宗閔，則所謂「牛李」之李，可以不作李宗閔看；「牛李黨人」上承「茂元善李德裕」之下，若卽以「李」指李德裕似無不可，再者，文中言「共排笮之」，旣用「共」，當可視爲上文敍及之兩集團而言，則「李」可稱代李德裕。第二：上述文字中也未敍及牛僧孺，而新唐書卻逕用「牛李黨人」一詞，是否在新唐書作者旣先有「牛李（宗閔）」爲朋黨的成見下，於行文中，卽不經意而流露，用「牛李黨人」以代牛僧孺與李宗閔，此種說法，似也有可能。總之，李商隱傳中「牛李」一詞，所指極爲隱晦。欲明究竟，當再求之他篇。

又如舊唐書李德裕傳說：

「逢吉代裴度爲門下侍郎平章事，旣得權位，銳意報怨。時德裕與牛僧孺俱有相望。逢吉欲引僧孺，懼紳與德裕禁中沮之，九月出德裕爲浙西觀察使，尋引僧孺同平章事，繇是交怨愈深。」

就上文觀之，所謂「交怨愈深」者，若非李德裕與李逢吉，則必爲李德裕與牛僧孺，斷無指李逢吉與牛僧孺者。而新唐書則變其文爲：

「（逢吉）奪其（裴度）宰相而已代之，欲引僧孺，益樹黨，乃出德裕爲浙西觀察使，俄而僧孺入相，由是牛李之憾結矣。」

此所謂「牛李」當顯爲牛僧孺與李德裕無疑。故知所謂「牛李黨爭」者，誰言之？並非舊唐書言之，乃出於新唐書所言。

## 結　論

㈠從兩唐書之紀事觀之。中、晚唐時，外廷士大夫間，李德裕、鄭覃、陳夷行、李紳、元稹等與李宗閔、楊嗣復、李珏、李固言、牛僧孺、李逢吉等在政見和私怨上多有不合。故「牛李」

之間嘗有結黨爭端之事，當爲事實。然牛僧孺之個性，一味退守以求自保，極少採取主動攻擊。所以縱使捲入黨爭漩渦，也多爲李宗閔與李逢吉等所援引，故所謂「牛黨」，實際上的領袖，應爲李宗閔，所謂「牛李黨爭」，實應改稱「二李黨爭」始得其實。而且就兩唐書言，只有改稱「二李黨爭」，才是它們共同的認定。

㈡新唐書行文多偏袒李德裕、鄭覃，而輕蔑牛僧孺，尤薄李宗閔、李逢吉、楊嗣復、李珏、李固言等。簡言之，卽爲尊「李派」而薄「牛黨」。參諸史事，雖「牛黨」中小人居多，但牛僧孺之爲君子，自不待疑。然則新唐書行文的偏頗，是主觀態度，類化了牛僧孺所致。

㈢新舊唐書對「牛李」歧異的原因，或可自下列三方面得之：

**（1）就編撰者之史才觀之**：舊唐書題爲五代時劉昫撰，其實此書之成，監修趙瑩，居功最偉，其他纂修者則有張昭遠、賈緯、趙熙諸人，因爲書成於劉昫爲相時，所以署題劉昫，唐以後每修官史者皆以官高位崇者銜名，卽本於此。當時參與編修者，均爲一時之選，無論資料搜集，撰述行文皆堪稱專才。如賈緯，舊五代史說：

「緯屬文之外，勤於撰述，以唐代諸帝實錄，自武宗以下闕而不紀，乃採掇近代傳聞之事，及諸家小說，第其年月，編爲唐年補錄凡六十五卷，識者賞之。」

他並且先後和王紳、竇儼等修漢高祖實錄，又與竇貞固合修晉朝實錄，是一位修史專家。所以顧炎武曾評舊唐書說：

「舊唐書雖頗涉繁蕪，然事蹟明白，首尾該贍，亦自可觀。」（日知錄卷二十六）

且劉昫等皆五代時人，去唐未遠，說法也較可信，所以司馬光資治通鑑唐鑑部分，多採用舊書，絕非偶然㉕。

至於新唐書則爲宋仁宗朝，歐陽修、宋祁等奉敕重修。當時監修者尚有曾公亮，所以進書表中，卽以曾公亮居首。其中本紀、志、表部分爲歐陽修撰。蘇軾曾經贊美說：

「論大道似韓愈，論事似陸贄，記事似司馬遷，詩賦似李白，識者以爲知言。」（宋史歐陽修傳）

而列傳則出於宋祁，其初，各不相謀，其後始合刊爲一書。祁修撰在前，共歷十七年乃成，而歐陽修也歷時六、七年。當時參與者有范鎭、王疇、宋敏求、呂夏卿、劉羲叟等，也皆一時之選。不過宋祁的列傳部分，批評者仍多。如顧炎武說：

「新唐書志歐陽永叔所作，頗有裁斷，文亦明達。而列傳出宋子京之手，則簡而不明。」（日知錄卷二十六）

然則新唐書之列傳簡省，改易處往往有不如舊唐書㉖，大概與史才有莫大關係。

㉕ 金毓黻中國史學史第六章：「舊書之作，多本國史實錄，長慶以前之本紀列傳，確較新書爲詳贍，故司馬光之修通鑑，寧棄新而取舊。」

㉖ 淸人沈炳震之唐書合鈔二百六十卷，本紀列傳悉用舊唐書，而表志多用新唐書，用意卽在此。

**（2）就撰述之旨要觀之**：舊唐書的撰述主旨在補綴史事之闕，故儘可能據事直書，而新唐書之撰，則泥於春秋大法。如今人朱桂於「牛僧孺研究」一書中說：

「新唐書泥於春秋大法，因李德裕父子皆主張以武力削平強藩，覈以尊王攘夷大義，故尊李而抑牛。」

**（3）就朋黨之詮釋觀之**：舊唐書對李德裕、李宗閔等，任一集團，俱可以「朋黨」稱之。卽知其所謂朋黨者，必無特定之界域與詮釋。凡朋比黨聚者，皆可冠之以「朋黨」。而新唐書則僅稱宗閔等爲朋黨。如舊唐書卷一七二李石傳說：

「文宗自德裕、宗閔朋黨相傾，太和七年以後，宿素大臣，疑而不用，意在擢用新進孤立，庶幾無黨，以革前弊。故賈餗、舒元輿驟階大用，及訓注伏誅，欲用令狐楚，尋而中輟。」

而新唐書卷一三一則改爲：

「帝（文宗）惡李宗閔等以黨相排，背公害政。凡舊臣皆疑不用，取後出孤立者，欲懲刈之。故李訓等至宰相，訓誅死，乃擢石。」

則「朋黨」專指宗閔。有其一定之界域。考宋人釋「朋黨」，多拘於「君子小人之辯」。如司馬光說：

「夫君子小人之不相容，猶冰炭之不可同器而處之，故君子得位，則斥小人，小人得勢，則排君子，此自然之理也。然君子進賢而退不肖，其處心也公；其指事也實。小人與其所好，毀其所惡，其處心也私，其指事也誣。公且實者，謂之正直，私且誣者謂之朋黨，在人主所以辯之耳。是以明主在上，度德而敘位，量能而授官，有功者賞，有罪者刑，姦不能惑，佞不能移，夫如是則朋黨何自而生哉！……文宗苟患羣臣之朋黨，何不察其所毀譽者為實為誣，所進退者為賢為不肖。其心為公為私，其人為君子為小人，苟實也，賢也、公也、君子也，匪徒用其言，又當進之。誣也、不肖也，私也，小人也，匪徒棄其言，又當刑之。如是雖驅之使為朋黨，孰敢哉！」（通鑑文宗太和八年）

又如歐陽修之釋「朋黨」說：

「夫欲空人之國而去其君子者，必進朋黨之說；欲孤立人主之勢而蔽其耳目者，必進朋黨之說；欲奪國而與人者，必進朋黨之說。夫為君子者，固常寡過，小人欲加之罪有可誣者，有不可誣者，不能遍及也。至於舉天下之善，求其類而盡去之，惟指以為朋黨耳，故其親戚故舊，謂之朋黨可也；交遊執友，謂之朋黨可也；宦學相同，謂之朋黨可也。」（五代史唐六臣傳論）

又說：

「臣聞朋黨之說，自古有之，惟幸人君辨其君子小人而已，大凡君子與君子，以同道為朋；小人與小人，以同利為朋。此自然之理也。然臣謂小人無朋，惟君子則有之，其故何哉？小人所好者祿利也，所貪者，財貨也。當其同利之時，暫相黨引，以爲朋者，僞也；及其見利而爭先，或利盡而交疏，則反相賊害，雖其兄弟親戚，不能相保；故臣謂小人無朋，其暫爲朋者，僞也。君子則不然，所守者道義，所行者忠信，所惜者名節。以之修身，則同道而相益；以之事國，則同心而同濟，終始如一。此君子之朋也。故爲人君者，但當退小人之僞朋，用君子之眞朋，則天下治矣。」（朋黨論）

雖然歐陽修對「朋黨」體認，是提昇到更高一等的層面；予以「眞朋」、「僞朋」之別。實則他更強調的是「義利之辨」、「君子小人之別」。這種觀念與李德裕的「朋黨」說法甚爲接近。如通鑑文宗太和七年載李德裕說：

「致理之要，在於辯羣臣之邪正。夫邪正二者，勢不相容，正人指邪人爲邪，邪人也指正人爲邪。人主辯之甚難。臣以爲正人如松柏，特立不倚；邪人如藤蘿，非附他物不能自起。故正人一心事君，而邪人競爲朋黨，先帝深知朋黨之患，然所用卒皆朋黨之人，良由執心不定，故奸人得乘閒而入也。夫宰相不能人人忠良，或爲欺罔，主心始疑，於是旁詢小臣，以察執政。」（李德裕朋黨之說詳情，請參敍論）。加之，宋人又多有「李黨多君子，牛黨多小人」（參宋范祖禹「唐鑑」一書）的主見。所以新唐書在論及「牛李黨爭」中的種種紀事時，就不免偏頗李德裕了。

# 三、唐人筆記小說中的牛李傳聞

## 前言

唐人筆記小說中的「牛李」逸事，多取之於民間傳聞，與正史中的資料或可相互發明，然而筆記小說的資料並不必向歷史負責，所以有時它的可信度不高，甚或卽藉諸筆端以攻訐他人。不過，筆記小說的讀者較之正史普遍而廣泛，因此它所造成的影響，反而有超越正史的可能。所以，我試圖把唐人筆記小說（部分涉及五代，以及宋人彙輯之唐人資料）中有關「牛李」的資料，加以綜合，並酌與正史作一比較，以探索來自兩個不同角度的資料，對「牛李黨爭」的描繪形象，以及它究竟在後人心目中產生多大的影響。

### 一、牛僧孺的發迹

唐、馮贄、雲仙雜記上說：

「術士相牛僧孺，若青蠅拜賀，方能及第。公疑之，及登科訖，歸坐家庭，有青蠅作人行立，約數萬，折躬再三，良久乃去。」（出青陽記）

又、唐、趙璘因話錄上說：

「長慶中，鄂州里巷，閒人每語，輒以牛字助之。又有一僧自號牛師，乍愚乍智，有人忤之者，必云：我兄郎到，豈奈我何？未幾而相國奇章公帶平章事節度武昌軍。其語乃絕。而牛師尚存。僧者乃牛公之名也，方知將相之位，豈偶然！」

按：雲仙雜記又名雲仙散錄，舊題馮贄撰。然張邦基墨莊漫錄以爲王銍僞作，四庫提要從之。洪邁容齋隨筆、陳振孫直齋書錄解題等皆以所謂馮贄與所著書，皆子虛烏有。至於因話錄之作者趙璘，字澤章，鄧州穰人。太和八年進士，開成三年博學宏辭科及第（見淸徐松登科記考）全唐文卷七九一有小傳。

前引兩則傳聞，雖然有些離奇，不過，仍然是我國傳統思想下的產物。我們原本重視聖哲誕生時的不尋常徵兆，如「簡狄呑卵」、「申、呂自嶽降」，以肯定其來有自，並且也深信靈異的感應。所以這兩則故事，無非想證成「將相之位，豈偶然耶」，來襯托牛僧孺之發迹是得於天命。又雲仙雜記上，還有一則較爲平實的傳聞。說：

「牛僧孺進士時，掌握麥芒刁字，有繆誤，隨手删割貼定。」

則牛僧孺之顯貴，也得之於後天的努力了。總之，單就傳聞看，馮贄和趙璘對牛僧孺的記述都是善意的。

到了五代時王定保的唐摭言說：

「韓文公、皇甫湜貞元中名價籍甚，亦一代之龍門也。奇章公始來自江黃間，置書囊於國東門，携所業先詣二公卜進退，偶屬二公，從容皆謁之，各袖一軸，面贄。其首篇說樂。韓始見題而掩卷問之曰：且以拍板爲什麼？僧孺曰：樂句。二公因大稱賞之。問所止，僧孺曰：某始出山，隨計進退，唯公命，故未敢入國門，答曰：吾子之文，不止一第，當垂名耳。因命於客戶坊，僦一室而居。俟其他適，二公訪之，因大署其門曰：韓愈、皇甫湜同訪幾官先輩不遇，翌日自闕遺闕下，觀者如堵，咸投刺先謁之，由是僧孺之名大振天下。」

這段傳聞，也見於太平廣記卷一八〇貢舉條收錄。唯文字略異；太平廣記篇首即說「牛僧孺始舉進士」，當在憲宗元和初，而摭言以爲「貞元中」，其時僧孺尚未及第，此爲二者之最大不同處。而這則故事和李賀的高軒過十分相似㉗而且韓愈的善於獎掖後進，應是事實，如太平廣記卷二〇二憐才中說：

「韓愈引致後輩，爲舉科第，多所投書請益者，時人謂之韓門弟子。後官高不復爲也。」

（國史補）

但韓愈的拔擢牛僧孺事，二人本傳中都不見記載，甚或詩歌也少往返。在杜牧「唐故太子少師奇章公郡開國公贈太尉牛公墓誌銘」中，卻有韋執誼，邀僧孺相見之事。說：

㉗ 新唐書李賀傳：「（賀）七歲能辭章，韓愈、皇甫湜始聞未信。過其家，使賀賦詩，援筆輒就如素構，自目曰：『高軒過』二人大驚。又劇談錄元相國謁李賀條：「元和中，進士李賀善爲歌篇。韓文公深所知重，於縉紳之間每加延譽，由是聲華籍甚！」。

「公（僧孺）年十五，依以爲學，不出一室，數年業就，名聲入都中，故丞相韋執誼以聰明氣勢，急於褒拔，如柳宗元、劉禹錫輩，以文學秀少，皆在門下。韋公亟命柳、劉於樊鄉訪公。曰：願一得相見。公乘驢至門。韋公曰：是矣。東京李元禮爲後進師，隋奇章公仁德祿位，二者包而有之。」（樊川文集第七）

不知韓愈事是否爲韋執誼之誤，或者兩者皆有之。總之，唐摭言的傳聞，仍是對牛僧孺多所褒揚。

及至宋、孫光憲北夢瑣言載：

「相國牛僧孺字思黯，或言牛仙客之後，居宛業之間，少單貧力學，有倜儻之志，唐永貞中擢進士第，時與同輩過政事堂，宰相謂曰：掃廳奉候。僧孺出曰：不敢，眾聳異之。元和初登制科歷省郎中書舍人、御史、中書門下平章事、楊州、建州兩鎮東都留守左僕射。先是撰周秦行紀，李德裕切言短之。大中初卒，未賜諡。後白敏中入相，乃奏定諡曰簡。白居易曰文，葆光子曰：僧孺登庸在德裕之先，又非忌才所能掩抑，今以牛之才術比李之功勳，自然知其臧否也。且周秦行紀非所宜言，德裕著論而之，正人覽記而駭罪之，勿謂衛公掩賢妬善，牛相不罹大禍也幸而免。」

孫光憲的這段紀事，文筆上已經略似史傳體，其中有兩點值得注意，第一：以「少單貧力學」暗示了牛僧孺的出身寒微。而出身寒微又力爭上游，正是牛派中大多數人的典型模式。第二：孫光憲的記事中肯定「周秦行紀」一文爲牛僧孺所作，雖不能藉此以確定孫光憲偏袒李黨，但孫光憲必因此而對牛僧孺的人品產生誤解。果然他在自署葆光子的一段評論中，就因此而貶抑了牛僧孺。

孫光憲的傳略，見於宋史四百八十三卷。雖然並未提他撰述北夢瑣言的態度，但提到他曾撰「續通鑑記事」一書，因內容頗失實，於太平興國初，被詔令毀板。於是不免對孫氏的撰述態度之公正性表示懷疑㉘。而且北夢瑣言中，其他有關「牛李」之資料，態度上都傾向於崇李德裕而抑牛僧孺。（參見下文李德裕條）孫光憲的態度與新唐書宋祁的態度接近。

## 二、牛僧孺的異父兄弟

唐、皇甫松續牛羊日曆說：

「太牢既交惡黨，潛豫姦謀，太牢乃元和中衫外郎耳。穆宗世，因承和薦，不三、二年，位兼將相，憲宗仙駕至灞上，以從官召知制誥，當時宰臣，未盡兼職，而獨綜集賢史舘，兩司出鎭，未盡佩相印，而太牢同平章事，出夏口，夏口去節十五年，由太牢而加節焉。太牢早孤，母周氏冶蕩無檢鄉里云云。兄弟羞赧，乃令改醮，既與前夫義絕矣。及貴，請以出母追贈。禮云：『庶氏之母死，何爲哭於孔氏之廟乎？』又曰：『不爲伋也妻者，是不爲白也母。』而李清心妻配牛幼簡，是夏侯銘所謂魂而有知，前夫不納於幽壤，歿而可作，後夫

㉘ 四庫全書提要以爲：「憲續通歷十卷……以所記多不實，詔毀其書。而此書未嘗議及，則語不甚誣可知矣。」本文不取。

必訴之玄穹，使其母為失行無適從之鬼，上罔聖朝，下欺先父，得曰忠孝智識者乎！作周秦行紀，呼德宗為『沈婆兒』，謂睿眞皇太后為『沈婆』，此乃無君甚矣。」（也見資治通鑑卷二四三注引）

按：此段文字繆荃孫氏輯入牛羊日曆中（藕香零拾本）以為劉軻撰，實誤㉙。作者皇甫松是皇甫湜之子，（見全唐詩小傳）全唐詩卷三六九有皇甫松詩句：「夜入眞珠室，朝游玳瑁宮」下引唐詩紀事說：「松為牛僧孺表甥，不相薦舉，因襄陽大水，極言誹謗。眞珠乃牛愛姬也。」可見皇甫松與牛僧孺不協，所以通鑑考異就說：「此朋黨之論，今不取。」如果說這是一篇攻訐僧孺之作，那他誹謗之處只有「母周氏冶蕩無檢鄉里」而已。因為牛母周氏的改嫁，在唐代社會禮俗觀念中，並不構成誹謗，因為唐代婦女改嫁，並不是嚴重的「貞潔」問題，所以唐代的公主，改嫁的很多。至於平民也有，像韓愈的女兒，曾先適李氏，後嫁樊宗懿㉚。所以僧孺母改嫁，或是事實。況且李珏的牛僧孺神道碑和杜牧的牛公墓誌銘，都提到僧孺「幼孤，依外家周氏」，只是是否改嫁給李清心，則無旁證。既然改嫁，就可能異父兄弟。所以，宋、錢易南部新書中說：「殷僧辨、周僧達與牛相公同母異父兄弟也。」

㉙ 王國良「唐代小說敍錄」牛羊日曆條下：「繆氏輯此（續牛羊日曆）入藕香零拾本日曆中，以為劉軻撰，誤矣。」

㉚ 參閱「中國婦女生活史」五代的婦女生活一章。

從三者的姓名中都有一個「僧」字觀之，此「僧」字當是他們的排行㉛，古人排行的用意在於族繁，爲避免從兄弟輩份的混淆。而僧辨、僧達皆不姓牛，可見絕非從兄弟。既非從兄弟，而又有排行字者，必爲隨母改嫁之異父兄弟，始有可能㉜。

牛僧孺母之改嫁幾次，原都不構成罪責，但在李黨藉周秦行紀、牛羊日曆等的有意渲染後，就變成「無君無父」的罪名了。

### 三、牛僧孺的貶斥

杜牧在「唐故太子少師奇章郡開國公贈太尉牛公墓誌」中說：

「自十月至十二月，公凡三貶至循州員外長史，天下人爲公挼手叱罵。公走萬果瘴海上，二年恬泰若一無事。」

僧孺的三貶循州，兩唐書本傳中均不載，及至宋錢易、南部新書中始指出：

「牛僧孺三貶至循州，本傳不言，漏略也。」

### 四、李宗閔的門生

唐、趙璘因話錄上說：

㉛ 日知錄卷二十三、排行：「兄弟二名而用其一字者，世謂之排行。如德宗、德文，義符，義眞之類。起自晉末，漢人所未有也……。」

㉜ 王夢鷗先生以爲周僧達爲僧孺舅表兄弟（見史語所集刊、牛羊日曆及其相關的作品與作家辨頁三二八）

「李相宗閔知貢舉，門生多清雅峻茂。唐沖、薛庠、袁都，時謂之玉筍。」(又見唐語林、太平廣記)

按：這段資料，不見於舊唐書李宗閔傳，而見於新唐書。說：

「(宗閔)俄復為中書舍人，典貢舉，所取多知名士，若唐沖、薛庠、袁都等，世謂之玉筍。」

其中只缺「清雅峻茂」四字。今考清徐松登科記考，李宗閔掌貢舉，是在唐穆宗長慶四年，進士及第者三十三人，有李羣、韓琮、韋楚老、李甘、韓昶、唐沖、薛庠、袁都等。所謂唐、薛、袁三人之及第資料卽依唐語林中所引之因話錄。四庫提要評是書說：「其書雖體近小說，而往往足與史傳相參。」此也一例證，新唐書或卽本此。

## 五、李宗閔的貶斥

唐、張讀宣室志說：

「李宗閔太和七年夏……其榻前有熨斗，忽跳躑久之。……貶為明州刺史。」(又見太平廣記)

按：張讀生平附見於其祖張薦傳(新唐書卷一六一、舊唐書卷一四九)，他是張又新的侄子，牛僧孺的外孫。據四庫提要說，張讀的撰述宣室志，恐怕受了外祖，作玄怪錄的影響。李宗閔的被貶明州，時在文宗太和九年六月，原因為極言拯救楊虞卿之故(舊唐書宗閔傳有之)。則「熨斗跳鄭」當是小說家潤飾之詞。

## 六、李德裕的異稟

宋、錢易南部新書說：

「李德裕幼時，嘗於明州見一水族，有兩足，觜如鷄，魚身，終莫辨之。」

按：明州在今之浙江鄞縣東，李德裕的出任浙江西道都團練觀察處置使，時在長慶二年，德裕已三十六歲。所謂「幼時嘗於明州見一水族」，顯然是揑造，這種詭譎紀事，無非在烘托德裕之禀賦特異而已。當係出於五代人傳說之詞。

## 七、李德裕的才性

李德裕的才質敏慧，在年幼時卽表露無遺。如宋、王讜唐語林說：

「李德裕太尉，未出學院，盛有詞藻而不樂應舉。吉甫相俾親表勉之。德公曰：好驢馬不入行。由是以品子敍官也。」

這則紀事有兩層意義；一在表現德裕的才性敏捷；一在表示他輕視科舉。他不樂應舉之事，本傳中也提及，下擧舊唐書載：

「德裕幼有壯志，苦心力學，尤精西漢書，左氏春秋。恥與諸生同鄉賦，不喜科試，不求仕進。」

有關德裕之夙慧，唐語林中又載：

「李衞公幼時，憲宗賞之，坐於前，吉甫每以敏捷誇於同列。武相元衡召之。謂曰：吾子在家所嗜何書？德裕不應。翌日，元衡具告吉甫，吉甫歸以責之。德裕曰：武公身爲宰相，不問理國，調陰陽，而問所嗜書，其言不當，所以不應。」

這些紀事也見北夢瑣言與太平廣記（卷一七五），就它的結構上看，與劉義慶的世說新語十分相似㉝。

至於有關李德裕的個性方面，記載更多，或褒或貶，不一而足。有以爲德裕個性簡傲多獨居（見唐語林補遺），或說他「孤峭」、「嫉朋黨如仇讎」（見唐裴庭裕東觀奏記）下文且引唐語林中所錄的一段記載：

「李衞公性簡儉，不好聲妓，往往經旬不飲酒，但好奇功名。在中書，不飲京城水，茶湯悉用惠山泉，時謂之水遞。有相知僧允躬白公曰：公跡並伊臯，但有末節，尚損盛德，萬里汲水，無乃勞乎？公曰：大凡末世淺俗，安有不嗜不慾者，捨此卽物外，世網豈可縈繫！然弟子於世，無常人嗜慾，不求貨殖，不邇聲色，無長夜之歡，未嘗大醉。和尚不許飲水，無乃虐乎！若敬從上人之命，卽止水。後誅求聚斂，廣畜姬，侍坐於鐘鼓之間，使家敗而身疾，又如之何？允躬曰：公不曉此意，公博識多聞，止知常州有惠山寺，不知脚下有惠山寺井泉。公曰：何也？曰：公見極南物極北有，卽此義也。蘇州所產與滸雍同隴，豈無吳縣

㉝ 唐語林爲宋王讜以唐人小說五十家依世說例彙集而成。

耶！所出蒲魚菰鼃既同，彼人又能效蘇之織紝，其他不可徧舉。京中昊天觀厨後井，俗傳與惠山泉脈相通，因取諸流水與昊天水，惠山水稱量，惟惠山與昊天等，公遂罷取惠山水。」

「水遞」故事並不見於兩唐書本傳。而李德裕的簡儉，則新唐書中有之。說：

「（德裕）不喜飲酒，後房無聲色娛，平生所論者，多行於世。」

宋祁或卽本於唐人傳聞資料，略加删潤而成，按以上諸資料多載於唐語林，該書爲宋人王讜以唐小說五十家，做世說新語編撰，凡五十二門，書雖成於宋代，而內中史料均爲唐人無疑。

或有一些筆記，對李德裕之批評，則以爲生活奢侈。如唐、李冗、獨異志說：

「武宗朝宰相李德裕奢侈，每食一杯羹，費錢約三萬，雜寶貝玉、雄黃、朱砂、煎叶爲之。至三煎，卽棄其滓於溝中。」

此條記事也見唐、馮贄之雲仙雜記收錄，該書收錄「牛李」事凡三條，有關牛僧孺之兩條，已見前引，就此觀之，是書贊譽牛而貶李，與唐人之觀點正合。此書雖爲僞書㉞，但其資料並不全僞，至於李冗（或作亢）的獨異志，雜錄歷代奇異之事以及唐代瑣聞，語多詭怪，然此段所載未必全妄，又五代、南唐、張洎賈氏譚錄有兩條記載李德裕平泉莊事：

「李德裕平泉莊，怪石名品甚眾，各爲洛陽城有力者取去。禮星石，獅子石爲陶學士徙置梁園別墅。」

㉞ 參見余嘉錫四庫提要辨證中之論斷。

「李德裕平泉臺樹百餘所，天下奇花異草，珍松怪石，靡不畢具。自製平泉花木記，今悉絕矣。唯雁翅檜、珠子柏，蓮房玉蘂等猶有存者，怪石爲洛陽有力者取去，石上皆刻有道二字。」

李德裕的平泉莊之勝，不見於新唐書，但見於舊唐書李德裕傳載：

「東都於伊闕南置平泉別墅，清流翠篠，樹石幽奇，初，未仕時，講學其中，及從官藩服，出將入相，三十年不復重遊，而題寄歌詩，皆銘之於石，今有花木記，歌詩篇錄二石存焉。」

張洎在宋史卷二六七有傳，他的賈氏談錄，據四庫提要說：「是書乃洎爲李煜使宋時，錄所聞於賈黃中者。」而賈黃中於宋史卷二六五有傳。爲唐相耽之四世孫，「多知臺閣故事，談論亹亹，聽者忘倦焉。」（本傳語）所以賈氏談錄一書中所述多唐代軼聞。其中更有叱責德裕爲「性多忌刻」者。文載：

「李贊皇初掌北門奏記，有相者謂公：他日位極人臣，但厄在白馬耳。及登相位，雖親族亦未嘗有畜白馬者。會昌初，入廟堂，專持國柄，平上黨，破回鶻，立功殊異，策拜太尉，封衞國公。然性多忌刻，當途之士有不協者，必遭讒逐。翰林學士白敏中大懼，遂調給事中。韋宏景上言，相府不合，兼領三司錢穀，專政太甚，武宗由是疑之，及宣宗卽位，德裕爲荆南節度使，旋屬淮海李紳有吳汝納之獄，上命刑部侍郎馬植專鞫其事，盡得德裕黨庇之惡，由是坐罪竄南海，歿而不返，厄在白馬其信乎！」

其中敍事部分，稽之兩唐書李德裕傳，均無虛幻處，而厄在「白、馬」以借指白敏中和馬植，則必為作者借題發揮。參舊唐書卷一七六馬植傳說：

「植以文章為時所知，久在邊，及還朝，不獲顯宦，心微有望，李德裕素不重之。宣宗卽位，宰相白敏中與德裕有隙，凡德裕所薄者，必不次拔擢之，乃加植金紫光祿大夫。」

可資旁證。

## 八、李德裕崖州之貶

唐、張讀宣室志說。

「唐相國李德裕為太子少保分司東都。嘗召一僧，問已之休咎，僧曰：非可立知，願結壇設佛像。僧居其中凡三日，謂公曰：公災戾未已，當萬里南去耳。公大怒，叱之。明日，又召其僧問焉，慮所見未子細，請更觀之。卽又結壇三日，告公曰：南行之期，不旬月矣，不可逃。公益不樂，且曰：然則吾師何以明其不妄耶？僧曰：願陳目前事為驗，庶表其不誣也。公曰：果有說也。卽指其地曰：此下有石函，請發之，卽命窮其下數尺，果得石函，啓之亦無覩焉。公異而稍信之。因問：南去誠不免矣，然乃遂不還乎？僧曰：當還耳。公訊其事，對曰：相國平生當食萬羊，今食九千五百矣，所以當還者，未盡五百羊耳。公慘然而歎曰：吾師果至人，且我元和十三年，為丞相張公從事於北都。嘗夢行於晉山，見山上盡目皆羊，有牧者十數，迎拜我，我因問牧者，牧者曰：此侍御平生所食羊。吾嘗記此夢，不洩於人，今者，果如師之說耶！乃知陰隲固不誣也。後旬日，振武節度使來暨遣使致書於公。且饋五百羊。公大驚，卽召告其事。僧歎曰：……萬羊將滿，公其不還乎！公曰：吾不食之，亦可免耶！曰：羊至此，已爲相國所有。公慼然，旬日，貶潮州司馬，連貶崖州司戶，竟沒於荒裔也。」（見太平廣記卷九八引）

這則記事，似在以「羊」與「陽」的叶音，來暗示李德裕崖州之斥爲「陽壽」已盡的意思。舊唐書李德裕傳中也明載：

「宣宗卽位、德裕罷相，出爲東都留守。大中元年秋，以太子少保分司東都，再貶潮州司馬。明年冬，又貶潮州司戶。二年自洛陽水路經江淮赴潮州。其年冬至潮陽，又貶崖州司戶，三年正月達珠崖郡。十二月卒，年六十三。」

後經陳寅恪先生在「李德裕貶死年月及歸葬傳說辨證」一文中考定，除德裕未曾貶「潮州司戶」外，已論定德裕之卒在大中三年十二月十日，享年六十三㉟。

唐時的崖州，隸屬廣東省瓊山東南，地理位置在今之海南島。德裕之貶死崖州，當是一件大事，從此李德裕派勢力完全瓦解，而結束長達四十餘年之黨爭，而唐、宋人筆記小說中所敍也特多，如唐語林補遺卷七，有一則敍述德裕被貶時的心情紀事，說：

㉟ 宋、錢易南部新書戊說：「李太尉以大中二年正月貶潮州司馬，當年十月十六日再貶崖州司戶，大中三年十二月十日卒于貶所，年六十四。」

「李衞公歷三朝大權，出門下者多矣。及南竄，怨嫌併集，途中感憤。有『十五餘年車馬客，無人相送到崖州』之句。又書稱『天下窮人，物情所棄。』」

又同卷另則紀事說：

「李衞公在珠崖郡北亭，謂之望闕亭。公每登臨，未嘗不北睇悲咽，題詩云：『獨上江亭望帝京，鳥飛猶是半年程，碧山也恐人歸去，百匝千遭繞郡城。』」

兩則紀事，不僅表達了寂寞悲苦，並見其忠忱心境。前一則紀事不知出於何書？而後一則紀事也見於宋、錢易的南部新書一〇六卷，唐語林雖撰成於宋人王讜之手，但其中資料仍屬唐人，則南部新書當也本唐人筆記而來。只是詩中「碧」作「青」字。而全唐詩卷四七五則作：

「獨上高樓望帝京，鳥飛猶是半年程，青山似欲留人住(一作也恐人歸去)，百匝千遭遶郡城。」

至於唐摭言中記載德裕貶崖州時則又不同，傷別之情感人。它說：

「李德裕頗爲寒進開路，及謫官南去。或有詩曰：『八百孤寒齊下淚，一時迴看望崖州。』」

這則紀事，也見於唐語林補遺和太平廣記卷一八一，按唐摭言爲五代時王保定所撰，在貢舉之制的記載上，多可補史志的缺失，所以它的紀事當非揑造㊱。有關李德裕獎拔孤寒之事，雖不見於

㊱ 參四庫全書提要卷一四〇。

兩唐書本傳，但仍有事實可據者，如劉三復（見舊唐書卷一七七劉鄴傳附），盧肇（見太平廣記卷一八三貢擧）等是。

又據北夢瑣言卷八所載，李德裕貶崖州後，著述甚勤。說：

「唐李太尉德裕左降至朱崖，著四十九論，敍平生所志。嘗遺段少常成式書曰：『自到崖州，幸且頑健，居人多養雞，往往飛入官舍，今且作祝雞翁爾。謹狀吉甫相典忠州，泝流之任，行次秭歸，地名雲居臺，在江中。掌武誕於此處，小名臺郎，以其地而命名也。』

李德裕好著述，舊唐書本傳中也有記載：

「德裕以器業自負，特達不羣，好著書爲文，獎善嫉惡，雖位極臺輔，而讀書不輟。」

## 九、李德裕的歸葬

李德裕死於崖州後歸葬事，唐宋人筆記小說中略分三類：

(1) 懿宗的赦免

此說見唐語林賞譽門載：

「懿宗嘗行經延資庫，見廣夏，錢帛山積。問左右，誰爲庫。侍臣對曰：『宰相李德裕，以天下每歲度支備用之餘，盡實於此，自是以來，邊庭有急，支備無乏。』上曰：『今何在？』曰：『頃坐吳湘貶崖州。』上曰：『有如此功，微罪，豈合誅言譴！』由是劉鄴進表雪寃，遂許加贈。」

劉鄴是劉三復的兒子，德裕對三復有獎拔之恩。可是就文義看，劉鄴爲順從懿宗赦免之旨意行事。

(2)劉鄴的報恩

此說與前說略有不同。也見唐語林卷七補遺。說：

「衞公既沒，子煜自象州武仙尉量移郴州尉，亦死貶所㊲。劉相鄴爲諫官，先世受恩，獨上疏，請復官爵，乞歸葬，衞公門人，惟寒士能報其德。」

則意謂劉鄴主動爲德裕上疏請予歸葬。按劉三復爲德裕獎拔恩遇事，分載於劉鄴及李德裕傳，如舊唐書李德裕傳載：

「有劉三復者，長於章奏，尤奇待之，自德裕始鎭浙西，乞於淮甸，皆參佐賓筵，軍政之餘，與之吟詠終日。」

又劉鄴傳說：

「三復以善文章知名，少孤，母病廢，三復丐粟以養。李德裕爲浙西觀察使，奇其文，表爲掌書記。德裕三領浙西及劍南、淮南，未嘗不從。會昌時位宰相，擢三復刑部侍郎，弘文館學士。鄴六七歲能屬辭，德裕憐之，使與其子共師學。德裕既斥，鄴無依，去客江湖間——。鄴傷德裕以朋黨抱誣死海上……。至懿宗立，綯去位，鄴乃申直其寃，復官爵，世高

㊲ 舊唐書李德裕傳說：「德裕三子燁，檢校祠部員外郞、汴、宋、亳觀察判官。大中二年坐父貶象州立山尉。二子幼，從父歿於崖州。燁咸通初量移郴州郴縣尉，卒於桂陽，子延左。」

其義。」

而且北夢瑣言（據太平廣記卷三八七悟前生引，與百部叢書稗海所收略異）中也有記載：

「劉三復者，以文章見知於德裕，德裕在浙西，遣詣闕求試，及登第，歷任臺閣……，其子鄴敕賜及第，登廊廟，上書雪德裕，以朱崖靈柩，歸葬洛中，報先恩也，士大夫美之。」

所說較前更爲明晰。

(3)託夢於令狐綯

此說見唐、裴庭裕之東觀奏記，載：

「太尉衞國公李德裕，上卽位後，坐貶崖州司戶參軍，卒於貶所。一日丞相綯夢德裕曰：『某已謝明時，幸相公哀之，許歸葬故里。』綯具爲其子滈言：『李衞公犯眾怒。又崔、魏二丞相（崔鉉、魏謩）皆敵人也，見持政，必將上前異同，未可言之也。』後數日，上將坐延英。綯又夢德裕曰：『某委骨海上，思還故里，與相公有舊，幸憫而許之。』卽寤召其子滈曰『向來見李衞公，精爽尚可畏，吾不言必掇禍。』明日入中書，具爲同列言之，旣於上前論奏，許其子象州立山尉燁，護喪歸葬。」

按：裴庭裕東觀奏記，四庫全書列入雜史類，它對該書的評語是：

「書中記事頗具首尾。司馬光作通鑑多采其說，而亦不盡信之，蓋聞見所及，記近事者多確，恩怨未盡，記近事者，亦多誣。自古而然，不但此書矣。」

此則紀事，託以夢境，當非事實，而新唐書李德裕傳中卻採之入傳，說：

「德裕既沒，見夢令狐綯曰：『公幸哀我，使得歸葬。』綯語其子滈，滈曰：『執政皆其憾，可乎？』既夕，又夢，綯懼，曰：『衞公精爽可畏，不言禍將及。』白于帝，得以喪還。」

新唐書既爲正史，採之入傳，當必有用意。原來尋檢舊唐書李德裕傳可知，德裕之罹禍經過爲：

「宣宗卽位，罷相，出爲東都留守，東畿汝都防禦使。德裕特承武宗恩顧，委以樞衡，決策論兵，舉無遺悔，以身扞難，功流社稷。及昭肅棄天下，不逞之武，咸害其功。白敏中，令狐綯在會昌中，德裕不以朋黨疑之，置之臺閣，顧待甚優，及德裕失勢，抵掌戟手，同謀斥逐，而崔鉉亦以會昌末罷相，怨德裕，大中初，敏中復薦鉉在中書，乃相與掎摭搆致，令其黨人李咸者，訟德裕輔政時陰事，乃罷德裕留守，以太子少保分司東都，時大中元年秋，尋再貶潮州司馬。敏中等又令前永寧縣尉吳汝納進狀，訟李紳鎭揚州時，謬斷刑獄，明年冬又貶潮州司戶……。」

可知當時排斥李德裕，使之貶死崖州者，令狐綯卽爲其中一人。而東觀奏記把它藉夢爲僞裝，而新唐書更採之入傳，顯然是想藉此以暗示，令狐綯等人對排斥李德裕事，內心有愧疚感在作祟。

## 十、牛李的交惡

唐人筆記小說中紀載牛李交惡之原因，與正史略有不同，大別爲二類。

(1)因戲言而結怨

五代、南唐、張洎之賈氏譚錄中載：

「牛奇章初與李衞公相善，當因飲會，僧孺戲曰：『綺紈子何預斯坐？』衞公銜之，後衞公再居相位，僧孺卒遭譴逐。世傳周秦行紀非僧孺所作，是德裕門人韋瓘所作撰。開成中曾爲憲司所覈，文宗覽之笑曰：『此必假名僧孺，是貞元中進士，豈敢呼德宗爲沈婆兒也。』此事遂寢。」

前文提及張洎之賈氏譚錄多見，文中紀事多有偏牛貶李者，而此段紀事態度尤爲明顯，若與北夢瑣言對周奉行紀的看法作一比較，則二者態度截然不同，益可證賈氏譚錄之立場。

(2)因出身而對峙

李德裕非進士出身，兩唐書中俱有記載，而筆記小說中則更爲戲劇化。如玉泉子說：

「李衞公德裕以己非科第，恆嫉進士舉者，及居相位，權要束手，德裕嘗爲藩院從事日，同院李評事以詞科進，適與德裕官同，時有舉子投文軸誤與德裕，舉子既誤，復請之曰：『其文軸當與及第李評事，非與公也。』由是德裕志在排斥。」

此則記事，也見於唐語林和太平廣記卷一八二中收錄，當皆本於「玉泉子」之文㊳。其中「錯投

㊳ 據王國良「唐代小說敍錄」，玉泉子舊題盧仝撰，誤，蓋盧仝號玉川子。究爲誰撰不可詳考。

文軸」一事，未必可信，可能只是作者藉此以表明李德裕有排擯進士之行。「玉泉子」之作者究竟爲誰，已不可確知，但既爲唐語林所收錄，其爲唐人當無庸置疑。所以李德裕因已非由科第，恆嫉進士舉者，當也是唐人之傳聞。至於宋人筆記中的紀載，則完全不同。如北夢瑣言說：

「唐相國李太尉德裕，抑退浮薄，奬拔孤寒，於時朝貴朋黨，掌武破之，由是結怨而絕於附會，門無賓客。唯進士盧肇，宜春人，有奇才，每謁見，許脫衫從容。舊例禮部放榜，先稟朝廷，恐有親屬言薦。會昌三年王相國起知舉，先白掌武，乃曰：『某不薦人，然奉賀今年榜中得一狀元也，』起未諭其旨，復遣親吏於相門，偵問吏曰：『相公於舉子中，獨有盧肇，久接從容。』起相曰：『果在此也。』其年盧肇爲狀元及第。時論曰：『盧雖受知於掌武，無妨主司之公道也。』」

若依北夢瑣言之紀事看，德裕並無排斥進士，而僅在抑退浮薄而已。只因新進進士中較多浮薄之士㊴。且就牛李二黨言，牛黨中人固多進士，而李黨中人也不泛進士出身者，李黨中非進士出身者，只有李德裕、鄭覃、王茂元等數人而已。可見牛李黨爭初期，形成黨派之分界，與是否爲進士出身之關係較大，及至後期，利害衝突既已形成，進士與否就不甚重要了。

再者，在唐、宋人的筆記、小說中，也收錄了幾則有關「牛李」二黨，相互排斥之傳聞。現略爲分類，抄述於下：

㊴ 參卓遵宏「唐進士風氣浮薄之成因及影響」一文。見淡江學報第十五期。

⑴李德裕之排擠牛僧孺等五相：見於唐語林補遺卷七及東觀奏記：

「武宗任李德裕，德裕雖丞相子，文學過人，性孤峭，朋黨擠牛僧孺、李宗閔、崔珙於嶺外。楊嗣復，貞穆、李公珏以會昌初册立事，亦七年嶺表，宣宗卽位，嶺南五相同日遷北。」

此事也見於資治通鑑武宗會昌元年、四年及宣宗大中元年。只是較唐語林所載爲簡略。

⑵李德裕之抑斥白居易：見北夢瑣言，說：

「劉禹錫，唐太和中爲賓客，時李德裕同分司東都。禹錫因謁於德裕曰：『近曾得白居易文集否？』德裕曰：『累有相示，別令收貯，然未一披。今日爲吾子覽之。』及取看，而箱笥盈溢，塵土蒙覆，旣起而復卷之。謂禹錫曰：『吾於此不足久矣。其文章何必覽焉，但恐迴吾精絕之心。所以不欲看覽。』其抑才也如此，初文宗命德裕，朝中朋黨。首以楊虞卿、牛僧孺爲言。楊、牛卽白之之密友也。其不引翼皆如此類。」(見太平廣記引)

若稽之北夢瑣言原文，其最重要者，爲孫光憲自署葆光子的一段議論，他說：

「葆光子曰：李衞公之抑忌白少傅舉類而知也……其不引翼，義在於斯，非抑文章也，慮其朋比而掣肘之。」

如此則錯不在德裕，爲慮白居易之朋黨，不得不斥之。

至於除了牛李外，其他諸黨人，也時有議論衝突。而以宋錢易南部新書中收錄較多，有所謂牛黨之首楊虞卿之紀事者如：

「太和中，朋黨之首楊虞卿、張元夫、蕭澣，後楊除常州，張汝州，蕭鄭州。」

又說：

「太和中，人指楊虞卿宅南亭子爲行中書，蓋朋黨聚議於此爾。」

按前條見於通鑑。而舊唐書本傳說楊虞卿爲「性柔佞，能阿附權幸，以爲姦利」之小人。由於李宗閔待他如骨肉，又能「朋比唱和」，所以時人都稱他「黨魁」㊵，可見南部新書的說法是可信的。其中還記載了一則兩黨相爭的趣事。它說：

「太和中，上自延英退，獨召柳公權對，上不悅，曰：『今日一場大奇也。嗣復、李珏道張諷是奇才，請與近密官。鄭覃、夷行卽云：是姦邪，須斥之于嶺外。敎我如何卽是？』公權奏曰：『允執厥中。』上曰：『如何是允執厥中？』又奏：『嗣復、李珏既言是奇才，卽不合斥于嶺外。鄭覃、夷行既云是姦邪，亦不合致于近密。若且與荆襄間一郡守，此近于允執厥中。』旬日又召對。上曰：『允執厥中向道也。』是張遂爲郡守。」

又說：

「陳夷行、鄭覃在相，請經術孤單者進用，李珏與楊嗣復論地冑詞彩者居先。每延英議政，率先矛盾無成政，但寄之頰舌而已。」

㊵ 參閱兩唐書楊虞卿傳。

顯然黨爭在當時已經變成毫無意義的脣、舌之爭而已。

## 結論

唐、宋人筆記小說中，去其轉載與重複後，而剩下有關「牛李黨爭」的記事已不甚夥。然就其紀事態度與正史作一比較後，歸納出下列幾個現象。

㈠就紀事態度上看，唐人多較平實，不偏不倚，而宋人則多偏袒李德裕而薄僧孺。如張洎之賈氏談錄與孫光憲之北夢瑣言，在對周秦行紀的處理態度上的不同，就是顯證。宋人小說的這種態度與新唐書相近，足證這種偏見是宋人的普遍觀點。

㈡就筆記小說中之紀事與正史比較，得知兩者紀事中的旨意是一致的，只是筆記小說較之正史爲趣味化，往往托之於荒誕不稽的迷信色彩。足見筆記小說中有關牛李的紀事並不誇張。

㈢在舊唐書、資治通鑑等史料中，所謂「牛李黨爭」實際上多爲「二李（李宗閔、李德裕）黨爭」。而新唐書首先提出「牛李」一詞，處於過渡地位，及觀唐、宋人筆記小說，則多記牛、李而少敍宗閔。不難藉此可以尋出一些對「牛李黨爭」認識的變化迹象。所謂「牛李黨爭」的形像流傳至今者，多是由筆記小說中汲取而來。

# 第三章　黨爭與文學

文學作品在表現人生，在反映時代，而唐代歷時四十餘年之久的「牛李黨爭」，是一件震撼當代的大事，引起了多少文士悲歡離合的際遇；或被同黨拔擢時的喜悅，或遭異黨貶斥時的悲苦，或因曲解而憤怒填膺，或對政敵之切齒仇視，不可能不藉文學作品以抒發。不過，由於個人道德修養、質性、稟賦的各異，所以抒發的方式與技巧也自必不同。或用激動熱烈的文字抨擊對方，或以含蓄隱喻的筆調諷刺政敵，或藉婉轉慰勉的語氣規勸朋友。若以簡馭繁，以文體爲類，則不外三種：

㈠假借散文以揭示私見。

㈡利用詩歌以發抒恩怨。

㈢編撰小說以攻訐政敵。

但是，有時文學作品的表達是含蓄的，諷刺是迂迴的，要如何透過這些保護，而直扣作品的主旨或寓意，將是一項十分困難的工作。於是在材料的取捨上，必須先做一番釐定的工作。大體上我的取材順序是：

㈠作者已明說此爲黨爭而作。

㈡前人已指出它爲黨爭而作。

㈢已有足够證據認定它爲黨爭而作。

當然在這種嚴格的條件限制下，難免有些較含蓄、隱晦的作品被遺漏了，然而我的原則是寧缺勿濫。爲避免附會，所以我也有一項「捨」材的標準。

既然這些文學作品與特定的唐代「牛李黨爭」有關，所以它就必須具備特殊性。於是以下的作品必須捨棄。

㈠模稜於多種解釋之間，而以黨爭解之無益於了解黨爭眞象的❶。

㈡作品雖作於黨爭之時，或作者也正捲入黨爭之中，然而作品表現的情感是普遍性的❷。

在經過這雙重選擇後，完成以下幾個專題：

❶ 如張爾田、馮浩之解李商隱詩，多有此情形。

❷ 像某些貶斥的感傷詩，雖然因黨爭而發，但它的感情是普遍性，與其他事件引起的感觸相同者。

# 一、假借散文以揭示私見

## (一)黨人論「朋黨」

### 前　言

「朋黨」一詞，在牛李黨爭期中，常爲黨爭中人所引述。究竟他們把「朋黨」做何解釋？而又是指何種人爲「朋黨」？如果能把這些界說解釋明白，就知道除了正史（代表歷史家）、小說（代表廣大羣眾）之外，並得以窺見當事人的不同說法。所以我把全唐文中收錄黨人論朋黨的四篇散文來分析討論。

**1. 李絳論朋黨**

全唐文卷六四五載李絳「對憲宗論朋黨」說：

「臣歷觀自古及今，帝王最惡者是朋黨，姦人能揣知上旨，非言朋黨不足以激怒主心，故小人譖毀賢良，必言朋黨，尋之則無迹，言之則可疑，所以搆陷之端，無不言朋黨者。夫小人懷私，常以利動，不顧忠義，自成朋黨。君子以正直爲心，以懲勸爲務，不受小人之佞，不遂姦人之利，自然爲小人所嫉。譖毀百端者，蓋緣求無所獲，取無所得故也。忠正之士，直道而行，不爲諂諛，不事左右，明主顧遇則進，疑阻則退，不爲他計。苟安其位，以此常爲姦邪所搆，以其無所入也。夫聖賢合跡，千載同符，忠正端愨之人，所以知獎，亦是此類，是同道也，非爲黨也。豈可使端良之人，取非僻之士，然後謂非朋黨也。陛下親行堯舜之道，高尚禹湯之德，豈謂上與數千年堯舜禹湯爲黨，是道德同也。孔子聖人也，顏回以下十哲，希聖者也，更相稱贊爲黨乎？爲道業同乎？且仲尼祖述堯舜，憲章文武。又曰：吾不復夢見周公。遠者二千年，近者五百年，豈謂之黨，是聖人德行同也。後漢末，名節骨鯁、忠正儒雅之臣，盡心匡國，盡節憂時，而宦官小人，憎嫉正道，同爲搆陷，目爲黨人，遂起黨錮之獄，以成亡國之禍，備在史册，明若日月，豈不爲誡乎！詩人嫉讒佞之人，曰「取彼讒人，投畀豺虎，可爲三復也。」

按：若稽之通鑑，李絳「朋黨」之論，當發於憲宗元和八年冬十月。其經過是：

「上問宰相，人言外間朋黨大盛，何也？李絳對曰：自古人君所甚惡者，莫若人臣爲朋黨。故小人譖君子，必曰朋黨。何則？朋黨言之則可惡，尋之則無跡故也。東漢之末，凡天下賢人君子，宦官皆謂之黨人而禁錮之，遂以亡國。此皆羣小欲害善人之言，願陛下深察之。夫君子固與君子合，豈可使之與小人合。然後謂之無黨邪❸！」

❸ 亦見新唐書卷一五二李絳傳。

通鑑中的這段紀事，正是本之於李絳「對憲宗論朋黨」之文簡約而成。我們可以看出幾項重點：

(1)朋黨是小人藉以譖毀君子、賢良的惡毒手段。因爲它「尋之則無迹，言之則可疑」。是完全訴之於主觀、心證的判斷，很可以利用。

(2)小人懷私利結合，不顧仁義，自成朋黨，而君子以道德相尚，是謂同德。

(3)東漢黨錮之獄，是由宦官、小人之憎嫉正道，搆陷君子而引起，終致亡國，不可不戒。

至於李絳論「朋黨」之動機，則不難從新唐書卷一五二李絳傳中去發掘。它說：

「絳見浴堂殿。帝曰：『比諫官多朋黨，論奏不實，皆陷謗訕，欲黜其尤者，若何？』絳曰：『此非陛下意，必憸人以此營誤上心，自古納諫昌，拒諫亡。夫人臣進言於上，豈易哉！……雖開納獎勵，尚恐不至，今乃欲譴訶之，使直士杜口，非社稷利也。』帝曰：『非卿言我不知諫之益❹。』」

原來李絳是因爲憲宗的聽信讒言，誤以諫官爲謗訕，而有意罷黜諫官而引發。因爲李絳就是一位極諫耿介之士。所以憲宗曾謂左右說：「絳言骨骾，眞宰相也。」（見新唐書李絳傳）。當裴武、柳公綽、白居易等被姦人誣陷時，李絳多密疏申論（新唐書李絳傳），他更因李吉甫之結納宦官，逢迎上意，而與之數度爭論於上前（見通鑑元和七、八年）且不畏宦官吐突承璀，而極言其專橫（通鑑元和五年）。穆宗卽位後，沈湎畋獵行幸之事，絳每於延英殿切諫（見舊唐書李絳傳），敬宗寶

❹ 全唐文卷六四五，李絳「有論諫臣」一文，卽爲新唐書所本。

曆三年，李絳爲除昭義節度使劉從諫，而不顧利害，與李逢吉、王守澄爲敵（見舊唐書李絳傳）。處處表現耿直、切諫之風範。所以李絳聽說小人於憲宗前誇訕諫官爲朋黨時，故能慷慨陳言，揭露小人之陰謀詭計。

當憲宗元和八年，「牛李黨爭」尚在醞釀期，李絳之論「朋黨」當是被誣陷後的申辯之詞。李絳雖與李吉甫不協，但並非牛黨中人。所以引此者，正可見「牛李黨爭」發生之前，外廷士大夫之間，已有朋黨之說。

**2. 裴度論朋黨**

裴度之論朋黨，首見於通鑑元和十三年十二月載：

「上常語宰相，人臣當力爲善，何乃好立朋黨，朕甚惡之。裴度對曰：方以類聚，物以羣分。君子小人，志趣同者，勢必相合。君子爲徒，謂之同德；小人爲徒，謂之朋黨。外雖相似，內實懸殊。在聖主辨其所爲邪正耳。」

按：憲宗對裴度之朋黨之問，是針對裴度的極陳皇甫鎛不可爲相而言。事在元和十三年八月，鎛以厚賂結納宦官吐突承璀，得以本官同平章事。詔制甫下，朝野駭愕，甚至市井負販也嗤之。於是裴度、崔羣極陳鎛爲小人，裴度甚至去職，不願與之同列。憲宗以度爲朋黨，不加省察❺。憲宗既以度爲朋黨而責問，當然他必須申辯。他言論的立意與李絳的說法相近。在強調朋黨

❺ 見通鑑元和十三年八月載。

與同德之別，要在君子、小人邪正之分。

至於裴度主動攻擊他人爲朋黨的文字，則見於全唐文卷五三七所錄的「論元稹、魏宏簡姦狀疏」及「第二疏」兩篇文章中得見。現抄錄於下：

「臣聞主聖臣直，今旣遇聖主，輒爲直臣。上答殊私，下塞羣謗，誓除國蠹，無以家爲。苟獻替之可行，何性命之足惜。伏惟文武孝德皇帝陛下，恭承丕業，光啓雄圖，方殄頑人之風，以立太平之事。而逆竪搆亂，震驚山東，奸臣作朋，撓亂國政，陛下欲掃蕩幽鎮，先宜肅清朝廷。何者？爲患有大小，議事有先後，河朔逆賊，祇亂山東，禁闈奸臣，必亂天下。是則河朔患小，禁闈患大。小者臣等與諸道戎臣，必能翦滅，大者非陛下制斷，非陛下覺悟，無計驅除。今文武百寮，中外萬品，有心者無不憤怨，有口者無不咨嗟，直以威權方重，獎用方深，有所畏避，不敢抵觸，恐事未行而禍已及，不爲國計，且爲身計耳。臣比者猶思隱忍，不願發明，一則以罪惡如山，怨謗如雷，伏料聖明，自必誅殛。一則以四方無事，萬樞且過，雖紀綱潛壞，賄賂公行，待其貫盈，必自顚覆，今屬凶徒擾攘，宸衷憂軫，凡有制命繫於安危，痛此奸邪，恣其欺罔，干亂聖略，非止一途。又與翰苑近臣，結爲朋黨，陛下聽其所說，則必訪於近臣，不知近臣已先私相計會，更唱迭和，蔽惑聰明。所以臣自兵興以來，所陳章疏事皆切要，所奉書詔多有參差，蒙陛下委寄之意不輕，被奸臣抑損之事不少。臣與佞倖亦無讐嫌。祇是昨者，臣請乘傳詣闕，而陳戎事，奸臣之黨最所畏懼，知臣若到御座之前，必能悉數其罪，以此百計止臣，此行臣又請領兵齊進，逐便討賊，奸臣之黨，曲加阻礙，恐臣統率諸道，或有成功，進退皆受羈牽，意見悉遭蔽塞，復與一二憸狡，同辭合力，或令兩道招撫，逗留旬時，或遣他州行營，拖曳日月。但欲令臣失所，使臣無成，則天下理亂，山東勝負，悉不顧矣。為臣事君一至於此，且陛下前後左右，忠良至多，亦有熟會典章，亦有飽諳師旅，促以任使，何獨斯人。以臣遇見，若朝中奸臣盡去，則河朔逆賊不討而自平，若朝中奸臣尚在，則河朔逆賊雖平無益。臣伏讀國史，見代宗之朝，蕃戎侵軼，直犯都城，代宗不知，蓋被程元振壅蔽，幾危社稷。當時柳伉乃太常一博士耳，猶能抗表歸罪，為國除害，今臣所任，兼總將相，豈可坐觀凶邪，有曀日月，臣不勝感憤嫉惡之至，謹附中使趙奉國奉表以聞，倘陛下未甚信臣，猶惑奸黨，伏乞出臣此表，與三事大夫與百寮集議，彼不受責，臣合伏辜。天鑒孔明，照臣肝血，得天下之人，知臣不負陛下，則臣雖死之日，猶生之年。」

其「第二疏」又說：

「臣某言：臣聞木有蠹蟲，其木必壞，國有奸臣，其國必亂。伏以前件人為蠹為奸，欺下罔上，百辟卿士，莫敢指名，若不竄逐，必為患難，陛下他時追悔，亦恐無及，臣所以奮不顧身，舉明罪惡，其第一表、第二狀，伏恐聖意含宏，留中不行，臣謹再寫重進，伏乞聖恩，宣出令文武百官於朝堂集議，必以臣表狀虛謬，牴牾權倖，伏望更加譴責，以謝宏簡、元稹。如宏簡、元稹等實爲朋黨，實蔽聖聰，實是奸邪，實作威福，伏望議事定刑，以謝天下。臣今將赴行營，誓凶寇，而憂在心腹，不在四支，憂在朝堂，不在河朔。伏感諸葛亮出師之時，上表言事，猶以宮中府中不宜異同科犯，爲善爲惡，請申刑賞。臣才雖不逢諸葛亮，心有慕於古人，昧死聞天，伏紙流汗❻。」

按：據通鑑穆宗長慶元年十月載：

「翰林學士元稹與知樞密魏弘簡深相結，求爲宰相由是有寵於上，每事咨訪焉。稹無怨於裴度，但以度先達重望，恐其復有功大用，妨己進取，故度所奏畫事，多與弘簡從中沮壞之。度乃上表，極陳其朋比姦蠹之狀。以爲逆豎構亂，震驚山東，姦臣作朋，撓敗國……（以下皆節錄裴度疏表語）」

司馬光的此段紀事，卽本諸裴度之論元稹、魏弘簡朋黨事而發。裴度「勁直而言辯，尤長於政體」（舊唐書本傳），所以往往引致他人之攻擊。如憲宗元和十四年，在相位時，「知無不言，皇甫鎛之黨陰擠之」（通鑑），而後「後進宰相李宗閔、牛僧孺等也不悅其所爲」（舊唐書本傳）。於敬宗寶曆元年，裴度再欲入相之時，又遭李逢吉黨大肆排擠（見通鑑）。在仕途上與裴度爲敵者多爲牛黨中人，所以裴度之斥元稹、魏弘簡相結爲朋黨，顯然與牛李黨爭事無關。只是裴度厭惡元稹之爲人，而元稹又嫉妬裴度名望在己之上而已（參第四章黨爭與文士，「沒落中的舊族——元稹」

❻ 據新唐書元稹傳，裴度嘗三上疏劾元稹、弘簡傾亂國政。但全唐文中僅錄疏狀兩篇。

一文）。

然而元稹、魏弘簡的多方沮壞裴度，皆出於個人私利，自當視為「朋黨」。不過從此一事件中可以看出，雖在「牛李黨爭」期間，「朋黨」一詞，也並非專指「牛李」而言，此讀唐史者不得不明辯。

### 3. 李德裕論朋黨

通鑑文宗太和七年二月載：

「以兵部尚書李德裕同平章事。德裕入謝，上與之論朋黨事。對曰：方今朝士，三分之一為朋黨。時給事中楊虞卿與從兄中書舍人汝士，弟戶部郎中漢公、中書舍人張元夫，給事中蕭澣等善交結，依附權要，上干執政，下撓有司，為士人求官及科第，無不如志。上聞而惡之。故與德裕言首及之。德裕因得以排其所不悅者。」

又開成五年，通鑑載：

「九月……丁丑，以德裕為門下侍郎同平章事。庚辰，德裕入謝，言於上曰：致理之要，在於辯羣臣之邪正。夫邪正二者，勢不相容，正人指邪人為邪，邪人亦指正人為邪。人主辯之甚難。臣以為正人如松柏，特立不倚，邪人如藤蘿，非附他物，不能自起。故正人一心事君，而邪人競為朋黨。先帝深知朋黨之患，然所用卒皆朋黨之人。良由執心不定，故奸人得乘閒而入也。夫宰相不能人人忠良，或為欺罔，主心始疑。於是旁詢小臣，以察執政。

如德宗末年，所聽任者，惟裴延齡輩，宰相署敕而已，此政事所以日亂也……。上嘉納之。」從以上紀事可知，德裕於太和七年論朋黨是針對牛黨，打擊牛黨而發。太和七年是李黨從牛黨手中奪取政治權力的關鍵年，因爲在此之前，太和三年開始，李宗閔即從拜相呼聲很高的李德裕手上，奪得了宰相地位❼，太和四年，李宗閔再引薦牛僧孺爲相，於是牛黨勢力更大。直到太和六年十二月牛僧孺出爲淮南節度使。到了太和七年二月李德裕旣拜相，自然必先謀削減李宗閔之勢力。所以德裕在論朋黨之後，時在三月，楊虞卿貶常州刺史，張元夫貶汝州刺史，蕭澣貶鄭州刺史，並當朝羞辱宗閔❽。其後李德裕更引用鄭覃爲御史大夫，鞏固自己勢力。其年六月李宗閔出爲興元節度使。所以李德裕之論朋黨，顯然是一種打擊政敵牛黨的手段。

到了太和八年十一月李宗閔復起，於是牛李二黨鬥爭趨於最爲激烈時期。當時文宗曾爲之束手無策，而慨然歎息說：「去河北賊易，去朝廷朋黨難。」(見通鑑太和八年)。太和八年以後，李訓、鄭注相繼得勢，對牛李二黨都有排斥，是二黨之黯淡期。到了開成五年，李德裕再度拜相，他極欲藉此表現一番，於是重施故技，在武宗(文宗崩於正月)面前，大發議論，高談君子小人之辨，指斥先帝(文宗)所用，卒皆朋黨之人。此次李德裕所謂之朋黨，當然又是針對打擊

❼ 事見舊唐書卷一七〇裴度傳。

❽ 見通鑑文宗太和七年：「他日，上復言及朋黨，李宗閔曰：臣素知之，故虞卿輩，臣皆不與美官，李德裕曰：給事非美官而何？宗閔失色。」

牛黨而發。於是武宗會昌元年，借漢水之溢，以爲牛僧孺之罪，而貶斥之。會昌二年以白居易衰病爲由，排除了他的拜相之望。於是武宗會昌年間，李德裕的勢力達顚峯時期。推究原因，完全賴於他藉朋黨以打擊牛黨，藉君子、小人的二分法，以置異己於小人之列之策略運用成功。

宣宗大中元年以後，李德裕專權日久。引起帝王、宦官、政敵等多方面的不滿，而逐漸失勢。終在同黨李紳案的牽涉下，於十二月貶潮州司馬，二年九月再貶崖州司戶，三年正月到達崖州。這時他寫了一篇「朋黨論」（見全唐文卷七〇九、會昌一品集外集卷二、歷代黨鑑卷一）❾：

「治平之世，教化興行，羣臣和於朝，百姓和於野，人自砥礪，無所是非，天下焉有朋黨哉！仲長統所謂：同異生是非，愛憎生朋黨，朋黨致怨讎者也。東漢桓靈之朝，政在閹寺，綱紀以亂，風教寖衰，黨錮之士，始以議論疵物。於是危言危行，刺譏當世，其志在於維持名教，斥遠佞邪，雖乖大道，猶不失正。今之朋黨，皆依倚倖臣，誣陷君子，鼓天下之動，以養交游，竊儒家之術，以資大盜。所謂教猱升木，嗾犬害人，穴居城社，不可熏鑿。漢之黨錮，爲理世之罪人，今之朋邪，又黨錮之罪人矣。仲長統曰：才智者亦奸兇之羽翼，勇氣者亦盜賊之爪牙。誠如是言，辨之未盡如是，皆小才小勇，祇能用詭道入邪徑，鼠牙穿屋，虺毒螫人，如巨海陰夜，百色妖露，焉能白日爲怪哉，大道之行當蠶粉矣。」

文中所謂「治平之世，教化興行，羣臣和於朝，百姓和於野，人自砥礪，無所是非，天下焉有朋

❾ 歷代黨鑑：「此論見之窮愁志中。自序云：地僻無書，心力久廢。則是謫朱崖以後所作也。」

黨哉！」這種從大處著眼的持平態度，很能看出李德裕此時的心境已漸平靜。而論及「今之朋黨，皆依倖臣，誣陷君子，鼓天下之動，以養交游，竊儒家之術以資大盜。所謂教猱升木，嗾犬害人，穴居城社，不可熏鑿」數語，更是切中時弊，正說明了朋黨固屬可恨，然眞正之禍源則在倖臣。李德裕在經過一生的仕宦浮沉之後，才恍然大悟，牛黨也罷、李黨也罷，不論表現得如何才智，如何勇氣，也不過是「奸兇之羽翼，盜賊之爪牙」而已。文中流露出無限的慨歎。

**4. 韋處厚論朋黨**

全唐文卷七一五載韋處厚「請明察李逢吉朋黨疏」說：

「臣竊聞朋黨議論，以李紳貶屈尚輕。臣受恩至深，職備顧問，事關聖聽，不合不言。紳先朝獎用，擢在翰林，無過可書，無罪可戮。今羣黨得志，讒嫉大興，詢於人情，皆共駭。詩云：萋兮非兮，成是貝錦，彼譖人者，亦已太甚。又曰：讒言罔極，交亂四國。自古帝王，未有遠君子、近小人而致太平者也。又古人云：三年無改於父之道，可謂孝矣。李紳是前朝任使，縱有罪愆，陛下猶宜洗釁滌瑕，念舊忘過，以成無改之美。今逢吉門生故吏，遍滿朝行，侵毀加誣，何詞不有，所貶如此，猶謂太輕。蓋曾參有投杼之疑，先師有拾塵之戒。伏望陛下，斷自聖慮，不惑姦邪，天下幸甚。建中之初，山東向化，只緣宰相朋黨，上負朝廷。楊炎爲元載復仇；盧杞爲劉晏報怨。兵連禍結，天下不平，乞聖明察臣愚懇。」

按：李逢吉黨之陷害李紳，是有計劃的行動。先挑撥他與韓愈的衝突，再孤立他在士大夫之間的友誼，最後誣毀他曾意欲擁立深王，搆成重罪⑩，這一連串的陰謀詭計，都發生在穆宗長慶三、四年間。據通鑑載：

「二月癸未，貶紳爲端州刺史……丙戌，貶翰林學士龐嚴爲信州刺史，蔣防爲汀州刺史。嚴壽春人，與防皆紳所引也。給事中于敖素與嚴善，封還敕書，人爲之懼。曰：于給事爲龐、蔣直寃，犯宰相怒，誠所難也。及奏下，乃言貶之太輕，逢吉由是獎之。張又新等猶忌紳，日上書，言貶紳太輕，上許爲殺之。朝臣莫敢言。獨翰林侍讀學士韋處厚上疏，指述紳爲朋黨所讒，人情歎駭。紳蒙先朝獎用，借使有罪，猶宜容假，以成三年無改之孝，況無罪乎！於是上稍開寤。」

司馬光所據史料，顯卽韋處厚之此篇疏狀。（也略見新、舊唐書韋處厚傳）據舊唐書卷一五九韋處厚傳提及處厚之所以力救李紳是「處厚與紳皆以孤進同年進士」之故。並無黨同關係。處厚本諫官，直言切諫，乃其本份。至於所言之「朋黨」中人李逢吉、張又新、劉栖楚（見新唐書韋處厚傳）等，皆爲以私利聚結，所謂逢吉黨之「八關十六子」。

## 結 論

在「牛李黨爭」期間（唐憲宗元和三年至宣宗大中二年），翻檢全唐文中所錄以及通鑑所

⑩ 參本論文第一章「黨爭中的幾件大事」一節及第三章「李紳趨翰苑遭誣搆四十六韻詩」一文。

敍，時人有關論「朋黨」之說，已如上述。今更歸納幾項重點如下：

(1)「朋黨」一詞，皆以爲係指「結黨營私」之小人而言。君子的結合，應爲同德。

(2)「朋黨」是攻擊不同立場之政敵之手段，因爲它「言之則可惡，尋之則無迹」，往往得逞。所以辨別「朋黨」，端在聖主之明辨。

(3)「牛李黨爭」中，已有宦官參與其事，所以李德裕有「今之朋黨，皆依倚倖臣」之語，裴度有責元稹與魏宏簡相謀之斥。

(4)前所論「朋黨」諸文中，其相對關係，得一簡表如下：

| 議論者 | 動機 | 被指爲朋黨者 | 備註 |
|---|---|---|---|
| 李絳 | 申辯 | 諫官等 | 非關牛李黨爭 |
| 裴度 | (一)申辯<br>(二)指斥 | 裴度<br>元稹、魏宏簡 | 非關牛李黨爭 |
| 李德裕 | (一)指斥<br>(二)指斥<br>(三)議論 | 楊虞卿、汝士、漢公、張元夫、蕭澣等<br>楊虞卿等 | 楊等皆牛黨 |
| 韋處厚 | 爲李紳鳴寃 | 李逢吉等 | 李等皆牛黨 |

從此可歸納出若干現象。第一：李絳、裴度議論，雖在牛李黨爭期間，但非關牛李兩黨互相排斥之事。故可知「朋黨」乃是泛稱。第二：李絳、裴度、李德裕、韋處厚四人，稽之兩唐書本傳，皆爲正直之士。若非實有憑據，當時人，恐也不敢形諸文字，以指斥某人爲朋黨。第三：牛李二黨排斥期間，只有李德裕（李黨）、韋處厚（無黨）指牛黨爲朋黨，而不見牛黨中人指李黨以爲朋黨者。（史籍中史學家有敍及二黨以朋黨互斥）故後人誤以爲李德裕無黨並在破除朋黨⑪，原因在此。

## (二)牛李的幾篇攻訐散文

### 前言

李德裕的文章，流傳至今的有李衞公會昌一品集、別集、外集、文武兩朝獻替記、次柳氏紀聞、明皇十七事（見藝文書局百部叢書）以及全唐文中所收錄之若干篇文章（與會昌一品集、別集、外集中多所重複）等。而牛僧孺之文章，今所見者，僅有全唐文中所錄之雜文六篇而已。其中「周秦行紀論」見於本論文「周秦行紀之再審視」一文中討論，「文武兩朝獻替記」見於本論文「通鑑考異中提到幾種因牛李黨爭而竄改的史書」一文中討論，「朋黨論」已見上篇「黨人論朋黨」一

⑪ 見湯承業「李德裕研究」第九章第五節。

文中討論外，其餘疑似爲朋黨間相互攻訐的文字，已不多見。據王夢鷗先生說：李德裕有臣子論、小人論、朋黨論諸篇；牛僧孺則有譴貓，鷄觸人述兩篇似與朋黨之爭有關⑫，而另外我又加了李德裕的一篇虛名論。下文且分別闡述諸篇文字之隱喻諷刺之旨。

1. 臣子論之詈宗閔

「臣子論」一文見於會昌一品集外集卷二、全唐文卷七〇九。文載：

「士之有志氣而思富貴者，必能建功業，有志氣而輕爵祿者必能立名節。二者雖其志不同，然時危世亂，皆人君之所急也。何者？非好功業，不能以戡亂，非好名節，不能以死難，此其梗概也。好功業者當理平之世，或能思亂。唯重名節者理亂皆可以大任。平淡、和雅，世所謂君子者。居平，必不能急公理煩；遭難，亦不能捐軀濟危。可以羽儀朝廷，潤色名教，如宗廟瑚璉，園林鴻鵠。雖不常爲人用，而自然可貴也（原注：世謂王，劉之儔也）。然世亦不拘小疵，而全大節者，如陳平背楚歸漢，漢王疑其多心，令護諸將。又疑其受金，可謂不能以名節自固矣。及功成封侯，辭曰：非魏無知，臣安得進。漢高曰：若子可謂不背本矣。其後竟誅諸呂以安劉氏。近日宰相上官儀，詩多浮艷，時人稱爲上官體，實爲正人所病。及高宗之初，竟以謀廢武后，心存王室，至於宗族受禍。郭代公倜儻不羈之士也，少不以名節自檢，當蕭岑內難，保護睿宗，雖履危機，竟全臣節，則名節之間不可以一概論也。

⑫ 見王夢鷗先生唐人小說研究二集「重要篇章及其作者生平新探」中「周秦行紀與周秦行紀論」一文。

陳平能不負魏無知，所以必不負漢王矣。今士之背本者，人君豈可保之哉！」

按：此篇文章中強調兩點要旨：第一闡述名節對臣子之重要。所以文中說：「唯重名節者理亂皆可以大任」。而名節往往於臨難履危之際，發揮無遺。第二：說明「不背本」之重要，以譏刺當時之臣子未盡本份。故結尾說：「今之士背本者，人君豈可保之哉！」顯然必有所指而可以諷之者。今檢覈新、舊唐書中，最爲李德裕可譏刺爲無名節而忘本者，當首推李宗閔與白敏中輩。據兩唐書裴傳可知，憲宗元和十三年，裴度討淮西時，李宗閔在其幕下⑬。所以裴度對李宗閔有提携之恩。到了文宗太和三年，裴度因推薦李德裕爲相而得罪宗閔，致生仇隙。見通鑑三年八月載：

「徵浙西觀察使李德裕爲兵部侍郎，裴度薦以爲相。會吏部侍郎李宗閔有宦官之助。甲戌以宗閔同平章事⑭。」

從此李宗閔之勢力日益坐大，太和四年春，再引薦牛僧孺自武昌節度使入朝，尋拜兵部尚書同平

⑬ 舊唐書卷一七〇裴度傳：「司勳員外郎李正封，都官員外郎馮宿、禮部員外郎李宗閔等爲兩使判官書記，皆從之。」

⑭ 舊唐書李德裕傳：「太和三年八月召爲兵部侍郎，裴度薦以爲相。而吏部侍郎李宗閔有中人之助，是月拜平章事，懼德裕大用，九月檢校禮部尚書，出爲鄭滑節度使。德裕爲逢吉所擯，在浙西八年……又爲宗閔所逐。……宗閔尋引牛僧孺同知政事，二憾相結，凡德裕之善者皆斥之於外……。使牛李權赫於天下。」

章事。對李德裕之黨稍稍逐之（見通鑑）。這時裴度以年高多疾，上書懇辭機務，並想藉此避禍。而後進宰相李宗閔、牛僧孺等不滿裴度所爲，乘機排擯。見新唐書裴度傳說：

「度自見功高位極，不能無慮，稍詭跡避禍。於是牛僧孺、李宗閔同輔政，媢度勳業，久居上，欲有所逞，乃共訾其跡，損短之，因度辭位，卽白帝，進兼侍中，出爲山南東道節度使。」

於是裴度退隱於東都集賢里，以園林幽勝爲樂。與詩人白居易、劉禹錫爲文章，把酒窮盡夜，相歡不問人間事。（見兩唐書裴度傳）

李宗閔既爲裴度提携，而又排斥裴度，在其政敵李德裕之眼中，自被視爲不顧名節之背本之臣。所以德裕或借臣子論以諷之。至於白敏中之在德裕眼中，則不僅爲忘本，更直斥其爲小人。

**2. 小人論以責敏中**

「小人論」一文見於會昌一品集外集卷三及全唐文卷七一〇。文載：

「世所謂小人者，便辟巧佞，翻覆難信，此小人常態，不足懼也。以怨報德，此其甚者也。背本忘義，抑又次之。便辟者，疏遠之，則無患矣。翻覆者，不信之，則無尤矣。唯以怨報德者，不可預防，此所謂小人之甚者也。背本者，雖不害人，亦不知感昔傷蛇傳藥，而能報飛鴞食椹而懷音。以怨報德者不及傷蛇者遠矣。背本忘義者不及飛鴞遠矣。至於白公負卵翼之德，宰嚭遺灌溉之恩，陳餘棄父子之交，田蚡忘跪起之禮，此可與叛臣賊子同誅，豈止於知己之義也。世以小人比穿窬之盜，殊不然矣。夫穿窬之盜迫於饑寒，莫保性命，於高貲者有何恩義；於多藏者有何仁愛？旣無恩義、仁愛，則是取貲於道，拾金於野，若能識廉恥，蒙袂者之操矣。所以陳仲弓覩梁上之盜，察非惡人，以是而言，盜賊未爲害矣。然操戈鋋，挾弓矢，以暴寡殺人取材者，則謂之盜，比於以怨報德者亦甚焉。何者？人之父子兄弟有不相知者，有德於人者是已知之矣，焉得負之哉！」

按：此篇「小人論」比前篇「臣子論」更進一步以責斥小人。本文強調「忘本」罪在其次，唯「以怨報德者」尤令人切齒痛恨，此乃眞小人也，比盜賊猶不如。德裕旣責叱之如此之重，可見也必有所指。今翻檢兩唐書，當以白敏中，最有可能。據新唐書白居易傳中附錄之白敏中傳說：

「武宗雅聞居易名，欲召用之。是時居易足病廢。宰相李德裕言其衰苶，不任事，卽薦敏中文詞類其兄，而有器識，卽日知制誥，召入翰林學士，進承旨。宣宗立，以兵部侍郎同中書門下平章事，遷中書侍郎兼刑部尙書。德裕貶，敏中抵之甚力。議者訾惡。德裕著書亦言『以德報怨爲不可測』，蓋斥敏中云。」

可見新唐書採信「小人論」爲責斥白敏中之作。白敏中原爲李德裕拔擢，德裕可謂有德於敏中者，然於宣宗卽位，德裕失勢後，排抑德裕最烈者，卽白敏中與令狐綯，（第一章黨爭肇始原因中「黨爭中的幾件大事」一節有詳述）所以德裕痛責敏中爲「小人」。

### 3. 虛名論以叱逢吉

「虛名論」一文見於會昌一品集外集卷二及全唐文卷七〇九收錄。文載：

「夫與膏肓同病者不可治也。與衰亂同風者不可理也。劉向上書曰：幽厲之際，朝廷不和，轉相非怨，君子獨處，守正不撓，衆枉勉強以從王事，則反見憎毒讒愬。故其詩曰：密勿從事，不敢告勞，無罪無辜，讒口謷謷。又曰：分曹爲黨，往往羣朋。將同心以陷正臣，正臣進者治之表也，正臣陷者亂之機也。漢興幽厲之世同風矣。干寶晉總論曰：朝寡全德之士，鄉乏不貳之老，進仕者以苟得爲貴，而鄙居正，居正當官者以望空爲高，而笑勤恪，其倚伏虛曠依阿無心者，皆名重海內。晉與元成之際同風矣。所謂虛曠名重者，蓋譏山濤、魏舒之儔耳。後之竊虛名曾不得與山魏，徒隸齒而靦貌於世，未嘗自愧。趨之者如飛蛾赴火，惟恥不及，豈蛩蛩負蟨之謂哉！虛名者以衆多爲其羽翼，時不敢害，後來者以聲價出其口吻，人不敢議，以此相死。自謂保太山之安，可以痛心哉！」

按：此文在責斥盜竊虛名者，往往以衆多爲其羽翼，分曹爲黨，羣朋爲讒，以害正臣。而翻檢兩唐書可知，牛黨中以夥結黨羽，專報私怨之首，非李逢吉莫屬。逢吉最善於製造矛盾，排除異己。如逢吉以裴度功大，且與元稹有隙，乃遣人告和王傅于方，結客欲爲元稹刺度，致使元稹、裴度俱罷相，而自收漁利。又因李紳之排己，乃設計使李紳與韓愈，造成臺府不協而皆去職。他更結納宦官，廣植羽翼。且其入相，乃藉其從子李仲言（訓）之賂鄭注而結識宦官王守澄而得之。於穆宗長慶四年同中書門下平章事後，親附他的黨羽，有張又新、李續之、張權輿、劉栖楚、李虞、程昔範、姜洽、李仲言等，號爲「八關十六子」，凡有求於逢吉者，必先經此八人納賄⑮。所以李逢吉之所作所爲，正如德裕之所責斥者，此文或即指李逢吉而作。

**4. 讁貓以譏德裕**

「讁貓」一文爲牛僧孺所作。見於全唐文卷六八二著錄，文載：

「貓爲獸，捕鼠啖饑，貓性也。鼠好害物，貓食之，是貓於人爲爪牙，於獸職爲刺姦也。所以伊尹季春（疑）日迎貓。然則人假借蓄貓之義盡矣。僧孺常學大小戴禮，知迎貓之利。攝饗者悉辭以苦貓之竊，請迎蓄之，僧孺因允其言。是貓也，非不壯大、猵狘，而爲之蠹蹴鼠族者，性懶不捕，善伺饗人戶隙，搜盡覆器，如智有十手百目者，而猶家人剩食三時，加哺不敢輟。嗚呼！鼠伏隱處也，貓人蓄食之也，鼠竇厚垣深窖也，貓安薦茵堂室也，鼠出恍獲畏怕也，貓遊安緩舒閒也。既伏隱處也，則出可伺之也。既竇厚垣深窖也，何地可空之也，既出恍獲畏怕也，掘搖之可怛之也。惟貓甚不易也。僧孺嘗讀晉、漢二史，見更始元年，赤眉擾秦中，崤函岐雍大苦之，以更始宜制之，而人又苦之。是意亂君之猶貓竊者也。晉太康末，趙厥亂岷，蜀漢銅梁大苦之，以羅沖征之，而人又苦之。是意亂臣亦猶貓竊者也。向使更始非仗漢，則秦人皆得擒之矣。羅沖非仗晉，則蜀人皆能捕之矣。貓非仗於

⑮ 參見舊唐書卷一六七新唐書卷一七四李逢吉傳。

人，則庖人皆得戮之矣。然三者皆知仗之。苟竊也，曾不知人甚苦之矣。以至於逐之，以至於戮之。故有爲國者，有知兵者，有防盜者，有仗而皆亂者，則踰於盜也。踰於亂者，畏人迎貓，不可不愼也。」

按：王夢鷗先生說：

「其中有譴貓一文，謂飼貓捕鼠而亦踐害生物。味其語意，似對於李德裕之武功而作別解。舊唐書卷一七二牛僧孺傳云：李德裕鎭蜀，欲乘吐番之降，出兵擣其要害，以解決邊患；時牛氏爲相，力撓此議，以致謗論沸然，皆謂僧孺妨害德裕立功。（原注：司馬光對此事有所仲裁，見通鑑卷二四七會昌三年三月末。）不久，僧孺亦由是而罷相，出刺襄州；而譴貓一文，則似爲是事而作之解釋⑯。」

再者，該文中提及，飼貓的目的，原爲用其天性以捕鼠。而且此貓並非不壯大，只因性懶不捕，自行竊食，其爲害反有甚於鼠者。顯然此篇文中之貓、鼠必有所指，不過關鍵在，先必須了解「鼠」在本文中究何所指？我想古籍中不外二義。

(1)比喻重歛。如詩經魏風中有碩鼠一篇⑰。據詩小序說：

⑯ 見王夢鷗先生唐人小說研究二集第二編「重要篇章及其作者生平新探」四「周秦行紀與周秦行紀論」一文載。

⑰ 碩鼠詩說：「碩鼠碩鼠，無食我黍，三歲貫女，莫我肯顧。逝將去女，適彼樂土，樂土樂土，爰得我所。碩鼠碩鼠，無食我麥。三歲貫女，莫我肯德。逝將去女，適彼樂國，樂國樂國，爰得我直。碩鼠碩鼠，無食我苗，三歲貫女，莫我肯勞。逝將去女，適彼樂郊，樂郊樂郊，誰之永號。」

「碩鼠刺重斂也。國人刺其君重斂蠶食於民，不修其政，貪而畏人，若大鼠也。」

再進而檢視舊唐書李德裕傳，果然他在爲政之初，對財賦很有一番整頓。說：

「（長慶二年）九月……潤州承王國清兵亂之後，前使竇易直傾府藏賞給，軍旅寖驕，財用殫竭，德裕儉於自奉，留守所得，盡以贍軍，雖施與不豐，將卒無怨，二年之後，賦輿復集。」

又說：

「昭愍皇帝（敬宗）童年纘曆，頗事奢靡。卽位之年，詔浙西造銀盝子粧具二十事進內。德裕奏曰：臣百生多幸，獲遇昌期，受寄名藩，常憂曠職，孜孜夙夜，上報國恩。數年以來，災旱相繼，罄竭微慮，粗免流亡，物力之間，尚未完復。臣伏準今年三月三日赦文，常貢之外，不令進獻。此則陛下至聖至明，細微洞照，一恐聚斂之吏，緣以成奸，一恐凋瘵之人，不勝其弊，上弘簡約之德，下敷惻憫之心。萬國羣甿，鼓舞未息。」

凡此種種措施，都是去除重斂，予民財富生息的機會。然而李德裕本身之奢侈生活，又極盡浪費。如唐李冗獨異志下說：

「武宗朝，宰相李德裕奢侈極，每食一杯羹，費錢約三萬。雜寶貝、珠玉、雄黃、朱砂、煎汁爲之，至三煎，卽棄其滓於溝中。」

又唐語林補佚載，李德裕從江蘇常州的惠山寺運水到長安泡茶之事，時人謂之「水遞」⑱。李德裕性雖簡儉，不好聲色，往往經旬不飲酒，但爲茶湯之需，萬里汲水，其勞民傷財，有甚於飲酒者。

而且李德裕尤好別墅、庭園之勝。據舊唐書李德裕傳說：

「有劉三復者，長於章奏，尤奇待之。自德裕始鎭浙西，迄於淮甸，皆參佐賓筵，軍政之餘，與之吟詠終日。在長安私第，別構起草院，院有精思亭，每朝廷用兵，詔令制置而獨處亭中，凝然握管，左右侍者無能預焉。東都於伊闕南置平泉別墅，清流翠篠，樹石幽奇。初未仕時，講學其中，及從官藩服，出將入相，三十年不復重遊，而題寄歌詩，皆銘之於石，今有花木記，歌詩篇錄二石存焉。」

這座平泉莊之景緻，在唐人筆記中，記載尤多，今僅擇一則爲例。如唐康駢劇談錄說：

「李德裕東都平泉莊，去洛城三十里。卉木臺榭，若造仙府，有虛檻對外引泉水，縈回疏鑿，像巫峽洞庭十二峯九派，迄於海門，江山景物之狀，以間行逕。有平石，以手磨之，皆隱隱見雲霞、龍鳳、草樹之形。初德裕營平泉，遠方之人多以異物奉之，有題平泉詩曰：

⑱ 唐語林所載李德裕「水遞」事見前第二章「黨爭與史料鑑別」三、「唐人筆記小說中的牛李傳聞」一文。

隴右諸侯貢語鳥，日南太守送名花⑲。」李德裕之食、住如此奢侈，則其生活之浪費可知。爲官之道首在爲百姓去除重歛，而德裕雖有心作爲，可惜已又復蹈奢侈、靡爛之譏。所以牛僧孺爲「讀貓」一文以譏之。

(2)比喻佞倖。如劉向說苑卷七理政篇說：

「夫社，束木而塗之，鼠因往託焉。燻之，則恐燒其木；灌之，則恐敗其塗，此鼠所以不可得殺者，以社故也；夫國亦有社鼠，人主左右是也。」

故知佞倖之患爲歷朝所痛恨，然欲除之又極爲不易。而唐代佞倖弄權之患尤烈。所以歷代爲人臣者，多有爲社稷除「鼠患」之舉。卽如離「牛李黨爭」事件不遠之「永貞內禪」與「甘露事變」中，王叔文、宋申錫、李訓、鄭注等皆有斯舉。然而李德裕爲相期間，卻未見其排除宦官舉措，反而與宦官時有交結。如册府元龜九四五、總錄部、巧宦條載：

「李德裕憲宗時爲太原府錄參軍時，謂監軍李國澄曰：何不以近貴取事而自滯於外閫乎？國澄曰：豈所不欲，其如貧何？乃許借十萬貫，促國澄赴闕。國澄初未爲信，及至闕，

⑲ 平泉莊勝景，也見唐張洎賈氏談錄，宋王讜唐語林等書，可參見第二章中「唐人筆記小說中的牛李傳聞」一文。又李德裕詩中，多詠平泉莊者；有憶平泉山居贈沈吏部、夏晚有懷平泉林居、初歸平泉、過龍門南嶺遙望山居卽事，洛中士君子多以平泉見呼，愧獲方外之名因以此詩爲報，奉寄劉賓客、早春至言禪公法堂憶平泉別業，峽山亭月夜獨宿對櫻桃花有懷伊川別墅、春暮思平泉雜詠二十首等。

咸如其諾。尋除中尉，遂爲中人所稱。」

又李德裕在文宗太和七年，所以能從劍南西川節度使而入相以替代李宗閔，也是借重於宦官王踐言之打擊牛僧孺而成功。見舊唐書李德裕傳載：

「會監軍王踐言入朝知樞密，嘗於上前言，悉怛謀縛送以快戎心，絕歸降之義。上頗尤僧孺。其年（六年）多，召德裕爲兵部尚書，僧孺罷相，出爲淮南節度使。七年二月，德裕以本官平章事進封贊皇伯，食邑七百戶。六月宗閔亦罷。德裕代爲中書侍郞集賢大學士。」

而德裕在文宗開成五年之得以入相替代楊嗣復，也是靠宦官之助。見通鑑卷二四六載：

「初德裕在淮南，敕召監軍楊欽義，人皆言必知樞密，德裕待之無加禮，欽義心銜之。一旦獨延欽義，置酒中堂，情禮極厚，陳珍玩數牀，酒罷皆贈之，欽義大喜過望，行至汴州，敕復還淮南，欽義盡以所餉歸之。德裕曰：此何直？卒以與之。其後欽義竟知樞密，德裕柄用，欽義頗有力焉⑳。」

從以上種種記載看，李德裕非但未爲人君排除社鼠——宦官，反而與宦官不時勾結以圖富貴。而牛僧孺之個性，則視宦官無畏色。如通鑑卷二四二、長慶元年載：

「宿州刺史李直臣坐贓當死，宦官受其賂，爲之請，御史中丞牛僧孺固請誅之……。」

又如杜牧牛公墓誌銘載：

⑳ 也見張固幽閒鼓吹中載。司馬光或即本此。

「(牛僧孺)鎮武昌時，軍容使仇士良爲監軍使，公律以禮敬。暑甚，大合軍宴，拱手至暮，一不搖扇。益自儉克，平居非公事不出內屏，周三歲，語言舉止，率有常度。仇軍容開成末，首議立武宗，權力震天下，每言至公，必合手加額曰：清德可服人，但過恡官財，與人無一毫恩分耳。不肯引譽，不敢怨毀，淡居其中。」

僧孺之爲人持正不阿，竟連宦官也對他讚美不已。自然李德裕之阿諛宦官行爲，會被僧孺所輕，而爲「譴貓」一文以譏刺之。

**5. 雞觸人述以斥韋瓘**

「雞觸人述」一文也爲牛僧孺所撰，見於文苑英華卷三七二及全唐文卷六八二。文載：

「鄠杜之郊，有雞，大不麕麚，類剛勇百鶚之特，疾視促步，內斷外果，雖狺狺猛犬，桓桓壯士，伺釁潛搏，胥爲驚蹷，則前後背血流朱殷者數四以降，咸以待恃長嘴利距也。失恃則力不能擊，宜仁柔矣。乃因跧側樹枝，目不能視瞻，以長纓羈繫，使彼莫得旅拒，卽求砥礪，錯斂其長嘴，使禿栟不能害物，錘鈐敲折其利距，使撾擊不能痛物，然後縱其逸也。雞不省，猶張拳、勢蹬、瞋睟，咬咬爭鳴。則豨突如隣童，咸操荆礫，弄調笑喜曰：昔吾畏其搏我、啄我，每至此則心悸狂亂，視若左右紛錯，百千雞之眾矣。今彼啄擊不能爲害，則雖玆雞在前後，若不見。豈雞之異矣。君子於是歎，至剛自折者若此，不度力取笑者又如此，且其職也，宜司晨而鳴，風雨不移，縱有專場妒敵之志，亦爭鳴於族類，非宜於怫人矣。爾依於人，人卽爾主，輕肆其勇而悖於主，所以雖有長嘴利距，不能久恃，已失所恃，乃以踵擊者，取隣童之笑，所宜然矣。僧孺常思度謂欲移人之事，當其類其鷄者，嗚呼！宜誠夫剛哉！」

按：此篇文章，王夢鷗先生以爲鷄當指韋瓘。他說：

「鄠杜乃韋瓘之里籍，疑此文所指者，爲被斥逐後之韋瓘，猶以文字攻訐㉑。」

韋瓘之生平事蹟，略見於新唐書卷一六，韋夏卿傳，他是夏卿弟正卿之子。傳略說：

「韋夏卿字雲客，京兆萬年人……。正卿子瓘，字茂弘，及進士第，仕累中書舍人，與李德裕善。德裕任宰相，罕接士，唯瓘往請無間也。李宗閔惡之。德裕罷，貶爲明州長史。會昌末累遷楚州刺史，終桂管觀察使。」

韋瓘嘗撰「周秦行紀」與假借德裕之名僞作「周秦行紀論」，以誣陷牛僧孺，並欲置之死地。其爲李黨自已無疑。而韋瓘之里籍爲京兆萬年，在今陝西臨潼縣附近，文中所謂「鄠杜之郊」正在今陝西長安附近。

## 結　論

㉑ 見王夢鷗先生「牛羊日曆及其相關的作品與作家辨」一文之後記。其唐人小說研究二集，第二編「重要篇章及其作者生平新探」四、「周秦行紀與周秦行紀論」文中說：「暗指李黨爪牙之傷人。」

綜合以上諸例證可知，李德裕涉及黨爭攻訐的文章，多爲雜論，它指斥或譏諷的對象比較明顯，但範圍卻較廣泛。如臣子論、小人論，可指李宗閔，也可指白敏中、令狐綯，甚或楊虞卿輩，因爲在李德裕心目中，牛黨中人無非皆爲忘本背義之小人。或如題名虛名論一章，以爲指李逢吉可，以爲指李宗閔也無不可。李逢吉因爲聚集黨羽，而李宗閔也嘗引薦黨人。而本文於篇章之下，專指斥諷者唯一人者，乃爲述論之方便計。

而牛僧孺之兩篇攻訐文章，俱爲寓言，寓言文字中之有諷喻寄託，爲撰述之常理。故於「譴貓」一文中，特從「貓」的比喻及象徵意義入手，反覺對譏刺對象還較易把握。

至於李德裕的一些賦篇，像「畏途賦」（見全唐文卷六九七）。山鳳凰賦（全唐文卷六九六）等，恐怕都有一些攻訐的作用。因爲賦之諷刺意義，自古既被重視，而只是我們實在很難去發現進一步可以明確指引的線索而已。

# 二、利用詩歌以發抒恩怨

## 前　言

### ㈠從韓愈的「南山有高樹」談起

新唐書卷一七四李宗閔傳說：

「宗閔性機警，始有當世令名。既寖貴，喜權勢。初爲裴度引拔，後度薦德裕可爲相，宗閔遂與爲怨。韓愈爲作南山、猛虎行規之。而宗閔崇私黨，薰熾中外，卒以是敗。」

新書傳文中所指之「南山」詩，實際上應爲「南山有高樹行贈李宗閔」（見於全唐詩卷三四一、錢仲聯韓昌黎詩繫年集釋卷一二）。現在我先把兩首詩錄於下：

「南山有高樹，花葉何衰衰。上有鳳凰巢，鳳凰乳且棲。四旁多長枝，羣鳥何托依。黃鵠據其高，衆鳥接其卑。不知何山鳥，羽毛有光輝，飛飛擇所處，正得衆所希，上承鳳凰恩，自期永不衰。中與黃鵠羣，不自隱其私。下視衆鳥羣，汝徒竟何爲！不知挾丸子，心默有所規。彈汝枝葉間，汝翅不覺摧。或言由黃鵠，黃鵠豈有之。愼勿猜衆鳥，衆鳥不足猜。無人語鳳凰，汝屈安得知。黃鵠得汝去，婆娑弄毛衣，前汝下視鳥，各議汝瑕疵。汝豈無朋匹，有口莫肯開。汝落蒿艾間，幾時復能飛？哀哀故山友，中夜思汝悲，路遠翅翎短，不得持汝歸。」（南山有高樹行贈李宗閔）

「猛虎雖云惡，亦各有匹儕。羣行深谷間，百獸望風低。身食黃熊父，子食赤豹麛。擇肉於熊豹，肯視兎與貍。正晝當谷眠，眼有百尺威，自矜無當對，氣性縱以乖。朝怒殺其子，暮還食其妃，匹儕四散走，猛虎還孤棲。狐鳴門兩旁，烏鵲從噪之。出逐猴入居，虎不知所歸。誰云猛虎惡，中路正悲啼。豹來銜其尾，熊來攫其頤。猛虎死不辭，但慙前所爲。虎

坐無助死，況如汝細微。故當結以信，親當結以私。親故且不保，人誰信汝爲。」（猛虎行）

再進而探討，它究竟是否誠如新唐書所說：韓愈爲了規諷宗閔而作。

**1.二詩非規諷之作**

歷來對此二詩的解說紛紜（見錢仲聯韓昌黎詩繫年集釋）。而能否定它爲規諷宗閔之作的理由有三：

(1)無規諷之詩意：誠如方世舉對「南山有高樹」一首的看法是：「詳玩詩語，一則曰汝屈，再則曰思汝。公於宗閔大有不平之鳴，絕無規諷之意。」又如錢仲聯評猛虎行說：「此詩則借虎爲興，至虎坐無助死，況如汝細微，方轉入所刺之人。而兩汝字皆指人而非虎。其上敍猛虎事，固不必全以人事附合坐實也。謂刺宗閔或李紳皆可通。惟謂爲刺宗閔則可，謂爲贈宗閔則不可。猛虎行雖古題，但詩中旣著以惡字，縱非以之爲比，而公然贈友，亦未免孟浪唐突。今從舉正，刪贈李宗閔字。」旣如錢氏所云，此詩屬之宗閔、李紳皆可，則顯然此詩就不能拘於爲規宗閔之作。

(2)創作時間不合：新唐書所謂韓愈作此二首詩以規宗閔，是由於「初爲裴度引拔，後（裴度）薦德裕可爲相，宗閔遂與爲怨」云云。實則裴度以德裕可爲相之薦舉，事在文宗太和三年，㉒韓愈死已五年（愈死於穆宗長慶四年），無從作詩以規諷李宗閔。

㉒ 舊唐書李德裕傳說：「太和三年八月，召爲兵部侍郎，裴度薦以爲相，而吏部侍郎李宗閔有中人之助，是月拜平章事。」

(3)新唐書意在貶宗閔：此段紀事只見於新唐書，舊唐書中不載。而新唐書中多有抑宗閔以崇德裕處（參本書第二章「黨爭與史料鑑別」中「兩唐書所論牛李黨爭之歧異」一文）。所以新唐書的說法，顯然是不可盡信的。

然則，此二詩的眞正作意，又是如何呢？

**2.「南山有高樹」的作意**

欲了解「南山有高樹」的眞正作意時，我想必須先考慮到三方面。第一：此詩的創作時間及史實背景。第二：此詩中比與用語，像鳳凰、黃鵠、衆鳥、何山鳥等究竟確指何人。第三：此詩表現的詩意能否與前兩項條件配合。如果這三方面能配合融洽，才能明其作意。現分述如下：

第一：此詩之繫於穆宗長慶元年，則爲多數解詩家的公決㉓，而詩中所指史事背景，即穆宗長慶元年錢徽貢舉一事。見通鑑載，其經過如下：

「翰林學士李德裕，吉甫之子也。以中書舍人李宗閔嘗對策譏切其父，恨之。宗閔又與翰林學士元稹爭取有隙。右補闕楊汝士，禮部侍郎錢徽掌貢舉。西昌節度使段文昌，翰林學士李紳，各以書屬所善進士於徽。及榜出，文昌、紳所屬皆不預。及第者鄭朗，覃之弟，裴譔、度之子，蘇巢、宗閔之壻，楊殷士、汝士之弟也。文昌言於上曰：今歲禮部殊不公，所取進士，皆子弟無藝，以關節得之。上以問諸學士，德裕、稹、紳皆曰：誠如文昌言。上乃

㉓ 解此詩者衆多，可參錢仲聯韓愈詩繫年集釋，（世界書局），此不贅引。

命中書舍人王起等覆試。夏四月丁丑，詔黜朗等十人，貶徽江州刺史，宗閔劍州刺史，汝士開江令。或勸徽奏文昌、紳屬書，上必悟。徽曰：苟無愧心，得喪一致，奈何奏人私書，豈君子所爲耶！取而焚之，時人多之。紳、敬玄之曾孫，起、播之弟也。自是德裕、宗閔各分朋黨，更相傾軋垂四十年。」

這段史事爲「牛李黨爭」中之大事，牽涉其間的人物雖多，但如爭端之立場分之，不外二類：以爲禮部不公者：段文昌、李德裕、李紳、元稹。因案被貶者：錢徽、李宗閔、楊汝士、鄭朗等十人。如果再詳參舊唐書卷一六八錢徽傳，不難發現，段文昌、李德裕、李紳、元稹等人的所作所爲，皆出於私心，按長慶元年宰相段文昌已奉詔出鎮蜀川，臨行之前，有故刑部侍郎楊憑之子渾之，盡以家中所藏書畫獻之於文昌，求致進士第，而文昌將發時，面託錢徽，繼以私書保薦。而翰林學士李紳亦託舉子周漢賓於徽。而李德裕和元稹與宗閔素有私怨。所以錢徽等被貶，顯然是不公平的（雖然貢非其人，唐律有處罰明文）。

在覆試中，除了中書舍人王起外，主其事者，尚有主客郎中知制誥白居易。試題是：「孤竹管賦，鳥散餘花落詩」。結果鄭朗等十人不中選。據清、徐松登科記考所載：穆宗長慶元年進士科三十三人，駮下十人，重試十四人。除錢徽傳中所言之孔溫業、趙存約、竇洵直以及特賜及第的裴譔外，還有李蹥、李款、盧鍇、盧簡求、崔璵、皇甫宏等。

於是段文昌的告訴成立。皇帝下詔曰：「國家設文學之科，本求實才，苟容僥倖，則異至公。訪聞近日浮薄之徒，扇爲朋黨，謂之關節，干撓主司，每歲策名，無不先定，永言敗俗，深用興懷。……」似是王起和白居易的覆試是針對鄭朗等皆爲子弟之十四人而發。所以宗閔等的被貶，勢難服人。加之錢徽不肯揭發段文昌、李紳之屬託私書，就益發使人心中不平了。

第二：這首詩中，提到幾個比喩用的詞彙，如鳳凰、黃鵠、衆鳥、何山鳥、挾丸子、故山友等，必須確定它的所指。而且要使比喩的人物與事件脗合；並且它的象徵意義，在文學作品上可以被公認而接受。

鳳凰是一種神鳥，在文學作品中，牠可以象徵聖主。如論語子罕篇說：「子曰：鳳鳥不至，河不出圖，吾已矣夫。」孔安國說：「聖人受命則鳳鳥至。」所以天子之車可以稱鳳凰，如揚雄甘泉賦：「乘輿廼登夫鳳凰兮。」天子所在可以稱鳳巢。如李商隱贈劉司戶蕡詩說：「萬里相逢歡復泣，鳳巢西隔九重門。」所以韓愈「南山有高樹」詩中之鳳凰，當非君上莫屬，比喩穆宗。詩中「上有鳳凰巢」者，正是比喩天子所在。「上承鳳凰恩，自期永不衰」言李宗閔自以爲得天子寵幸，自期永不衰減。而「無人語鳳凰，汝屈安得知」謂無人將汝所受之委屈語告君上也；或卽指通鑑中所說：「或勸徽奏文昌、紳屬書，上必悟。徽曰：苟無愧心，得喪一致，奈何奏人私書，豈君子所爲耶！取而焚之。」則宗閔之屈不得伸，與史實也相脗合。

黃鵠是一種大鳥，一舉可以千里。如楚辭卜居：「寧與黃鵠比翼乎」卽此意。文學作品中比喻賢者。如賈誼惜誓說：「黃鵠後時而寄處兮，鴟梟羣而制之。」王逸注：「言黃鵠一飛千里，常集高山茂林之上，設後時而欲寄處，則鴟梟羣聚禁而制之，不得止也。言賢者失時後輩亦爲讒佞所排逐。」所以韓愈在詩中，也用牠來比喻居高位的賢者，所以詩中說：「黃鵠據其高，衆鳥接其卑。」而以「何山鳥」爲比的李宗閔，想必與此賢者共事，所以詩中又有「中與黃鵠羣，不自隱其私」之句。當李宗閔被委曲之時，或有人嫁禍於賢者，其實非賢者之意，故而詩中又有「或言由黃鵠，黃鵠豈有之」之句。但詩中又有「黃鵠得汝去，婆娑弄毛衣」之句，則賢者對宗閔之屈，似有樂觀其窮之意。在以上這種種限制之下，想找個確定的指稱，恐怕唯有裴度最爲恰當了㉔。因爲裴度在憲宗元和十二年七月，守門下侍郎同平章事彰義節度淮西宣慰處置使，出征吳元濟時，奏宗閔爲彰義軍觀察判官，韓愈爲彰義行馬判官書記（見通鑑及新舊唐書裴度傳）。所以李宗閔與韓愈有共事之誼，而李、韓與裴度又有長官與部屬關係。所以裴度的地位正適合於「黃鵠據其高，衆鳥接其卑。」又與「中與黃鵠羣，不自隱其私」句契合。至於「或言由黃鵠，黃鵠豈有之」二句又何所指？我想可以從長慶元年的王起、白居易的覆試名單中得一端倪。當時有裴譔者，以「特賜及第」（見舊唐書錢徽傳），既云「特賜」當非常規可知。而唐范攄、雲溪友議卽言元稹在中書，以論裴譔及第，出同州。（今裴、元本傳均不載此事）而裴譔就是裴度之子（見裴度傳）。所謂「或言由黃鵠」之傳言卽由此而起，然史籍中苦無明驗而已。

㉔ 前人比喻的說法也很多，可參錢仲聯集釋。

李宗閔於元和十二年冬十月，淮西平定之後，卽遷駕部郎中，元和十五年已屆中書舍人，所以詩中有「上承鳳凰恩，自期永不衰」之句，然而元和十二年以後「朋黨」之勢已成，裴度與牛黨中人已發生兩度重大之衝突，一在元和十二年，逢吉與裴度之異議，當時上方倚度平蔡，所以在九月罷李逢吉相位。又一次在元和十四年，裴度在相位，知無不言，因而引起李逢吉、令狐楚、皇甫鎛等的合力排擠，所以四月裴度罷相。及至穆宗長慶元年宗閔被貶時，史籍上雖無明載裴度與宗閔有任何仇隙，但裴度在經過「牛黨」的數次排擠後，必對李宗閔已有嫌隙。否則李宗閔也不至於在裴度引薦李德裕爲相時，頓時反目成仇，冰凍三尺非一日之寒，裴度與李宗閔之間之芥蔕，正可從詩中「黃鵠得汝去，婆娑弄毛衣」二句得之。

至於「眾鳥」當是泛指李黨諸人，而「挾丸子」則爲李德裕、李紳、元稹諸人。而「故山友」當指韓愈，前已言及，韓愈與李宗閔嘗爲同事。而韓愈則在元和十四年因諫迎佛骨，被貶潮州，後來調爲袁州刺史（元和十五年正月赴任），十五年九月被召爲國子祭酒，所以穆宗長慶元年四月，宗閔被貶時，韓愈還在國子祭酒任內，對故友宗閔之貶，眞是愛莫能助，故詩中有「路遠翅翎短，不得持汝歸」之句。

第三：此首詩意在爲宗閔鳴不平，而長慶元年三月宗閔因錢徽貢舉案被貶劍州刺史（貶在四月），也正是被屈。加之韓愈個性正是「大凡物不得其平則鳴」（送孟東野序），他在貞元十五年爲孟郊之區區溧陽尉而鳴不平，當長慶元年，韓愈已五十四歲，仍爲宗閔之被屈而鳴不平，悠悠二十餘年歲月，韓愈本性不移。

此詩的歷史背景與詩意以及作者性情，應該是十分融洽了。

### 3.「猛虎行」的作意

「猛虎行」是樂府相和歌辭平調曲名。它並不必專以猛虎爲寫作題材。如李白的「猛虎行」（見全唐詩卷一六五）就絲毫也無敍及猛虎。而張籍也有「猛虎行」（見全唐詩三八二）則通篇皆敍猛虎事。其詩如下：

「南山北山樹冥冥，猛虎白日繞林行。向晚一身當道食，山中麋鹿盡無聲，年年養子在空谷，雌雄上山不相逐。谷中近窟有山村，長向村家取黃犢。五陵年少不敢射，空來林下看行迹。」

而韓愈的「猛虎行」在「況如汝細微」詩句之前，與張籍詩的寫法相似，只是一種賦體的手法，及至末後始以刺人。如果說詩中「猛虎」是用來比喻宗閔的話，則顯然是在詈罵宗閔。此「猛虎」「身食黃熊父，子食赤豹麛」，凶惡已極，而更「朝怒殺其子，暮還食其妃，」以至泯滅「虎」性（虎毒不食子），終於淪爲「匹儕四散走，猛虎還孤棲」而落得「不知所歸」、「中路悲啼」。這又豈是宗閔之所爲！若以此詩規諷宗閔，豈是常理！韓愈此詩必另有所諷之人，然於兩唐書中，實在難以披尋。新唐書李宗閔傳以爲韓愈規宗閔之作，明是貶抑宗閔之意。

### 4. 韓白之嫌隙

韓、白的嫌隙、主因在二人對文學見解之不同。除此之外，前文談到錢徽貢舉案，宗閔因而被貶劍州事，我們只略提到，宗閔的被貶，實與王起、白居易的覆試結果大有關係。覆試時使鄭朗等十人落第，無非就是肯定了錢徽所試之不公。考王起之爲淮南掌書記，是得自李德裕父李吉甫之拔擢，而且他又以擅長經學，與鄭覃並爲文宗所用（見新唐書卷一六七王起傳）。所以他的政治立場自與李德裕近。可是代表吏部主試的主客郎中知制誥白居易，卻斷非「李黨」，然而他和裴度的交情至深㉕，裴度的兒子裴譔又以「特賜及第」。居易雖非與王起沆瀣一氣，但他的覆試所爲，正引致了錢徽、宗閔的被貶，所以從此韓愈對白居易卽十分不諒解。加之，韓、白在中唐時皆以古文名家，而二人文章之高下，時人或多所評議㉖，所以二人心中或早生芥蒂。而裴度雖愛賞韓愈，但對韓文卻不甚滿意。如裴度寄李翺書說：

㉕ 如元和十年，宰相武元衡遇弒，裴度傷首時，居易雖非諫官，卻極言捕盜，又舊唐書裴度傳說：「與詩人白居易、劉禹錫酣飲終日，高歌放言，以詩酒琴書自樂。」

㉖ 從新舊唐書對韓、白在古文上成就之不同評價，或也有時人之見，如舊唐書白居易傳說：「元和主盟，微之、樂天而已。臣觀元之制策，白之奏議，極文章之壼奧，盡治亂之根荄……。」而新唐書白居易傳則說：「居易在元和、長慶時，與元稹俱有名，最長於詩，它文未能稱是也。」又如舊唐書韓愈傳說：「……故世稱韓文焉。然時有恃才肆意，亦有盩孔、孟之旨……又爲毛穎傳，譏戲不近人情：此文章之甚紕繆者。時謂愈有史筆，及撰順宗實錄，繁簡不當，敍事拙於取捨，頗爲當代所非……。」而新唐書則說：「每言文章……當其所得，粹然一出於正，刊落陳言，橫騖別驅，汪洋大肆，要之無牴牾聖人者。」

「昌黎韓愈，僕識之舊矣。中心愛之，不覺驚賞。然其人信美才也。近聞諸儕類云：『恃才絕足，往往奔放，不以文立制，而以文爲戲。』可矣乎？可矣乎？」

又如新唐書韓愈傳附皇甫湜傳說：

「皇甫湜字持正，睦州新安人……東都留守裴度辟爲判官。度修福先寺，將立碑，求文於白居易，湜怒曰：『近捨湜而遠取居易，請從此辭！』」

皇甫湜是韓愈得意門生，文章深得韓文精髓。韓於臨歿時猶以墓誌委湜，而裴度竟不用以立福先寺碑。雖然當時韓愈已死，但仍可爲裴度輕視韓文之一證。

裴度之輕韓態度，難免不引起韓愈之嫌隙。我們試看韓愈（生於七六八，卒於八二四）、白居易（生於七七二卒於八四六）生於同時，但彼此詩歌卻甚少往返，彼此猜嫉恐已非一日。即至宗閔被貶，韓愈怨情更深。何以得見？我們且看當宗閔貶後不久，白居易就寫了一首詩給韓愈說：

「近來韓閣老，疏我我心知，戶大嫌甜酒，才高笑小詩。靜吟乖月夜，閒醉曠花時，還有愁同處，春風滿鬢絲。」（久不見韓侍郎戲題四韻以寄之）

按：此詩清、汪立名（白香山年譜）即繫於長慶元年，韓愈自國子祭酒改授兵部侍郎，時在七月，故詩題有「久不見韓侍郎」句，此詩當作於此時無疑。韓愈在憲宗元和十一年爲中書舍人，所以白居易稱他爲「韓閣老」。詩中起句便說：「近來韓閣老，疏我我心知」，可見韓愈確曾因宗閔事而有意疏遠居易。於是居易有意用「戶大嫌甜酒，才高笑小詩」來調侃韓愈，當時韓愈已五十四歲，白居易也五十歲，所以詩中「靜吟乖月夜，閒醉曠花時，還有愁同處，春風滿鬢絲。」諸句，更有勸韓愈珍惜時光，莫鬥意氣之意。

而韓愈似是沒有回答這首詩（因爲韓集中不見和詩），不過到了長慶二年，大概怒氣稍解，韓愈才寫了一首詩給白居易。說：

「漠漠輕陰晚自開，青天白日映樓臺，曲江水滿花千樹，有底忙時不肯來？」（因水部張員外曲江春遊寄白二十二舍人詩）㉗

此時白居易是中書舍人，所以韓愈詩中「有底忙時不肯來」，多少帶些諷刺意味，諷刺樂天公事忙，看不起朋友。於是樂天不甘示弱，立刻回了一首「酬韓侍郎、張博士雨後遊曲江見寄」，說：

「小園新種紅櫻樹，閒繞花行便當遊。何必更隨鞍馬隊，衝泥蹋雨曲江頭。」

對韓愈之熱中功名，眞是極盡諷刺之事。

長慶二年間，韓、白二人的詩歌往返較前爲多，韓愈有一首「早春與張十八博士籍遊楊尚書林亭寄第三閣老，兼呈白、馮二閣老」詩。說：

㉗ 錢仲聯引王元啓讀韓記疑曰：「前遊楊氏林亭、二月二日初作，稱籍爲博士，此詩歸自鎮州後作，改張水部。」又羅聯添白居易作品繫年云：「……知韓愈酬詩必爲長慶二年春作。」

「牆下春渠入禁溝，渠氷初破滿渠浮。鳳池近日長先暖，流到池時更見不㉘。」

此詩同寄三人，翫味詩意，似有下情不能上達之歎。當然不是針對樂天而發。可是樂天在「和韓侍郎題楊舍人林池見寄」詩中，對退之仍不放過。說：

「渠水暗流春凍解，風吹日炙不成凝。鳳池冷暖君諳在，二月因何更有冰。」

韓、白之間的詩歌酬唱，從二人現在的集子中翻檢，除了以上諸首外，白香山詩集卷十九上，還錄了一首「和韓侍郎苦雨」詩。說：

「潤氣凝柱礎，繇聲注瓦溝，闇留窗不曉，涼引簟先秋，葉溼蠶應病，泥稀燕亦愁，仍聞放朝夜，誤出到街頭。」

大概也是作於此時。

長慶二年，「牛李黨爭」日烈，朝臣相互攻訐，當時河朔又亂，白居易數度上疏論事，又不爲天子所用。在爲求隱退以自保下，當年七月，他就自請出任杭州刺史。不久，當長慶四年十二月二日，韓愈就病死在靖安里官邸。至於「牛李黨爭」仍在如火如荼地進行，而韓愈、白居易因「牛李黨爭」而引起的嫌隙，不知在韓愈死前是否已化解。

## 結　論

㉘ 此詩汪立名繫在長慶二年。

韓愈生於唐代宗大歷三年（西元七六八）卒於穆宗長慶四年（西元八二四）享年五十七歲。綜觀韓愈一生，與牛李黨爭相關之歲月，有元和、長慶二朝，共計十七年。當元和三年牛僧孺等直言極諫，指陳時政之失，致使李吉甫泣訴於上，而終導致牛李黨爭時，韓愈已四十一歲，其時韓愈正爲了躲避飛語中傷，而求爲國子博士，分司東都洛陽㉙。到元和四年六月韓愈改派都官員外郎，由於工作過煩，他向老上司鄭尚書餘慶上啓請辭，到元和五年改派爲河南縣令，由於他捕繫軍人，加以捶杖，引起鄭餘慶之不滿，韓愈因不獲長官信任而請辭㉚，六年秋韓愈奉派爲尚書省職方員外郎，是個屬兵部、掌疆域的官員（見新唐書百官志）。七年，愈上疏替華陰令柳澗的貪汚罪辯護，結果罪證確鑿而愈再遷國子博士，愈以自己才高而累遭擯黜，乃作「進學解」，爲執政所賞改爲比部郎中，史舘修撰，這時已是元和八年，不久，奉李吉甫之命，重修「順宗皇帝實錄」，九年吉甫死，十年韓愈把實錄呈上。十一年正月，轉考功郎中知制誥，拜中書舍人，使他有了參與機要，接近皇帝之機會。可是到五月，他就被改爲太子右庶子，舊唐書本傳中說，他的

㉙ 李翺韓公行狀：「（文公）權知國子博士，宰相有愛公文者，將以文學職處公，有爭先者爲飛語，公恐及難，遂求分司東都。」

㉚ 韓愈上留守鄭相公啓：「……則非軍人也，愚以爲此必姦人以錢財賂將吏，盜相公文牒，竊注名姓於軍籍中，以凌駕府縣，此固相公所欲去……雖捕繫杖之未過也……愈無適時才用，漸不喜爲吏，得一事爲名，可自罷去，不啻如棄涕唾，無一分顧藉心……。」

改官是親近裴均的兒子裴鍔所致㉛其實眞正的原因是：憲宗將平蔡，命御史中丞裴度去按視軍情，裴度以爲賊可滅，與宰相意見不合。韓愈附和裴度，引起執政不悅，才以裴均事爲藉口左降韓愈，而當時執政就是李逢吉和韋貫之㉜。

這是韓愈首次被捲入李逢吉與裴度的政爭之中。元和十二年八月，裴度爲淮西宣尉處置使兼彰義軍節度使，韓愈爲行軍司馬。淮蔡平，韓愈隨度還朝，以功授刑部侍郎。憲宗詔他撰「平淮西碑」，文中多偏裴度，遂遭碑文磨平之厄，令段文昌重撰。十三年韓愈仍在長安，嘗佐鄭餘慶定禮樂。十五年「諫迎佛骨」觸怒憲宗，幾罹極刑，幸裴度、崔羣解救，才貶潮州刺史，後量移袁州。十五年九月，召拜國子祭酒。綜合元和一朝，韓愈不是「投閒置散」卽爲「投身戎旅」，除了因與李吉甫、裴度之關係而屢遭牛黨中人排擠外，幾乎沒有被黨爭中人重視之機會。

及至穆宗長慶元年三月發生錢徽貢舉案，四月諸人紛紛外貶，爆發了震撼人心的大事，而寫下了第一首有關牛李黨爭爲背景的長詩。可惜長慶三年，他已抱病，四年卽去世，否則以韓愈的

㉛ 見舊唐書韓愈傳：「拜中書舍人，俄有不悅愈者，摭其舊事，言愈前左降江陵掾曹，荆南節度使裴均館之甚厚，均子鍔凡鄙。近者，鍔還省父，愈本序餞，鍔仍呼其字，此論喧於朝列，坐是，改太子右庶子。」

㉜ 新唐書韓愈傳：「初憲宗將平蔡，命御史中丞裴度使諸軍按視，及還，具言賊可滅，與宰相議不合。愈亦奏言『淮西連年侵掠，得不償費，其敗可立而待，然未可知者在陛下斷與不斷耳。』執政不喜，命有人詆愈……。」

個性，是不會置身於黨爭之外的。

## (二)李紳「趨翰苑遭誣搆四十六韻」詩之史實背景

### 前言

李紳字公垂，生年不詳，卒於唐武宗會昌六年（西元八四六），本山東著姓，據其曾祖李敬玄傳（新唐書卷一〇六舊唐書卷八一）說：

「（敬玄）前後三娶，皆山東士族，又與趙郡李氏合譜，故臺省要職多是其同族、婚媾之家。」（舊唐書）

所以李紳與趙郡李德裕有同宗合譜之誼，後李紳家世宦南方，客居潤州（今江蘇），因以為潤州無錫人。六歲而孤，母盧氏教以經義（其曾祖敬玄即以善五禮名），元和元年進士及第。顯然他是一位家族門第漸趨沒落的山東士族後裔。

穆宗即位，召為右拾遺翰林學士，與李德裕、元稹同時，號稱「三俊」。所以他的政治立場也與德裕一致。於是引致牛黨中人李逢吉及其黨羽的嫉恨讒誣，屢遭貶斥，禍及友人、子孫。所以他把遭誣構而貶斥的經過，寫成了一首四十六韻的長詩。李紳爲自己傾吐出寃屈的心聲，也爲歷史事件——牛李黨爭，留下了鮮活的史料。以下試分析這首長詩的史實背景。

1. 且借長詩訴寃屈

這首長詩見錄於全唐詩卷四八〇，題目是：「趨翰苑遭誣構四十六韻。」現抄錄於下：

「九五當乾德，三千應瑞符，纂堯昌聖曆，宗禹盛丕圖（穆宗正月登位）。畫象垂新令，消兵易舊謨。巽賢方去智，招諫忽升愚（穆宗聽政五日，蒙恩除右拾遺，與淮南李公，召入翰林也）。大樂調元氣，神功運化爐。脫鱗超沆瀣，翻翼集蓬壺。捧日恩光別，抽毫顧問殊。鳳形憐彩筆，龍頷借驪珠。擲地聲名寡，摩天羽翮孤。潔身酬雨露，利口扇讒諛。碧海同宸眷，鴻毛比賤軀。辨疑分黑白，舉直軧朋徒（思政面論逢吉、崔楨姦邪。劉栖楚、柏耆凶險，張又新，蘇景修朋黨也。）。庭獸方呈角，階蓂始效莩。日傾烏掩魄，星落斗摧樞（穆宗升遐。）。墜劍悲喬岳，號弓泣鼎湖。亂羣逢害馬，擇肉縱狂貙（逢吉、守澄、栖楚、柏耆、又新等連爲搏噬之徒。）。膽爲隳肝竭，心因瀝血枯。滿帆摧駭浪，征棹折危途（余以戶部侍郎貶端州司馬。）。燕客書方詐，堯門信未孚（敬宗即位之初，遭逢吉等誣構，宸襟未察銜寃遂深。）。謗與金就鑠，毀極玉生瘉。礪吻矜先搏，張羅騁疾驅（余遭逢吉搆成遂。敬宗聽政前一日，宣命於月華門外竄逐。）。地嫌稀魍魎，海恨止番禺（栖楚等見逢吉，怒所斥太近。）。瘴嶺衝蛇入，蒸池躡虺趨。望天收雪涕，看鏡攬霜鬚。草毒人驚剪，茅荒室未誅。火風晴處扇，山鬼雨中呼。窮老鄉關遠，羈愁骨肉無。鵲靈窺牖戶，龜瑞出泥途（余到端州。有紅龜一，州人李再榮來獻。稱：嘗有里人言，吉徵也。余放之於江中，回頭者三、四，游泳前後不去，久之。又南中小鵲，名曰鸒鵲，形小如燕雀。里中言：此鳥不常見，至而鳥舞，必有喜應。是日與龜同至於館也。）煙島生千嶂，滄波淼四隅。海標傳信使，江棹認妻孥。到揆三冬暮，來經六月徂。暗灘潮不怒，驚瀨夜無虞（從吉州而南，歷封康，並足湍瀨，危險至極，其名有滅門、擣鮓、霸州等灘，惟江水泛漲，則無此患。康州悅城縣有媼龍祠，或能致雲雨。余以書祝之，家累以十月泝流，龍爲之三漲江水以達也。）俛首安羸業，齊眉慰病夫，涸魚思雨潤，僵燕望雷蘇。詔下因頒朔，恩移詎省辜（余以寶曆元年五月，量移江州長史。）。誑天猶指鹿，依社尙憑狐（逢吉尙爲相。）。度嶺瞻牛斗，浮江淬轆轤，未平人睚眦。誰懼鬼揶揄。盆（一作湓）浦潮通楚，匡山地接吳。庾樓清桂滿，遠寺素蓮敷，髣髴皆停馬，悲歡盡隙駒。舊交封宿草（沈八侍郞、武十五侍郞、元九相公，龐嚴京兆，蔣防舍人皆爲塵世。）。衰鬢重生弱。萬戟分粱苑，雙旌寄魯儒。駸駸移歲月，冉冉近桑榆。疲馬愁千里，孤鴻念五湖。終當賦歸去，那更學楊朱。」（詩中括弧內文字爲原注）

這首詩敍事起於穆宗登位，時在西元八二一年，而迄於李紳舊交沈八侍郞、武十五侍郞、元九相公，龐嚴京兆、蔣防舍人皆爲塵世之後。

按：沈八侍郞爲沈傳師，卒於文宗太和九年（西元八三五）武十五侍郞爲武儒衡，卒於穆宗長慶四年（西元八二四），元九相公爲元稹，卒於太和五年（西元八三一），龐嚴也卒於太和五年㉝，而蔣防卒年不詳，據王夢鷗先生言，至晚不出太和之末（西元八三五）㉞。

又全唐文卷六九四李紳有追昔遊詩序，自言此詩作於開成二年（西元八三七），則與詩中所敍時期正合。

從穆宗長慶元年到文宗開成二年，凡十六年，其時外廷士大夫間之「牛李黨爭」正激烈進行，李紳卽是李黨中要角，其體驗，必尤爲深刻，現將該詩之史實背景比配於下：

(1)李紳召入翰林爲學士：

據舊唐卷十六穆宗本紀說：

「（元和）十五年正月庚子，憲宗崩，丙午（穆宗）卽皇帝位於太極殿東序……甲寅……以監察御史李德裕、右拾遺李紳、禮部員外郎庾敬休，並守本官充翰林學士。」

此卽詩所謂：「選賢方去智，招諫忽升愚」。不過其下注文說：「穆宗聽政五日，蒙恩除右拾遺。與淮南李公，召入翰林也。」可知李紳爲右拾遺在正月庚戌，而召入翰林則在甲寅，當穆宗聽政後九日。新唐書卷一八一李紳傳說：「穆宗召爲右拾遺，翰林學士，與李德裕、元稹同時，號三俊。」實則元稹之入翰林應在穆宗長慶元年八月（元稹有翰林承旨學士記）。

而李逢吉在李紳入翰林後三日（丁巳）卽以「裴度討淮西，逢吉慮成功，密圖沮止，趣和議

㉝ 以上諸人卒年依姜亮夫撰「歷代名人年里碑傳總表」（商務印書館）。

㉞ 見王夢鷗先生「霍小玉傳之作者及故事背景」一文，著錄於唐人小說研究第二集。

者罷諸道兵。憲宗知而惡之，出爲劍南東川節度使」（見新唐書李逢吉傳），再貶襄州（今湖北襄陽）刺史。迨及長慶二年，李逢吉召入爲兵部尚書（新唐書李逢吉傳），六月拜相，於是對李紳展開排擠，據舊唐書卷一四九張薦傳附載張又新傳說：

「長慶中宰相李逢吉用事，翰林學士李紳深爲穆宗所寵，逢吉惡之，求朝臣中凶險敢言者，掎摭紳陰事，俾暴揚於搢紳間，又新與拾遺李續之、劉栖楚、尤蒙逢吉睠待，指爲鷹犬。」

按詩中所謂「潔身酬雨露，利口扇讒諛。碧海同宸眷，鴻毛比賤軀。辨疑分黑白，舉直牴朋徒。」當即在此時，故其下注說：「思政面論逢吉、崔稹姦邪，劉栖楚、柏耆兇險，張又新蘇景修朋黨也。」但李紳面論逢吉等姦邪語，並不見於相關者之史傳與載籍。唯在通鑑長慶四年中提及有李紳之族子李虞，將李紳「言逢吉姦邪附會之語」告逢吉。通鑑說：

「中尉王守澄用事，逢吉令門生故吏託守澄爲援，以傾紳，晝夜計畫。會紳族子虞文學知名，隱居華陽，寓書與者，求薦。書悞（誤）達於紳，紳以其進退二三，以書誚之，虞大怨望，及來京師，盡以紳嘗所密語，言逢吉姦邪附會之語告逢吉，逢吉大怒，問計于門人張又新、李續之。咸曰：搢紳皆自惜毛羽，孰肯爲相公搏擊，須得非常奇士，出死力者，有鄧州司倉劉栖楚者，嘗爲吏鎭州，王承宗以事繩之，栖楚以首觸地固爭，而承宗竟不能奪，其果銳如此，若相公取之爲諫官，令伺紳之失，一旦於上前暴揚其過，恩寵必替，事苟不行，過在栖楚，亦不足惜也。逢吉乃用李虞、程昔範、劉栖楚，皆擢爲拾遺以伺紳隙。」

於是逢吉等弩拔弓張，隨時伺機以對付李紳。

(2)李紳之貶端州司馬：

穆宗長慶二年以後，李逢吉等的打擊「李黨」行動，是有計劃步驟的，當時元稹、裴度爲相，「李逢吉教人告稹陰事，稹罷相，出爲同州刺史」（舊唐書李紳傳）㉟。奸計得售，李黨「三俊」已去其一，不久李逢吉爲門下侍郎同平章事。繼而進行第二步驟，「時德裕與牛僧孺俱有相望，德裕恩顧稍深，逢吉欲用僧孺，懼紳與德裕沮於禁中，二年九月，出德裕爲浙西觀察使，乃用僧孺爲平章事㊱。」（舊唐書李紳傳），於是李黨「三俊」已去其二，至此所餘者只有李紳而已。果然逢吉又生毒計：

「以紳爲御史中丞，冀離內職，易掎摭而逐之，乃以吏部侍郎韓愈爲京兆尹兼御史大夫放臺參，知紳剛褊，必與韓愈忿爭，制出，紳果移牒往來，論臺府事體，而愈復性訐，言辭

㉟ 事情的經過詳情，見通鑑長慶二年：「王庭湊之用牛元翼也。和王傅于方欲以奇策干進，言於元稹，請遣客王昭、于友明間說賊黨，使出元翼，仍賂兵吏部令史僞出告身二十通，令以便宜給賜，稹皆然之。有李賞者，知其謀，乃告裴度云：方爲稹結客刺度，度隱而不發。賞詣左神策告其事。丁巳，詔左僕射韓臯等鞫之……三司按于方刺裴度事皆無驗，六月甲子，度及元稹皆罷相，度爲右僕射，稹爲同州刺史。」按稽之舊唐書裴度傳，出此計者乃逢吉。

㊱ 按通鑑繫此事於長慶三年。

不遜，大喧物論，由是兩罷之。愈改兵部侍郎，紳爲江西觀察使㊲。天子待紳素厚，不悟逢吉之嫁禍，爲其心希外任，乃令中使就第宣勞，賜之玉帶，紳對中使泣訴其事，言爲逢吉所排，戀闕之情無已。及中謝日，面自陳訴，帝乃省悟，乃改授戶部侍郎。」（舊唐書李紳傳）

於是逢吉之詭計未爲得逞，自然對李紳更是虎視眈眈，乘隙欲啖其肉。

果然，李逢吉又等到了機會。長慶四年正月穆宗崩，即詩中所謂：「日傾烏掩魄，星落斗摧樞，墜劍悲喬岳，號弓泣鼎湖。」隨即敬宗即位，於是李逢吉等更誣陷李紳在穆宗駕崩時有支持敬宗弟深王之議，因之敬宗在逢吉黨重重包圍之下，貶李紳爲端州司馬。事情的經過是這樣的：

「敬宗初即位，逢吉快紳失勢，慮嗣君復用之。張又新等謀逐紳，會荊州刺史蘇遇入朝，遇能決陰事。眾問計於遇。遇曰：上聽政後，當開延英，必有次對官，欲拔本塞源，先以次對爲慮，餘不足恃，羣黨深然之。逢吉乃以遇爲左常侍。王守澄每從容謂敬宗曰：陛下登九五，逢吉之助也。先朝初定儲貳，唯臣備知。時翰林學士杜元頴、李紳勸立深王，而逢吉固請立陛下。而李續之、李虞繼獻章疏。帝雖沖年，亦疑其事。會逢吉進擬，言李紳在內署時嘗不利於陛下，請行貶逐。帝初即位，方倚大臣，不能自執，乃貶紳端州司馬。」（舊唐書

㊲ 全唐詩卷四八〇李紳有「過鍾陵」詩，即作於此時。詩曰：「龍沙江尾抱鍾陵，水郭村（一作津）橋晚景澄。江對楚山千里月，郭連漁浦萬家燈。省抛雙旆辭榮寵，遽落丹霄起愛憎。惆悵舊遊同草露，卻思恩顧一霑膺。」其小序說：「余長慶三年除江西觀察使，奉召不之任。」

李紳傳）㊳此卽詩中所謂：「氦翬逢害馬，擇肉縱狂貙。膽爲隳肝竭，心因瀝血枯。滿帆摧駭浪，征棹折危途。」詩句下小注也說：「逢吉、守澄、栖楚、柏耆、又新等，連爲搏噬之徒。」又說：「余以戶部侍郎貶端州司馬。」當時的端州在今之廣東高要縣。全唐詩卷四八〇李紳有「逾嶺嶠止荒陬抵高要」詩㊴，可知高要是個荒僻瘴厲之地。離京師有四千九百三十五里。李紳走的是水路，

㊳ 通鑑長慶四年也載此事，敍及其時敬宗方十六歲。貶紳事在二月癸未。

㊴ 詩云：「天將南北分寒燠，北被羔裘南卉服。寒氣凝爲戎虜驕，炎蒸結作蟲虺毒。周王止化惟荊蠻，漢武鑿遠通孱顏。南標銅柱限荒徼，五嶺從茲窮險艱。衡山截斷炎方北，廻雁峯南瘴煙黑。萬壑奔傷溢作瀧，湍飛浪激如繩直。（南人謂水爲瀧，如原瀑流。自郴南至韶北，有八瀧，其名神瀧、傷瀧、雞附等瀧，皆急險不可上，南中輕舟迅疾可入此水者，因名之瀧船，善游者爲瀧夫。）千崖傍聳猿嘯悲，丹蛇玄虺潛蜲蛇，瀧夫擬檝劈高浪，瞥忽浮沈如電隨。嶺頭刺竹蒙籠密，火拆紅蕉焰燒目。嶺上泉分南北流，行人照水愁腸骨。陰森石路盤縈紆，雨寒日煖常斯須。瘴雲暫卷火山外，蒼茫海氣窮番禺。鵁鶄猿鳥聲相續，椎髻嘵呼同戚促，百處谿灘異雨晴，四時雷電迷昏旭。魚腸雁足望緘封，地遠三江嶺萬重。魚躍豈通清遠（一作逐）峽，雁飛難渡漳江東。（余在南中日，知累以其年九月九日發衡州。因寄云：菊花開日有人逢，知過衡陽廻雁峯。江樹送秋黃葉少，海天迎遠碧雲重。音書斷達聽蠻鵲，風水多虞祝媼龍。想見病身渾不識，自磨青鏡照衰容。慨然追感，以疏其下。又端州界有清遠峽，深險莫測，皆言水府爲魚龍之限也。）雲蒸地熱無霜霰，桃李冬華匪時變。天際長垂飲澗虹，簷前不去銜泥燕。（南中虹四時長見，見數則多颶風，燕不歸蟄，燕泥多沙，人懼其沾污於人，每逐其巢也。）幸逢雷雨媼妖昏，提挈悲歡出海門。西日眼明看少長，北風身醒辨寒溫。賈生謫去因前席，痛哭書成竟何益，物忌忠良表是非，朝驅絳灌爲讎敵。明皇聖德異文皇，不使無辜困鬼方。漢日（一作口）傳臣終委棄，如今衰叟重輝光。高明白日恩深海，齒髮雖殘壯心在。空愧駑駘異一毛。無令朽骨慚（一作仍）千載。」

此時李紳的心境是充滿寃屈和憤懣的。他貶後三天，經他引薦的龐嚴被貶信州刺史，蔣防被貶汀州刺史❹⓪。李紳在詩中敍述他未被敬宗信任，而逢吉黨讒言迫害的情形說：

「燕客書方詐，堯門信未孚。謗與金就鑠，毀極玉生瘢。礪吻矜先搏，張羅騁疾驅。」

當時逢吉黨皆以爲李紳之貶太輕，紛紛上書。據通鑑長慶四年載：

「給事中于敖，素與（龐）嚴善，封還敕書，人爲之懼。曰：于給事爲龐、蔣直寃，犯宰相怒，誠所難也，及奏下，乃言貶之太輕。逢吉由是獎之。張又新等猶忌紳，日上書言貶紳太輕，上許爲殺之。」

所以詩中有「地嫌稀魍魎，海恨止番禺」句，其下小注說：「栖楚等見逢吉，怒所斥太近。」幸虧當時朝廷上還有翰林學士韋處厚爲李紳申辯，上疏極言逢吉姦邪，誣摭紳罪，天子始稍開寤❹①。

於是在敬宗聽政前之一日（癸未），宣命於月華門外，李紳竄逐。李紳之貶，羣官至中書賀

❹⓪ 通鑑長慶四年二月癸未：「李紳貶端州司馬，丙戌，龐嚴貶信州，蔣防貶汀州。」

❹① 見舊唐書李紳傳和通鑑長慶四年載。紳傳云：「處厚與紳皆以孤進同年進士，心頗傷之，乃上疏曰：臣竊聞朋黨議論，以李紳貶黜尙輕，臣受恩至深，職備顧問，事關聖聽，不合不言。紳先朝獎用，擢在翰林，無過可書，無罪可戮。今羣黨得志，讒嫉大興，詢於人情，皆甚歎駭。詩云：萋兮菲兮，成是貝錦，彼譖人者，亦已太甚。又曰：讒言罔極，交亂四國。自古帝王，未有遠君子近小人而致太平者……帝悟其事，紳得減死，貶端州司馬。」

李逢吉，而右拾遺吳思獨不往，逢吉怒而斥爲遠使（見舊唐書卷十七上敬宗本紀）。至此李黨中之「三俊」均遭逢吉排擯，逢吉之黨勢熾中天。

李紳在詩中寫端州的荒僻與心境的淒苦說：

「瘴嶺衝蛇入，蒸池躡虺趨，望天收雪涕，看鏡攬霜鬚。草毒人驚剪，茅荒室未誅。火風晴處扇，山鬼雨中呼。窮老鄉關遠，羇愁骨肉無。鵲靈窺牖戶，龜瑞出泥途。煙島生千瘴，滄波淼四隅。海標傳信使，江棹認妻孥。到接三冬暮，來經六月徂。暗灘朝不怒，驚瀨夜無虞，俛首安羸業，齊眉慰病夫。涸魚思雨潤，僵燕望雷蘇。」

末二句說出了他對敬宗施恩赦還的期盼之殷，到了寶曆元年，改元大赦。李逢吉定赦書節文，不欲李紳量移，於是在赦書上動了手腳。說：

「左降官已經量移者與量移，不言左降官與量移。」

於是韋處厚再次仗義直言，復上疏爲李紳申辯，據通鑑寶元年載：

「翰林學士韋處厚上言：逢吉恐李紳量移，故有此處置。如此則應近年流貶官，因李紳一人，皆不得量移也。上卽追赦文改之。紳由是得移江州長史。」

所以詩中有：「詔下因頒朔，恩移詎省辜」之句，注卽云：「余以寶曆元年五月量移江州長史。」江州在今江西九江縣附近，李紳有一首「移九江」詩，專記此地情形㊷，可是，當時李逢吉仍居相位，所以詩中有：「誑夫猶指鹿，依社尙憑狐」的句子。接著李紳在詩中敍述他到江州的情形說：

「度嶺瞻斗牛，浮江淬轆轤，未平人睚眦，誰懼鬼揶揄。盆浦潮通楚，匡山地接吳。庾樓淸桂滿，遠寺素蓮敷。」

此時朝中言事者，多稱裴度賢，不宜棄之藩鎭，上也數次遣使至興元勞問裴度，並密示度以還期，度也因之求入朝。李逢吉之黨聞之大懼，又合力去對付裴度㊸。加之寶曆二年敬宗崩，文宗卽位，十一月李逢吉出爲檢校司空同平章事山南東道節度使。十二月翰林學士韋處厚繼爲中書侍郞同平章事。從此李逢吉對李紳的迫害趨緩。李紳在江州任後，還遷任滁、壽二州刺史㊹，他到壽春時在太和四年春二月，離開是在太和七年十二月。李紳在離開壽春後，到了浙江會稽

㊷ 見全唐詩卷四八〇，云：「秋波入白水，帆去侵空小。五兩劇奔星，檣烏疾飛鳥。盆城依落日，盆浦看雲眇。雲眇更蒼蒼，匡山低夕陽，楚客喜風水，秦人悲異鄉。異鄉秋思苦，江臯月華吐。漾漾隱波亭，悠悠通月浦。津橋歸候吏，竹巷開門戶。容膝有匡牀，及肩纔數堵。隙光非白駒，懸磬我無虞。體瘦寡行立，家肥安啜哺。天書憐讀謫，重作朱幡客。四座眼全靑，一麾頭半白。今來思往事，往事益悽然。風月同今昔，悲歡異目前，四時嗟閱水，一紀換流年。獨有西庭鶴，孤鳴白露天。」

㊸ 見通鑑敬宗寶曆元年載。

㊹ 全唐詩四八〇，李紳有「守滁陽深秋憶登郡城望琊琊」、「滁陽春日懷果園閒宴」諸詩卽寫於滁陽，又有「轉壽春守」、「憶壽春廢虎坑」等詩，明言到壽春時在太和四年二月。又有「壽春罷郡日」詩，明言去郡在太和七年十二月。

㊺，爲浙東觀察使。太和八年李紳自浙東觀察使除太子賓客分司東都㊻。太和七年以後李德裕與李宗閔相互排擠不已，太和九年李德裕罷相，與李紳同爲太子賓客分司東都。開成元年，鄭覃同中書門下平章事，覃與德裕爲河南尹。開成二年他寫下了這首「趨翰苑遭誣搆四十六韻」的長詩。當時他的政治前途已漸趨穩定。回憶起這段被誣搆貶斥的悠長歲月，不覺昔日的舊交至友，都相繼作古，心情爲之黯然痛傷。所以他在詩的結尾說：

「髣髴皆停馬，悲歡盡隙駒，舊交封宿草，衰鬢重生芻。萬戟分梁苑，雙旌寄魯儒。騣駸移歲月，冉冉近桑榆。疲馬愁千里，孤鴻念五湖。終當賦歸去，那更學楊朱。」

2. 豈知宿怨並未了

文宗開成元年以後，李紳否極泰來，仕途上一帆風順，元年紳爲河南尹，六月檢校戶部尚書，四年就加檢校兵部尙書，武宗卽位，加檢校尙書右僕射，揚州大都督府長史知淮南節度大使事。會昌元年，入爲兵部侍郎同平章事，改中書侍郎，累遷守右僕射門下侍郎，監修國史，上柱國趙國公，食邑二千戶。直到四年暴中風，恙足緩，不任朝謁，拜章求罷職，十一月守僕射平章

㊺ 全唐詩卷四八一有「過吳門二十四韻」詩中有注云：「及余以太和七年領鎭會稽，則當時賓客、羣吏、樂徒、寺僧、里客，無一人存者。」又說：「太和七年，余鎭會稽，劉禹錫爲郡，則元和中蘇州相識，知與不知，索然皆盡。」

㊻ 全唐詩卷四八一有「宿越州天王寺」詩。自序云：「太和八年自浙東觀察使又除太子賓客分司東都」云云。

事，出爲淮南節度使，六年卒（參舊唐書李紳傳）。

就在李紳死後一年，當宣宗大中元年九月，有人揭露了一樁舊案，據新唐書卷一八一李紳傳載：

「始澧人吳汝納者，韶州刺史武陵兄子也。武陵坐贓貶潘州司戶參軍，死。汝納家被逐，久不調。時李吉甫任宰相，汝納怨之。後遂附宗閔黨中。會昌時爲永寧尉，弟湘爲江都尉，部人訟湘受贓狼籍，身娶民顏悅女。紳使觀察判官魏鉶鞫湘罪明白，論報殺之。時議者謂：吳氏世與宰相有嫌，疑紳內顧望，織成其罪。諫官屢論列，詔遣御史崔元藻覆按，元藻言湘盜用程糧錢有狀，娶部人女不實。按悅嘗爲青州衙推，而妻王故衣冠女，不應坐。德裕惡元藻持兩端奏，貶崖州司戶參軍。宣宗立，德裕去位，紳已卒，崔鉉等久不得志，導汝納，使爲湘訟，言湘素直，爲人誣衊，大校重牢，五木被體，吏至以娶妻資媵結贓，且言顏悅故士族，湘罪皆不當死，紳枉殺之。又言湘死，紳令卽瘞，不得歸葬。按紳以舊宰相鎭一方，恣威權。凡戮有罪，猶待秋分，湘無辜，以盛夏被殺。崔元藻銜德裕斥已，卽翻其辭，因言御史覆獄還，皆對天子別白是非，德裕權軋天下，使不得對，具獄不付有司，但用紳奏而置湘死。是時德裕已失權，而宗閔故黨令狐綯、崔鉉、白敏中皆當路，因是逞憾，以利誘動元藻等，使三司結紳杖鉞作藩，虐殺良平。準神龍詔書，酷吏歿者，官爵皆奪，子孫不得進宦。紳雖亡，請從春秋戮死者之比，詔削紳三官，子孫不得仕。貶德裕等。擢汝納左拾遺，元藻武功令㊼。」

這計劃原是「牛黨」設計以對付李德裕的，也是對「李黨」一次決定性的打擊。事後李德裕被貶潮州司馬，繼而再貶崖州司戶，李黨中人鄭亞貶循州刺史，李回左遷湖南觀察使，崔嘏貶端州刺史。李紳雖死，而竟削三官，子孫不得仕，禍延後裔。這種種政治上的怨怨相報，豈又是李紳在寫「趨翰苑遭誣構」詩時，所能料及，讀之，不覺令人心寒。

## 結論

李紳並無詩集傳於今世，元稹提到李紳的「樂府新題二十首」㊽今也不傳，他的詩僅見於全唐詩收錄，將其追昔游詩三卷、雜詩一卷，合而編之爲四卷，凡一百卅一首（其中「答章孝標」一首分見二函，以一首計）。而敍及黨爭者僅「趨翰苑遭誣構四十六韻」一首而已。

此詩作於文宗開成二年（西元八三七），李紳在仕途上已趨穩定，緬懷往事，對自穆宗長慶元年（西元八二一）以迄文宗太和九年（西元八三五），悠悠十五年之遭誣構而貶斥之歲月，久久不能釋懷，於是將入翰苑，遭李逢吉、崔楨、劉栖楚、柏耆、張又新、蘇景修、王守澄等連連

㊼ 可參舊唐書卷一七三李紳傳，通鑑宣宗大中元年、二年載。

㊽ 元稹和李校書新題樂府十二首序：「予友李公垂貺予樂府新題二十首，雅有所謂，不虛爲文……！」云云。

搏擊之事，盡書之於詩，凡此諸人，皆「牛黨」或支持牛黨者（王守澄），而李紳爲「李黨」三俊之一，自然爲牛黨排斥之對象。李紳的這首「趨翰苑遭誣搆四十六韻」長詩，不但發抒了個人的感慨，也爲「牛李黨爭」留下了鮮活的資料。

## ㈢楊虞卿的虔州之斥

### 前　言

楊虞卿字師臯，虢州弘農（今河南靈寶縣附近）人。憲宗元和五年進士及第，又應博學宏詞科。史傳中對其人品之毀譽參半。如新唐書卷一七五本傳載：

「（虞卿）抵淮南委婚幣焉。會陳商葬其先，貧不振。虞卿未嘗與游，悉所賫助之」㊾。又載穆宗初立，逸游荒恣，虞卿上疏極諫等，所表現皆爲樂善助人，耿直敢言之事。然兩唐書本傳又俱載：

「虞卿佞柔，善諧麗權倖，倚爲姦利，歲舉選者皆走門下，署第注員，無不得所欲，升沈在牙頰間。當時有蘇景胤、張元夫而虞卿兄弟，汝士漢公爲人所奔向，故語曰：欲趨舉場

㊾ 也見唐摭言所婚姻者爲李鄘之女。然不見於舊唐書本傳載錄。新唐書較舊唐書對牛黨爲苛，今反載之，自較可信。

問蘇張，蘇張猶可，三楊殺我。宗閔待之尤厚，就黨中爲最能唱和者，以口語軒輊事機，故時號黨魁㊿。」

但觀其所以轉變之由，恐怕皆與「牛李黨爭」有關。虞卿自文宗太和四年以後，直到太和九年貶死虔州，這六年之中，凡「牛李黨爭」中，有關「牛黨」之計謀、策劃，虞卿均參與其事。所以虞卿的貶死虔州，是牛黨痛失黨魁的一件大事。可惜李宗閔和楊虞卿流傳於今的詩，都只有一首，僅見於全唐詩收錄，牛僧孺的詩有四首（見全唐詩），都無從窺見牛黨人的心情。倒是虞卿的親戚白居易，以及當時年方廿四歲的李商隱，爲虞卿的貶死，寫下了幾首詩。

**1.宗閔的拔擢**

文宗太和四年（西元八三〇），李宗閔、牛僧孺相繼輔政，於是牛黨得勢，「二人相與排擯李德裕黨，稍稍逐之」（用通鑑太和四年春語）。此時楊虞卿被拔擢爲左司郎中。在此之前楊虞卿以「檢下無術」被停止任用中（見兩唐書本傳）。五年六月，拜諫議大夫，充弘文館學士，判院事。六年轉給事中。此時牛僧孺因爲處理維州事失策，被上疏遠，於十二月充淮南節度使，隨即

㊿ 此引新唐書文。繫於「李宗閔、牛孺僧輔政，引爲右司郎中、弘文館學士、再遷給事中」之下，意謂虞卿之「佞柔善諧麗權倖」等固爲李、牛所容。而舊唐書則繫於「李德裕知政事，出爲常州刺史」之下，云：「虞卿性柔佞，能阿附權倖……而李宗閔待之如骨肉……。」則意謂：惡之者德裕也。兩唐書雖俱引此段資料，但用意自是不同。

李德裕自西川節度使入朝爲兵部尚書。文宗對德裕注意甚厚，朝夕且爲相，宗閔百般設計阻撓，不成。曾向楊虞卿求計。據通鑑卷二四四載：

「京兆尹杜悰，宗閔黨也。嘗詣宗閔，見其有憂色。曰：得非以大戎乎51？宗閔曰：然。何以相救？悰曰：悰有一策，可平宿憾。恐公不能用。宗閔曰：何如？悰曰：德裕有文學而不由科第。常用此慊慊。若使之知舉，必喜矣。宗閔默然有間，曰：更思其次？悰曰：不則用爲御史大夫。宗閔曰：此則可矣。悰再三與約，乃詣德裕，德裕迎揖曰：公何爲訪此寂寥？悰曰：靖安相公令悰達意，卽以大夫之命告之。德裕驚喜泣下，曰：此大門官，小子何足以當之。寄謝重沓。宗閔復與給事中楊虞卿謀之，事遂中止。」

足見李宗閔對楊虞卿是言聽計從，十分器重。到了太和七年二月，李德裕以兵部尚書同平章事，而李宗閔爲山南西道節度使。李德裕既得勢，楊虞卿、漢公、汝士等從兄弟，皆被視爲朋黨。據通鑑太和七年二月載：

「丙戌，以兵部尚書李德裕同平章事。德裕入謝。上與之論朋黨事。對曰：方今朝士，三分之一爲朋黨。時給事中楊虞卿與從兄中書舍人汝士，弟戶部郎中漢公，中書舍人張元夫、給事中蕭澣等善交結，依附權要，上干執政，下撓有司，爲士人求官及科第，無不如志。上聞而惡之，故與德裕言首及之。德裕因得以排其所不悅者。」

51 兵部掌戎政，尚書其長。故悰隱語謂德裕爲大戎。

到了三月，楊虞卿被貶常州刺史，張元夫爲汝州刺史。他日上又言朋黨事，李宗閔曲護虞卿，而遭德裕當廷羞辱。據通鑑說：

「他日，上復言及朋黨，李宗閔曰：臣素知之，故虞卿輩，臣皆不與美官。李德裕曰：給舍非美官而何？宗閔失色52。」

到太和八年，九月，昭義節度副使鄭注到京師，和王守澄、李訓（仲言）等都惡德裕，而徵引山南西道節度使李宗閔於興元，以對付德裕。十月，李宗閔爲中書侍郎同平章事，而李德裕反充山南西道節度使，二李相互對調。當時李德裕自陳留守京師，上欲以爲兵部尙書。十一月，李宗閔極力反對，以爲制命已行，不宜自便，上不得已，出德裕爲鎭海節度使，不復兼平章事。此時德裕、宗閔互有朋黨，彼此擠援，使文宗大感憂懼，常感歎說：「去河北賊非難，去朝廷朋黨難」（見舊唐書李宗閔傳）。就在二李黨爭激烈進行之時，李宗閔舉拔楊虞卿爲工部侍郎。太和九年四月，楊虞卿拜京兆尹。

在這六年中，他的仕宦升沉始終與宗閔相繫，也無怪乎宗閔視之如骨肉。所以宋、錢易南部新書戊說：

「太和中人指楊虞卿宅南亭子爲行中書，蓋朋黨聚議於此爾。」

52 給事中，唐制，居門下，職掌封駁，權限頗大，在政治上，權大者往往濫用其權，故謹選愼任爲要。（參楊樹藩著唐代政制史）

## 2. 虔州之斥

文宗太和九年，李訓、鄭注得幸。按鄭注原爲依倚宦官王守澄而得勢（見通鑑太和七年八月），但他在得幸後，看透了文宗已厭惡宦官專橫的心意，於是與李訓密與上謀，合力誅宦官，所以權赫天下，對李德裕、李宗閔黨人皆所排斥。此時京師流傳着一則謠言。說：

「鄭注爲上合金丹，須小兒心肝，密旨捕小兒無算。民間相告語，扃鎖小兒甚密，街肆恟恟。」（舊唐書楊虞卿傳）

於是上聞之不悅，鄭注也頗不自安。時御史大夫李固言素嫉虞卿朋黨，遂設計陷害虞卿。據舊唐書楊虞卿傳說：

「御史大夫李固言素嫉虞卿朋黨，乃奏曰：臣昨窮其由，此語出於京兆尹從人，因此扇於都下。上怒，卽令收虞卿下獄。虞卿弟漢公幷男知進等八人，自繫撾鼓訴寃，詔虞卿歸私第。翌日，貶虔州司馬，再貶虔州司戶，卒於貶所㊳。」

虞卿甫下御史獄，鄭注卽求爲兩省官，中書侍郎同平章事李宗閔不許，注毀之於上。會宗閔救楊虞卿，上怒，叱出之。貶宗閔爲明州刺史，再貶處州長史，再貶潮州司戶。李漢貶汾州司馬，蕭澣貶遂州司馬，當時崔潭峻雖然已死，仍令剖棺鞭屍，高元裕因出郊送宗閔，也被貶閬州刺史。一時凡爲李訓、鄭注所惡之朝士，皆指爲二李之黨，貶逐無虛日，班列殆空。

㊳ 據通鑑云：「鄭注素惡京兆尹楊虞卿，與李訓共搆之」。與楊虞卿以爲李固言不同。

至於李固言，其在仕途上之竄升，原皆賴於宗閔提携。如太和四年，李宗閔爲相，以固言爲給事中。太和八年當李德裕輔政時，固言被出爲華州刺史，然其年十月，李宗閔復拜相，又召拜固言爲吏部侍郎。太和九年五月更遷御史大夫。何以同年六月，卽倒戈相向，陰結鄭注而誣搆宗閔心腹，牛黨黨魁，似是不可思議。其實李固言實被鄭注以「相位」之尊所利誘；當宗閔旣斥逐之後，李固言雖繼援相位，但僅七月至九月，短短不到兩個月。鄭注利用李固言之陰毒左計，可於舊唐書卷一七三李固言傳中得知。

「六月，宗閔得罪，固言代爲門下侍郞平章事，尋加崇文舘大學士。時李訓、鄭注用事，自欲竊輔相之權，宗閔旣逐，外示公體，爰立固言，其實惡與宗閔朋黨，九月以兵部尙書，出爲與元節度使，李訓自代固言爲平章事。」

利用價値用罄，固言也難逃斥逐，正可謂「狡兎死，走狗烹」，足爲後世者戒。

## 3.居易、商隱的感懷詩

白居易和楊虞卿是親戚，交情至深，元和十一年白居易與楊虞卿書中說：

「又僕之妻卽足下從父妹，可謂親矣。親如是，故如是，人之情又何加焉。然僕與足下相知則不在此，何者？夫士大夫家閨門之內，朋友不能知也，閨門之外姻族不能知也，必待友且姻者，然而周知之……。」（見全唐文卷六七四）

可見二人交情不比尋常。當楊虞卿被初貶常州時，白居易就寫過一首「送楊八給事赴常州」詩：

「無嗟別青瑣，且喜擁朱輪，五十得三品，百千無一人，須勤念黎庶，莫苦憶交親。此外無過醉，毗陵何限春。」

這首詩據清汪立名引容齋隨筆，以爲作於文宗太和七年，也卽本文前節所提：兵部尙書李德裕同平章事，文宗與之論朋黨，首及虞卿，遂貶常州刺史一事。故詩中「毗陵」就是常州，在今江蘇武進縣。又「無嗟別青瑣」中之「青瑣」當爲「青瑣門」之省稱。韻會說：「青瑣，門名。漢制，給事黃門之職，日暮入對青瑣門，名曰：夕郎。」而楊虞卿於未貶常州前，太和六年卽爲給事中。而「且喜擁朱輪」是虛寫，「且」有「將」之意，合前句之意，謂「今日無以嗟別青瑣爲悲，他日必將重擁朱輪之尊」。所以此詩爲白居易慰藉楊虞卿之作。白居易又有一首「何處堪避暑」詩，則是爲虞卿之貶虔州而作。詩說：

「何處堪避暑，林間背日樓。何處好追凉？池上隨風舟。日高饑始食，食竟飽不遊。遊罷睡一覺，覺來茶一甌，眼明見靑山，耳醒聞碧流。脫襪閒濯足，解巾快搔頭。如此來幾時，已經六七秋，從心至百骸，無一不自由。拙退是其分，榮耀非所求。雖被世間笑，終無身外憂。此語君莫怪。靜思吾亦愁。如何三伏月，楊尹謫虔州。」

虞卿從京兆尹貶虔州，時在太和九年六月，正是「六月伏日」（漢書郊祀志引孟康語），盛夏時節，故詩中有「如何三伏月，楊尹下虔州」的句子。虔州在今江西之贛縣，去長安四千一十七里。而當時白居易以太子賓客分司東都（洛陽），太子賓客是個閒職54，加之已六十四歲，且抱病在身，對世事名利早已澹泊，過着逍遙自由生活，故詩中以此心境規勸虞卿。

至於白居易集中尙有一首「閒臥有所思」，清，汪立名也以爲憫虞卿之作（白香山詩集，清汪立名注），實則爲悲李宗閔之作[55]。

[54] 太子賓客正三品，掌侍從規諫，贊相禮儀、宴會、則上齒，侍讀，無常員，掌講導經學。（唐代政制史、楊樹藩撰）

[55] 「閒臥有所思」云：「問夕褰簾臥枕琴，微凉入戶起開襟。偶因明月清風夜，勿想遷臣逐客心。何處投荒初恐懼，誰人繞澤正悲吟。始知洛下分司坐，一日安閒値萬金。權門要路是（一作足）身災，散地閒居少禍胎。日憐君嶺南去，當時笑我洛中來。蟲全性命緣無毒，未盡天年爲不才。大抵吉凶多自致，李斯一去二疏廻。」

清、汪立名說：「此詩作於太和九年，李訓、鄭注用事，絲恩髮怨必報，盡逐二李之黨。德裕旣外貶，注又素惡京兆尹楊虞卿，搆貶虔州。宗閔論救亦坐貶。公於楊本姻親。史稱其惡緣黨人斥，亟求分司東都。故有『當時笑我洛中來』之句也。權門要路及李斯等，蓋指宗閔耳。可見公不特不附宗閔，亦幷不私虞卿。久已潔身於二黨之外矣。晚年恬退，遇人患難，憫然歎息，多見於詩……。」

按：詩中有云：「今日憐君嶺南去，當時笑我洛中來」，而虞卿所貶地在虔州（今江西贛縣）爲鄱陽盆地地區，非屬嶺南。在太和九年因案被貶，而謫居嶺南者，當是李宗閔，李宗閔因坐救虞卿貶明州刺史，再貶處州長史，再貶潮州司戶。而「潮州」正地屬嶺南。又詩中有云：「微凉入戶初開襟」、「偶因明月清風夜」。時在秋季。然虞卿之貶虔州，時在六月，而宗閔之貶潮州正是八月。以李宗閔在太和年間，二度拜相之地位，竟貶潮州荒隅，不正是「權門要路是身災，散地閒居少禍胎」。故知汪立名之解爲誤。

當楊虞卿遭貶虔州時，牛黨中人，同時被貶者尙有蕭澣之貶遂州刺史（今四川遂寧縣），大概第二年（開成元年）也辭世㊺。這時才二十四歲的李商隱，有感於楊、蕭二人之死，各寫了一首悲悼之詩。「哭蕭侍郎二十四韻」說：

「遙作時多難，先令禍有源。初驚逐客議，旋駭黨人寃。密侍榮方入，司刑望愈尊。皆因優詔用，實有諫書存。苦霧三辰沒，窮陰四塞昏。虎威狐更假，隼擊鳥踰喧。徒欲心存闕，終遭耳屬垣。遺音和蜀魄，易簀對巴猿。有女悲初寡，無男泣過門。朝爭屈原草，廟餒莫敖魂。迴閤傷神峻，長江極望翻。青雲寧寄意，白骨始霑恩。早歲思東閣，爲邦屬故園（原注：余初謁于鄭舍）。登舟慚郭泰，解榻愧陳蕃。分以忘年契，情猶錫類敦。公先眞帝子，我系本王孫。嘯傲張高蓋，從容接短轅。秋吟小山桂，春醉後堂萱。自歎離通籍，何嘗忘叫閽。不成穿壙入，終擬上書論（終一作然）。多士還魚貫，云誰正駿奔。暫能誅儻忽，長與問乾坤。蟻漏三泉路，螿啼百草根。始知同泰講，徽福是虛言。」（見全唐詩卷四一〇、玉谿生詩箋注頁二十二）

又「哭虔州楊侍郎」詩說：



㊺ 兩唐書俱無蕭澣傳，全唐詩中無蕭之詩。李商隱有代祭蕭侍郎文，說：「纔易炎涼，遂分今昔。」酉陽雜俎說：「澣初至遂州，造二幡刹，施於寺，勿暴雷震刹成數十片。來年雷震日，澣卒。」則澣卒當在開成元年。

「漢網疏仍漏，齊民困未蘇。如何大丞相，翻作弛刑徒。中憲方外易（原注：史記云：商鞅多左建外易。），尹京終就拘，本矜能弭謗，先議取非辜。巧有凝脂密，功無一柱扶。深知獄吏貴，幾迫季冬誅。叫帝青天闊，辭家白日晡。流亡誠不弔，神理若爲誣。在昔恩知忝，諸生禮秩殊。入韓非劍客，過趙受鉗奴，楚水招魂遠，邙山卜宅孤。甘心親垤蟻，旋踵戮城狐。陰騭今如此，天災未可無。莫憑牲玉請，便望救焦枯。」（見全唐詩卷五四一、玉谿生詩箋注頁卅二。）

## 結　論

楊虞卿被李宗閔善待如骨肉，又以能朋比唱和，時人號爲「牛黨」之黨魁。其宅中南亭子，爲朋黨聚議之所，被視爲行中書。而「李黨」更以韋瓘，杜撰「牛羊日曆」，對虞卿極盡毀謗辱罵。想必楊虞卿在當時「牛李黨爭」中，一定佔有舉足輕重的地位。否則「牛黨」不該崇之如是，而「李黨」不該急欲除之。然而就兩唐書中虞卿史料觀之，虞卿爲宗閔參議之事甚少，而遭「李黨」排擠，貶斥之事甚多，根本未在黨爭中有何發揮。甚至虞卿的詩作，也僅一首流存至今。推測其原因，皆在史料之不足，而史料所以不足，恐怕與虞卿之形象，早在唐代已爲「李黨」之「牛羊日曆」等類似之毀謗文字所破壞。而兩唐書皆以虞卿爲「性柔佞，能阿附權倖」即爲明證。

## (四)庭筠詩中的溫「李」情誼

### 前言

溫庭筠本名岐字飛卿，太原（今山西太原）人，宰相彥博之孫。約生於唐憲宗元和中，卒於懿宗咸通末，年六十左右57。此時在外廷，正是「牛李黨爭」激烈爭鬥時期，然而參之兩唐書、庭筠傳、玉泉子、北夢瑣言、南部新書、唐才子傳等雜史、筆記，也均未言及，庭筠與黨爭有何牽扯，甚或連溫庭筠與李德裕之間的交往關係，也無片語隻字之敍述。但有「咸通中，失意歸江東，路由廣陵，心怨令狐綯在位時，不爲成名」（舊唐書本傳）等語，略爲透露出溫庭筠與「牛黨」中人令狐綯或有私怨而已。史籍中既不明載，則欲釋心中疑慮，但有求之於詩篇。

### 1.溫詩中的德裕

李德裕詩58中不見有敍及庭筠者，而庭筠詩59中有五首提到德裕，對德裕流露出無限後輩對

57 參鄭師因百（騫）詞選溫庭筠小傳。
58 以全唐詩卷四七五所錄爲據。
59 全唐詩卷五七九——五八三。溫飛卿詩集，中華書局，所錄者爲據。

長者的尊敬之情，如「感舊陳情五十韻獻淮南李僕射」詩⑩說：

「嵇紹垂髫日，山濤筮仕年。琴尊陳座上，紈綺拜牀前。鄰里纔三徙，雲霄已九遷。感深情懺悅，言發淚潺湲。憶昔龍圖盛，方今鶴羽全。桂枝香可襲，楊葉舊頻發。玉籍標人瑞，金丹化地僊。賦成攢筆寫，歌出滿城傳。旣矯排虛翅，將持造物權。萬靈思鼓鑄，羣品待陶甄。視草絲綸出，持綱雨露懸。法行黃道內，居近翠華邊。書迹臨湯鼎，吟聲接舜弦。白麻紅燭夜，清漏紫微天。雷電隨神筆，魚龍落彩牋。閒宵陪雍時，清暑在甘泉。耿介非持祿，優遊是養賢。冰清臨百粵，風靡化三川。委寄崇推轂，威儀壓控弦。梁園提瞉騎，淮水換成旓。照日青油濕，迎風錦帳鮮。黛娥陳二八，珠履列三千。舞轉回紅袖，歌愁斂翠鈿。滿堂開照耀，分座儼嬋娟。油額芙蓉帳，香塵玳瑁筵。繡旗隨影合，金陣似波旋。緹幕深回牙，朱門暗接連。彩虯蟠畫戟，花馬立金鞭。有客將誰託，無媒竊自憐。抑揚中散曲，漂泊孝廉船。未展千時策，徒抛負郭田。轉蓬猶邈爾，懷橘更潸然。投足乖蹊徑，冥心向簡編。未知魚躍地，空媿鹿鳴篇。稷下期方至，漳濱病未痊。定非籠外鳥，眞是殼中蟬。蕙徑鄰出澹，荊扉與靜便。艸堂苔點點，蔬園水濺濺。釣罷谿雲重，樵歸澗月員。嬾多成宿疢，愁甚

⑩此詩顧嗣立以爲李僕射者李蔚（見中華四部備要本溫飛卿詩集卷六注）。後經顧學頡（見「溫庭筠感舊陳情五十韻獻淮南李僕射詩舊注辨誤」一文，刋國文月刋。）夏瞿禪（溫飛卿繫年、世界書局）的辨正，已確定李僕射爲李德裕無疑。今從顧學頡與夏瞿禪說。

似春眠。木直終難怨，膏明只自煎。鄭鄉空健羨，陳榻未招延。旅食逢春盡，羇遊爲事牽。宦無毛義檄，婚乏阮修錢。冉弱營中柳，披敷幕下蓮。儻能容委質，非敢望差肩。澀劍猶堪淬，餘朱或可研。從師當鼓篋，窮理久忘筌。折簡能榮瘁，遺簪莫棄捐。韶光如見借，寒谷變風煙。」

從這首詩中，我們進一步了解到温庭筠與李德裕之間的關係，有下列諸端：

(1)夏瞿禪，顧學頡二氏都定該詩作於開成五年，李德裕自淮南節度使，檢校尚書左僕射，準備入朝之時。所以詩中有「滿堂開照耀，分座儼嬋娟。油額芙蓉帳，香塵玳瑁筵。繡旗隨影合，金陣似波旋。緹幕深囘牙，朱門暗接連。彩蚪蟠畫戟，花馬立金鞭。」之句，然下文卽云：「有客將誰託，無媒竊自憐」，可見當時温庭筠必有以「通家子弟，向之陳情乞援引」（顧學頡語）❻❶，又夏瞿禪說：「又德裕趙郡人，與庭筠有鄉誼；德裕在位喜闢孤寒之路。雲溪友議載其貶崖州後，失意士子有『八百孤寒齊下淚，一時囘首望崖州』之句；庭筠文舉不第，陳情干謁，必之德裕，蓋亦有由。」（溫飛卿繫年）

(2)詩中首言「嵇紹垂髫日，山濤筮仕年。琴尊陳座上，紈綺拜牀前」。「垂髫」、「紈綺」

❻❶ 夏瞿禪則說：「舊唐書李德裕傳：元和十一年張弘請罷相，鎭太原，辟德裕掌書記。十四年府罷，從弘請入朝。是數年中，德裕在太原，時年三十餘。而飛卿籍隸太原，又爲名公之後，溫李二族，定屬通家，髫齡拜竭，或係言在太原時之事。」（溫飛卿繫年）

都是年少的意思。當嵇康臨誅，把紹寄托給山濤時，濤已五十七歲62，可見溫庭筠與李德裕相識時，溫方年少，而李已壯年63。

(3)詩中有：「儻能容委質，非敢望差肩」64，則溫李二人似有師生情誼。故盛成說：「德裕幼從劉禹錫學，自長安返太原，又從崔能、李德裕學。」

溫庭筠又有一首「題李相公敕賜屏風」詩。說：

「豐沛曾爲社稷臣，賜書名畫墨猶新。幾人同保山河誓，獨自栖栖九陌塵。」

此詩夏瞿禪繫在宣宗大中二年，李德裕貶崖州司馬之時。與詩中「獨自栖栖九陌塵」之意正合，而「社稷臣」正喻德裕，「幾人同保山河誓」可以見出德裕功在國家。德裕能親書屏風，以賜庭筠，而庭筠又於德裕遠斥時，作詩感念如此，則彼此二人，斷非泛泛之交。又庭筠「蹭鄭徵君家匡山首、春與丞相贊皇公遊止」詩，說：

「一抛蘭櫂逐燕鴻，曾向江湖識謝公。每到朱門還悵望，故山多在畫屏中。」

詩中「謝公」卽喻德裕，溫庭筠對德裕之尊崇之情，溢於言表。又在溫飛卿外集中錄有「題李衞

62 按嵇康卒於西元二六二年，山濤生於西元二〇五年，則康卒時濤已五十七歲。

63 夏瞿禪以溫爲七歲時，在元和十三年。夏定溫生於元和七年。而盛成於「溫庭筠」一文（見中國文學史論集，中華文化事業出版社）中定溫生於德宗貞元十八年（西元八〇二年）。

64 呂氏春秋：「孔子周流海內，委質而爲弟子者三千人。」

公詩」二首㊿65，分別是：

「蒿林深春衞國門，九年於此盜乾坤。兩行密疏傾天下，一夜陰謀達至尊。肉視具僚忘七箸，氣吞同列削寒温。當時誰是承恩者，肯有餘波達鬼郵。」

又：

「勢欲凌雲威觸天，權傾諸夏力排山。三年驥尾有人附，一日龍髯無路攀。畫閣不開梁燕去，朱門罷掃乳鴉還。千巖萬壑應惆悵，流水斜傾出武關。」

據宋、錢易南部新書說：李德裕在武宗朝爲相，勢傾朝野，及得罪譴斥時，温飛卿寫此二詩。而曾益注温詩辯解說：

「按：此二詩語涉譏刺。飛卿貶謫，本傳可據，與衞公無涉；且本集首『春與丞相贊皇公遊止詩』云：『一抛蘭櫂逐燕鴻，曾向江湖識謝公』，又『題李相賜屏（風）』云：『幾人同保山河誓，獨自栖栖九陌塵』，則知此詩定非飛卿所作。南部新書不足信也，姑存之以備考。」

後來夏瞿禪也贊同此說，並補充說：

「飛卿貶謫，在德裕卒後，斷非由此怨望，由其平日多口舌之禍，此必仇家嫁名，誣以『浮薄』之罪，後人誤取入集耳。」

㊿65 盧氏雜記，太平廣記卷二五六都錄有此二首詩，但未言誰所作。

不過「語涉譏刺」未必就庭筠不能爲。且温庭筠之「浮薄」，就兩唐書本傳所載，也有甚於此者，仇家何必藉此以誣庭筠。我想其中必有温李之恩怨在。

而盛成於温庭筠一文中說：

「及武宗嗣立，李德裕藉閹寺與監軍而執政，因畏吾徒，貶飛卿爲隨城尉。師生之誼，一至於斯，良深浩歎！宣宗立，德裕罷，又以元和東宮之宦裔，文宗父子之忠臣，未得適時之用。終以親表辱帝於逆旅，貶爲方城尉。」

盛成之說，似可解釋温李致隙之由，其實不然。若稽之兩唐書；温庭筠之貶方城尉在懿宗咸通六年，徐商罷相之後（舊唐書一七九徐彥若傳），而貶隋縣尉則又在其後㊱，德裕死已十七年，無從貶庭筠，不知盛成之說何所本？但此也並非表示温李卽無怨隙，否則温也不會依違於「牛」（令狐家）「李」（德裕）之間，而終身不得志。然究有何隙，不可得知，史料不足故也。

總結以上詩中所了解到温李之交往，自飛卿垂髫以至德裕之貶死崖州，前後達卅餘年，交誼不可謂之不深。

## 2.結怨於令狐綯

温庭筠與令狐之交往，詳見於兩唐書本傳。據舊唐書卷一九〇下載：

㊱ 庭筠之貶時日，有數說，北夢瑣言，南部新書僅云在宣宗時，夏瞿禪以爲大中十三年貶隨城尉，無論何說，德裕均無從貶庭筠。

「温庭筠者太原人……初至京師，人士翕然推重，然士行塵雜，不脩邊幅，能逐絃吹之音，爲測艷之詞，公卿家無賴子弟裴誠，令狐縞之徒，相與蒱飲，酣醉終日，由是累年不第。」

其中裴誠是裴度的次子❻❼而令狐縞（當作滈）則是令狐綯的兒子。滈的荒唐，見於舊唐書令狐楚傳載：

「（綯）子滈、渙、渢。滈少舉進士，以父在內職而止。及綯輔政十年，滈以鄭顥之親，驕縱不法，日事遊宴，貨賄盈門，中外爲之側目，以綯黨援方盛，無敢措言。」

則知原本温庭筠與令狐家交情不惡，但後來卻因細故鬧翻。據舊唐書温傳載：

「咸通中，失意歸江東，路由廣陵，心怨令狐綯在位時不爲成名，旣至，與新進少年狂遊狹邪，久不刺謁。又乞索於楊子院，醉而犯夜，爲虞候所擊，敗面折齒，方還揚州，訴之令狐綯，捕虞候治之，極言庭筠狹邪醜迹，乃兩釋之。自是汙行聞于京師，庭筠自至長安，致書公卿間雪冤。」

據顧學頡說（見溫飛卿繫年咸通四年下）：此事發生在咸通三、四年時，是令狐綯有意折辱庭筠，使虞候擊傷庭筠，略施薄懲。令狐綯所以如此做，是基於：

❻❼ 雲溪友議十：「裴郎中誠，晉國公次子也。足情調，善談諧，與舉子溫岐爲友。好爲歌曲，迄今飲席多是其詞焉。」新唐書裴度傳作裴諴，但舊唐書度傳中五子，無名諴與誠者。

(1)温庭筠對令狐綯成名後，不爲提拔之事，尙耿耿於懷，不能忘釋，而庭筠又久不刺謁，所以令狐綯也已氣憤。

(2)庭筠此時已五十二歲（此依夏瞿禪，若依盛成之說已爲六十二），猶鮮不知恥與新進少年狂遊狹邪揚子院以犯夜禁，應該略施薄懲。

但是，以温庭筠與令狐滈宴遊酣醉之交情看，何至使令狐綯厭棄如是。恐怕有兩項原因：一是温庭筠行爲不知檢束，早已得罪綯，再則是庭筠早年與李德裕的相交篤厚，令狐綯必有所顧忌。凡此種種，可於雜史筆記中窺見一二。

如南部新書卷庚載：

「令狐相綯，以姓氏少，族人有投者，不惜其力，由是遠近皆趨之。至有姓胡冒令狐者。進士温庭筠戲爲詞曰：自從元老登庸後，天下諸胡悉帶令。」

又如唐詩紀事載：

「令狐綯曾以舊事訪於庭筠。對曰：事出南華，非僻書也。或冀相公燮理之暇時，宜覽古。綯益怒，奏庭筠有才無行，卒不得第。庭筠有詩曰：因知此恨人多積，悔讀南華第二篇。」

又如樂府紀聞載：

「宣宗愛唱菩薩蠻，令狐綯假温庭筠手撰之十闋以進，戒勿泄，而遽言於人。」

至於温庭筠之不中第，玉泉子中的記載，尤為生動。它說：

「温庭筠有詞賦盛名，初將從鄉里舉，客遊江淮間，楊子留後姚勗厚遺之，庭筠少年，所得錢帛，多為狹邪費。勗大怒，笞且逐之，以故庭筠卒不中第。其姊趙顓之妻也，每以庭筠下第，輒切齒於勗，一日，廳有客，温氏偶問客姓氏，左右以勗對。温氏遂出廳事前，執勗袖大哭，勗殊驚異。且持袖牢固不可脫，不知所為。移時，温氏方曰：我弟年少宴遊，人之常情，奈何笞之。迄今無成，由汝致之。復大哭久之，方得解，勗歸憤訝，竟因此得疾而卒。」

而北夢瑣言也有「（庭筠）少曾於江淮為親表檟楚」事，當即指姚勗而言。然姚勗與李德裕為至交。見新唐書卷一二四載：

「勗字斯勤……為宰相李德裕厚善。及德裕為令狐綯等譖逐，擿索支黨，無敢通勞問，既居海上，家無資，病無湯劑。勗數饋餉候問……。」

玉泉子中姚勗因此而得疾卒的記載未必是事實，但細翫温庭筠所以「卒不得第」的兩種說法中，一為得罪「牛黨」中要人令狐綯之故，而另一原因卽為觸怒李德裕之至交姚勗。就以宣宗初令狐綯與白敏中嘗合力排斥李德裕之情形推斷，温庭筠想周旋於兩黨之間，不但不能兩面討好，反而會速罹其禍。兩唐書本傳中雖無一字提及，但這層關係是頗耐人尋味的。卽如温廷敬所說：

「余讀温飛卿詩集，而知舊唐書本傳之誣也。夫飛卿之所以為令狐綯抑而不得者，正坐嘗為李贊皇所識拔，而飛卿亦深服李贊皇之才與功，悲其寃而鄙綯之不學而盜權……。」

## 結論

從以上溫庭筠與李德裕和令狐綯之間的關係看，他代表了「牛李黨爭」中的某一特質。誠如盛成所說：

「詩人之風格，以近代眼光而論，關係遺傳至鉅。飛卿之父系，為經學傳家，且為北方世家，極古典派之大成；守禮法而節概公忠，飭躬以文行，但不能以和為貴，搏擊為優，彌綸則隘，然而忠規狀節，至晚不衰。其母系則為唐室之現形，西北遊牧與東南蠻族，構成內廷中心人物。朱熹有言：唐源流出於夷狄，故閨門失禮之事，不以為異。唐代宗室，出自宇文泰創立之關隴胡漢集團。以文詞科舉之進士為主，愛好放浪不羈之倡伎文學，而輕視山東舊族與家世傳經。可謂集浪漫派之大成。……飛卿遺傳中，含有極端之矛盾，形成其為經學家與詞人。因其幼聰而少孤，遂為狂童，此乃兩極端各自發展之結果：『士行塵雜，不修邊幅，能逐絃吹之音，為側艷之詞』……飛卿遺傳中之兩極端，卽晚唐政治上之兩黨；牛李之爭，終亡唐室。」

又說：

「其實，飛卿之生世與性格，與張仲方相同，痛恨宦官，不附朋黨，牛黨令狐綯薄為有才無行，李黨亦畏吾徒之諷刺朝政，傲毀朝士，惡之及其子溫憲」68。所以溫庭筠之處「牛李」之間，而兩不討好，是他性格的遺傳使然。而庭筠的此種行爲結果，竟禍及子孫，恐怕是他始料未及的吧！

## 三、編撰小說以攻訐政敵

### (一)試探李娃傳的寫作動機及其時代

#### 前　言

白行簡撰的李娃傳，是唐人傳奇中，描寫愛情悲喜劇的成功作品之一。故事中的男主角是高門第的滎陽公子某生，女主角則是長安的一名娼妓李娃。男女主角在幾經波折後，終於結爲夫

68 全唐詩話五載：「溫憲員外，庭筠長子也，僖昭之間就試於有司，值鄭相延昌掌邦貢，以其父文多刺時，復傲毀朝士，抑而不錄。既不第，遂題一絕於崇慶寺壁，後滎陽公登大用，因國忌行香見之，憫然動容，暮歸宅，已除趙崇知舉，卽召之謂曰：『某頃主文衡，以溫憲庭筠之子，深嫉怒之，今日見一絕，令人惻然，幸勿遺也。』於是成名。詩曰：『十口溝隍待一身，半年千里絕音塵；鬢毛如雪心如死，猶作長安下第人』。」

婦，完成喜劇大團圓的收場。它的故事懸宕，結構完整，情節動人，人物突出，技巧純熟。所以每當我們讀李娃傳時，都被它的美點所震撼、驚懾，而並不注意作者在有意或無意間，留下的一些問題與暗示。

### 1.李娃傳中的問題與暗示

李娃傳的結局是：滎陽公子與娼妓李娃結爲夫婦。但我們細察這種結局與唐代傳統的社會背景，可能是衝突的。固然對唐代士人的操守，是不能以現代的道德標準與尺度加以衡量；尤其唐代進士出身的士子，在正式結婚前，可以公然嫖妓、宿娼而不以爲恥，但並沒有公然將娼妓娶爲正室的道理（像霍小玉傳中李益之所以被目爲薄倖，原因卽在此。）然而李娃傳中的結局，居然還勞動滎陽公親自出面，以六禮迎娶娼妓，豈不荒唐。

況且唐代士族婚娶平民婦女都可能觸犯戒律。如新唐書卷一八一李紳傳載：

「會昌時……部人訟（吳）湘受贓狼藉，身娶民顏悅女。紳使觀察判官魏鉶鞫湘罪，明白論報，殺之。時議者謂：吳氏世與宰相有嫌。疑紳內顧望，織成其罪。諫官屢論列，詔遣御史崔元藻覆按。元藻言湘盜用程糧錢有狀，娶部人女不實。按悅嘗爲青州衙推，而妻王故衣冠女，不應坐，德裕惡元藻持兩端，奏貶崖州司戶參軍。宣宗立，德裕去位，紳已卒。崔鉉等久不得志，導汝納（吳湘兄，附李宗閔黨）使爲湘訟。言湘素直，爲人誣蠛……且言顏悅故士族，湘罪皆不當死，紳枉殺之……詔削紳三官，子孫不得仕。貶德裕等……⑥⑨。」

雖然此一事件的根本導因在「牛李」朋黨權力之爭的政治事件。但就吳湘被判死刑、定讞，而後仍能翻案再審理的要件看：唐代士族娶部人爲妻的罪狀，似比貪汚罪的盜用程糧錢判刑爲重。

今翻查「唐律疏議」第十三卷戶婚中載：

「以妾及客女爲妻，以婢爲妾者，徒一年半，各還正之。」

疏議曰：「客女謂部曲之女。」

客女猶不得爲妻，更何況以娼妓爲妻，所以李娃傳的結局，不但違背社會「善良風俗」，而且還觸犯法律。然而李娃傳的撰者白行簡，竟將這樣結局的一個故事，安排在唐代五大郡望之一的滎陽鄭家身上，恐怕就不單是在製造故事的「衝突」與「矛盾」而已。如果我們只把它看做是一篇故事曲折感人，而又技巧成熟的愛情小說，恐怕是讀得不够仔細吧！

或者，有人會說：「一枝花卽白行簡所作之汧國夫人李娃傳」（見張政烺一枝花話、史語所集刊

⑥⑨ 也見通鑑會昌五年載：「淮南節度使李紳，按江都令吳湘盜用程糧錢（注：至於官吏以公事有遠行，則預計程以給糧，而糧重不可遠致，則以錢準估，故有程糧錢）。強娶所部百姓顏悅女。估其資裝爲贓，罪當死。湘、武陵之兄子也。李德裕素惡武陵，議者多言其寃。諫官請覆按，詔遣監察御史崔元藻、李稠覆之，還言湘盜用程糧錢有實。顏悅本衢州人，嘗爲青州牙推。妻亦士族，與前獄異。德裕以爲無與奪。二月，貶元藻端州司戶，稠汀州司戶，不復更推，亦不付有司詳斷。卽如紳奏，處湘死。諫議大夫柳仲郢，敬晦皆上疏爭之，不納。稠晉江人，晦，昕之弟也。」

廿一集下）。他在下文又補充說：

「陳翰唐末人，去元白時代未遠，謂汧國夫人傳舊名一枝花，當有所本……。傳文共三千五百餘字，而說話者自寅（上午三至五時）至巳（上午九時至十一時）猶未畢詞，可見當時說話人之技術已甚進步，蓋敷演故事有多溢出傳文以外之詞也。宋代說話人往往運用唐人小說為話本，由此觀之，知此種風氣在唐人寫作小說時已然矣。」

若照張政烺的意思，則白行簡的李娃傳創作在前，而說話以之為底本舖衍，所以說話一枝花就是李娃傳。

但是從現存之李娃傳內容看，它絕不類似說話人之底本。倒有些可能是李娃傳依據話本改寫，因為李娃傳中結尾處明說：

「貞元中，予與隴西公佐話婦人操烈之品格，因遂述汧國之事。公佐拊掌諫聽，命予為傳。」

而元稹也有「李娃行」之作⑰。所以王夢鷗先生說：

「約在三十多年前，張政烺寫過一篇『一枝花話』（見中央研究院史語所集刊第二十本下冊），由他提出許多可信的資料，說明李娃傳是依據說書人的『一枝花話』寫來。因其取證

⑰ 元稹之「李娃行」今不傳。許彥周詩話（百川學海本）有引二句。與李娃傳的內容有多少差異，已不可得知。不過小說與詩歌因形式及表現不同，當必有差異應無疑。

碻實而又條理明晰，我一直都相信那是不易之論。」（見民國七十年十一月八日聯合報第八版「莫爲古人睡眠擔心」一文）

我想王先生的理解才是正確的。（參見李娃傳之來歷及其作者寫作年代）

既然李娃傳是依據話本改寫而成，那麼他在改寫中必會賦予一種新的主題，或作用吧[74]！否則白行簡在故事一開始，何必故意閃爍其辭的說：

「有常州刺史滎陽公者，略其名氏，不書。」

以觸發讀者之好奇心。他的用意何在？若有用意，則顯然李娃傳的改寫，就可能有新的主題與作用。

2. **探索滎陽公子的線索**

李娃傳中的男主角是誰？作者白行簡卻有意讓他藏頭露尾，留下一些破綻，使讀者自己去探索。他說：

「天寶中，有常州刺史滎陽公者，略其名氏，不書。時望甚崇，家徒甚殷。知命之年，有一子，始弱冠矣；雋朗有詞藻，迥然不羣，深爲時輩推伏。其父愛而器之，曰：『此吾家千里駒也。』應鄉賦秀才舉……遇大比，詔徵四方之雋，生應直言極諫科，策名第一，授成都府參軍。……予伯祖嘗牧晉州，轉戶部，爲水陸運使，三任皆與生爲代，故暗詳其事。貞

[74] 若依張政烺說李娃傳卽一枝花，則白行簡之創作主題對本文之推論更爲有益。

元中，予與隴西公佐話婦人操烈之品格，因遂述汧國之事。公佐拊掌竦聽，命予爲傳。乃握管濡翰，疏而存之。時乙亥歲，秋八月，太原白行簡云。」

以上這段資料，既出之小說家言，故其採信之程度應有適度之層次，現依序如下：

(1)男主角必與滎陽公有關。

(2)白行簡撰作李娃傳時，若非男主角尚健在，則必其家勢尚在。

(3)男主角可能果眞儁朗有詞藻，並以直言極諫科策第。

(4)未必是受李公佐鼓勵。

(5)「天寶中」、「乙亥歲」等紀時，多爲揑造以亂人耳目。

從以上資料推斷，最爲可信的，是男主角既爲滎陽公子，則他必姓「鄭」無疑。因爲唐代社會注重門第觀念，其中以李、王、鄭、盧、崔五姓爲最貴。見新唐書卷九五高儉傳載：

「(高宗)又詔後魏隴西李寶，太原王瓊，滎陽鄭温，范陽盧子遷、盧澤、盧輔，淸河崔宗伯、崔元孫，前燕博陵崔懿，晉趙郡李楷。凡七姓十家，不得自爲婚。」

所以「滎陽公子」必姓「鄭」。至於鄭生又是誰？

3. **前人的猜測**

根據張政烺先生與王夢鷗先生的文章中引據前人對滎陽公子是誰的推斷，經歸納後，可約分爲二類㊷：

(1)以鄭畋為滎陽公，鄭元和為滎陽公子。此說以莊季裕雞肋編及燕居詩話為代表。

(2)以鄭亞為滎陽公子，以鄭畋為娼妓所生。此說以劉克莊詩話為代表。

但是王先生對以上二說，似均不採信。歸納他的主要論點有三：

(1)本文之字裏行間對李娃、鄭生表示之同情與歆羨，則尤可知其確有感於『婦人之操烈』而作，絕無挾怨誣陷之情。謂予不信，仍可從此一故事淵源而探其究竟。

(2)說話中是否已有李亞仙、鄭元和之名，因無記載，難知其詳。但此說話之流行於當日，與不僅為元稹、白居易所親聞，而元稹且有李娃行之作。……李娃行既非影射鄭畋之作，則李娃傳當同屬於聽『話』有感而為之甚明。

(3)元氏酬白學士百韻詩，係酬答白居易代書一百韻而作。白氏代書詩中有云：『疏狂屬年少，閑散為官卑……度日曾無悶，通宵靡不為……』是追記其於貞元末(八〇三—八〇六)與元稹同為校書郎時事。則二人同聽一枝花話，而元氏之作李娃行亦當在此數年中。其時鄭亞尚未婚，安得有鄭畋其人乎？

王先生的推斷精確，他否定了李娃傳有「挾怨誣陷」之情。他還原了李娃傳只是「聽話有感」之作。而我想補充的是：李娃傳既改寫於說話，卽可見這是公開的祕密，白行簡又何需故隱滎陽公

⑫ 張政烺先生有「一枝花話」一文見史語所集刊廿册下，王夢鷗先生有「李娃傳之來歷及其作者，寫作年代」一文見唐人小說研究二集。本文討論資料見頁八七——九二。

之名？故佈懸疑？可能他改寫的地方與原本的說話在幾處關鍵處已經不同；而與元稹的李娃行也必有許多地方不同。（以李娃傳的流行之廣看，詩、傳是應該並行的，一如長恨歌與長恨歌傳，鶯鶯傳之與續會眞詩、崔娘詩、鶯鶯歌。圓圓曲之與圓圓傳。但未必詩傳的立意俱相同。）

所以我仍大膽假設：李娃傳是白行簡刻意改寫，而寓於主題和用意的一篇小說。它不是挾怨誣陷鄭畋，而是爲白氏被以「浮華無行」、「甚傷名教」的汚行寃屈而解脫；故事中的鄭生不是指鄭亞，但鄭亞卻是他小說創作中人物刻劃的造型模式。

#### 4.滎陽公子是誰

在中晚唐時，外廷爆發了禍延四十餘年之久的「牛李黨爭」。其所以會產生的原因之一，郎所謂唐代新興階級（多科舉進士出身，較重文學）與魏晉北朝以來的山東舊族（多非進士出身，較重經學）的政治與領導權力之鬥爭。李娃傳的作者白行簡出身寒門（政治立場屬牛黨）。他所以把故事特意安排（或說特意選擇）在「滎陽公」身上，無非在藉此以代表一個與自己在政治立場，出身門第上不同的對象。所以「滎陽公子」是誰？在白行簡的創作意識中並不甚重要，而白氏著重的只在「滎陽」——它代表唐代高門第，與自己出身寒門的立場不同，而高門第的舊族，一向是被唐代人所重視的。

不過他萬萬沒料到，由於李娃傳在小說藝術技巧上的成功與成熟，竟引起了後人對探索「滎陽公子」是誰的好奇與興趣。在這眾多的猜測中，我以爲鄭亞就是白行簡在刻劃滎陽公子造型上的一個模式，（但並不是就在刻劃鄭亞本人）或說的再肯定些，白行簡是利用鄭亞形象寫「滎陽公子」。所以既是如此，它並不是在蓄意誣謗他的兒子鄭畋（僖宗時宰相）。而我更不同意它是爲白敏中怨恨李德裕、鄭亞而洩忿。因爲我既肯定李娃傳的作者是白行簡㉓，而他在敬宗寶曆二年多天（西元八二六）就死了，根本無從參與這場恩怨。

按鄭亞事蹟見於新唐書卷一八五、舊唐書卷一七八鄭畋傳中。略說：

「鄭亞字子佐，元和十五年擢進士第，又應賢良方正直言極諫科。吏部調選，又以書判拔萃，數歲之內，連中三科，聰悟絕倫，文章秀發。李德裕在翰林，亞以文干謁，深知之，出鎭浙西，辟爲從事，累屬家艱，人多忌嫉，久之不調。會昌初，始入朝爲監察御史，累遷刑部郎中。中丞李回奏知雜，遷諫議大夫、給事中。五年德裕罷相，鎭渚宮，授亞正議大夫，出爲桂州刺史，御史中丞，桂管都防禦經略使。大中二年，吳汝納訴寃，德裕再貶潮州，亞亦貶循州刺史，卒。」（舊唐書）

從以上鄭亞的生平中可得知，他除了是滎陽鄭氏外，還有三項條件可以構成他爲滎陽公子的刻劃模式：

(1)鄭亞和滎陽公子皆爲直言極諫科策第。

(2)二人都以文章詞藻見稱於時。

㉓ 因爲劉克莊後村詩話以爲「娃傳必白氏子弟爲之，托名行簡」云云（見後村先生大全集卷一七三）。

(3)鄭亞的仕宦浮沉與李德裕相終始，這種關係密切的政治立場，是很可能被白行簡加以利用的。

又，白行簡的生平見於新唐書卷二〇三、舊唐書卷一九〇，得知他字知退，是白居易的親弟弟，貞元末進士，死在敬宗寶曆二年冬。據白氏長慶集卷二四，白居易有「聞行簡恩賜章服喜成長句」詩，其中有「吾年五十加朝散，爾亦今年賜章服」句。此詩寫在寶曆元年（西元八二五），此時行簡年五十，以此上推，白行簡當生於代宗大曆十一年（西元七七六）和白居易（生於大曆七年）相差四歲。

李娃傳中敘及「滎陽公子」應直言極諫科策名第一以後，卽與父親團圓，接著由滎陽公以六禮迎娶李娃。而後文中所描寫子孫發達細節則全屬虛筆⑭。再看鄭亞之應直言極諫科是在元和十五年（西元八二〇），六年後白行簡就去世了，所以白行簡對「滎陽公子」以及鄭亞的了解都僅及於此而已。

5.寫作時代及動機

在李娃傳的結尾，作者白行簡明白的說出了寫作年代與動機。他說：

「予伯祖嘗牧晉州，轉戶部，爲水陸運使，三任皆與生爲代，故暗詳其事。貞元中，予與隴西公佐話婦人操烈之品德，因遂述汧國之事，公佐拊掌竦聽，命予爲傳。乃握管濡翰，

⑭ 這種寫法是唐人小說中的慣用描寫，如枕中記，南柯太守傳俱如此。

疏而存之。時乙亥歲秋八月，太原白行簡云。」

然而，據王夢鷗先生考定，白行簡祖先中無一人曾爲晉州牧，轉戶部，爲水陸運使者。只有白敏中的上代白知愼一人，曾經是戶部郎中，稽其年輩，是白行簡的曾伯祖。所以這段文字，王先生以爲是作者敍天寶時事而聯想所及㊆㊄。

而乙亥歲是貞元十一年（西元七九五），當時白行簡才十九歲，還未中進士。據王夢鷗先生說：

「十九歲作家是否能有如此老練文筆，固難定論；但以白居易年譜考之，行簡之父季庚，貞元十年卒於襄陽別駕住所，兄弟等皆於是地服喪。十四年服滿，移家洛陽。十五年，白居易爲宣歙觀察使崔衍所貢，始至長安應試進士（見白集卷四三、送侯權秀才序）。易言之，白居易於貞元十五年始來長安，是時卽携弟行簡同行，而行簡亦不能喪期內作此傳。抑有進者，李娃傳不特文筆甚工，而關於長安坊里，狹邪門徑以及下層社會生活，莫不描繪精詳，決非外地未成年寒士且又未履長安一步者，卽能諳習如此。故本篇雖具名『白行簡』，而行簡亦必不於貞元亥秋寫成此文。」

王先生更進而論斷李娃傳應作於「元和四年乙丑秋八月」㊆㊅。

㊆㊄ 見王夢鷗先生唐人小說研究二集「李娃傳之來歷及其作者寫作年代」一文。

㊆㊅ 見前注。

而我想補充的是：白行簡在貞元末舉進士（此依舊唐書，清徐松登科記考引唐詩紀事作元和二年。）卽授祕書省校書郎，這時正是行簡政治生涯的開始，他有沒有必要去寫李娃傳，以冒干犯滎陽鄭氏這種高門第大士族。而且「牛李黨爭」的形成遠因，是在元和三年，李吉甫擯斥牛僧孺、李宗閔等而引起。所以此時白家與李德裕等的政治歧見與敵對立場也都尚未形成衝突階段，此時白行簡也沒有必要去「挑釁」以引起爭端。

到了元和六年四月，白氏兄弟的母親陳夫人亡故，白居易退居下邽。所以在往後三年中，白行簡當也不會在母喪期間作李娃傳。

到了元和九年，白行簡因劍南東川節度使盧坦辟爲掌書記，而赴梓州。由於盧坦的關係，白行簡始被初次沾染上政治鬥爭的色彩。因爲盧坦和李絳是好友，在政治立場上都極力反對李吉甫。據舊唐書卷一五三盧坦傳載：

在元和八年，爲了西受降城被河水改道而浸毁，李德裕主張移兵天德故城，而盧坦堅持不肯，以致彼此失和盧坦被出劍南東川節度使。

再者，白家與牛黨中有「黨魁」之稱的楊虞卿是姻親，白居易曾爲此，深恐得罪李黨而遭禍，自請太子賓客分司東都，以爲避禍（余另有「不爲朋黨所累之白居易」一文中詳論，見下章。）而且到了文宗太和以後，白氏與李德裕的衝突已愈趨激烈。

到了元和十年七月，宰相武元衡遇刺身死，裴度受傷。白居易目睹武元衡血肉迸裂之慘狀，實忍無可忍，雖自己非諫官，卻上書急請捕盜，而引致政敵的不滿⑰。於是借題指斥白居易，罪名是「浮華無行。其母因看花墮井而死，而居易作賞花及新井詩，甚傷名教，不宜置彼周行⑱。」而被貶江州刺史。詔甫出，中書舍人王涯又上疏，論白居易所犯狀迹，不宜治郡，追詔授江州司馬。元和十三年，白行簡離開梓州至江州依白居易⑲。元和十四年，白居易除忠州刺史，行簡隨行⑳。元和十五年，白居易入朝爲尚書郎，白行簡授左拾遺。是年正月，憲宗崩，閏月穆宗即位，改號長慶。不久李逢吉（長慶二年）、牛僧孺（長慶三年）相繼拜相。至此，牛黨勢力復熾，白行簡撰寫李娃傳的時機成熟。所以我設定李娃傳的寫成時代是：

⑰ 白居易與楊虞卿書：「武相之氣平明絕，僕之書奏日午入。兩日之內，滿城知之。其不與者，或誣以僞言，或構以非語。且浩浩者不酌時事大小與僕言當否，皆曰：『丞、郎、給舍、諫官、御史尚未論請，而贊善大夫何反憂國之甚也？』僕聞此語，退而思之，贊善大夫誠賤冗耳。朝廷有非常事，即日獨進封章，謂之忠，謂之憤，亦無媿矣。謂之妄，謂之狂，又敢逃乎？且以此獲辜，顧何如耳？況又不以此爲罪名乎？」

⑱ 高彥休闕史云：「居易母有心疾，及婺，家苦貧，居易與弟不獲安居，常索米乞衣於鄰邑。母晝夜念之，病益甚。及居易隨計宣州，母因憂憤發狂，以葦刀自剄，人救之得免。後遍訪名醫，或發或瘳。常恃二壯婢，厚給衣食，俾扶衛之。一旦稍怠，斃於坎井。……居易長於情，無一春無詠花篇什，遂爲憸壬娼嫉輩掎摭詩章，以成讒謗，誣言其母看花墮井，而作賞花及新井詩。又驗新井是盩厔時作，隔官三政，不同時矣。」

⑲ 白氏長慶集卷十七有「得行簡書聞欲下峽，先以此寄」詩，卷七有「對酒示行簡」詩。

⑳ 白氏長慶集卷十七有「江州至忠州，舟中示舍弟」詩。

長慶初年（西元八二一——八二三），也就是鄭亞應直言極諫科及第後不久。

爲醒目計，我列個簡表於下：

| 年代 | 紀事 | 備考 |
| --- | --- | --- |
| 代宗大曆十一年（A.D.776）～ | 白行簡生 | |
| 十四年 | | |
| 德宗建中元年 | | |
| ～四年 | | |
| 興元元年 | | |
| 貞元元年 | | |
| 十年（A.D.794） | 白之父季庚卒 | (1)喪期三年不會作李娃傳 |
| 十一年 | 乙亥歲、白行簡十九歲 | (2)才十九歲不能作李娃傳 |
| 十四年 | 服滿移家洛陽 | |
| 十五年～ | 白行簡隨兄居易到長安 | |
| 廿一年 | （舊唐書以爲進士及第） | |
| 順宗永貞元年 | | |
| 憲宗元和元年 | | |

| | | |
|---|---|---|
| 二年 | 白行簡進士及第（據唐詩紀事） | 仕宦開始不會去作李娃傳 |
| (A.D.807) | 授秘書省校書郎 | |
| 三年 | 李吉甫與牛僧孺、李宗閔不協 | 牛李黨爭肇始遠因 |
| 六年 | 白氏母陳夫人卒。居易退居下邽 | 母喪期中不會作李娃傳 |
| 九年 | 盧坦辟白行簡掌書記 | 政治立場形成 |
| (A.D.814) | | |
| 十年 | 武元衡被刺，白居易上書被辱以「浮華無行」、「甚傷名敎」 | 撰述李娃傳動機產生 |
| | 白居易貶江州司馬 | |
| 十三年 | 白行簡至江州依兄居易 | |
| 十四年 | 白居易除忠州刺史、行簡隨行 | |
| 十五年 | 白居易入朝爲尙書郎 | |
| (A.D.820) | 行簡授左拾遺 | |
| 穆宗長慶元年 | 鄭亞進士及第 | 李娃傳要件具備 |
| 二年 | 李逢吉拜相 | 牛黨勢力大熾。李娃傳發 |
| (A.D.822) | | |
| 三年 | 牛僧孺拜相 | 表時機成熟。 |
| 四年 | | |
| 敬宗寶曆元年 | | |
| 二年 | 白行簡卒 | |
| (A.D.826) | | |

然則，李娃傳中所說「乙亥秋八月」者，顯然是作者有意安排，以亂人眼目的障眼法。前文我曾提過，這類涉及時人而又深具用意的小說，所書創作時代，最不可輕信。

我之所以如此假定，是基於白行簡在此時，所以創作李娃傳的動機及時機均已成熟。他的動機如何？且列述於下：

(1)白行簡雖然是太原人，但他對滎陽這地方很熟識。他的祖父鍠，因爲晚年曾爲鞏縣令，罷官後，喜愛滎陽的風土，而遷居於此。白居易就生在新鄭縣東郭里（見白居易自撰醉吟先生墓誌），新鄭卽屬滎陽郡。時在大曆七年（西元七七二）正月二十日，直到他十一歲時，才隨家人前往徐州。白居易十一歲時，白行簡也已七歲，當也生於此。

在太和元年（西元八二七），白居易在離開滎陽四十六年以後，又路經此地，寫了一首充滿情感的詩叫「宿滎陽」。它說：

「生長在滎陽，小少辭鄉里，迢迢四十載，復到滎陽宿。去時十一、二，今年五十六。追思兒戲時，宛然猶在目。舊居失處所，故里無宗族。豈唯變市朝，兼亦遷陵谷。獨有溱洧水，無情依舊淥。」

此時白行簡剛去世不到一年，白氏兄弟手足情深，憶及兒時兄弟嬉戲之情，觸景傷心，不覺悲從中來，所以有「故里無宗族」、「無情依舊淥」的感歎。可見白氏兄弟必在滎陽曾渡過一段美麗之童年。所以在創作意識上，誰都不免會在自己熟知的環境中去覓拾材料。

(2)白居易在元和十年，被政敵以「浮華無行。其母因看花墮井而死，而居易作賞花及新井詩，甚傷名教」的罪名，貶斥江州。這種不孝且有悖常倫的罪名，對寒門出身的白氏家族來說，必是一種極爲嚴重的打擊或侮辱（實際上白居易是孝子，他的除京兆府戶曹參軍一職，就是爲了侍奉母親）。所以凡是身爲白家的一份子就有義務、責任把此種罪名、侮辱洗脫。於是白行簡適時寫成李娃傳以傳誦人口（或說改編李娃傳以擴大它的影響力）。雖然在小說中對李娃贊不絕口，以爲節烈婦女。但實際上，在唐代社會中，高門第的滎陽公子竟和娼妓結合，它畢竟仍是一件不容於當時的醜聞。卽如李娃傳中，作者有意藉滎陽公之口點題說，「志行若此，汚辱吾門」。它的「浮華無行」、「甚傷名教」當更有甚於白居易者。所以這篇傳奇小說的問世，不但可以洗淨居易罪名，而且對滎陽鄭氏（代表以高門第自詡的集團）更是莫大的諷刺。

(3)牛李黨爭是唐代外廷權力鬥爭的大事，它肇始於憲宗元和三年，形成於穆、敬二代，熾盛於文、武二世，結束於宣宗大中年間，垂四十餘年。文人有藉杜撰小說以攻訐政敵的，如霍小玉傳、周秦行紀等（余另有文討論），已成公論。而李娃傳撰成於穆宗長慶初，正是牛李黨爭形成之初。此時黨爭未趨激烈，而白家與李（德裕）黨的政治立場雖漸形對立，但彼此尙未形成水火不容的仇恨。正如陳寅恪先生說：

「如牛黨白居易之消極被容。樂天幸生世較早耳。若升朝更晚，恐也難幸免也。」（唐代政治述論稿）

所以李娃傳中只舉「滎陽鄭氏」以代表李黨（高門第）之集團而已。它的用意不如霍小玉傳以及周秦行紀般的強烈，其原因在此。

## 結論

最後，再讓我強調一下本文推理的程序：

⑴從李娃傳故事結局的違背唐代社會門第觀念的常理以及故事開始將男主角「藏首露尾」式安排，以假設此篇傳奇必是有特殊用意的創作。

⑵探討故事及作意背景時，必先肯定作者就是白行簡，縱或不是白行簡，但是杜撰者既已署名白行簡，所以從白行簡以爲線索入手探尋，應是正確而又直接的方法。

⑶追查白行簡的創作目的與動機。

⑷搜集證據，分析資料，以確定其動機及寫作時代。

至於本文的結論有以下幾點：

⑴李娃傳可能改編自唐時流行的「說話」「一枝花」。但從傳文的開始與結尾的種種跡象看，作者白行簡又已賦予「李娃傳」一種特殊的、新的主題。

⑵李娃傳中的滎陽鄭生不是鄭亞，更非鄭畋。但鄭亞是白行簡藉以刻劃鄭生的模式。因爲鄭生與鄭亞有許多條件相同。

(3)白行簡將故事安排在滎陽鄭氏，並不是攻訐鄭亞，而是以滎陽鄭氏代表唐代高門第的世族。

(4)李娃傳是唐代新興階級，寒門出身的白行簡，在其兄白居易受到政敵以「浮華無行」、「甚傷名教」等不孝且有辱宗族的罪名誣衊後，而有意用流行很廣的傳聞，編撰小說，譏諷高門第之世族以為白氏洗脫汚穢罪名。

(5)李娃傳當是「牛李黨爭」初形成時期的作品，它的寫成時代，可能在穆宗長慶初年。

## (二)蔣防霍小玉傳的創作動機

### 前言

蔣防所撰的霍小玉傳，是唐人傳奇中一篇典型的愛情小說。因為它具備了一位進士及第、風流輕薄的男主角——李益，和一位娼妓出身、多情溫柔的女主角——霍小玉，而構成了一齣男女之間，始亂終棄的愛情悲劇。就因為它太典型化，所以千年來，有千萬人讀著這個故事，甚或為李益的薄情而憤怒，更為霍小玉悲慘無助的命運，一灑同情之淚。而幾乎都忽略了它的創作動機。直到王夢鷗先生才確定了它和周秦行紀一樣，是一篇為牛李黨爭而作的小說[81]。對霍小玉傳

[81] 見王夢鷗先生「霍小玉傳之作者及其寫作動機」（載國立政治大學學報第十九期）、「霍小玉傳之作者及故事背景」（載唐人小說研究二集）二文有詳述。

的作者蔣防以及故事背景、寫作動機均作了詳盡精闢的考定。應該已成定案。而我的文章則是試圖從小說的佈局、結構爲基礎，以試探霍小玉傳的創作動機，結果和王先生的結論也是一致的。[82]

### 1.霍小玉傳中作者刻意描繪的痕跡

在任何人讀完這篇小說後，都不難發現，作者在幾處地方描寫得十分成功，給讀者的印象特別深刻。

#### (1)李益的輕薄、負心、絕情

整篇小說中，作者筆墨刻劃最深的，就是男主角李益的性格。他是一個行爲跡近輕浮而又不負責任的男性。霍小玉傳中，一開始就描寫李益在二十歲，甫中進士後，就存有自命風流，玩弄女性的歹念。所謂：「每自矜風調，思得佳偶，博求名妓，久而未諧。」這種性格，顯然已爲故事的悲劇結局，布下暗示。於是在下文李益初聞鮑十一娘提到霍小玉願與他歡愜時，就不免有些輕浮之態了。說：

「生聞之驚躍，神飛體輕，引鮑手且拜且謝曰：『一生作奴，死亦不憚。』」

[82] 本文初稿「試探蔣防霍小玉傳的創作動機」發表於古典文學第二集。當時撰稿倉促，未拜讀王夢鷗先生有關文章。當出版後，東吳大學王國良兄提醒，才得見王先生論文。現個人撰著之論文爲「唐代牛李黨爭對文學的影響」又不能缺少霍小玉傳，故略加修改，而成其中一節。

於是李益問明了小玉住處，急忙為相見而做準備。作者在此，對李益內心的描寫，十分著力而且成功。它說：

「飽旣去，生便備行計。遂令家僮秋鴻，於從兄京兆參軍尙公處假靑驪駒，黃金勒。其夕，生澣衣沐浴，修飾容儀，喜躍交幷，通夕不寐。遲明，巾幘，引鏡自照，惟懼不諧也……。」

當故事發展到李益與霍小玉正式見面時，李益一邊招呼一邊卻說了自己的心意。他說：

「小娘子愛才，鄙夫重色。兩好相映，才貌相兼。」

所以霍小玉傳中，對男主角的刻劃，是第一步先留給讀者一個李益輕浮的形象，接著就故事的發展中，再點化出李益的負心與絕情。而作者在技巧上更運用了前後對比的寫法；他先以李益的輕於濫發誓言，以烘托出李益的日後必然負心。故事就發生在「洞房花燭夜」：

「中宵之夜，玉忽流涕觀生曰：『妾本倡家，自知非匹。今以色愛，托其仁賢。但慮一旦色衰，恩移情替，使女蘿無托，秋扇見捐。極歡之際，不覺悲至。』生聞之，不勝感歎，乃引臂替枕，徐謂玉曰：『平生志願，今日獲從，粉骨碎身，誓不相捨。夫人何發此言！請以素縑，著之盟約。』玉因收淚，命侍兒櫻桃褰幄執燭，授生筆研。……生素多才思，援筆成章，引諭山河，指誠日月，句句懇切，聞之動人。」

在男女主角渡過了兩年愛情生活後，按唐人小說的慣例，男主角為了功名前途，勢必與女方分離。當李益臨行前，作者藉此機會，又運用了高度的寫作技巧，他先用霍小玉之口，點破李益的「盟約誓言」只是言不由衷的虛語謊言。接著再以霍小玉的寧以本身終生幸福以乞求短暫相聚的眞情流露，來烘托出李益的絕情，它說：

「玉曰：『妾年始十八，君纔二十二，迨君壯室之秋，猶有八歲。一生歡愛，願畢此期。然後妙選高門，以諧秦晉，亦未爲晚。妾便捨棄人事，剪髮披緇，夙昔之願，於此足矣。』生且媿且感，不覺涕流。」

霍小玉的這番話，把故事中的愛情戲引入了全劇的高潮，小玉所表露的這種萬千柔情，與「愛是犧牲不是佔有」的偉大情懷，令人感動83。也相對的加深了李益的絕情罪惡。然而霍小玉的這種「美德」，卻仍無法感動薄情的李益，李益果然又輕易的發誓說：

「皎日之誓，死生以之，與卿偕老，猶恐未愜素志，豈敢輒有二三？固請不疑，但端居相待。」

顯然這是李益的「緩兵之計」，一種安慰與欺騙的慣用伎倆而已。果然「未至家日，太夫人已與商量表妹盧氏，言約已定。」當然以後必是「虛詞詭說，日日不同」。而李益竟爲了湊足巨額的聘金，爲迎娶表妹，而到處求貸，以致誤了與小玉的約期（其實根本沒放在心上）。這段描寫從表面上看，似在替李益的遺棄小玉脫罪，而實際上卻點明了娶表妹盧氏，也非僅是太夫人之命而

83 實際上霍小玉的做法，在唐代社會觀念中才是常態，如李娃傳的結局就是變態。

已。若非李益有意攀附，豈會如此出力。然而此時的霍小玉雖已思念成疾，但對李益的癡情仍是有增無減。故事中說：

「雖生之書題竟絕，而玉之想望不移，賂遺親知，使通消息。尋求旣切，資用屢空，往往私令侍婢潛賣篋中服玩之物，多託於西市，寄附舖侯景先家貨賣。」

但是反過來再看這時李益的感覺，則是：

「生自以愆期，又知玉疾候沉綿，慚恥忍割，終不肯往。晨出暮歸，欲以廻避。」

明明知道小玉已因相思臥病，卻有意使自己行踪不定，逃避責任，而再看小玉，又是：

「玉日夜涕泣，都忘寢食，朝一相見，竟無因由，寃憤益深，委頓牀枕。」

讀故事至此，恐怕沒有人不同情霍小玉而痛駡李益的薄倖。正所謂：

「自是長安中稍有知者，風流之士，共感玉之多情，豪俠之倫，皆怒生之薄行。」

足見作者蔣防在刻劃李益的輕薄、負心、絕情，是用心很深，是匠心獨運而又有意的安排的。試問他的目的何在？

(2)李益的猜忌之疾

在整篇故事的發展上看，寫到小玉的死時，無論主題、情節、高潮、佈局上都已經十分完整。試看故事對小玉死時的動人筆觸。它說：

「玉乃側身轉面，斜視良久，遂舉杯酒，酬地曰：『我爲女子，薄命如斯，君爲丈夫，負心若此。韶顏稚齒，飲恨而終。慈母在堂，不能供養，綺羅絃管，從此永休，徵痛黃泉，皆君所致。李君！李君！今當永訣，我死之後，必爲厲鬼，使君妻妾，終日不安！』乃引左手握生臂，擲杯於地，長慟號哭，數聲而絕。母乃舉尸，寘於生懷，令喚之，遂不復蘇矣。」

作者利用霍小玉臨終前的忿恨之言：「必爲厲鬼，使君妻妾，終日不安」作爲伏筆，竟生硬地在結尾揷入一段描寫李益猜忌妻妾的情節。略說：

「將葬之夕，生忽見玉繐帳之中，容貌姸麗，宛若平生。著石榴裙，紫褴襠，紅綠帔子。斜身倚帳，手引繡帶，顧謂生曰：『媿君相送，尚有餘情，幽冥之中，能不感歎。』言畢，遂不復見。明日，葬於長安御宿原。生至墓所，盡哀而返。後月餘，就禮於盧氏。傷情感物，鬱鬱不樂。夏五月，與盧氏偕行，歸於鄭縣。至縣旬日，生方與盧氏寢，忽帳外叱叱作聲，生驚視之，則見一男子，年可二十餘，姿狀温美，藏身映幔，連招盧氏。生惶遽走起，遶幔數匝，倏然不見。生自此心懷疑惡，猜忌萬端，夫妻之間，無聊生矣。或有親情，曲相勸喻。生意稍解。然旬日，生復自外歸，盧氏方鼓琴於牀，忽見自門抛一斑犀細花合子，方圓一寸餘，中有輕絹，作同心結，墮於盧氏懷中，生開而視之，見相思子二，叩頭蟲一、發殺觜一，驢駒媚少許。生當時憤怒叫吼，聲如豺虎，引琴撞擊其妻，詰令實告，盧氏亦終不自明。爾後往往暴加捶楚，備諸毒虐，竟訟於公庭而遣之。盧氏既出，生或侍婢媵妾之屬，暫同枕席，便加妬忌，或有因而殺之者。生嘗遊廣陵，得名姬曰營十一娘者，容態潤媚，生甚悅之。每相對坐，嘗謂營曰：『我嘗於某處得某姬，犯某事，我以某法殺之。』日日陳說，欲令懼己，以肅淸閨門。出則以浴斛覆營於牀，週廻封署，歸必詳視，然後乃開。又畜一短劍，甚利。顧謂侍婢曰：『此信州葛溪鐵，唯斷作罪過頭！』大凡生所見婦人，輒加猜忌，至於三娶，率皆如初焉。」

這種安排，若解釋爲霍小玉的報復，以快人心，則顯然破壞了整篇小說中已塑造的溫柔多情的霍小玉的形象，在小說技巧上，自是敗筆。作者只爲了表達這些微俗氣的想法，竟有必要去破壞全文的完整性嗎？若解釋爲作者在宣揚「因果報應」，以收警世之效，則交待又十分模糊。而這段文字的敍述，又不類小說的體裁。所以我猜想，作者對「李益疾」的安排，定然是有作用的。

**2.霍小玉傳中作者的大膽安排**

霍小玉是一篇「小說」，除非歷史小說，在一般愛情小說中原來不必用歷史上的眞實人物，除非作者有某種作用或目的。而霍小玉傳中作者在人物的安排上，都引用了眞實人物，而且刻劃時竟毫不保留，令人訝異。

(1)確有其人其事而竟不諱

在霍小玉傳中的男主角是李益，他的密友是韋夏卿。而在唐代確有此二人，至於小說中所說的李益之疾，也確有其事。唐代同時有兩個李益，而霍小玉傳中所指爲隴西李益。在新唐書卷二〇三、舊唐書卷一三七有傳⑧④。現錄新唐書列傳於下：

「李益，故宰相揆（隴西成紀人）族子，於詩尤所長。貞元（德宗）末，名與宗人賀相埒。每一篇成，樂工爭以賂求取之，被聲歌，供應天子。至征人、早行等篇，天下皆施之圖繪。少癡而忌克，防閑妻妾甚嚴，世謂妒爲李益疾。同輩行稍稍進顯，益獨不調，鬱鬱去遊燕。劉濟辟置幕府，進爲營田副使。嘗與濟詩，語怨望。憲宗雅知名，召爲祕書少監，集賢殿學士，自負才，凌藉士，衆不能堪。諫官因暴幽州時怨望語。詔降秩，俄復舊官，果遷左散騎常侍。太和（文宗）初，以禮部尚書致仕，卒。時又有太子庶子李益同在朝，故世言文章李益以辨云。」

又韋夏卿在新唐書卷一六二、舊唐書卷一六五有傳，現錄舊唐書本傳於下：

「韋夏卿，字雲客。杜陵人（新書作京兆萬年）。……夏卿苦學，大曆（代宗）中與弟正卿俱應制舉⑧⑤。夏卿深於儒術。所至招禮通經之士，時處士竇羣寓於郡界，夏卿以其所著史論，薦之于朝，遂爲門人。……夏卿有風韻，善談讌，與人同處終年，而喜慍不形於色。撫孤侄，恩踰己子，早有時稱，其所與游辟之賓佐，皆一時名士（新唐書云：所辟士如路

⑧④ 新唐書卷二〇三李益傳說：「時又有太子庶子李益同在朝，故世言文章李益以辨云。」太子庶子李益爲唐高宗第四子許王素節之孫，其父爲繆。附見新唐書卷八一、舊唐書卷八六許王素節傳中。

⑧⑤ 據清徐松登科記考，韋夏卿、正卿於大曆三年茂才異行科及第。

隋、張賈、李景儉等)。

霍小玉傳中描寫的李益，是一個薄倖、負心、絕情而又有妒疾的文人。縱使在士風十分開明的唐代，這種描寫，想也不是誇讚之事。何以作者竟敢大膽地連姓名也不改的把事實眞象公布出來？而且又引出了一位勸李益「不宜如此」的密友韋夏卿，也是當時確有其人，且名望不低。這種安排，無非都在肯定霍小玉傳中的敍述都是眞人眞事而已。

(2)蔣防與李益同時而竟不諱

霍小玉傳的作者，太平廣記題爲蔣防，他的事蹟不甚可考。但在舊唐書敬宗紀、唐詩紀事，萬姓統譜、常州志、全唐文、全唐詩等等資料的記載，略可知其大概。今引王夢鷗先生經整理後所擬撰之小傳如下：

「蔣防，字子微，義興人，生於大曆之末，年十八，能作秋河賦。貞元末，以乙科授校書郎。元和間，歷右拾遺，入翰林爲學士。長慶初，超拜舍人，知制誥，司封郎中。長慶末，謫守汀州，旋改連州。太和二年，改袁州，後數歲，卒於官，年約五十餘。」(霍小玉傳之作者及其寫作動機)

從以上蔣、李二人的傳略上看，李益在德宗貞元(西元七八五—八〇五)末年已與李賀齊名，到文宗太和(西元八二七—八三五)年間，才以禮部尚書致仕。而蔣防於大曆(西元七六六—七七九)末已十八歲，而李益生於天寶七年(西元七四八)[86]。而且李益卒於太和元年(西元八二七）（據容肇祖言）與蔣防之卒於太和二年後數歲也近。則蔣防與李益爲同時人，甚或蔣防可能是後輩。然而蔣防竟不但膽敢寫出李益的眞實姓名，渲染他的醜行，更大膽地把自己的姓名也公布，以示「文責自負」。這實在是踰越常理，而難以令人置信的舉措。

(3)作者的崇韋抑李

霍小玉傳的作者蔣防，在描寫兩個眞實人物李益與韋夏卿時，文中無意中流露出崇韋而抑李的心態。如小說中說：

「有京兆韋夏卿者，生之密友，時亦同行。謂生曰：『風光甚麗，草木榮華。傷哉鄭卿，銜寃空室！足下終能棄置，實是忍人。丈夫之心，不宜如此，足下宜爲思之！』」

韋夏卿能規勸李益「不宜如此」，而李益仍不知悔悟，則明顯地這種安排是在加重李益的負心程度。可是韋夏卿並存於時，蔣防如此描寫，當必有更進一層的用意在。

(4)前人的解釋

以上所舉(1)、(2)兩點疑竇，前人也有所見，如劉開榮在唐人小說研究第六章第四節「霍小玉傳作者的問題」中說：

「不過就小說的形式和作者的技巧看來，霍小玉傳至少是長慶（穆宗）或以後的作品。假如上面的懷疑是有理由的，那麼，它也許是更後，開成（文宗）以後的作品，另有人假託

86 容肇祖「唐詩人李益的生平」一文，見嶺南學報第二卷第一期。

蔣防以寫李益的故事，抒發心中對現實生活的不滿，亦很可能。否則蔣防是貞元間，離代宗大曆年間尚不太遠，又安能把霍小玉弄成霍王的小女，足見小說的出生，必定較晚，對於前代的事，已是十分模糊，弄不大清楚了。」

按劉氏的推論是建立在：第一：李益若尚在世時，蔣防甚或任何人都不敢以此故事作爲題材。所以他在時代上推論爲開成以後，是因爲李益在文宗太和初致仕後不久而卒。太和以後的年號正是開成。第二：李益的事蹟既爲眞實，則霍小玉的事蹟也當爲眞實。而實際上劉氏的推論是可以駁斥的。如果蔣防有不必畏懼李益的力量伎恃時，他的推論自然就不能成立；又霍小玉傳中的李益雖爲實有其人，然而霍小玉則不必也實有其人，而假借以爲霍王小女，正是唐人倡妓故意僞托沒落貴族之後以爲僞裝身份的慣用伎倆，是不能藉以確定作品的時代的。所以我以爲採用劉氏說以推翻作者爲蔣防，以使作品作完滿解釋的做法，倒不如確定作者是蔣防，而去發掘他爲什麼如此大膽創作的動機，當較爲合理。

### 3. 蔣防的創作動機

我以爲霍小玉傳的作者就是蔣防無疑。他所以敢大膽直書李益的醜聞，而又不隱蔽自己的姓名，必是有恃無恐，故意爲之，下文是我的理由，也正是蔣防的創作動機。

(1) 蔣防與李益的政治立場不同

前文雖然提到蔣防的生平不甚可考，但有幾點是可以注意的：

第一：蔣防在元和年間因賦韝上鷹詩，而被李紳賞識而薦舉的87。

第二：於長慶年間，李逢吉出李紳時，蔣防因嘗爲李紳所薦，牽連而貶汀州刺史88。

由以上二點蔣、李關係，足見二人政治立場必然一致。而李紳在兩唐書中俱有傳。他在「李黨」中被目爲三俊之一，爲「牛派」羣策羣力所迫害之對象（詳情參前文「李紳『趨翰苑遭誣搆四十六韻』詩之史實背景」一文），他的政治立場，自爲「李黨」無疑。下文簡略引述一段他的生平：

「穆宗召（李紳）爲右拾遺、翰林學士，與李德裕、元稹同時，號三俊。稹爲宰相，而李逢吉教人告于方事，稹遂罷。欲引牛僧孺，懼紳等在禁，近沮解。乃授德裕浙西觀察使。僧孺輔政，以紳爲御史中丞，顧其氣剛，卞易疵累，而韓愈勁直，乃以愈爲京兆尹兼御史大夫。免臺參以激紳，紳、愈果不相下，更持臺府故事，論詰往反，詆訐紛然，繇是皆罰之。逢吉終欲陷之，紳族子虞有文學名，隱居華陽，自言不願仕。時來省紳。雅與柏耆、程昔範善，及耆爲拾遺，虞以書求薦，紳惡其無立操，痛誚之。虞失望，後至京師，悉暴紳所言於逢吉，逢吉滋怒，乃用張又新、李續等計擢虞，昔範與劉栖楚皆爲拾遺，以伺紳隙，內結中人王守澄自助。會敬宗立，逢吉知紳失勢可乘，使守澄從容奏言：先帝始議立太子。杜元

87 汪國垣唐人小說校錄：「元和中，李紳卽席令賦韝上鷹詩云：『幾欲高飛天上去，誰人爲解綠絲縧。』紳識其意，薦之，以司封郎知制誥，進翰林學士。」按汪說引萬姓統譜。

88 舊唐書敬宗本紀：「癸未，貶戶部侍郎李紳爲端州司馬，丙戌，貶翰林學士駕部郎中知制誥龐嚴爲信州刺史，翰林學士司封員外郎知制誥蔣防爲汀州刺史，皆紳之引用者。」

頴、李紳勸立深王，獨宰相逢吉請立陛下，而李續、李虞助之，逢吉乘間言紳嘗不利於陛下，請逐之。帝初卽位，不能辨，乃貶紳爲端州司馬，栖楚等怒得善地，皆切齒。詔下百官賀逢吉，唯左拾遺吳思不往，逢吉斥思，令告大行喪於吐蕃。此時人無敢言者，惟韋處厚屢言紳枉，折逢吉之姦，後天子於禁中得先帝手緘書一笥，發之，見裴度、頴、紳三疏，請立帝爲嗣，始大感悟，悉焚逢吉黨所上謗書……。」（新唐書卷一八一李紳傳）

從這一段記載可知，牛黨中人李逢吉爲排除異己，進用親信牛僧孺等，眞是費盡心機，用盡手段；利用韓愈的勁直，使與李紳不協，造成兩敗俱傷。又利用李紳族子虞的貪圖仕進，而出賣親長，復與張又新、劉栖楚、李續等黨人，紛然勾結圍剿，再藉中人王守澄在敬宗前進讒言，揑造事實以謀害紳，牛黨這種羣策羣力，欲置李紳於死地的做法，是有計劃的行動。而蔣防旣是被李紳所薦舉，始得以出仕，則顯然蔣防在政治立場上是屬於「李黨」。

再看李益的政治立場，從新、舊唐書李益傳中都看不出明顯的記載，只知他是被劉濟辟置幕府，進爲營田副使。而劉濟只是一位勇猛善戰的節度使，並未捲入牛李黨爭。但在兩唐書的牛僧孺和李宗閔傳中，則載有李益因拔舉牛僧孺、李宗閔、皇甫湜而被以「考非其宜」的罪貶官的記載⑱：

⑱ 依據唐律疏議第九卷：「諸貢舉非其人，及應貢舉而不貢舉者，一人徒一年，二人加一等，罪止徒三年。」又：「若考校課試，而不以實，及選官乖於舉狀，以故不稱職者減一等。」

「元和初（三年）以賢良方正對策，（牛僧孺）與李宗閔、皇甫湜俱第一。條指失政，其言骾訐，不避宰相（李吉甫），宰相怒。故楊於陵、鄭敬、韋貫之、李益等坐考非其宜，皆調去。」（新唐書牛僧孺傳）

這件公案，就是牛（牛僧孺、李宗閔等）、李（李吉甫、李德裕等）朋黨結怨的始因之一。所以又見舊唐書李德裕傳，此不贅述。而與李益同時遭調的楊於陵，就是牛黨中堅楊嗣復的父親⑩。由此可知，李益的政治立場是屬於牛黨的。

所以，蔣防與李益，一爲李黨，一爲牛黨，在政治立場上是絕對對立的。自然蔣防杜撰霍小玉傳以攻擊李益的薄倖，揭發他的醜聞，是極有可能的。再者，李益於文宗太和初致仕，而牛僧孺也恰在太和六年（西元八三二）罷相，而李德裕復於次年拜相，這時李黨勢力抬頭，所以我以爲蔣防霍小玉傳就寫於此時。這時李益已經去世（容肇祖以爲益卒於太和元年），蔣防更可以無所顧忌了。

⑵進士浮薄，正是李黨攻擊牛黨的藉口

牛李二黨中，牛黨多爲進士出身，而行爲較浮華放浪；李黨則多爲山東舊族，主張以經學爲正宗，而薄進士爲浮治（見陳寅恪唐代政治史述論稿）。所以李黨往往以進士浮薄爲攻擊牛黨的最有

⑩ 舊唐書李宗閔傳云：「三年楊嗣復輔政，與李宗閔厚善，欲拔用之，而畏鄭覃（李黨）沮議，乃託中人密諷於上……。」

力依據。如舊唐書鄭覃傳說：

「覃雖精經義，不能爲文，嫉進士浮華。開成初，奏禮部貢院，宜罷進士科。初紫宸對，上語及進士。覃曰：『南北朝多用文華，所以不治，士以才堪卽用，何必文辭。』帝曰：『進士及第人已曾爲州縣官者，方鎭奏署卽可，餘則否。』覃曰：『此科率多輕薄，不必盡用。』帝曰：『輕薄敦厚，色色有之，未必獨在進士。此科置已二百年，亦不可遽改。』覃曰：『亦不可過於崇樹。』帝嘗謂宰臣曰：『百司施慢，要重條舉。』因指前香爐曰：『此爐始亦華好，用之旣久，乃無光彩，若不加飾，何由復初。』」

明乎此，則霍小玉傳中蔣防所以用力刻劃李益薄倖、負心、絕情的動機就非常的明顯了。而傳述李益的醜聞，更在譴責李益負心的報應，極盡了攻訐之能事。

所以霍小玉傳一開始就說：「大曆中，隴西李生名益，年二十，以進士擢第。」以點明李益的進士身分；而故事中提到他的表弟則說：「有明經崔允明者，生之中表也，性甚長厚。」云云，顯然也在暗示進士科之不如明經科了。

(3)崇韋抑李，正是親李黨的表現

前文提及，霍小玉傳的作者蔣防，在人物描寫上，是推崇韋夏卿以達到貶抑李益的目的，而韋夏卿正是李黨中人。從兩唐書韋夏卿傳中，不易尋得他與李黨的關係，但從他的弟弟韋正卿傳中可以發見端倪。正卿傳說：

「正卿子瓘，字茂弘，及進士第，累中書舍人，與李德裕善，德裕任宰相，罕接士，唯瓘往請無間也。李宗閔惡之。德裕罷，貶爲明州長史，會昌末累遷楚州刺史，終桂管觀察使。」

而這韋夏卿的姪兒韋瓘，正是李黨中的黨羽，在牛李黨爭中扮演著極重要的角色；李黨用以攻擊牛僧孺等的「周秦行紀」、「周秦行紀論」、「牛羊日曆」等，都出於韋瓘之手。而韋瓘卻是韋夏卿撫育教養的㉑。明乎此，則蔣防的心態，霍小玉傳的作意，就更加昭然若揭了。

## 結　論

霍小玉傳之爲李黨攻擊牛黨之作，王夢鷗先生之文出，已成定論。而我只是換個角度，從作品的結構、佈局入手探尋，無非在證明一個觀念：文學作品若被利用爲攻訐的工具時，不論它的藝術技巧多高明，都是有跡可尋的。誠如研究犯罪心理學的專家常說：當發生任何一件刑案時，犯罪者都會在現場留下破綻，只要你細心的去觀察研判。末了，我強調一下本文推理的程序：

(1)霍小玉傳的作者蔣防，爲什麼要以同時代人物李益的醜聞作爲小說創作題材，而竟又大膽地連彼此姓名也不隱避？

(2)作者爲什麼要遷就取材於實事而寧願犧牲故事的完整性，以及破壞人物性格的統一性，而

㉑ 新唐書卷一六二韋夏卿傳：「撫孤姪，恩踰己子。」而韋瓘正是他的姪子。

在小說的結尾加上一段鬼魅作祟的怪談。

從以上兩項疑惑中，再搜集蔣防可能如此安排的動機與用意。於是肯定：霍小玉傳是蔣防用以攻訐李益的作品。這應該也是可行的解釋之一吧！

它的著作時代，應在文宗太和六、七年（西元八三二—八三三）左右，當時李益已卒（太和元年），牛僧孺罷相，李德裕拜相之時。李黨勢力復熾，於是對牛黨中人，展開誣衊和貶毀的行動。

## ㈢周秦行紀的再審視

### 前言

假托撰者姓名為牛僧孺的「周秦行紀」，已被學術界公認為是一篇涉及唐代牛李黨爭攻訐為目的的作品。本文至今並無突破性的見解。而在歸納前人論見，重新就作品的結構、分析入手，再作一次審視而已。

**1.問題的產生**

通觀「周秦行紀」一文，無論文筆以及構思，都極其平庸而不見精采。故事的進行，是採用第一人稱為敍事觀點，作者用第一人稱稱代詞「余」為主角（後文提到余就是牛僧孺），以單線手法，敍述他在貞元中進士落第，歸宛葉途中，至伊闕南道鳴皐山下，誤入薄太后廟，邂逅漢文帝之母薄太后，並與高祖戚夫人、唐朝太眞妃子，齊代潘淑妃見面。而與王嬙侍宿的一段「鬼故事」。若以今人強爲古人憂的態度，將這篇故事加以分析，可以指出兩項問題之所在：

第一：在薄太后引薦牛僧孺見唐代楊太眞妃子後，太后問及當今天子爲誰，經余（僧孺）對曰：「今皇帝，先帝長子。」後，太眞竟然笑著說：「沈婆兒作天子也，大奇！」語意十分輕視，而且直呼代宗皇后爲「沈婆」，以德宗皇帝爲「沈婆兒」。這種稱謂似不該毫不諱避的出於唐人牛僧孺之筆下。

第二：故事中女配角甚多，何以獨安排王昭君侍寢？而且有意用「太后謂王嬙曰：『昭君始嫁呼韓單于，復爲殊累若單于婦，固自用。且苦寒地胡鬼何能爲？昭君幸無辭。』昭君不對，低然羞恨。」來加強舖敍昭君的羞愧和罪惡感。作者如此安排必有用意在。

從以上二項問題上看：第一項輕侮德宗，依唐律是應該處以「大不敬」重刑的㉜。而第二項「侮辱古人」（王昭君）在表面上看，似找不出處罰條例。但牛僧孺何以敢如此膽大狂妄，不免使人疑惑。

2. **控告的提出**

到後來果然又有一篇題名撰者爲「李德裕」的「周秦行紀論」問世，對牛僧孺所犯的罪行，

㉜ 唐律疏議一名例下有十惡之罪，其六曰：「大不敬」。其中言及「無人臣之禮」者，即犯此罪。

提出控告。歸納一下「周秦行紀論」所提的證據是：

(1)言語是代表行爲的（所謂「言發於中，情見乎辭，則言辭者，志氣之來也。故察其言而知其內，翫其辭而見其意矣。」），所以牛僧孺必須爲自己的言辭負責。

(2)牛僧孺有妖言惑眾，以抬高自己身世的意圖（所謂：「余嘗聞太牢氏（僧孺姓牛故以太牢稱之），好奇怪其身，險易其行。以其姓應國家受命之讖。曰：『首尾三鱗六十年，兩角犢子恣狂顛，龍蛇相鬥血成川』」）。

(3)有書面證據，證明牛僧孺有前科（所謂：「及見玄怪錄，多造隱語，人不可解，其或能曉一、二者，必附會焉。」）。

(4)以署名劉軻所作的「牛羊日曆」以爲旁證（所謂：「欲有意擺撼者，皆遭誣坐，莫不側目結舌，事具史官劉軻日曆。」）。

於是他正式提出控告的罪狀。是：

「余得太牢周秦行紀，反覆覩其太牢以身與帝王后妃冥遇，欲證其身非人臣相也，將有意於『狂顛』。及至戲德宗爲『沈婆兒』，以代宗皇后爲『沈婆』，令人骨戰。可謂無禮於其君甚矣。懷異志於圖讖明矣。」

明白的指控，牛僧孺犯的是叛國、篡位的重罪。職此之故，我們必須再了解一下他提出的旁證「牛羊日曆」中的大致內容。（今節錄藕香零拾輯校本中有關之資料一則於下[93]。）

「太牢既交惡黨，潛豫姦謀。太牢乃元和中青衫外郎耳。穆宗時因承和薦，不三、二年，位兼將相。憲宗仙駕至灞上，以從官臺知制誥，當時宰臣未盡兼職，而獨綜集賢史舘兩司。出鎭未盡佩相印，而太牢同平章事，出夏口，夏口去節十五年，由太牢而加節焉。太牢早孤，母周氏，冶蕩無檢。鄉里云云，兄弟羞赧，乃令改醮。既與前夫義絶矣，及貴，請以出母追贈。禮云：『庶氏之母死，何爲哭於孔氏之廟乎？』又曰：『不爲伋也妻者，是不爲白也母。』而李清心妻配牛幼簡，是夏侯銘所謂：『魂而有知，前夫不納於幽壤，歿而可作，後夫必訴於玄穹。』使其母爲失行無適從之鬼，上罔聖朝，下欺先父，得曰忠孝智識者乎？作周秦行紀，呼德宗爲『沈婆兒』，謂睿眞皇太后爲『沈婆』，此乃無君甚矣。」於是「牛羊日曆」中又舉證了牛僧孺的另一項罪狀——不孝。使其母爲失行，無適從之鬼。當周秦行紀論和牛羊日曆的罪狀加在一起後，牛僧孺似乎已是惡貫滿盈，罪不可逭了。然而事實上這些罪狀成立的要件又如何呢？

### 3. 罪狀的成立要件

93 繆荃孫輯校「牛羊日曆」中之末段所謂「太牢既交惡黨」以至「此乃無君之甚矣」。據王國良兄考證，實爲僧孺表甥皇甫松之「續牛羊日曆」文，通鑑考異卷二十，於敬宗寶曆元年下，已有載錄。繆氏誤矣。見王著「唐人小說敍錄」（政大國文研究所碩士論文）。然而據王夢鷗先生在「牛羊日曆及其相關的作品與作家辨」（見史語所集刊四十七本）以爲牛羊日曆、續牛羊日曆，實則皆爲韋瓘託爲劉軻與皇甫松撰的。王先生之論見比之國良兄更爲精到、詳審，故依王夢鷗先生說，仍併「續牛羊日曆」文討論。

按周秦行紀論與牛羊日曆中所舉證的第一項罪狀是「無禮於君」，也卽所謂，指代宗皇后爲「沈婆」、德宗爲「沈婆兒」一事。據舊唐書卷五十二代宗睿眞皇后沈氏傳說：

「開元末以良家子選入東宮，賜太子男廣平王。天寶元年生德宗皇帝。祿山之亂，玄宗幸蜀，諸王妃主從幸不及者，多陷於賊，后被拘於東都掖庭。及代宗破賊，收東都見之，留於宮中，方經略北征，未暇迎歸長安。俄而史思明再陷河洛。及朝義敗，復收東都，失后所在，莫測存亡，代宗遣使求訪十餘年，寂無所聞。」

則周秦行紀一文中藉太眞之口誣衊代宗皇后爲「沈婆」，顯然是指她二度被胡人所擄而言。若據睿眞皇后沈氏傳所載，沈后雖二度被擄，但並未說她被辱94。然而周秦行紀的作者，卻有意用「王嬙」以爲影射95，以侍寢爲渲染，使人聯想及沈后也被辱，以羅僧孺於罪，手法高明，手段惡毒。明乎此，則知牛僧孺沒有理由去杜撰一篇這種作品以自陷於罪。當然侮辱先朝皇后，必爲任何時代之法律所不容96。

第二項罪狀是：「懷異志於圖讖」。也就是說牛僧孺有叛國、造反的意圖。按圖讖是專制時

94 近人劉開榮唐人小說硏究第四章朋黨之爭與周秦行紀、頁八三說：沈后於安史之亂時兩度失身於胡人云云。今不取。

95 漢書補注卷九四下匈奴傳：「元帝以後宮良家子王牆（嬙）字昭君，賜單于。」

96 周秦行紀中呼沈皇后爲沈婆已構成罪名，至於唐代婦女下嫁胡人是否被輕視，則是另一個問題。待下文討論。

代用以鞏固權力的一種伎倆，但也極易被利用爲罹人於罪的工具。而牛氏代唐的讖語，在唐玄宗時已經流行。新唐書卷一二六張九齡傳說：

「嘗薦長安尉周子諒爲監察御史，子諒劾奏仙客，其語援讖書。帝怒杖子諒于朝堂，流瀼州，死於道，九齡坐舉非其人，貶荆州長史。」

也就是周秦行紀論中所說：「余讀國史，見開元中，御史汝南子諒彈奏中仙客，以其姓符圖讖。雖似是，而未合『三鱗六十』之數」之意。既然牛仙客非讖語所指，則自然所謂「首尾三鱗六十年，兩角犢子恣狂顚，龍蛇相鬥血成川」中的里俗犢子之讖⑰，就應驗在牛僧孺的身上了。不過這圖讖陰謀，在玄宗時子諒既不能得逞於牛仙客；在文宗朝，恐也難搆陷牛僧孺。卽如南唐時張洎在賈氏談錄中說：

「牛奇章初與李衞公相善，嘗因飲會，僧孺戲曰：『綺紈子何預斯坐！』衞公銜之。後衞公再居相位，僧孺卒遭譴逐。世傳周秦行紀非僧孺所作，是德裕門人韋瓘所（作）撰。開成中曾爲憲司所覈。文宗覽之，笑曰：『此必假名僧孺。是貞元中進士，豈敢呼德宗爲沈婆兒也。』事遂寢。」

⑰ 舊唐書牛僧孺傳：「僧孺少與李宗閔同門生，尤爲德裕所惡，會昌中，宗閔棄斥，不爲生還。僧孺數爲德裕掎摭，欲加之罪。但以僧孺貞方有素，人望式瞻無以伺其隙。德裕南遷，所著窮愁志引里俗犢子之讖以斥僧孺，又目爲太牢公，其相憎恨如此。」

又牛羊日曆中舉證的第三項罪狀是：「使其母失行，無適從之鬼，上罔聖朝，下欺先父，得曰忠孝智識者乎？」也就是指「太牢早孤。母周氏，冶蕩無檢，鄉里云云，兄弟羞赧，乃令改醮。既與前夫義絶矣。及貴，請以出母追贈。」一事而言。至於牛僧孺母改嫁之事，新舊唐書本傳及杜的牛公墓誌銘，李珏的牛道碑中都沒有記載。只說牛僧孺「七歲而孤，依倚外族周氏」（牛公神道碑）。他的父親「幼簡」官卑（舊唐書本傳）[98]。而錢易南部新書巳集則說：

「殷僧辨、周僧達與牛相公同母異父兄弟也。」

其中「周僧達」可能是僧孺的舅表兄弟[99]。而牛羊日曆中則說僧孺母改嫁「李清心」，如此則牛母似是至少三次改嫁。然而杜牧牛公墓誌銘中則又說：「詔除河南尉，拜監察御史，丁母夫人憂，制終復拜監察御史[100]。」牛僧孺能爲改嫁後的母親守喪而去官不仕，不管他是否居於孝心，至少可以看出，他不以母親改嫁爲恥，這是事實。再者，婦女改嫁，在唐代社會觀念中也並不可恥[101]。所以實際上牛母的改醮，不足以構成對牛僧孺多麼嚴重的打擊。而及至牛羊日曆中所謂「

[98] 新唐書本傳不書，李珏牛公神道碑、杜牧牛公墓誌俱作「幼聞」。幼簡官卑，爲華州鄭縣尉（牛公墓誌銘），是九品官。

[99] 周僧達爲舅表兄弟說見王夢鷗先生的「牛羊日曆及其相關的作品與家辨」一文。而個人以爲或卽異父兄弟見前第一章第三節「唐人筆記小說中的牛李傳聞。」

[100] 據朱桂「牛僧孺研究」，當在元和九年。

[101] 陳東源「中國婦女生活史」第五章第八節說：「實際上貞節觀念，唐時尚不甚注重。故公主改嫁者達二

冶蕩無檢，鄉里云云，兄弟羞赧，乃令改醮。」就有毀謗僧孺的作用了。不過僧孺既能為母守喪，則可見其母縱有改嫁，也必是得到僧孺的同情與諒解的⑩。何況牛僧孺並無兄弟⑬，則牛羊日曆所說「兄弟羞赧」云云，更露出揑造以誣僧孺之痕跡。

所以「周秦行紀」、「周秦行紀論」、「牛羊日曆」等三篇作品，縱使相互呼應，沆瀣一氣以搆陷牛僧孺，而其效用是不會彰顯的。卽如文宗所說：「此必假名僧孺」，在唐代當時就已經

十三人，高祖女四，太宗女六、中宗女二、睿宗女二、元宗女八、肅宗女一。三嫁者四人，高宗女一，中宗女一，元宗女一，肅宗女一。俱詳新唐書公主傳。公主再嫁，還可說是挾其勢位，不足為怪。韓愈的女兒，曾先適李氏，後嫁樊宗懿，足見讀書人家也不禁止再嫁。至於楊志堅之妻請離，則更表示社會有離婚改嫁的習俗了。雲溪友議載此事云：顧魯公為臨川內史，澆風英競，文敎大行，康樂以來，用為嘉譽也。有楊志堅者，嗜學而居貧，鄉人未之知也，山妻厭其饘藿不足，索書求離。志堅以詩送之曰：『平生志業在琴詩，頭上如今有二絲；漁父尙知溪谷暗，山妻不信出身遲。——荆釵任意撩新鬢，鸞鏡從她畫別眉，今日便同行路客，相逢卽是下山時。』其妻持詩詣州，請公牒以求別適。魯公按其妻曰：『楊志堅素為儒學，徧覽九經，篇詠之間，風騷可摭。愚妻睹其未遇，遂有離心。王歛之廩既虛，豈遵黃卷；朱叟之妻必去，寧見錦衣。汚辱鄉閭，敗傷風俗，若無褒貶，僥倖甚多。阿王決二十後，任改嫁。楊志堅秀才，贈布絹各二十匹，米二十石，便署隨軍……仍令遠近知悉。』江左十餘年來，莫有敢棄其夫者。」

⑩ 見王夢鷗先生「牛羊日曆及其相關的作品與作家辨」一文。

⑬ 見朱桂「牛僧孺研究」第二章「牛僧孺之生平」。

輕易地被人揭穿了眞象。

#### 4.三篇的作者是誰

牛僧孺似不必自撰「周秦行紀」來侮辱君后以自陷於罪[104]；而托名李德裕的「周秦行紀論」，和劉軻、皇甫松的「牛羊日曆」的撰者，究竟有什麼目的與動機呢？於是進一步必須了解，這三篇文章的作者是誰。

(1)有關周秦行紀者：

最早討論者爲宋張洎賈氏談錄。它說：「世傳周秦行紀，非僧孺所作，是德裕門人韋瓘所撰」[105]。後來繼之而爲宋、晁公武郡齋讀書志本之，取以著錄小說類。說：

「唐牛僧孺自敍所遇奇異事。賈黃中以爲韋瓘所撰。瓘，李德裕門人，以此誣僧孺。」

又於牛僧孺玄怪錄十卷下說：

「孺爲宰相，有聞於世，而著此等書，周秦行紀之謗，蓋有以致之。」

明、胡應麟四部正譌（少室山房筆叢三十二）說：

「周秦行紀，李德裕門人僞撰，以搆牛奇章者也。中有沈婆兒作天下等語，所爲根蒂不

[104] 劉克莊後村大全集卷七一三，太平廣記、卷四八九、說郛卷二四、顧氏文房小說、五朝小說紀載家、虞初志卷三、唐人說薈四集，皆署牛僧孺。

[105] 曾慥類說卷十五亦有著錄，內容大致相同。見前文引。

淺。獨怪恩黯羅此巨謗，不亟自明，何也？牛李黨曲直，大都魯衞間。牛撰玄怪等錄，亡隻詞搆李；李之徒，顧作此以危之；二子者用心覩矣。牛迄功名終，而子孫累葉貴盛；李挾高世之才，振代之績，卒淪海島，非忌刻忮害之報耶⑩⑥？」

然則周秦行紀之撰者爲韋瓘而非牛僧孺，在宋代已成定論。但韋瓘撰著之動機又復如何？據新唐書卷一六二韋夏卿傳附韋瓘生平載：

「韋夏卿……京兆萬人……弟正卿……正卿子瓘，字茂弘，及進士第，仕累中書舍人。與李德裕善，德裕任宰相，罕接士，唯瓘往請無間也。李宗閔惡之，德裕罷，貶爲明州刺史。會昌末，累遷楚州刺史，終桂管觀察使⑩⑦。」

⑩⑥ 胡應麟以周秦行紀爲李德裕門人所撰，未指明係何人。至所謂「牛撰玄怪錄無隻字搆李」者實不能成立。據王夢鷗先生於唐代小說研究第二集第二編重要篇章及其作者生平新探四、周秦行紀與周秦行紀論一文中云及「牛僧孺雖有玄怪錄，然其文皆作於牛李黨爭未起之時，既無所爭，則又何有小說搆李乎？」

⑩⑦ 按清徐松登科記考，錄有韋瓘二人，一見卷二十七附考進士科下有韋瓘。其下注云：「正卿子字茂宏及進士第。見新唐書韋夏卿傳。」一見元和四年己丑進士科二十人下，首及韋瓘。其下注云：「狀元、桂林風土記韋舍人瓘，年十九入關，應進士舉，二十一進士狀頭，敕下除左拾遺。按此與韋珩之弟同名，別是一人。」按韋珩卽是韋正卿之子。徐松登科記考於貞元二十一年進士及第下有韋珩，其下注云：「貞元二十一年珩中進士第。見柳宗元集注。珩字羣玉，韋夏卿弟正卿之子曰珩曰瓘，昌黎與陸員外書曰：羣玉京兆之從子，京兆指夏卿也。柳子厚有寄珩詩云：同畔炫晃別羣玉，獨赴異域穿蓬蒿。考異以羣玉不見于登科記。謂有司以京兆從子之故，遠嫌畏譏，矯而黜之。蓋不知羣玉卽珩，強爲之說耳。」

足見韋瓘之與李德裕交情非泛泛，而又與李宗閔交惡，其杜撰周秦行紀以誣陷牛僧孺之動機應可成立。

再者，王夢鷗先生取韋瓘之遺文比對周秦行紀，益證撰者爲韋瓘。他說：

「全唐文卷六九五輯存其遺文三首。間如浯溪題壁記及宣州南陵縣大農坡記，筆勢跌宕，頗類周秦行紀之文；漢太守馬君廟記一文，又與周秦行紀論之筆意相近……⑩⑧。」

則韋瓘之僞作之迹已難推卻了。

(2)有關周秦行紀論者

疑周秦行紀論一文非李德裕作者，當首推王夢鷗先生。他說：

「史稱牛李積怨深而不解，但觀二人以文字相攻訐者，如上述諸篇（按謂李德裕之臣子論、小人論、朋黨論。牛僧孺之譴貓、鷄觸人述等），似皆隱約其辭，各保持其大人物風度，未有如周秦行紀論之怒目張牙，而作血口噴人之語者也。故又不特周秦行紀一篇，賈黃中云非牛僧孺作品，並疑周秦行紀論，其本亦非李德裕之文。玆略爲辨證如次：

第一：周秦行紀論，其文血氣僨張，面目邪惡，甚似劉軻所作牛羊日曆，而不類李德裕其他作品。德裕世家子弟，自視甚高。史稱元和初，其父再秉國鈞，德裕雖已有名當時，然爲避嫌不事臺省。及其出將入相，數十年間，養成其高傲氣質。及宣宗卽位，見其奉册，猶

⑩⑧ 下文論及「周秦行紀論」時再討論。

謂『太尉每顧我，毛髮為之森豎。』云云，以此人品，果欲著周秦行紀論，而篇中亦何至於雜引李聽（涼國）、裴度（晉國）、李程（彭原）、李紳（趙郡）諸人而為之張目耶？此則證以當時事實及其個性，是必不然者。

其次，周秦行紀論之造語使事，雖有若干模擬所作其他文章，好雜以經史之言，但用『擺撼』、『骨戰』等語，皆為他文所未經見者；尤以敍事多與史事不合。如謂『余復知政事，將欲發覺未有由，值平昭義，得（僧孺）與劉從諫交結書，因竄逐之。』稽之通鑑卷二四八，會昌四年十月：李德裕怨牛僧孺、李宗閔，使人於潞州求僧孺、宗閔與從諫交通書疏，無所獲，乃令孔目官鄭慶言從諫每得書，皆自焚毀，因詔追慶按問，李回、鄭亞以為信然，遂貶僧孺汀州刺史，再貶循州長史。按此事明係李黨羅熾為之，而書疏既言焚毀，此文何由言『得書』，德裕身居首輔，當不至為文自揭謊言。抑且其時，僧孺已遭遠竄，生死由君，德裕必欲置之死地，何患無辭，而必作此論以自發其挾仇相陷之劣迹乎？

第三：尤其可疑者，篇末言『所恨未暇族之，而余又罷……倘余同志，繼而為政，宜為君除患……須以太牢少長，咸置於法，則刑罰中而社稷安，無患於二百四十年後……』云云，今倘以其『余又罷』及寄望於『繼而為政』者等語觀之，則此論當作於會昌六年（八四六）武宗崩駕而德裕再罷相之後，至於大中三年（八四九）李德裕卒於崖州之前。倘以前者為準，而逆算至唐武德開國之元年（六一八）僅得二百二十八年，即從後推算，亦不過二百三十一年。其曰：『無患於二百四十年後』則此文當作於大中十二年（八五八）前後，其時上距李德裕之死，且將十載矣。周秦行紀論中言『爲人臣陰懷逆節，不獨人得誅之，鬼得誅矣。』豈李德裕死後爲鬼猶作此論而誅牛僧孺乎？不然，倘謂『二百四十年』一語，係約舉整數而言，但言整數，衡以李德裕生前能作此論之時，必當書『二百三十年後』；『三』與『四』二字，音形相去甚遠，絕不至於筆誤；唯有作僞者，於無意之間而勿露其眞實年代於不覺耳。」

證據俱在，則周秦行紀論斷非李德裕所作，已成定論。然而託名僞撰者可能是誰？後經王夢鷗先生進而比對周秦行紀與周秦行紀論的作意，顯然也有不同。周秦行紀只在誣謗牛僧孺一人，而周秦行紀論卻是兼及毀謗牛氏後人。故王先生又說：

「唯李德裕既不及知牛氏後人之克紹箕裘⑩⑨，亦何至於結怨及其後嗣？今觀周秦行紀論中言及『三鱗六十之數』竟謂『曆既有數，意非偶然；若不在當代，必在於子孫。』故『須以太牢少長，咸置於法』云云。則此苛酷要求，顯爲牛蔚、牛叢而發；然牛蔚、牛叢之發迹，既在李德裕死後，則此苛酷者，實出於李黨之餘眾可知。」

然而這苛酷爲文的人又是誰呢？王先生補充說：

⑩⑨ 王夢鷗先生於文前提及：牛僧孺之子：其一牛蔚，於大中之世，由金州刺史入拜禮吏二部郎中，其一牛叢，尤爲文宗所親信。

「……（韋瓘）漢太守馬君廟記一文，又與周秦行紀論之筆意相近。意者大中之末，其人尚在洛中，目覩牛氏後人又有飛黃騰達之勢，遂又托名李德裕作爲周秦行紀論以危害牛氏子孫乎？質以論中所提『二十四十年後』一語，正應在大中末季，實非李德裕生前所能言也。」韋瓘罷桂管之時，於浯溪題名有言『分司優閒，誠爲忝幸；官途蹇薄，分亦可知。因吟：作官不了卻歸來，還是杜陵一男子』（此乃韋應物詩句）風土記亦載其留題桂林碧潯亭詩云：『半年領郡固無勞，一日爲心素所操……理人雖切才常短，薄宦都緣命不遭。從此歸耕洛水上，大千江路任風濤。』觀其悻悻之意，是又足爲周秦行紀論亦出於其手之一證。」則周秦行紀論之爲韋瓘所作，似成定論。

(3)有關牛羊日曆者

對題名劉軻所撰之牛羊日曆，最早持懷疑態度者爲明代之胡應麟。他在四部正譌卷下說：

「牛羊日曆，諸家悉以爲劉軻撰。其書記牛僧孺、楊虞卿等事，故以此命名。按軻本浮屠，中歲慕孟軻爲人，遂長髮，以文鳴一時，即記載時事，命名詎應乃爾？必贊皇之黨且惡軻者爲之也。案通鑑注引作皇甫松，松有恨僧孺見傳，或當近之。」

然而劉軻與皇甫松的生平事蹟都難以詳悉。現彙集所見資料，試將二人生平簡述於下：

劉軻沛上（今江蘇沛縣）耕人，逢安祿山之亂，舉家遷避邊疆。無改中原風教，貞元中僅能執經從師。至元和初，方結廬於廬山之陽，日有芟夷畚築之役，仍不廢讀書[110]。其時他在廬山爲僧，釋名「海納」，因埋葬書生遺骸，夢中書生與之三鷄卵食之，因而文思猛進，至於成名，爲史官[111]。元和十三年，中書舍人庾承知貢舉，劉軻進士及第[112]。劉軻修史之時，正宰輔得人，藩鎮無事，朝廷凡有瑕纇，悉欲書之，冀人惕勵。擬董狐之筆，尤謗必生，匿其功過，又非史職；常暮則沉湎而出[113]。文宗朝爲弘文舘學士，出爲洛州刺史[114]。

所以就劉軻之有限生平資料觀之，無以得見其有撰牛羊日曆以攻擊牛僧孺、楊虞卿之動機。

又皇甫松之生平也略可組織於下：

皇甫松，韓愈門人皇甫湜之子[115]，湜性卞急使酒，一日，命其子錄詩，一字誤，詬躍呼杖；杖未至，嚙其臂血流[116]。嘗進士落第[117]。

[110] 以上參全唐文卷七四二劉軻上座主書。
[111] 以上據范攄雲溪友議卷中。
[112] 以上參清徐松登科記考。
[113] 以上見雲溪友議。
[114] 見全唐文卷七四二劉軻小傳。
[115] 以上見唐詩紀事卷五二。
[116] 見新唐書卷一七六皇甫湜傳。
[117] 見全唐文卷八八九韋莊奏請追贈不及第才子名單有之。

至於皇甫松與僧孺結隙一事，則見於王定保唐摭言。說：

「或曰：松，丞相奇章公表甥，然公不薦。因襄陽大水，遂爲大水辨，極言誹謗。有『夜入眞珠室，朝遊玳瑁宮』之句，公愛姬名眞珠。」

按眞珠確爲牛僧孺之愛姬，見李紳有「憶被牛相留醉州中，時無他賓，牛公夜出眞珠輩數人」詩（見全唐詩卷四八一）。在唐代官宦納妾畜伎，原極平常，故『夜入眞珠室』之句，並無誹謗意。想皇甫松所爲大水辨中，或另有誹謗文字。若依唐摭言文觀之，卽用「或曰」，已是傳聞之詞，是否也出於黨爭之言，已不可得知。而牛羊日曆中，竟汚辱自己表舅（牛僧孺）而推及他的母親，目之爲「冶蕩無檢」，這在唐代衣冠之流觀之，已不僅爲汚人，也是自汚⑱。所以皇甫松是否會出此不智之舉？

既然劉軻與皇甫松之名皆爲僞托，則眞正之撰者又當誰？據王夢鷗先生說：

「他的窮愁志（韋瓘綴合李德裕的遺文輯成）托名李德裕，正像周秦行紀之托名牛僧孺，牛羊日曆之托名皇甫松，三者全是一套手法，使用半眞半假的材料以蒙混當時讀者的耳目。」

又說：

「牛羊日曆與周秦行紀既成篇於前，而與周秦行紀論成篇時間，前後相距十餘年之久。

⑱ 王夢鷗先生有斯言，見其「牛羊日曆及其相關的作品與作家辨」一文。

若使三者非出於一人之手，更有何人能獨留心記住這些小說讕言而耿耿於心至十餘年之久，又一再用來穿鍼引線，羅織別人的罪狀？……這三篇文字，如同犯罪之串供，互相援引，而且用的是同一伎倆，正該將着作權歸屬於韋瓘。如其不然，還怕找不出第二個人，會對這細故末節發生如此濃厚的興趣，至於不厭一再播述。」

則三篇文字之斷爲出於韋瓘一人之手，已成定論。而牛僧孺之蒙誣應可得以洗淨。

## 結論

綜合以上審視各家討論周秦行紀、周秦行紀論、與牛羊日曆之結果，可歸納爲幾點意見：

第一：三部作品之創作動機皆爲李黨藉以誹謗牛僧孺之作（牛羊日曆中也有誣楊虞卿者）。

周秦行紀論成篇最晚，更進而誣及僧孺之子牛蔚與牛叢。

第二：三部作品皆出韋瓘之手，所謂牛僧孺、李德裕、劉軻、皇甫松俱是僞托。

第三：實際上韋瓘之伎倆並未成功。文宗時已被揭穿，故能一笑置之。而且在黨爭中也未見產生作用，牛僧孺也未有因韋瓘所提之諸項罪狀而遭貶斥者。

# 第四章　黨爭與文士

本章與前章討論的重點不同；前章在分析文學作品與牛李黨爭的關係，而此章則在探討牛李黨爭影響下的文士際遇與心態活動。所以本章在撰述上可利用的資料有二：一是史籍或筆記、小說中的記述。一是從文學作品中去發掘。

在當時參與黨爭的士大夫，經考查後，立場較明晰的，屬牛黨者卅人，屬李黨者十七人（見附錄二）。其中元稹、杜牧、李商隱、李紳、李益、白居易等詩作較多，且多有詩文集行世。而其他四十人的詩作，經全唐詩收錄的情形是：

| 姓名 | 詩 | 姓名 | 詩 | 姓名 | 詩 | 姓名 | 詩 |
|---|---|---|---|---|---|---|---|
| 牛僧孺 | 4 | 李宗閔 | 1 | 張又新 | 17 | 鄭亞 | 0 |
| 王起 | 11 | 李逢吉 | 8 | 楊汝士 | 7 | 王茂元 | 0 |
| 王涯 | 6 | 李德裕 | 139 | 楊於陵 | 3 | 鄭覃 | 0 |
| 王質 | 1 | 杜元穎 | 1 | 楊虞卿 | 1 | 蕭俛 | 0 |
| 王播 | 3 | 周墀 | 2 | 楊漢公 | 2 | 皇甫鎛 | 0 |
| 令狐楚 | 59 | 封敖 | 2 | 賈餗 | 1 | 裴垍 | 0 |
| 令狐綯 | 1 | 皇甫湜 | 3 | 裴度 | 27 | 龐嚴 | 0 |
| 白行簡 | 7 | 韋夏卿 | 3 | 劉軻 | 1 | 李讓夷 | 0 |
| 白敏中 | 2 | 崔羣 | 2 | 鄭畋 | 16 | 楊嗣復 | 0 |
| 李夷簡 | 1 | 崔鉉 | 2 | 韋瓘 | 1 | 盧簡辭 | 0 |
| | | | | | | 李中敏 | 0 |

其中除李德裕、令狐楚之詩作所存尚多外，餘皆寥寥無幾，而可定爲與黨爭相關者則更少。所以本章僅能討論數人而已。

## 一、捲入了黨爭的糾紛

### ㈠沒落中的舊族——元稹

# 前　言

元稹字微之，河南（府治在洛陽）人。生於唐代宗大曆十四年（西元七七九），卒於文宗太和五年（西元八三一），享年五十三❶。元稹的十四世祖是後魏昭成皇帝，六代祖是兵部尚書昌平公元嚴，曾祖延景是岐州參軍，祖悱是南頓丞，父寬是比部郎中、舒王府長史❷。他的母親鄭夫人系出滎陽，始封滎陽縣君❸，當元稹爲左拾遺時（元和元年），再封滎陽縣太君。夫人的曾祖遠思，官至鄭州刺史，贈太常尉。其祖父嗑是朝散大夫、易州司馬。父親濟是睦州刺史，夫人即睦州刺史之次女。她的母親是范陽盧氏，外祖父平子是京兆府涇陽令❹。唐代天下有所謂五甲姓，即崔（清河或博陵）、盧（范陽）、李（趙郡爲首、隴西次之）、鄭（滎陽）、王（太原）。皆當時之郡望，海內之第一流高門第❺，而元稹之母親身兼鄭、盧二系血統，豈可不視爲高門舊族。

## 1. 稚齡家道敗落

❶ 依姜亮夫撰「歷代名人年里碑傳總表」。唯元稹卒年，姜誤繫爲武宗，今改。

❷ 參舊唐書卷一六六元稹傳，唯舊傳後魏昭成皇帝爲元稹十世祖誤。今據岑仲勉唐人行第錄唐集質疑、元稹世系一文改。

❸ 見通鑑元和元年。

❹ 以上元稹母系，參白居易撰唐河南元府君夫人滎陽鄭氏墓誌銘並序。

❺ 見新唐書卷九五高儉傳。

在鄭氏為婦時，元氏之家道已經開始敗落，卽如白居易所說：

「元世家貧，然以豐絜家祀，傳為詒燕之訓。夫人每及時祭，則終夜不寐，煎和瀡滫，必躬親之。雖隆暑沍寒之時，而服勤親饋，面無怠色，其誠敬有如此者（見滎陽鄭氏墓誌銘）。」

如不是家貧，鄭氏何須如此親自操勞家務，當元稹八歲時（貞元三年、西元七八七），父親寬去世❻，因為家貧，一時無以塋葬，擬將靖安里宅出售以治喪❼。從此一家重擔就落在母親一人身上，當時的苦況，可以從元稹的「告贈皇考皇妣文」中得見。他說：

「惟積洎稹，幼遭閔凶，積未成童，稹生八歲。蒙騃孩稚，昧然無識。遺有淸白，業無樵蘇。先夫人備極勞苦，躬極養育，截長補敗，以御寒凍，質價市米，以給餔旦。」

然而鄭夫人賢淑無比，雖然家貧無法請師授業，夫人親自執詩書教誨齠齔之積與稹兄弟❽。所以元稹九歲能屬文❾，十五歲（貞元十年、西元七九四）明經及第❿，這都該歸功於鄭氏教導的成

❻ 舊唐書元稹傳：「稹八歲喪父。」元氏告贈皇考皇妣文：「惟積洎稹，幼遭閔凶，積未成童，稹生八歲。」（元氏長慶集卷五九）

❼ 元君墓誌銘：「先府君棄養之歲前累月，而季父（宥）（宵）侍御史捐館，予伯兄（沂）由官阻於祭，叔季皆十年而下，遺其家唯環堵之宮耳。皆曰：貨是以襄二事可也。君跪言於先太君曰：斯宇也，尙書府君（巖）受賜於隋氏，乃今傳七代矣，敢有失守以貽太夫人憂，死無以見先人於地下。」

❽ 見舊唐書元稹傳及白居易元府君夫人鄭氏墓誌銘（唐文粹七十）。

❾ 舊唐書元稹傳。敍詩寄樂書：「稹九歲學賦詩」（元集卷三十）

❿ 舊唐書元稹傳，淸徐松登科記考：元稹貞元九年（癸酉）明經科及第。貞元十九年（癸未）拔萃科與白居易同年及第，元和元年為才識兼茂明於體用科及第。

功。

### 2.明經及第的悲哀

唐代的科舉中科目雖多，但仍以進士與明經二科爲主；大體上言之，進士科重文辭而明經科重經術。然而當時社會風氣素爲重進士而輕明經，故有所謂「三十老明經，五十少進士」（用王定保唐摭言語）的說法。又如裴廷裕東觀奏記說：

「李玨趙郡贊皇人，早孤，居淮陰，舉明經。李絳爲華州刺史，一見謂之曰：『日角珠庭，非常人也。當掇進士科，明經碌碌，非子發跡之路⑪。』」

又如新唐書崔彥昭傳說：

「彥昭與王凝外昆弟也。凝大中初先顯，而彥昭未仕，當見凝，凝倨不冠帶，嫚言曰：『不若從明經舉。』彥昭爲憾。」

又如唐康駢劇談錄、元相國謁李賀條說：

「元和中，進士李賀善爲歌篇，韓文公深所知重，於縉紳之間每加延譽，由此聲華籍甚。時元相國稹年少，以明經擢第，亦工篇什，常願結交賀。一日，執贄造門。賀覽刺不答，遽令僕者謂曰：『明經擢第，何事來看李賀？』相國無復聞情，慚憤而退。其後以左拾遺制策登科，日當要路，及爲禮部郎中，因議賀祖禰諱晉，不合應進士舉。賀亦以輕薄爲時

⑪ 參新唐書李玨傳。唐語林識鑒。

輩所排，遂成轗軻。文公惜其才，爲著諱辯錄明之。然竟不成事。」所謂元稹毀賀，並無其事⑫，但元稹因明經及第而遭李賀輕視一事觀之，則顯然在唐代社會上，進士與明經的地位仍是相當懸殊的。以明經擢第的元稹，難免有自慚形穢的自卑感，無奈這是明經及第的悲哀，這種心態也是促成元稹所以在仕途上熱中名利的原因。

### 3. 積極進取的本性

元稹既爲舊族之高門第後裔，在當時的政治立場上自與李黨相近，然而他雖爲舊族，但家道已落敗，所以缺乏李德裕、鄭覃那種堅守山東舊族禮法風尚的勇氣和立場⑬，所以他有被新興階級同化的趨向，他的行爲，實有類於進士科的浮薄放蕩；但是彼時（代宗、德宗之世），士大夫中山東舊族的勢力尚在，所以他又不敢過於放肆狂妄。元稹的社會背景是矛盾的，大凡生存在這種轉承夾縫中的人，往往表現出積極進取的心態，無論在政治或感情生活方面（白居易也然，從他元和三年拜左拾遺時，上疏極言以死報國的決心上卽可看出）。積極進取原無不妥，但我國人自來講求「不事二主」，積極進取時，如果依違於兩者之間，或者唯利是視，就不免令人訾議了。

⑫ 元稹明經及第在貞元十年，其時李賀始四歲，又元稹長慶初轉祠部郎中，則賀歿（在元和十一年）已五年。岑仲勉以爲毀賀者爲另一同名之元稹。

⑬ 李德裕，鄭覃嘗議廢進士科，而元稹則不敢如是強硬作風。

元稹的這種心態，首見於他對婚姻生活的處理。元稹對愛情最為不專，他對鶯鶯的那段感情可姑不論⑭，就以貞元十九年（西元八〇三）與元配夫人韋叢的結婚而言：韋叢是韋夏卿之季女⑮。韋夏卿在兩唐書俱有傳，曾官工部尚書（三品），以太子少保卒，死後贈尚書左僕射（二品），地位相當尊崇。元稹與韋氏的婚姻已有攀附之嫌⑯。及至元和四年（西元八〇九）七月韋氏卒時（時年二十七），他對亡妻懷念不已⑰，於十月葬韋氏於咸陽後，更作了三首「遣悲懷」詩，其第三首末句有：「惟將終夜長開眼，報答平生未展眉。」所謂「常開眼」者自比鰥魚，此即自誓終鰥不娶之意⑱。但是六年八月元稹已納妾安氏仙嬪⑲，而安氏死於元和九年，元和十

⑭ 陳寅恪元白詩箋證稿第四章「艷詩及悼亡詩」中，卽以鶯鶯傳中之張生爲元稹。

⑮ 韓愈韋夫人墓誌銘說：「夫人諱叢，字茂之，姓韋氏。……王考夏卿，以太子少保卒，贈左僕射。夫人於僕射爲季女，愛之，選婿得今御史河南元稹。」

⑯ 見陳寅恪元白詩箋證稿第四章「艷詩與悼亡詩」說：「而工於投機取巧之才人如微之者，乃能利用之也。明乎此，然後可以論微之與韋叢及鶯鶯之關係焉。」

⑰ 元集卷六十有祭亡妻韋氏文，內有：「逮歸於我，始知賤貧，食亦不飽，衣亦不溫；然而不悔於色，不戚於言。他人以我爲拙，夫人以我爲尊。置生涯於濩落，夫人以我爲適道。捐晝夜於朋宴，夫人以我爲狎賢隱於幸中之言。嗚呼！成我者朋友，恕我者夫人。有夫人如此其感也，非夫人之仁耶？嗚呼歟歔！恨亦有之；始予爲吏，得祿甚薄，愧日前之戚戚，每相緩以前期；縱斯言之可踐，奈夫人之已而；況攜手於千里，忽分形而獨飛；昔慘悽於少別，今永逝與終離。……」

⑱ 此用陳寅恪說。又元和六年，元稹又有「遣懷」八首，以悼念亡妻。

⑲ 元稹有葬安氏誌，見元氏集卷五十八：「予稚男荊母，曰安氏，字仙嬪。……予友致用，憫予愁，爲予卜姓而授之。」

年，又娶裴氏淑⑳。雖然在唐代士大夫之習俗，納妾並非悖理，續弦更是當然。但從元稹短短六七年間的婚姻生活觀之，至少元稹和韋氏的感情，就絕不像元稹在悼亡詩中所說的那般堅貞不移了。

再看，元稹在仕途上的表現，更有不如婚姻生活者，姑以元稹與宦官的交通爲例。如元和五年，他自河南被召回西京㉑，到敷水驛（今陜西華陰縣西二十里），與宦官仇士良㉒爭廳，而激怒宦官，以致爲箠杖擊傷面，結果元稹反而被冠上「少年後輩，務作威福」的罪名而貶斥江陵府士曹參軍。雖然有翰林學士李絳、崔羣的辯護，以及白居易的三度上言極諫元稹爲枉，不當被斥，但憲宗始終不爲所動。足見宦官權勢之大與行爲之猖狂。按理說元稹既遭宦官此番羞辱，應對宦官不具好感才對。可是唐代之外廷士大夫，若欲取得權勢，又不得不借重宦官之支持。所以元稹到了江陵，反與監軍（當時多以宦官爲之）崔潭峻交往甚密，及至長慶初年，更藉崔之助而得穆宗之寵榮，於是中人爭與元稹結交。他更和樞密魏弘簡尤爲相善，以爲刎頸之交，因而引致裴度

⑳ 元稹有景申秋八首。其四有「婢報樵蘇竭，妻愁院落通」句。此詩作於元和十一年五月，則知元稹此時已與繼室裴氏同往通州。

㉑ 據通鑑：「河南尹房式有不法事，東台監察御史元稹奏攝之，擅令停務，朝廷以爲不可，罰一季俸。乃召稹還京。」

㉒ 通鑑作仇士良，舊唐書元稹，白居易傳則云劉士元。趙翼二十二史劄記又云：劉士元隨仇士良而擊稹。

的三度上疏彈劾，以爲「弘簡、稹傾亂國政」㉓。而崔潭峻、魏弘簡都是宦官。可見元稹爲仕宦之順遂、騰達，竟有些不計操守與不擇手段之處。所以以元稹之人品，在他進中書門下平章事時，「朝野雜然輕笑」（用新唐書元稹傳語）。於是元稹「思立奇節，報天子，以厭人心」等等，凡此作爲，都十足反映出一位沒落舊族，在急於挽回並提高自己的社會地位，而做的種種掙扎。

## 4.與李德裕的關係

舊唐書李紳傳說：「穆宗召爲翰林學士，與李德裕、元稹同在禁署，時稱三俊，情意相善㉔。」可見在穆宗長慶初，政治派系是屬於李黨無疑。所以在長慶元年「牛李黨爭」肇始時，元稹與李紳、李德裕卽屬反對李宗閔等，以爲錢徽掌貢舉不公者（參第一章「牛李黨爭始末」）。元稹在長慶二年，當李德裕在浙西時，二人詩歌往返最多，元稹多在詩中回憶同在翰林時之情形。如「寄浙西李大夫四首」（見元氏長慶集卷二十二、全唐詩卷四一七）有：

「禁林同直話交情，無夜無曾不到明，最憶西樓人靜夜，玉晨鐘磬兩三聲。」（之三）

又如「奉和浙西大夫李德裕述夢四十韻。大夫本題言贈於夢中詩賦以寄一、二僚友，故今所和者亦止述翰苑舊遊而已次本韻」（見全唐詩卷四二三）中，對翰林舊事記敍更多，最後結尾時說：

「北望心彌苦，西回首屢搔。九霄難就日，兩浙僅容舠。暮竹寒窗影，衰楊古郡濠。魚

㉓ 以上見舊唐書元稹傳。

㉔ 據舊唐書李德裕傳，也有相同記載。時在長慶元、二年間。

鰕集橘市，鶴鸛起亭皋。朽刄休衝斗，良弓枉在弢。早彎摧虎兕，便鑄墾蓬蒿。漁艇宜孤棹，樓船稱萬艘。量材分用處，終不學滔滔。」

不但說出了內心思念之殷切，也爲彼此處境而鳴不平。按長慶初年，三俊俱在翰苑時，不僅彼此私交深，而且此時黨勢也最盛，自然遭牛黨猜嫉排擠也最烈。李德裕在此時原有拜相的希望，然而卻遭李逢吉阻撓，而引薦了牛僧孺，結果德裕反被出浙西。元稹也在長慶二年六月，因李逢吉的挑撥，而與裴度失和，結果雙雙去位，元稹出爲同州刺史。而李紳此時也因李逢吉的設計，使他與韓愈以臺府不協爲名，而爲戶部侍郎。所以長慶二年以後，所謂李黨「三俊」的勢力，都已被排出翰林院之外。（參前章「李紳『趨翰苑遭誣構四十六韻』詩的史實背景」一文）

至於元稹與李紳也有詩歌酬唱，如元稹在「和李校書新題樂府十二首序」上曾提到：「士議而庶人謗」以及「世理則辭直，世忌則辭隱」云云，則顯然皆因詞直而遭人誣謗，這必是在三人同爲翰林學士之時。

而且元稹與李黨還有一層關係，曾杜撰周秦行紀等以誣陷牛僧孺的李德裕門人韋瓘（韋正卿子）與元稹之妻韋叢（韋夏卿女），正是從兄妹。

**5.元稹與令狐楚**

據舊唐書元稹傳說：

「（元和）十四年，自虢州長史徵還，爲膳部員外郎，宰相令狐楚，一代文宗，雅知稹之辭學。謂稹曰：『嘗覽足下制作，所恨不多，遲之久矣，請出其所有，以豁予懷。」當元稹爲令狐宰相賞識時，內心異常興奮，以「戰汗悚踊，慚忝無地」的心情，一口氣寫了「古體歌詩一百首，百韻至兩韻律詩一百首，合爲五卷」，「奉啓跪陳給令狐楚」㉕，對令狐楚之態度，可謂至恭且敬。但是事隔一年，即元和十五年，元稹以翰林學士承旨，知制誥時，對令狐楚的態度就完全改變。

此時令狐楚因爲和皇甫鎛是同年（據淸徐松登科記考在貞元七年進士及第），加之他之出任宰相，是皇甫鎛排擠了裴度後，才推薦他的，所以令狐之與皇甫鎛親近。然皇甫鎛之爲人奸邪，天下人都切齒痛恨，令狐楚遭連累。時在元和十五年正月，憲宗崩逝，詔令狐楚爲山陵使，有人告令狐楚之親吏韋正牧贓汚，出楚爲宣歙觀察使，結果韋正牧貪汚工錢十五萬貫審察屬實，下獄，伏罪，處死。而楚再貶衡州刺史。其時元稹早已嫉恨皇甫鎛與令狐楚之親密關係，竟於草制中不念舊情，痛斥令狐楚說：

「楚早以文藝得踐班資。憲宗念才，擢居禁近，異端斯害，獨見不明。密隳討伐之謀，潛附奸邪之黨，因緣得地，進取多門，遂忝臺階，實妨賢路。」

使得令狐楚憤恨切齒㉖。

㉕ 見元稹元氏長慶集集外，與舊唐書本傳所載「上令狐相公詩啓」。

㉖ 以上史事見舊唐書令狐楚傳。

其實元稹之所以會如此『忘恩負義』以對待令狐楚，除了積極進取，不擇手段之一貫作風外，也隱然與「牛李黨爭」之衝突有關。按令狐楚除與皇甫鎛親善外，與李逢吉交情也篤。當令狐楚因親吏貪汚案坐罪後，再度扶持他得授賓客而歸東都的，正是逢吉，其後逢吉極力引援楚，只因李紳在禁中，密沮之，才未復權柄。及敬宗卽位，李逢吉卽斥逐李紳，不久令狐楚卽爲河南尹兼御史大夫。可見元和十四年時，三俊之勢力皆未形成，所以元稹有攀附令狐楚之舉，旣至元和十五年李德裕、元稹先後入翰林，李黨結勢已成，自然背棄令狐楚。元稹之性格，又於此可見一斑。

## 6.元稹與裴度結隙

裴度的朋黨行爲並不強烈，他只是在許多政策主張上與李吉甫、德裕父子相近。如李吉甫「平定淮西」志業，至裴度時才達成。而且當元和十四年，李德裕旣隨張弘靖離開太原，而裴度繼爲河東節度使，故對德裕在太原佐理弘靖之政績，必爲裴度所熟知㉗，自然裴度對李德裕的才能必然賞識，當太和三年（西元八二九）八月，李德裕被召爲兵部侍郎時，裴度就有推薦他爲相的意圖，結果自然引起了李宗閔等的恐慌，所以當李宗閔得中人之助而爲相時，第一件事就是貶德裕至浙西㉘。加之裴度爲人「勁直而言辯」（舊唐書裴度傳），也難免不得罪人，如憲宗元和十四

㉗ 見湯承業「李德裕研究」第二章第二節第一項「宰相的朋友」。

㉘ 見舊唐書李德裕傳。

年裴度拜相時，即因知無不言，而遭皇甫鎛之排擠（見通鑑）。

實則元稹、裴度俱與德裕相善，原不該輕易造成芥蔕。只因元稹的行為多為裴度所不恥，而元稹又器量狹小，不能容納裴度的成功都在他之上，因而稍有嫌隙。如舊唐書裴度傳說：

「時翰林學士元稹交結內官，求為宰相，與樞密魏弘簡為刎頸之交。稹雖與度無憾，然頗忌前達，加於己上。度方用兵山東，每處置軍事，有所論奏，多為稹輩所持，天下皆言稹恃寵熒惑上聽。」

所謂「稹輩」當然是指元稹、李德裕、李紳諸人而言。裴度既遭阻撓，自然會反擊。於是他上疏指斥元稹等說：

「又翰苑舊臣，結為朋黨，陛下聽其所說，更妨於近臣，私相計會，更唱迭和，蔽惑聰明。」

這種元稹與裴度之間的嫌隙，反被牛黨中之李逢吉所利用。即如舊唐書裴度傳中所說：有惡裴度的人，從襄陽召來了逢吉，設下圈套，先結交中尉王守澄以抵制元稹的中人之助（魏弘簡和劉承偕），再遣李賞誣告元稹結交于方，欲刺殺度。而捕捉于方由韓臯、鄭覃、李逢吉三人合議審理，這種「莫須有」之事，自然不能成立。可是在訴訟期間，元稹已被調職為同州刺史，裴度也為左僕射，而罷相，結果李逢吉代度繼拜相㉙。

㉙ 見舊唐書裴度、元稹傳。

李逢吉之陰謀詭計得逞。當元稹到達同州時，還立刻寫了一篇文情並茂，感人肺腑的「謝上表」㊳。從此李逢吉等之勢力坐大，在內勾結宦官，在外煽動朝士，結爲朋黨，力阻裴度，而使度一蹶不振。究其原因，皆元稹太重私利之緣故。

## 結論

從以上種種元稹的事迹觀之，對元稹之新形象（非文學的，乃政治的），約有以下幾種：

(1)元稹是一位家境沒落中的舊族，他極力想維持住自己在社會上的身分與地位，所以政治上，力求表現，可惜在仕途中太鑽營躁進，不擇手段，所以士大夫之間多恥之。

(2)唐代新興階級的勢力已漸成，舊族中的子弟，終不能不被其同化，所以元稹實在是社會變遷中，所塑造出來的典型人物，所以「牛李兩黨」的特色他兼而有之。

(3)在政治鬥爭中，元稹以沒落的舊族之後裔，以不甚被社會重視的明經科出身，卻能屢挫不餒，而終位爲宰相，若非有絕高的政治手腕與異乎常人的容忍與毅力，是勢難成功的。

(4)從元稹的政治背景中，我們發現李黨的成員是較缺乏整體作戰與組織能力的。這不難從牛李黨爭的發展中去理解。因爲李黨多在維護既存的利益，而牛黨則是在開創新局面，而且新興階級又是佔多數的優勢，在社會的變遷中，高門第的舊族，在長期閉關自守後，已經瀕臨了「孤掌

㊳ 見元氏長慶集卷卅三。

難鳴」的困境。像元稹就是一位在夾縫中求生存的奮鬥者，他的自私、善變、唯利是圖，都是環境所賦予的特性。所以唐代的李黨在先天上已注定失敗，當李德裕貶死崖州後，卽消聲匿跡，而牛黨的代表白敏中，令狐綯等還在政治舞臺上大肆活躍呢！

## (二)杜牧與牛李之恩怨

### 前言

杜牧字牧之，生於唐德宗貞元十九年（西元八〇三），卒於唐宣宗大中六年（西元八五二）㉛，京兆萬年（今陝西西安）人。他是宰相杜佑的孫子，出身於世宦之家。當唐憲宗元和三年「牛李黨爭」初露迹象時，杜牧才六歲，及至穆宗長慶三年黨爭形式化時，他已二十一歲。此時杜牧的家道已經十分窮困、衰敗。他在「上宰相求湖州第二啓」中，曾回憶及元和末年時，家中的情形說：

「某幼孤貧，安仁舊第置於開元末，某有屋三十間而已。去元和末，酬償息錢，爲他人有，因此移去。八年中凡十徙其居，奴婢寒餓，衰老者死，少壯者當面逃去，不能呵制。有一豎，戀戀憫歎，挈百卷書隨而養之。奔走困苦，無所容庇，歸死延福私廟，支柱攲壞而處

㉛依姜亮夫「歷代名人年里碑傳總表」。

之。長兄以驢遊丐于親舊，某與弟顗食野蒿藿，寒無夜燭，默所記者，凡三周歲。」（樊川文集卷十六）

杜牧在文宗太和二年（西元八二八）二十六歲時進士及第，同年又舉賢良方正能直言極諫科㉜，授弘文舘校書郎，開始他仕宦之第一步。在唐代外廷的權力鬥爭上，文宗太和六年以前，大體爲「牛黨」得勢，太和七年（西元八三三）李德裕拜相，以後勢力卽轉屬於「李黨」。而黨爭以文、武二朝爲最烈，及至宣宗二年十二月二十七日，一直提拔器重他的牛僧孺死了。到了大中三年李德裕也貶死崖州，實際上「牛李黨爭」至此已告結束。其時杜牧是四十七歲，在顚沛生活的折磨下，他已衰老而多疾，在五十歲時預立了墓誌銘後，果然就辭世了。綜觀杜牧一生，也正是「牛李黨爭」鬥爭激烈時期，杜牧他能掙脫這政治上的一場狂風暴嗎？

### 1.杜牧與沈傳師

兩唐書中，都提到杜牧在進士及第及制舉登科後，第一位在仕途上引薦他的就是沈傳師。據舊唐書所載：

「牧字牧之，旣以進士擢第，又制舉登乙第，解褐弘文舘校書郎，試左武衞兵曹參軍。沈傳師廉察江西宣州，辟牧爲從事，試大理評事。」

按沈傳師是唐代傳奇「枕中記」的作者沈旣濟的兒子。他與杜家是世交，旣濟與杜佑友善，故傳

㉜ 見清徐松登科記考。

師少時即爲杜佑所器重，並以其戚馮氏表生女妻之。杜牧在吏部侍郎沈公行狀中說：

「我烈祖司徒岐公與公先少保友善，一見公，喜曰：『沈氏有子，吾無恨矣。』」

所以沈傳師之拔擢牧之，多少有些長者愛護後輩的用心㉝。雖然沈傳師和李德裕之關係也極友善。如新唐書沈傳師傳說：

「李德裕素與善，開曉諄切，終不出，遂以本官兼史職㉞。」

從他斷然拒絕穆宗召爲翰林承旨㉟，以及「李德裕雖諄切開曉，終不出」的行爲來看，傳師當不是「李黨」可知。而且從他的人格與從政事迹觀察，他也是正人君子。如新唐書說：

「傳師性夷粹無競，更二鎭十年，無書賄入權家。初拜官，宰相欲以姻私託幕府者，傳師固拒。曰：『誠爾。願罷所授。』故其僚佐如李景讓、蕭寘、杜牧極當時選云。治家不威嚴，閨門自化，兄弟子姓，屬無親疏，衣服飲食如一，問餉姻家故人，帑無儲錢，鬻宅以葬。」

㉝ 樊川文集卷十四，吏部侍郎沈公行狀：「牧分屬通家，義推先執，復以孱昧，叨在賓席，幼執懿行，長奉指教。」

㉞ 吏部尙書沈公行狀：「故相國李德裕與公同列友善，亦欲公之起，辭說甚切，公終不出，因詔以本官兼史職，出歸綸閣。」（樊川文集卷十四）

㉟ 舊唐書沈傳師傳：「性恬退無進，時翰林未有承旨，次當沈傳師爲之，固稱疾，宣召不起，乞以本官兼史職。」

所以杜牧之在沈傳師幕下，並未涉及黨爭。他的追隨傳師始於太和三年（西元八二九），佐沈傳師於江西幕，遂從之赴鍾陵，太和四年九月，師轉任宣歙觀察使，牧又隨之赴宣城。直到太和七年，春，牧之才奉沈傳師之命，北渡揚州，聘於淮南節度使牛僧孺㊱。

### 2. 杜牧與牛僧孺

兩唐書杜牧傳中提到，第二位杜牧在仕途上的長官就是牛僧孺。據新唐書載：

「又為牛僧孺淮南節度府掌書記」。

杜牧之入淮南，是在太和七年四月，他是奉了沈傳師之命，北渡揚州㊲。因為沈傳師已內召為吏部侍郎，所以顯然這是沈傳師有意的安排。而且牛僧孺和杜牧還有同鄉之誼（牛於下杜樊鄉有賜田）。杜牧的職務先是節度推官，再為監察御史裏行、轉掌書記。按推官的職責是掌理刑獄，唐制凡節度使、觀察使皆置推官一人，掌書記是負責朝覲、聘問、慰薦、祭祀、祈祝之文，與號令升絀之事。監察御史裏行，不是正官，沒有員數㊳，節度使推官必須晨入夜歸，非有疾病是不許外出的差事㊴，但是牛僧孺對待杜牧卻十分寬厚，好像沒有給他太多繁重的工作；再則杜牧能力

㊱ 參杜牧之年譜，張再富撰載於政大中華學苑。
㊲ 樊川文集唐歙州刺史邢君墓誌銘：「後一年，牧奉沈公命，北渡揚州聘丞相牛公。」
㊳ 見新唐書百官志。楊樹藩唐代政制史頁二八〇。
㊴ 周必大二老堂詩話：「韓退之為武寧節度推官，上張僕射書云：使院故事，晨入夜歸，非有疾病，輒不許出。抑而行之，必發狂疾。」

甚強，在沈傳師幕下，受沈的許多教導，以及他的另一長官團練副使盧弘正之栽培。所以在給盧簡辭（弘正之兄）的書信中說：

「某年二十六，由校書郎入沈公幕府。自應舉得官，凡半歲間。既非生知，復未涉人事，齒少意銳，舉止動作，一無所據。至於報効施展，朋友與遊，吏事取捨之道，未知東西南北，宜所趨向。此時，郎中六官（指盧弘正）一顧憐之，手携指畫，一一誘教，丁寧纖悉。兩府六年，不嫌不怠，使某無大過，而粗知所以為守者，實由郎中之力也。」（樊川文集）

杜牧既然在沈、盧幕下，接受教導，自然為牛僧孺掌書記時必能駕輕就熟，游刃有餘，所以杜牧在這段日子中享盡了揚州的宴遊生活，使杜牧在文學作品上表現出浪漫綺麗的境界。如他的「揚州三首」說：

「煬帝雷塘土，迷藏有舊樓。誰家唱水調，明月滿揚州，駿馬宜閑出，千金好暗遊。喧闐醉年少，半脫紫茸裘。
秋風放螢苑，春草鬥雞堂。金絡擎雕去，鸞環拾翠來。蜀船紅錦重，越橐水沉堆。處處皆華表，淮王奈卻廻。
街垂千步柳，霞映兩重城，天碧臺閣麗，風凉歌管清。纖腰間長袖，玉佩雜繁纓。拖軸誠為壯，豪華不可名。自是荒淫罪，何妨作帝京。」（樊川文集卷三）

這三首詩正是寫盡了揚州的繁華；有美人、醇酒、歌舞、雕鞍、蜀船，也無怪乎年輕倜儻之杜牧，爲之迷戀不已。又如他的「題揚州禪智寺」，雖身在佛門聖地，猶不能忘情於揚州歌舞。它說：

「雨過一蟬噪，飄蕭松桂秋。青苔滿階砌，白鳥故遲留。暮靄生深樹，斜陽下小樓。誰知竹西路，歌吹是揚州。」

又如「寄揚州韓綽判官」詩說：

「青山隱隱水遙遙，秋盡江南草木凋，二十四橋明月夜，玉人何處敎吹簫?」

所以揚州給杜牧的是無限的依戀。當他離開揚州時，還寫了兩首詩送給歌伎，題爲「贈別」：

「娉娉嫋嫋十三餘，豆蔻梢頭二月初，春風十里揚州路，卷上珠簾總不如。

多情卻似總無情，唯覺罇前笑不成。蠟燭有心還惜別，替人垂淚到天明。」

詩中流露出杜牧性格上的多情，所以反被情所累。這種生活原本是屬於年輕人的，而杜牧此時年齡正是「而立」之年。不過這種生活過久了，反會有一種空虛、悵惘的失落感。正如杜牧在「遣懷」中說：

「落魄江湖載酒行，楚腰纖細掌中輕，十年一覺揚州夢，贏得青樓薄倖名。」

然而年輕人畢竟是應該以前程爲重，更何況這種生活會帶給他日後仕宦上的阻力。杜牧的行爲，牛僧孺不是不知，也非縱容。而他所以能接受杜牧，是：第一，因爲牛僧孺的朋友中多數是唐代新興階級，與恪守門第觀念的山東舊族不同，他們多少帶點「浮薄」的行爲。第二、牛僧孺太賞識杜牧的才華，也了解他的個性。但他對杜牧的一舉一動卻是瞭若指掌。如唐語林卷七補遺載：

「杜牧少登第，恃才喜酒色。初辟淮南牛僧孺幕，夜卽遊妓，舍厢，虞候不敢禁，常以牓子申僧孺，僧孺不怪。逾年，因朔望起居，公留諸從事。從容謂牧曰：風聲婦人，若有顧盼者，可置之所居，不可夜中獨遊，或昏夜不虞奈何？牧初拒諱，僧孺顧左右，取一篋至，其間牓子百餘，皆厢司所申，牧乃愧謝㊵。」

唐代的揚州，卽今之江蘇省江都縣西南。而牛僧孺所領轄的淮南，實際上包括了淮河以南，長江以北的江蘇、安徽、湖北等省。而金陵、秦淮、潤州（鎭江）皆在其中。杜牧有一首「泊秦淮」，應當也是作於此時。

「煙籠寒水月籠沙，夜泊秦淮近酒家，商女不知亡國恨，隔江猶唱後庭花。」

表現了杜牧在浪漫情調外的另一色彩。他憂國憂民，居安思危的警惕，已在最侈靡的場所中被烘襯無遺。又如他的「潤州二首」：

「句吳亭東千里秋，放歌曾作昔年遊。青苔寺裏馬無跡，綠水橋邊多酒樓。大抵南朝皆曠達，可憐東晉最風流。月明更想桓伊在，一笛聞吹出塞愁。」

㊵ 按于鄴「揚州夢記」亦有載，唯故事小異，有所謂牛僧孺遣卒三十人，易服隨後，護之之說，似不合情理，故不取。

謝朓詩中佳麗地，夫差傳裏水犀車。城高鐵甕橫強弩。柳暗朱樓多夢雲，畫角愛飄江北去，釣歌長向月中聞。揚州塵土試迴看，不惜千金借與君。」

詩中以歷史的遞變，朝代的興衰，人事的變遷，強烈地反映出杜牧內心的黯然愁思。所以杜牧在揚州的生涯，不是絕對的沉湎，詩人的心胸中已燃燒起一股濃烈的嶙峋志節。若只說他是風流，浪漫，是一偏之見。

杜牧追隨了牛僧孺三年之後，在太和九年（西元八三五），他三十三歲時，眞拜監察御史，供職長安。雖然在揚州牛僧孺幕下的時間不算長。但杜牧對這位了解他的長官，眞是感激無窮，懷念不已。所以當牛僧孺在開成四年（西元八三九）出爲襄州節度使時，杜牧有詩「送牛相出襄州」：

「盛時常注意，南雍暫分茅。紫殿辭明主，巖廊別舊交。危幢侵碧霧，寒旆獵紅旓，德業懸秦鏡，威聲隱楚郊。拜塵先灑淚，成厦昔容巢。遙仰沉碑會，鴛鴦玉佩敲。」

又在會昌元年（西元八四一）秋，八月，漢水溢堤入城廓事件中，牛僧孺遭李德裕委罪，下遷太子少保。此時杜牧寫「寄牛相公」詩：

「漢水橫衝蜀浪分，危樓點的拂孤雲。六年仁政謳歌去，柳遠春隄處處聞。」

杜牧對牛僧孺多所讚美，推崇備至。而當牛僧孺去世時，杜牧更爲他撰寫墓誌銘並序（見樊川文集卷七），對牛僧孺多加推崇，而對李德裕盡加責斥。歸納有下列數端：推崇僧孺者：

(1)當時中外主權者多援納韓弘賄貨，獨有牛僧孺不納。以證明僧孺之廉。

(2)文宗時鄭注怨丞相宋申錫，造言挾漳王爲大逆。人莫敢言，唯有僧孺冒死直諫。以證明僧孺之忠。

(3)維州悉怛謀降，李德裕主張擣戎腹心，而牛僧孺力言不可。以證明僧孺之信。

牛僧孺既俱廉潔、忠義、信諾之美德，卽是賢臣。而斥德裕者：

(1)武宗時，漢水泛濫溢隄入郭，自漢陽王張柬之以來一百五十年未斷，李德裕挾維州之私怨以誣僧孺，以明德裕之陰險。

(2)言李德裕專政五年，多逐賢士，天下怨恨。以明德裕之嫉賢、專政。

(3)藉劉從諫之從子劉稹叛，以「莫須有」之罪狀陷害僧孺，以明德裕之奸。

(4)以李德裕志在殺牛僧孺而後已，以明德裕之凶殘。

則李德裕之在杜牧筆下是一個奸險、凶殘、橫暴之臣，讀文至此，僧孺與德裕之人品善惡立見。杜牧的這種寫法，多少都有些基於牛僧孺知遇之恩的反哺回報心理。

### 3. 杜牧與李德裕

兩唐書杜牧傳中，提到杜牧與李德裕之接觸有二。今抄錄新唐書的記載於下：

「宰相李德裕素奇其才。會昌中，黠戞斯破回鶻，回鶻種落潰入漠南。牧說德裕，不如遂取之。以爲兩漢伐虜，常以秋冬。當匈奴勁弓折膠，重馬免乳，與之相較，故敗多勝少。

今若以仲夏發幽、並突騎及酒泉兵，出其意外，一舉無類矣。德裕善之。會劉稹拒命，詔諸鎭兵討之。牧復移書於德裕，以河陽西北，去天井關彊百里，用萬人爲壘，窒其口，深壓勿與戰。成德軍世與昭義爲敵，王元逵思一雪以自奮，然不能長驅徑擣上黨，其必取者，在西面。今若以忠武、武寧兩軍益青州精甲五千，宣、潤弩手二千，道絳而入，不數月，必覆賊巢。昭義之食，盡仰山東，常日節度使率留食邢州，山西兵單少，可乘虛襲取。故兵聞拙速，未睹巧之久也。俄而澤潞平，略如牧策。」

杜牧所以會上書給李德裕，提出許多軍事上的策略、見解，推究他當時的心態，可能基於兩層原因。第一、杜牧本來就胸懷大志，他在「郡齋獨酌」詩中自述志向說：

「平生五色線，願補舜衣裳。弦歌教燕趙，蘭芷浴河湟；腥膻一掃灑，兇狠皆披攘；生人但眠食，壽域富農桑。」

可見他始終想一展政治抱負。因此他也喜歡研究兵學，曾經注過孫子兵法㊶。平時自然就把興趣獨鍾於「治亂與衰之迹，財賦兵甲之事；地形之險易遠近，古人之長短得失」（上李中丞書）。當然，在杜牧遇上討伐「回鶻」以及平定「劉稹拒命」等事件時，他心中是絕對不會放過這種發揮自己兵學見解的機會的，所以他上書李德裕，提出策劃平定回鶻，抵定澤潞的方略。第二、李

㊶ 杜牧之樊川文集中尙有「戰論」、「守論」、「上李司徒相公論用兵書」、「上李太尉論江賊書」等等，可知他有志兵學。又集中尙有「注孫子兵法序」一文，知他曾經注過孫子兵法。

家對杜家曾有提携之恩。杜牧的從兄杜悰，是在李吉甫爲相時選召爲駙馬都尉的㊷。而杜牧的弟弟杜顗和李德裕的關係也甚密。文宗太和八年，李宗閔爲相，李德裕被出爲鎭海節度使，這是李德裕第二度出鎭浙西。當時杜顗就被李德裕聘爲鎭海節度巡官㊸，卽如杜顗傳說：

「李德裕奏爲浙西府賓佐。德裕貴盛，賓客無敢忤。惟顗數諫正之。及謫袁州。歎曰：『門下愛我皆如顗，吾無今日』」。(新唐書)

可見杜顗是很受李德裕器重的。當顗往潤州幕時，杜牧還寫了首詩叫「送杜顗赴潤州幕」：

「少年才俊赴知音，丞相門欄不覺深，直道事人男子業，異鄕加飯弟兄心。還須整理韋弦佩，莫獨矜誇玳瑁簪。若去上元懷古去，謝安墳下與沉吟。」

詩中不但對弟弟杜顗充滿了關懷與期勉之心，而對李德裕之能賞識少年才俊，而無拒於才的胸襟也多所讚佩。

到開成二年(西元八三七)，李德裕對杜顗的賞識依然，五月李德裕爲淮南節度使，又復請杜顗爲試評事，兼監察觀察支使㊹，直到是年冬天杜顗雙眼喪明爲止。

㊷ 新唐書杜佑傳附杜悰生平：「時岐陽公主，帝愛女。舊制，選多戚里將家。帝始詔宰相李吉甫擇大臣子，皆辭疾，唯悰以選，召見麟德殿，禮成，授殿中少監駙馬都尉。」

㊸ 杜顗碑：「李丞相德裕出爲鎭海節度使，辟君試協律郎，爲巡官。」

㊹ 舊唐書文宗本紀：「開成二年五月丙寅，以浙西觀察使李德裕爲檢校戶部尙書、兼揚州大都督府長史，充淮南度使。」杜顗碑：「李(德裕)爲淮南節度使，復請爲試評事，兼監察觀察支使。」

所以杜牧在會昌元年（西元八四一）的上書李德裕，絕不是背棄牛僧孺。因爲杜牧、杜顗兄弟手足情深，他的獻策，可能也有報恩的心意。（而且會昌四年七月杜悰爲相，八月昭義平，即加李德裕太尉賜爵衞國公。十一月貶牛僧孺，流李宗閔。杜悰的這種做法，也是這種心理。）而且李德裕對杜牧的策略，不但大加讚譽，而且還採用，付諸實行，卻始終在仕途上，不引薦杜牧；而且杜牧除了在國家大事上，公而忘私，多所建言外，對德裕之個人似也無甚佳評。這又是什麼緣故呢？我想可以從以下兩方面來省察：

第一：就李德裕言：⑴杜牧與牛僧孺私交甚篤。縱使杜牧才華橫溢，實可重用。但在朋黨鬥爭如此激烈之時，李德裕若用杜牧，無異替自己增加困擾。而德裕能用其策而不用其人，這正是德裕政治手腕高明之處。⑵杜牧的個性倔強，不易駕馭。如新唐書本傳說：

「牧剛直有奇節，不爲齷齪小謹，敢論列大事，指陳病利尤切。」

他自己在「上池州李使君書」中也提到：

「僕之所稟，濶略疏易，輕微而忽小，然其天與其心，知邪柔利己，偷苟讒諂，可以進取，知之而不能行之。非不能行之，抑復見惡之，不能忍一同坐與之交語。故有知之者，有怒之者，怒不附己者，怒不恬言柔舌，道其盛美者，怒守直道而違己者。知之者，皆齒少氣銳。讀書以賢才自許，但見古人行事眞當如此。未得官職，不覩形勢，絜絜少輩之徒。怒僕者，足以裂僕之腸，折僕之脛，知僕之不能持一飯與僕，僕之不死已幸，況爲刺史，聚骨肉妻子，衣食有餘，乃大幸也。」

又在「上李中丞書」中也說：

「某入仕十五年間，凡四年在京，其間臥病乞假，復居其半。嗜酒好睡，其癖已痼，往往閉戶經旬日，弔慶參請，多亦廢闕。至於俯仰進趨，隨意所在，希時徇勢，不能逐人。是以官途之間，比之流輩，亦多困躓。自顧自念，守道不病，獨處思省，亦不自悔。然分於當路，必無知己，默默成戚，守日待月，冀得一官，以足衣食。」

所以杜牧此種性情與李德裕之「士之有志氣而思富貴者，必能建功業；有志氣而輕爵祿者，必能立名節」。（會昌一品集、外二、臣子論）主張以「功業」與「名節」並舉的修養自是不同。(3)杜牧沾染的「進士浮薄」行爲，尤爲李德裕所厭棄。杜牧之浮薄，有見於太平廣記卷二七三婦女條說：

「唐中書舍人杜牧，少有逸才，下筆成詠，弱冠擢進士第，復捷制科。牧少雋，性疏野放蕩，雖爲檢刻，而不能自禁，會丞相牛僧孺鎮揚州，辟節度掌書記。牧供職之外，唯以宴遊爲事。揚州勝地也，每重城向夕，倡樓之上，常有絳紗萬數，輝羅耀烈空中，九里三十步街中，珠翠塡咽，邈若仙境。牧常出沒馳逐其間，無虛夕。復有卒三十人易服隨後，潛護之……而牧自謂得計，人不知之，所至成歡，無合意……。」

又杜牧之重聲色之娛，也見唐語林補遺卷八：

「杜舍人牧，恃才名，頗縱聲色。嘗自言有鑒別之能。聞吳興郡有佳色，罷宛陵幕，往觀焉。使君聞其言，迎待頗厚，至郡旬日，繼以酣飲。睨官妓曰：未稱所傳也。將離郡去，使君敬請所欲。曰：願泛綵舟，許人縱視，得以寓目。使君甚悅，擇日大具戲舟，謳棹較捷之樂，以鮮華相尙。牧循泛肆目，竟無所得，及暮將散，忽於曲岸見里婦携幼女，年方十餘歲。牧悅之，召至與語。牧曰：今未帶去，第有晚期耳。遂贈羅纈一篋爲質。婦辭曰：他日無狀，恐或爲所累。牧曰：不然。余今西行，求典此郡，汝待我十年，不來而後嫁。遂書於紙而別。後十四年始出刺湖州，臨郡之日，即命訪之，女嫁已三載，有子二人矣。牧召母及女詰問。即出留書示之，乃曰：其辭也直。因贈詩曰：『自是尋芳去較遲，不須惆悵怨芳時，狂風落盡深紅色，綠葉成蔭子滿枝』㊺。」

而李德裕之厭惡浮薄，得見於舊唐書卷十八上武宗本紀說：

「會昌四年……十二月……德裕曰：『臣無名第，不合言進士之非。然臣祖天寶末以仕進無他伎，勉強隨計，一舉登第，自後不於私家置文選。』蓋惡其祖尙浮華，不根藝實。」

其實惡進士浮薄，不僅德裕，此乃李黨人一致看法，也爲導致牛李二黨不協之原因之一，故鄭覃也有此種說法，見於舊唐書鄭覃傳：

「覃雖精經義，不能爲文，嫉進士浮華。開成初，奏禮部貢院，宜罷進士科。」

㊺ 按此詩與樊川集中所錄者文字略異。

所以李德裕的不提拔杜牧，是基於多方面的考慮的。

第二：從杜牧言。(1)杜牧在個人觀點上，並不喜歡李德裕的某些行為。如他在「唐故東川節度使檢校右僕射兼御史大夫贈司徒周公墓誌銘」上說：

「武宗即位……李太尉德裕伺公（指周墀）纖失，四年不得，知愈治不可蓋抑，遷公江西觀察使兼御史大夫。」

按李德裕之所以會排擠周墀，最重要的原因有二，杜牧在周公墓誌銘中均已提及。第一：李宗閔以宰相鎮漢中時，辟周墀為殿中侍御史、行軍司馬。則顯然周墀是牛黨中人。第二：李德裕在會昌中曾私改元和朝實錄四十篇，益美其父吉甫為相事。而周墀曾上言說：「人君唯不改史，人臣可改乎？元和實錄皆當時名士目書事實，今不信，而信德裕後三十年自名父功，衆所不知者而書之。此若垂後，誰信史？」所以李德裕必為此懷恨在心，志在報復。所以在杜牧之心目中，李德裕的所作所為，顯然是小人行徑㊻。

又如前文曾提及的「唐故太子少師奇章郡開國公贈太尉牛公墓誌銘」中說：

「時李太尉專權五年，多逐賢士，天下恨怨。」

凡此種種都是使杜牧厭棄李德裕之原因。所以杜牧在對待藩鎮與外患之主張上，可以與李德裕合作，並出奇謀異策，這是公忠體國。但在個人立場上並不贊成德裕的某些作為。(2)杜牧對李德裕

㊻ 李德裕篡改元和實錄事，可參本論文第二章「通鑑考異中提到幾種因牛李黨爭而篡改的史書」一文。

採用了他的軍事策略，卻不加獎勉的做法，必不能諒解。前已言及，略再重申，據新唐書杜牧傳載，他的獻策凡二。一在會昌二年，黠戞斯破回鶻時。杜牧曾有「上李太尉論北邊事啓」（見樊川文集卷十六）一文，以表示他的主張：第一、乘回鶻兵疲糧盡之時，乘勢伐之。第二、以幽、幷突騎之軍爲主力，乘其不備以爲襲擊，而德裕的反應是「善之」（見新唐書杜牧傳）。我們再看通鑑中的詳細記載，以了解當時情況。據會昌二年載：

「戊子，李德裕等上言：若如前詔河東等三道，嚴兵守備。俟來春驅逐。乘回鶻人困馬羸之時，又官軍免盛寒之苦，則幽州兵宜令止屯本道，以俟詔命，若虜河水既合，回鶻復有馳突。須早驅逐，則當及天時未寒，決策於數月之間，以河朔兵益河東兵，必令收功於兩月之間。」

從通鑑所言李德裕上言之種種觀之，顯然他已採行了杜牧的策略。另一次建言，則在會昌三年，昭義軍節度使劉從諫卒，其從子劉稹不理朝命，擅自襲位。當時杜牧是黃州刺史，曾有「上李司徒相公論用兵書」（見樊川文集卷十一）內中對兩軍虛實及攻守之策，都有精闢論見。據通鑑會昌三年載：

「若使河陽萬人爲壘，窒天井之口，高壁深塹，勿與之戰，只以忠武、武寧兩軍，帖以青州五千精甲，宣潤二千弩手，徑擣上黨，不過數月，必覆其巢穴矣。時德裕制置澤潞，亦頗採牧言。」

李德裕既然採用了杜牧之用兵策略，而且得到成功，原應對杜牧有所賞賜才對。然而事實不然，杜牧於黃州任後，只是歷任了池州（今安徽、貴池）、睦州（今浙江建德）以及湖州（今浙江吳興）的刺史。更何況湖州任職，還是杜牧連上了三次啓文，才乞求得來的。杜牧在心中又怎能不記恨德裕呢？

### 4. 杜牧與李甘等

新唐書杜牧傳中，特別指出了幾位杜牧的朋友。說：

「至少與李甘、李中敏、宋邧善，其通古今，善處成敗，甘等不及也。」

如今我們也不妨細察一下，他這些朋友的政治立場。李甘在兩唐書中俱有傳，他是最反對鄭注的。據舊唐書卷一七一載：

「太和中，累官至侍御史。鄭注入翰林侍講。舒元輿既作相，注亦求入中書。甘唱於朝曰：宰相者代天理物，先德望而後文藝，注乃何人？敢茲叨竊。白麻若出，吾必壞之。會李訓亦惡注之所求，相注之事竟寢。訓不獲已，貶甘封州司馬。」

按李甘所反對之鄭注實乃奸詐小人。新唐書本傳說他「詭辯陰狡，善探人意旨」。凡「不附己者即時貶黜」（舊唐書文宗本紀）。他在仕途上是依附宦官王守澄而崛起，後來經李訓之關係，與李逢吉也有往來，但他並不是牛黨。當他與李訓兩奸會合後，蠱惑天子，權傾天下，對牛李黨人，皆所排斥。如舊唐書鄭注傳載：

「是時，訓、注之權赫於天下，既得行其志，生平恩讎，絲毫必報。因楊虞卿之獄，挾忌李宗閔、李德裕，心所惡者，目爲二人之黨，朝士相繼斥逐，班列爲之一空。」

李甘卽爲不屈於注、訓貶斥而死。他死後杜牧曾寫了首「李甘詩」追敍李甘被害經過。說：

「太和八九年，訓注極虓虎。潛身九地底，轉上青天去。四海鏡淸澄，千官零片縷。公私各閑暇，追遊日相伍。豈知禍亂根，枝葉潛滋莽。九年夏四月，天誡若言語。烈風駕地震，獰雷驅猛雨。夜於正殿階，拔去千年樹。吾君不省覺，二凶日威武。操持北斗柄，開閉天門路。森森明庭士，縮縮循牆鼠。平生負名節，一旦如奴虜。指名爲錮黨，狀跡誰告訴。喜無李杜誅，敢憚髡鉗苦。時當秋夜月，日直曰庚午。喧喧皆傳言，明晨相登注。予相與和鼎(李甘字)，官班各持斧。和鼎顧予云：我死有處所，當庭裂詔書，退立須鼎俎。君門曉日開，赭案橫霞布。儼雅千官容，鬱勃吾纍怒。適屬命鄜將，昨日傳者誤。明日詔書下，謫斥南荒去。夜登青泥坂，墜車傷左股。病妻尙在床，稚子初離乳。幽蘭思楚澤，恨水啼湘渚。予於後四年，諫官事明主。常欲雪幽寃，於時一裨補。拜章豈艱難，膽薄多憂懼。如何干斗氣，竟作炎荒土。題此涕滋筆，以代投湘賦。」

從這些事實看，李甘顯然是一位性格剛烈的正人君子。

至於李中敏，在兩唐書中也有傳。據舊唐書說：

「李中敏，隴西人。父嬰，中敏元和末㊼登進士第。性剛褊敢言，與進士杜牧、李甘相善，文章趣向大率相類。」

他對鄭注及宦官仇士良都無好感。鄭注誣搆宋申錫時，唯獨李中敏強項敢言。舊唐書載：

「六年夏旱，時王守澄方寵鄭注，及誣搆宋申錫，後人側目畏之。上以久旱，詔求致雨之方。中敏上言曰：仍歲大旱，非聖德不至，直以宋申錫之寃濫，鄭注之姦弊。今致雨之方，莫若斬鄭注而雪申錫。士大夫皆危之。疏留中不下，明年中敏謝病歸洛陽，及訓、注誅，竟雪申錫。」

而且他更調侃宦官仇士良。據新唐書本傳：

「仇士良以開府階蔭其子。中敏曰：內謁者監，安得有子？士良慙恚。」

杜牧對這位耿介的正直朋友，必也十分相善，所以李中敏死後，杜牧曾寫「哭李給事中敏」詩：

「陽陵郭門外，玻陁丈五墳。九泉如結友，玆地好埋君。」

又宋邧兩唐書中均無傳。除杜牧傳中一見外，又見於舊唐書卷一七三陳夷行傳：

「文宗用郭薳爲坊州刺史，右拾遺宋邧論列以爲不可，既而遠坐贓。帝謂宰相曰：『宋邧論事，可嘉！邧授官來幾時？』（楊）嗣復曰：『去年』。因曰：『諫官論事，陛下但記其姓名，稍加優奬；如不當，亦須令知。』」（新唐書略同）

杜牧的樊川集卷二中有一首「見宋拾遺題名處感而成詩」說：

㊼ 據徐松登科記考：李中敏於元和十五年進士及第。鄭亞、盧弘正皆同年。

「竄逐窮荒與死期，餓唯蒿藿病無醫，憐君更抱重泉恨，不見崇山謫去時。」詩中宋拾遺當即宋邧。若此，則宋邧也是一位生命際遇十分乖舛的耿介之士。

從樊川文集中觀之，杜牧以詩往返唱和的朋友並不多，但據近人於載籍中鈎稽，則不下八十三人㊽。而新唐書中獨提及李甘、李中敏、宋邧三人，可見新唐書之如是安排必有用意。當卽所謂「物以類聚」，今知此三人均爲守正不阿，不畏權勢，不黨不朋的耿介君子，則杜牧之爲君子也無疑。所以杜牧雖與牛僧孺、李德裕之間，各有恩怨，但事實昭然可稽，杜牧本身並無參與黨爭之意。但卻受黨爭之害。

## 結論

從以上杜牧之種種生活背景中可知：

(1)杜牧雖生長於牛李黨爭之時期，又與牛僧孺、李德裕各有交往及恩怨，但絕非杜牧模稜依違於兩黨之間的緣故。他和牛的感情是建立在私人之相知與情份上，牛之愛杜，是長輩對晚輩才華的賞識與愛護；而杜之親牛，則是晚輩對長輩的尊崇與敬佩。而杜牧與李德裕的交往，除了感激德裕對他弟弟杜顗的提携之外，餘則皆基於共赴國事，杜牧對李德裕之作爲並無好感。

(2)李德裕之對待杜牧，確有幾分因杜牧與牛僧孺的密切關係，而歸牧於牛黨而排斥之意。否

㊽ 參王先漢「杜牧交遊考」一文，見政大中華學苑載。

則杜牧於黃州獻策之後，不該連斥池、睦二州，而此時又正是德裕當權之際。直到會昌六年四月，德裕罷相，宣宗大中元年十二月貶潮州司馬、二年春死在崖州之後。至是年八月杜牧才內擢爲司勳員外郎、兼史舘修撰，十二月抵長安。從杜牧的這一段宦海浮沉的際遇看，李德裕是難逃壓抑杜牧之嫌的。

## ㈢李商隱的婚姻與黨爭

### 前言

虛負淩雲萬丈才，一生襟抱未曾開，
鳥啼花落人何在？竹死桐枯鳳不來。
良馬足因無主踠，舊交心為絶弦哀，
九泉莫歎三光隔，又送文星入夜臺。

崔珏的這首詩題名「哭李商隱」。李商隱字義山，號玉谿生，懷州河內（今河南省沁陽縣）人。生於唐憲宗元和八年（西元八一三），卒於唐宣宗大中十二年（西元八五八），享年四十六歲㊾。他的時代，正是牛李黨爭劇烈鬥爭的時代，而李商隱就在與牛李黨人皆有私交的複雜關係

㊾ 義山的生卒年，史傳中沒有明言。今據馮浩玉谿生詩箋注中所載年譜考定。以及姜亮夫歷代名人年里碑傳總表，都定在此時。

下，成爲政治恩怨下被犧牲的文士。商隱徒有才氣，卻終生不得一展抱負。如果說天才必遭多難命運的捉弄，則捉弄商隱的就是他自己「躁進」的個性。所以舊唐書卷一九〇文苑傳中給他的定評是「無持操，恃才詭激」，而新唐書卷二〇三文藝傳中也給他冠上「詭薄無行」、「放利偸合」的惡名。從此，後世同情他的人，爲他申辯、雪冤；而厭棄他的人，又說他是色鬼、浪子㊿。終於形成了中國文學史上議論、紛爭的焦點，於是對他行爲的說法，就像「錦瑟詩」般的令人迷離。至於究竟義山是無意中捲入了牛李黨爭的漩渦之中，抑或他的行爲舉止都是別具用心，確有所爲呢？我想不妨從探尋義山的心態與動機入手。

**1. 問題的產生**

義山的行迹，就現存的史籍中觀之，當以兩唐書所載爲最早，而義山留給後人的形象，也大多本之於此。在下文我先抄段「舊唐書文苑傳」中的文字，以說明問題產生的背景：

「商隱幼能爲文，令狐楚鎭河陽，以所業文干之。年纔及弱冠，楚以其少俊，深禮之，令與諸子遊。楚鎭天平汴州，從爲巡官，歲給資裝，令隨計上都。開成二年方登進士第，又以書判拔萃。王茂元鎭河陽，辟爲掌書記，得侍御史。茂元愛其才，以子妻之。茂元雖讀書爲儒，然本將家子，李德裕素遇之，時德裕秉政，用爲河陽帥。德裕與李宗閔、楊嗣復、令狐楚大相讎怨，商隱既爲茂元從事，宗閔黨大薄之。時令狐楚已卒，子綯爲員外郎，以商隱背

㊿ 用王世貞語。

恩，尤惡其無行。俄而茂元卒，來京師，久不調。會給事中鄭亞廉察桂州，請爲觀察判官，檢校水部員外郎。大中初，白敏中執政，令狐綯在內署，共排李德裕，逐之。亞坐德裕黨，亦貶幽州刺史。商隱隨亞在嶺表，累載三年，入相，京兆尹盧弘正奏署掾曹，令典牋奏。明年令狐綯作相，商隱屢啓陳情，綯不之省。弘正鎭徐州，又從爲掌書記，府罷，入朝，復以文章干綯，乃補太學博士，會河南尹柳仲郢鎭東蜀，辟爲節度判官，檢校工部郎中。大中末，仲郢坐專殺左遷，商隱廢罷，還鄭州，未幾卒。」

由於史傳體行文的關係，在時間的敍述上交代不甚明晰。下面我再作一些補充。

第一：據義山「上崔州書」說：「五年誦經書，七歲弄筆硯。」與傳文上說：「商隱幼能爲文」正合。不過令狐楚的出鎭河陽，據楚傳，是在憲宗元和十三年（西元八一八）51，那時義山只有六歲。則傳文上說：「令狐楚鎭河陽，以所業文干之。」恐怕是行文上的關係，六歲卽以文干謁，似乎沒有必要52。下文「年纔及弱冠，楚以其少俊，深禮之，令與諸子遊」，所謂「弱冠」當也是約數。因爲楚鎭天平，是在文宗太和三年（西元八二九）十一月53，義山已十七歲，

51 舊新唐書卷一七二令狐楚傳：「元和十三年四月，出爲華州刺史。其年十月，皇甫鎛爲相。其月以楚爲河陽懷節度使。

52 張爾田玉谿生年譜會箋：「余疑河陽必河南之譌」云。任意改字，不取。

53 舊唐書令狐楚傳：「三年三月檢校兵部尙書……其年十一月，進位檢校右僕射、鄆州刺史、天平軍節度、鄆曹濮觀察等史。」

正居「弱冠」之年，所以義山受楚的深知禮遇，或在此時[54]。

第二：開成二年（西元八三七），義山二十五歲。據新唐書本傳敍其及第之緣由是「高鍇知貢舉，令狐綯雅善鍇，獎譽甚力，故擢進士第。」則義山之擢進士第得力於令狐綯之助[55]。依唐例「及第」並不能任官，必須應吏部試「登科」後才能授官。所以傳文上接著說：「釋褐祕書省校書郎」，應不在此年。義山於開成三年應博學鴻詞科不中選，所以後來或爲人論薦從仕，因此「釋謁」事當在四年[56]。

第三：「茂元愛其才，以子妻之」事在開成三年[57]也卽應在試宏詞科不中選之前。

明白了以上這些關鍵性事件之正確時間先後次序後，對探討李商隱行爲的心態和動機就比較容易的多了。

## 2.令狐楚、王茂元與鄭亞的政治立場

[54] 樊南文集補編上令狐狀：「某才乏出羣，類非拔俗。攻文當就傅之歲，識謝奇童；獻賦近加冠之年，號非才子。」則「近加冠之年」當是十七歲左右。

[55] 上令狐相公第五狀：「今月二十四日禮部放榜，某徼倖成名」。又說：「幸忝科名，皆由獎飾。」

[56] 馮浩說：「唐制登進士第，謂之及第，然未卽爲官。若應他科而中，謂之登科，乃得授官，義山次年應宏詞以此，惜不中耳。或爲人論薦從仕。令狐於義山，雖歲使隨計，實未嘗論薦。……義山自四年自以判入等，釋謁爲官也。」

[57] 據馮浩論定。

李義山之所以捲入牛李黨爭的是非、恩怨之中，與令狐楚、王茂元的政治立場傾向有密切的關係，而鄭亞等次之。

令狐楚與牛黨中人的關係很深。從兩唐書令狐楚傳中卽可得知。第一：令狐楚與皇甫鎛、蕭俛是同年，楚之任河陽節度使，卽得力於皇甫鎛在爲宰相時的支持。後來皇甫鎛更薦舉楚入朝，自朝議郎授朝儀大夫，直到中書侍郎同平章事，與鎛同處臺衡。而皇甫鎛素無公望，在憲宗朝已專與裴度爲敵，被視爲牛黨中人。第二：令狐楚又和李逢吉相善。當楚被元稹（李黨）排斥時，幸賴逢吉一再援引。後來逢吉更斥逐李紳（李黨），以楚爲河南尹兼御史大夫。而李逢吉則是牛黨中之魁首之一。

至於王茂元則與李德裕的交情至深。據新唐書王栖曜傳所載：王茂元在徙河陽討劉稹時，李德裕曾因茂元兵力不足，而詔令王宰率領陳、許及義成兵往支援。又用河陰所貯的兵甲和內庫的弓矢來供給茂元。而李商隱傳中也說「李德裕素遇之」。雖然在「牛李黨爭」的幾次重大衝突事件中，都未見王茂元參與。但政治關係是十分敏感的，茂元旣與李德裕有此等交情，自然必被當時人視爲李黨中人。

再說鄭亞，與李德裕更有知遇提携之恩。據舊唐書鄭畋傳載：李德裕在翰林時，亞曾以文章干謁，而受知於德裕，從此卽與李德裕在仕宦上相終始。會昌五年，德裕罷相，亞也出爲桂州刺史。大中二年，德裕再貶潮州，亞也貶循州刺史，而直到德裕貶死崖州，所以鄭亞之對德裕，可

謂一片忠心赤忱，毫無二意。（參第二章黨爭與文學中「試探李娃傳的寫作動機及其時代」一文）

牛李黨爭是中晚唐外廷士大夫間彼此鬥爭之大事，而李義山竟與這兩大集團中的重要人物都有密切關係。縱使後代人能愛義山之文采，感於他對妻子王氏的深情而原諒他的行爲。但在當時士大夫中，誰非能文之士，義山欲全身而退，恐怕是很難了。而目前我們想一探究竟的是，義山牽涉進牛李黨爭，是出於自由意志的抉擇，還是環境的迫使？這層心態與動機的了解，是有助於給義山人格一個新的評估的。

**3. 義山對令狐的心態**

義山自幼被令狐楚所賞識，所以義山之於楚，始終是抱著一種感恩的心情。然而對他的「少主人」令狐綯，則是充滿著愧疚的心境，而又有一種欲極力陳情以企盼取得諒解的心態。這種心理上的不同反應，是很令人尋味的。如他的「彭城（陽）公薨後，贈杜二十七、李十七二君並與愚同出故尚書安平公門下」詩說：

「梁山沉水約從公，兩地差池一旦空，謝墅庾村相弔後，自今歧路更西東。」

這是一首義山寄給杜勝，李潘二同年，以追弔彭陽公——令狐楚的詩。義山與杜、李都是高鍇的門生。詩意的表面是敍三人相約從事於高鍇，遊集其門下，有如謝安之於土山營居墅館以款待中外子侄。又像庾亮之在武昌南樓與殷浩等人之暢敍平生。如今一別之後，已各爲歧路而自奔東西，流露出不盡的懷念之情。然而李義山之所以能在開成二年於高鍇知貢舉時，進士及第，都藉力於令狐綯之力，而綯之肯提攜義山，又在於令狐楚之關係。所以這首詩的含意實際上感恩於楚，故題名為「彭陽公薨後」，而且起筆就用「梁山沉水約從公」句，據義山祭令狐文說：「愚調京下，公病梁山，絕崖飛梁，山行一千也」。顯然用意已十分明顯了㊽又如他在「撰彭陽公誌文畢有感」一詩中說：

「延陵留表墓，峴首送沉碑，敢伐不加點，猶當無愧辭，百生終莫報，九死諒難追，待得生金後，川原亦幾移。」

前兩句藉延陵季子之墓和杜預峴山之勳碑來比喻彭陽公之墓誌。三、四句用禰衡賦不加點，蔡邕為郭泰碑之辭無愧色，表示自己的才氣。五、六句「百生終莫報，九死諒難追」說出了對令狐楚的獎譽之恩，永生永世將無以回報之浩歎。末二句謂此碑文必得永垂不朽，而令狐楚之美名也隨之永不泯滅。又如他的「聖女祠」說：

「杳靄逢仙跡，蒼茫滯客途，何年歸碧落，此路向皇都，消息期青雀，逢迎異紫姑，腸迴楚國夢，心斷漢宮巫，從騎裁寒行，行車蔭白榆，星娥一去後，月姊更來無，寡鵠迷蒼壑，羈凰怨翠梧，惟應碧桃下，方朔是狂夫。」

這首詩據徐湛園說，是義山在興元弔祭令狐楚後，北歸時作。馮浩更補充說：「今細箋之曰：起

㊽ 令狐楚卒於開成二年十一月十二日漢中官舍（見劉禹錫令狐楚集敍）。而高鍇知貢舉，義山及第在楚卒後（見張爾田「年譜會箋」）。

四句點歸途經過也，以下多比令狐。消息四句謂我望其入秉國鈞，而今不可再遇，夢醒高唐，心斷漢宮矣。從騎二句謂奉其喪而歸，星娥二句謂令狐楚既化，更得知己否，寡鵠二句謂已之哀情。結謂惟有其子可以相守，借用小兒字也。一字不可移易，而義山初心不背，於此可見。其後重過一章，眞有隔生之痛矣。」

以上幾首詩乃諸家較肯定爲義山因令狐楚而作的，其間不難發現義山對令狐楚的感激與悲痛的交加心情。

至於義山對令狐綯的幾首詩中，流露出的情感又如何呢？如他的「酬別令狐補闕」詩說：

「惜別夏仍半，回途秋已期，那修直諫草，更賦贈行詩，錦段知無報，青萍肯見疑。人生有通塞，公等繫安危，警露鶴辭侶，吸風蟬抱枝，彈冠如不問，又到掃門時。」

令狐綯爲左補闕在開成五年（西元八四〇），義山二十八歲。他在離別令狐綯時寫了此詩。前四句是應酬語：說分別時夏天已過半，預計在秋天時回來。不料我的直言還未表白，而更已勞賦贈別離詩。其中「錦段知無報，青萍肯見疑」二句在表明自己欲報恩的心意。可是下文卽說：人生的際遇有升沉、通塞，但都繫於令狐綯的如何待己了。如今義山像警於寒露的鶴，急以尋覓棲宿之地，又如吸風飲露的蟬，緊抱著枝幹，以受風寒。如果令狐綯再不薦引，則義山就要學魏勃之掃門求見曹參。詩中多在剖白他急於得到令狐綯諒解和引薦的心意。又如他的「令狐郎中」詩說：

「嵩雲秦樹久離居，雙鯉迢迢一紙書，休問梁園舊賓客，茂陵秋雨病相如。」

這是首李義山在河南，而寄給遠在陝西的令狐綯的一首詩。用嵩山的雲，秦川的樹表現出二人兩地相隔的遼遠，所以彼此的訊息，只能靠一紙書函。這原本是很平常的懷人詩。然而下文義山借漢梁孝王兎園中的司馬相如自比，而且更說自己是家居茂陵，稱病閒居之人。恐怕就不再是文字表面上所表現的意義了。相如能在梁王兎園爲賓客，是受到梁孝王的重視，而自歎臥病潦倒，則顯然是意在求得令狐綯的扶持與提攜了。所以楊致軒說：「其詞甚悲，意在修好」（見馮浩玉谿生詩箋注），自是十分精闢之見。又如他的「玉山」詩說：

「玉山高與閬風齊，玉水清流不貯泥，何處更求回日馭。此中兼有上天梯，珠容百解龍休睡，桐拂千尋鳳要棲，閒道神仙有才子，赤簫吹罷好相携。」

這首詩恐怕不能單純地視爲遊仙詩。他可能以「玉山」比擬令狐綯，以表明自己急欲親附之意。所以馮浩的說法得之。他說：「吳氏發微謂爲綯作信然。蓋首聯比內相之淸高。次聯言只此可恃，奚用他求。三聯言我欲相依，爾休不顧。結更醒出援手之望，綯爲楚子，故曰才子，爲翰林，故曰神仙，必點明才子者，冀其承父志而愛我也。」

我想如果不是令狐楚對義山有恩，而義山又有悖於令狐家的深恩時，內心是不會產生這種愧疚而又急於訴說陳情的心態的。

**4. 義山婚於茂元女的動機**

李義山主動干謁令狐楚，而蒙深知厚禮，令狐之於義山可謂恩重如山。但令狐楚雖然十分賞識義山，「歲給資裝」、「隨計上都」，卻始終並沒有薦舉他爲官的意思，這種禮遇對汲汲於仕進的義山來說，是不能滿足的。雖然令狐綯在父親死後，幫助義山取得了進士及第，可能反因此會更激起義山仕進的慾望，所以令狐楚一死，義山必被頓失依恃的孤獨感所呑蝕，既然「此路不通」，他必會興起另謀發展的衝動。加之他和令狐綯自幼生活在一起，自然他對令狐綯的爲人和個性一定了解的十分透徹。第一：綯性儒緩，是否能一如其父般的對待自己，仍是未知數。第二：令狐綯善嫉，尤其對才氣高過自己的人，更是容不下59。所以以義山的才華，他自知必不會見容於令狐綯，於是不得不另外擇枝而棲。而這時的王茂元，正是他可以棲息的梧桐枝。原因有二：第一：據舊唐書王栖曜傳所載，茂元「積聚家財鉅萬計」。義山選擇茂元的女兒，是否有貪圖王家財富的可能。從他的詩裏可以窺知一些線索。如「七夕偶題」詩說：

「寶婺搖珠珮，常娥照玉輪，靈歸天上匹，巧遺世間人，花果香千戶，笙竽濫四鄰，明朝曬犖鼻，方信阮郎貧。」

59 孫光憲北夢瑣言：「宣宗時相國令狐綯最受恩遇而怙權，尤忌勝己……。或云：曾以故事訪於溫岐，對以其事出南華。且曰：非僻書也，或冀相公燮理之暇，時宜覽古，綯益怒之，乃奏岐有才無行，不宜與第。會宣宗私行，爲溫岐所忤，乃授方城尉。所以岐詩云：固知此恨人多積，悔讀南華第二篇。又李商隱，綯父楚之故吏也，殊不展分，商隱憾之。因題廳閣，落句云：郎中官重施行馬，東閣因許再窺。亦怒之。官只止使下員外也。江東羅隱亦受知於綯，畢竟無成，有詩哭相國云：深恩無以報，底事是柴荆。以三才子怨望，卽知綯之遺賢也。」

這是一首藉「七夕」以象徵婚姻的詩。首句暗喻茂元之女，二句指出有人撮合了他們的婚姻。三、四句謂成婚得佳偶。五、六句預想婚後必定有好處。七、八句則說自己清貧依舊。義山這種心態的表露，是十分微妙的。如果他的婚姻是基於兩情相悅的結合，又何以不能釋懷於王家的財富呢？

第二：茂元善於擇壻，就義山詩中提到的，就有韓瞻、李定言、李千牛等多人⑳。義山對茂元女兒的追求是完全由義山主動的。當時王茂元對李義山並不滿意，原因有二：一是王茂元認爲義山「傾險」，另一是他覺得義山的樣子生得不漂亮㉑。所以李義山就找李十將軍幫忙。他有首「病中早訪招國李十將軍，遇挈家遊曲江」詩說：

「十頃平波溢岸清，病來惟夢此中行，相如未是眞消渴，猶放沱江過錦城。」

據馮浩說，招國李十將軍是王茂元（妻李氏）的姻親，對李商隱的婚事盡了很大的撮合之力。詩中義山借司馬相如赴四川臨邛，以琴音挑逗卓文君夜奔的事，以說明自己的求偶心意。用「相如未是眞消渴」一句以點破義山何來「消渴疾」，也只不過是「心病」而已。而次章詩，則把話說得更爲露骨了。它說：

「家近紅蕖曲水濱，全家羅襪起秋塵，莫將越客千絲網，網得西施別贈人。」

⑳ 據樊南文集卷六，會昌元年祭張書記文，王氏有六個女壻。

㉑ 見徐復觀中國文學論集「環繞在李義山（商隱）錦瑟詩的諸問題」一文。

據馮浩說，前兩句點明李十將軍已挈家往遊。後二句則說出自己急求作合，而恐他人先我的心情。

當義山眼看韓瞻都已經先他而成爲茂元女壻，焦慮之心情不覺又溢於言表。這種心境，又可以從他的「寄惱韓同年二首（時韓住蕭洞）」一詩中窺知一、二。它說：

「簾外辛夷定已開，開時莫放艷陽回，年華若到經風雨，便是胡僧話刼灰。」

「龍山晴雪鳳樓霞，洞裏迷人有幾家，我爲傷春心自醉，不勞君勸石榴花。」

據馮浩說，當時韓瞻初娶王氏，未成新居，寓居在蕭洞。所以李義山有意戲惱他。第一首用辛夷花開象徵新婚之美，當及時把握，否則美色易衰，過時就了無佳趣。次章則借劉晨、阮肇共入天臺山，迷不得返，被招爲壻的故事來襯托韓瞻的新婚佳趣。末二句更以傷春，以歎息自己未得佳偶的失落情緒。義山這種心態，在「韓同年新居餞韓西迎家室戲贈」一詩中，表現的更爲強烈。它說：

「籍籍征西萬戶侯，新緣貴壻起朱樓，一名我漫居先甲，千騎君翻在上頭。雲路招邀迴綵鳳，天河迢遞笑牽牛，南朝禁臠無人近，瘦盡瓊枝詠四愁。」

據馮浩推測，韓瞻的新居是茂元替他蓋的，而且韓瞻得第卽爲茂元幕官。所以詩中有「籍籍征西萬戶侯，新緣貴壻起朱樓」的這種羨慕的話語。如今韓瞻的仕宦、婚姻都搶在自己的前面，於是急躁的性情不覺流露無遺。所謂「雲路招邀迴綵鳳」句是說他早有議婚之舉，而「天河迢遞笑牽牛」是自譏婚姻無成。據宋彭乘墨客揮犀說：「今人於榜下擇壻號臠壻」（見馮浩箋注引），則末二句又是義山以與韓瞻同年及第，卻無東牀之選而痛心詠歎了。

義山這種主動追求，得失心很重的婚姻態度，恐怕不是常態，更不是男女兩情相悅下的議婚常態。所以李義山與王茂元女兒的結合，是否別具用心，是很令人猜疑的。果然，義山的「潛意識」在「安定城樓」一詩中，不經意地流露了出來。它說：

「迢遞高城百尺樓，綠楊枝外盡汀洲，賈生年少虛垂淚，王粲春來更遠游。永憶江湖歸白髮，欲廻天地入扁舟，不知腐鼠成滋味，猜意鵷雛竟未休。」

據馮浩說，這首詩是義山在應宏詞科不中選後，回到涇原時作的。當時他已經與王茂元的女兒結婚，婚姻美滿，生活安定，或有人因此猜忌他㉖。於是義山藉此剖露自己的心志。全詩意思說：雖然身處百尺高樓，眼前是綠楊、汀洲，但究非志意所在。並以賈誼對國事的關心，王粲對故土之眷戀，襯托出自己年少正宜爲世用，等到白髮兩鬢之時，功轉乾坤之日，才退隱江湖，撥弄扁舟。志向何其遠大！卻不料被別人猜忌、誤解，反倒以爲自己貪戀區區腐肉而已。詩中表露出的壯志，令人欽佩，可是「潛意識」中卻承認了自己的婚姻是只圖某些利益的。李義山恐怕萬沒料

㉖ 據徐復觀在中國文學論集「環繞李義山（商隱）錦瑟詩的諸問題」一文中提到李義山可能遭到茂元兒子、女壻、幕僚等的妒嫉。他說：「其致此之由，可能出自王茂元的兒子、女壻、幕僚們的妒嫉，便將義山與令狐家的關係，加以媒孽；認爲義山在令狐家之前，出賣了王家，有如王國寶在會稽王道子之前，毀謗他的岳父謝安一樣。因爲義山成婚的前後兩年，他與令狐家的情誼發展到高峯。」如此觀之，徐先生仍是肯定李義山依違在令狐（牛黨）與茂元（李黨）之間而致身遭猜忌的。

到，他的這一賭注是完全失敗了。王茂元雖然愛他的才華，卻一直沒有重用他[63]，反而使他得罪了令狐綯。既然婚姻中的某些目的不能達到時，義山對這門曾經費盡心機攀附的婚事，就有了幾分悔意。且看他的「與同年李定言曲水閒話戲作」一詩說：

「海燕參差溝水流，同君身世屬離憂，相攜花下非秦贅，對泣春天類楚囚。碧草暗侵穿苑路，珠簾不捲枕江樓。莫驚五勝埋香骨，地下傷春也白頭。」

李定言與義山是同年，又同是王茂元的女壻，既然身世相同，彼此就可以表露一些相同的感受。第一句是寫景起興，第二句在說明身世相同，可以相屬離憂。而三、四句卽是憂愁。說自己並不是貧賤的秦贅，爲什麼要面對美好的春天而不能享受，倒像個楚囚！所以三句「碧草暗侵穿苑路」是春的訊息已到，「珠簾不捲枕江樓」是虛對佳景，浪費光陰。可見渴盼春天，卻又不能享受春天的這種折磨，在心靈上爲最苦。末二句謂：切莫驚動埋在地下的白骨，如果被他得知春的消息，他也會傷心得白了頭。流露出的感情淒涼而激烈。想義山在此詩中的「春天」必有所隱喻。所以馮浩說：「三、四謂原非秦贅，何至不得居官，而相對泣耶？蓋以婚於茂元致累，故云然也。」可見義山對爲茂元女壻而又得不到茂元的提拔爲官，是抱怨與牢騷滿腹的。又如他的「有

[63] 據徐復觀以爲：王茂元所以不重用義山的原因是義山與令狐的關係外，義山對於當時政治的是採取嚴厲批評態度，王茂元是受過宦官敲詐，死裏逃生的人，對於義山這位帶有危險性的東床，也不能不心存戒懼。（見徐著中國文學論集）

感」詩說：

「中路因循我所長，古來才命兩相妨，勸君莫強安蛇足，一醆芳醪不得嘗。」

這是一首義山在經歷長久的坎坷、折磨後體驗而得的人生慨歎。前二句說：徘徊中路，不得仕進是我義山的長處，因爲自古以來才氣與命運時常會抵觸。義山把不得仕進認作長處，顯然是一句牢騷話，而「才命兩相妨」也沒有必然的邏輯依據。而義山偏要如此下筆，想必與他個人的際遇有密切的關係。而義山一生最大的乖舛，就是空抱才華、理想而不得爲宦以施展。尤其在他不顧令狐綯的憤恨而依附王茂元時，是他一生中，投下了最大的賭注，誰知命運竟捉弄商隱，這一博，使他原可能會順遂的仕途，成了「畫蛇添足」，多此一舉。使原可到嘴的芳醪，反不得嚐。因爲有這些關鍵，馮浩將此詩定於義山調弘農尉時之作，這時義山已經和王茂元之女兒結婚。從此詩中也可得見義山對自己攀附的婚事，是有若干悔恨之意的。

5. 義山依附鄭亞的動機

義山之入鄭亞幕下，據舊唐書所載，是在宣宗大中元年（西元八四七），這時王茂元已經死了四年（卒於會昌三年），義山之對王茂元已無可依恃，不得不再依鄭亞。這種心境，不難從他的「離席」一詩中窺見。它說：

「出宿金樽掩，從公玉帳新，依依向餘照，遠遠隔芳塵，細草翻驚雁，殘花伴醉人，楊朱不用勸，只是更沾巾。」

這是一首敍述離情的詩，詩中關鍵在「楊朱不用勸，只是更沾巾」二句上，義山引列子說符篇「多歧亡羊」的典故，以表示對前途抉擇的困難，據馮浩說，此詩作在春時從鄭亞出都。可見他對依附鄭亞，是有過一番心理內心的衝突與掙扎的。又見「海客」詩說：

「海客乘槎上紫氣，星娥罷織一相聞，只應不憚牽牛妒，聊用支機石贈君。」

據荆楚歲時記說：漢武帝命令張騫往大夏尋找河源，乘大筏走了一個月，發現一處城郭，像州府，室內有一女子在織布。又看見一個男子牽牛在河邊飲水。騫問說：這是何處？織女說：可問嚴君平。說罷又拿了塊搘機石給騫。張騫回到四川，就去問君平，君平說：某年某月客星犯牛女。搘機石的事，東方朔必了解。而「海客」詩的內容與這神話正合。不過，如果義山作這首詩，只爲敍述這個故事，顯然就沒有多大的意義了。要解開這首詩的關鍵在「海客」、「星娥」、「牽牛」等都是在隱喻什麼？據程午橋（見馮浩箋注引）說：桂管近海，所以海客是指鄭亞。而馮浩更補充說：星娥是義山自比，牽牛以比令狐綯，支機石是代表義山的文采。言義山不期與鄭亞相遇，原想以文采事鄭，不料竟引起令狐綯的嫉妬。如此解釋雖不一定是義山爲詩的本意，但至少比以爲它只在敍述一個故事的解釋是更具意義的，而且把義山已依附鄭亞，又不能忘懷於令狐綯的矛盾心境，表露無遺。

義山追隨鄭亞居桂管，只短短的一年。在宣宗大中二年，白敏中執政時，與令狐綯合力排擠李德裕，鄭亞卽因坐德裕黨被貶循州刺史，不久就卒於任內。這時義山還寫了一首悼念的詩，叫

「故驛迎弔故桂府常侍有感」：

「饑烏翻樹晚雞啼，泣過秋原沒馬泥，二紀征南恩與舊，此時丹旐玉山西。」

這首詩有兩種作用，一在弔鄭亞，一在有所感。據馮浩說：義山與鄭亞不是舊交，在桂幕也只年餘，所謂「有感」方面，實在無從發揮。而新舊唐書均載，李德裕在翰林時，鄭亞以文章干謁，爲德裕深知，於出鎮浙西時，辟爲從事。德裕是在長慶二年觀察浙西，歷時八年。若從亞的赴辟從事算起，至此大概就有二紀。所以「征南」在此指德裕。而詩中「有感」則正是感於亞之坐德裕黨而貶死㊽報答了德裕對他的舊恩。如此解釋與詩之首句「饑烏翻樹晚雞啼」的反哺歸恩之意正合。這首詩點明了鄭亞和李德裕的相交深情。

尤其在當時，原來承歡在德裕四周的人，都已紛紛棄他而去。所以益顯出鄭亞之可貴。義山有首「李衞公」詩，描寫出德裕被貶後的人世炎涼。它說：

「絳紗弟子音塵絶，鸞鏡佳人舊會稀。今日致身歌舞地，木棉花暖鷓鴣飛。」

昔日的門下士和後房佳人都棄德裕而遠去，不勝悲涼之感。

不過義山寄居鄭亞幕下，卻一直缺少一分安定感，他的內心也極其矛盾與痛苦。且看他的「深樹見一顆櫻桃尚在」詩說：

「高桃留晚實，尋得小庭南，矮墮綠雲髻，欹危紅玉簪，惜堪充鳳食，痛已被鶯含，越

㊽ 據張爾田玉谿生年譜會箋，鄭亞卒於循州，時在大中五年。

鳥誇香荔，齊名亦未甘。」

詩中義山拿櫻桃自比。首句中「晚實」一詞，已經點明了義山孤獨的心境。而「惜堪充鳳食，痛已被鸎含」二句，更道盡了義山不得仕於朝廷之上，而寄人幕下的委屈。

可見李義山在鄭亞幕下，時間雖短，但也是義山一生中最苦悶，最艱澀的日子。

### 6.再謁令狐綯的目的

鄭亞自宣示大中二年貶死循州後，義山已孑然一身毫無依恃。三年十二月李德裕也死在崖州貶所。李黨勢力至此已全部瓦解。到了大中四年令狐綯同中書門下平章事，地位如日中天，權勢顯赫一時。而李義山則到了窮途末路。於是他不得已再往令狐綯前陳情，希望得到他的諒解。不過前文曾提及，令狐綯之個性，是容不下才華高過自己的人，而此時義山落魄潦倒，對他反而有利，於是義山想「動之以情」。如他的「初起」詩說：

「想像咸池日欲光，五更鐘後更迴腸，三年苦霧巴江水，不爲離人照屋梁。」

這首詩，如果就字面把它解釋爲單純的詠日詩，就缺乏深意了。所以馮浩說：「此將入京謁令狐而作也。……句首用此事時，令狐綯承恩初爲內相，故以初起比之。三年者合元年赴桂至此時言之，不必拘在巴蜀三年也。」又如「謁山」詩說：

「從來繫日乏長繩，水去雲回恨不勝，欲就麻姑買滄海，一杯春露冷如冰。」

詩題既爲「謁山」，則「山」必有所象徵。而「山」在此絕不會指義山，然則「山」何所指？所以馮浩說：「謁山者謁令狐也。」而且首句中的「日」也是指令狐綯，用法和「初起」詩一致。所以首句是說，自己從來沒有維繫住令狐綯的心。次句說，自己的遭遇又像雲、水般的無常。三句在陳情。四句在說令狐綯的回報冷澹如冰。又如「白雲夫舊居」詩說：

「平生誤識白雲夫，再到仙簷憶酒壚，牆柳萬株人絕跡，夕陽惟照欲棲烏。」

據徐湛園說（見馮浩箋注引）：藝文志有令狐楚表奏一卷。注曰：自稱白雲孺子表奏集。所以詩中「白雲夫」是對令狐楚的尊稱。誤識就是「早知今日繫人心，悔不當初不相識」之意，是一句感慨深沉的話語。徐氏的說法應是可採信的。尤其詩末「欲棲烏」三字，頗能表達出義山內心有一股「繞樹三匝，無枝可依」的孤獨與失落感。又如「蟬」這首詩說：

「本以高難飽，徒勞恨費聲，五更疎欲斷，一樹碧無情，薄宦梗猶泛，故園蕪已平，煩君最相警，我亦舉家清。」

這是一首詠物的詩。借蟬比喻自己的高潔、清苦。用「徒勞恨費聲」點出自己雖然向令狐綯極力訴說委屈，可是徒勞無功。用「一樹碧無情」襯托出宦海人情的冷澹。後四句寫自己與蟬的遭遇相同，所以托物起興，有言外之意。從「薄宦梗猶泛，故園蕪已平」的詩句看來，此時義山的心境，已是屬於無助和無奈的。

這一類向令狐綯陳情以表露心跡的詩，在義山的集子中最多。可是好像都無法打動令狐綯的心，而化解他對義山「背家恩」的宿怨。直到大中五年，義山的妻子死了65，義山悲痛的情緒，強烈地流露在文字間。如他的「夜吟」詩說：

「樹繞池寬月影多，村砧塢笛隔風蘿，西亭翠被餘香薄，一夜將愁向敗荷。」

在洛陽王茂元的崇讓宅中，有東亭、西亭。詩中說：「西亭翠被餘香薄」，則顯然此詩是義山悼亡王氏之作了。又如他的「西亭」詩說：

「此夜西亭月正圓，疏簾相伴宿風煙，梧桐莫更翻清露，孤鶴從來不得眠。」

寫出了義山無盡的相思、孤寂和煩憂。

自王氏死後，義山與李黨可以說已經毫無關係了。於是在大中六年，李義山入朝，再以文章干謁令狐綯，才補他太學博士（見舊唐書本傳）。「解鈴還得繫鈴人」，義山與令狐綯，這兩位從小在一塊兒長大的朋友，至此，心胸中的誤解，總該可以澄清、化解了吧！若然，而義山付出的代價確實是太大了。

## 結　論

詩可以抒情，可以言志，可以敍事，可以詠物……更可以從其中去發掘詩人潛意識中的心靈活動。如今我們在仔細翫味李義山的詩篇後㊻，不難發現李義山的某些行為的動機和心態。使我

㊺ 據張爾田年譜會箋義山妻王氏卒於大中五年。

㊻ 李義山詩以「玉谿生詩箋注」（中華四部備要本）為據。其中詩的解說、編年多採馮浩、張爾田之說。

們證實了下列幾個問題：

⑴義山婚於王茂元女，是完全主動而獨立自主的意識行爲。而且是義山有目的的行爲。所以因此而引起的政治衝突後果，自應由義山完全負責。所以令狐綯以爲義山「忘家恩」，絕非偏激的片面攻訐之解。

⑵義山對政治的意識非常薄弱，他與令狐綯之間的恩怨，原可視爲「家族事件」㊼，但卻被牛黨中的楊嗣復、李宗閔等大肆渲染，以利用爲攻擊李黨的工具。因爲蔑視李義山就是貶抑王茂元。在朋黨鬥爭中，義山依違兩黨的作爲，結局也必是兩面落空，義山之被犧牲已是必然結果。

⑶從義山與令狐楚、令狐綯以及王茂元、鄭亞的結交關係上看，兩唐書對義山的批評，並非拘於黨爭之偏見。雖然兩唐書將李義山列入文藝傳和文苑傳中，但正史立傳的基礎仍是偏重於政治的，所以就政治立場言兩唐書的敍事、立論均無不妥。

⑷人的品格與詩的好壞應分開討論。義山人品雖不甚高，但不能因此而否定他在文學上的成就。但更不能因爲他的作品好，而原諒他的行爲。唯有道德文章兼備，才是文人追求的最高目標與終極理想。

總之，義山一生的悲劇性，是種因在他「躁進」的性格之中。

㊼ 因爲李商隱弱冠之年既與令狐楚之諸子遊，可見令狐楚是把他視爲家族一份子的。

# 二、擺脫了黨爭的羈絆

## (一)退守自保的劉禹錫

### 前　言

劉禹錫生於唐代宗大曆七年（西元七七二），卒於武宗會昌二年（西元八四二）[68]。在他經歷的七十二年歲月中，唐代的朝廷上發生了兩次巨變。第一次是發生在唐德宗貞元末的王叔文黨，禹錫不但親身捲入了這場權力鬥爭，還擔任了重要的角色[69]。結果王叔文雖和韋執誼聯手，還是敵不過宦官俱文珍。劉禹錫被牽連而貶朗州司馬。第二次是發生在唐憲宗元和三年（西元八〇八）到宣宗大中三年（西元八四九），歷時四十餘年的牛李黨爭。不過牛李黨爭尚未落幕，而禹錫已在武宗會昌二年就辭世了。但畢竟他尚在這政治風暴籠罩下，生活了三十四年。可是令人訝異的是，禹錫卻能避免了這次黨爭的牽連，下文我試圖來探討一下，劉禹錫究竟何以能置身於

[68] 劉禹錫之生卒年依姜亮夫「歷代名人年里碑傳總表」。

[69] 舊唐書劉禹錫傳：「貞元末，王叔文於東宮用事，後輩務進，歸附麗之。禹錫及宗元入禁中，與之圖議，言無不從。時號二王、劉、柳。叔文敗，坐貶連州刺史，在道貶朗州司馬。」

牛李黨爭之外的原因。

**1. 王叔文事件的挫折經驗中得到了教訓**

推求王叔文的出身，原本寒俊，而以善於奕棋，得以通籍博望，爲德宗所重⑩。所以經王叔文引起的政爭，實際上也是南方新興士族與北方衣冠舊族的利益矛盾之爭⑪。結果王叔文挫敗，劉禹錫對自己被貶異域的記憶猶新（貞元末是西元八〇五年，而元和三年是西元八〇八年，前後不過三年）。劉禹錫又豈能再輕易地重蹈覆轍。因爲牛李黨爭同樣也是新興士族與衣冠舊族的利益衝突之爭。

加之，劉禹錫謫居朗州後，地處西南夷，風土僻陋，舉目無親，內心是極度的寂寞和怨痛的⑫。既經九年的竄逐之苦，是一種刻骨銘心的慘痛教訓。所以劉禹錫對牛李之黨爭，必避之猶恐不及。

**2. 貶斥在外，避過了牛李黨爭的激烈時期**

⑩ 見劉禹錫撰「子劉子自傳」（中華書局劉賓客集外集卷九）
⑪ 見中華藝林叢論「從劉禹錫、柳宗元談到李白」一文。
⑫ 劉禹錫上門下武相公啓：「久罹憲網，兀若枯株。當萬類咸悅之辰，抱窮途終慟之苦。淸朝無絳灌之列，至理絕椒蘭之嫌。此時不遇，可以言命，嗟乎！一身主祀，萬里望枌榆之鄉，高堂有親，九年居蠻貉之地，從生之典，固有等差；同類之中，又尋牽復。」

劉禹錫在元和十年（西元八一五），從武陵（卽朗州，今湖南常德縣）召還，宰相張弘靖、韋貫之原有讓他任職郎署的打算，但禹錫卻寫了首「戲贈看花諸君子」詩⑬，被認爲有譏刺的意味，引致執政不悅，於是再被出爲播州（今貴州遵義縣）刺史。詔令卽下，御史中丞裴度奏請，說播州遠在西南，乃猿狖所居之地，人跡罕到，而禹錫還有八十歲老母需要侍奉，不能隨往，如此做有悖朝廷以孝治國之道。於是改授連州（今四川筠連縣）⑭。此後劉禹錫卽離開京師，將近十餘年，其間接連遷徙過夔州（今四川奉節縣。時在長慶元年、西元八二一年）、和州（今遼寧錦西縣。時在長慶四年、西元八二四年）。直到太和二年（西元八二八），禹錫五十六歲時，才回京，他前恨未了，又寫了首「再遊玄都觀絕句並序」⑮，以詆毀權倖，引起了當時人的不滿，以主客郎中分司東都。在他離開京師的十四年中，朝廷上經過了憲、穆、敬、文等四度的君主變換，此段時期也正是牛李黨爭最劇烈的一段時期⑯，而禹錫卻大半在流竄異域中渡過，所以他才

⑬ 劇賓客文集卷二十四，其詩云：「紫陌紅塵拂面來，無人不道看花回，玄都觀裏桃千樹，盡是劉郎去後栽。」

⑭ 見舊唐書劉禹錫傳。

⑮ 見劉賓客文集卷廿四。詩云：「百畝中庭半是苔，桃花靜盡菜花開，種桃道士歸何處？前度劉郎今又來。」

⑯ 宋陳振孫撰白文公年譜云：「案唐朋黨之禍，始於元和之初，而極於太和、開成、會昌之際。三十年間士大主無賢不肖，未有能自脫者。……」

能倖免於捲入黨爭。

**3.平穩淡泊的態度，應付了牛李雙方**

劉禹錫自太和二年回到京師，拜主客郎中，太和三年，充集賢殿學士後，他對李德裕、牛僧孺、令狐楚綯父子等的交往就漸趨頻繁⑰。但不難發現劉禹錫對待他們的態度卻始終是平穩、澹泊的。如他的「和李相公初歸平泉過龍門南嶺遙望山居即事」詩說：

「蹔別明庭去，初隨優詔還，曾爲鵩鳥賦，喜過鑿龍山。新墅煙火起，野程泉石間，巖廊人望在，只得片時閒。」

此詩寫於太和九年，時李德裕爲左丞王璠及戶部侍郎李漢所誣，爲太子賓客、分司東都⑱。王璠、李漢皆爲牛黨，則德裕之斥，爲黨爭之故。而劉禹錫對德裕之貶，卻用平靜、溫和的態度把它表現出來。又如北夢瑣言載：

「劉禹錫唐太和中爲賓客。時李德裕同分司東都。禹錫因謁於德裕曰：近曾得白居易文集否？德裕曰：累有所示，別令收貯，然未一披，今日爲吾子覽之，及取看，而箱笥盈溢，塵土蒙復。既啓而復卷之。謂禹錫曰：吾於此人不足久矣。其文章何必覽焉。但恐廻吾精絕

⑰ 見劉賓客文集中與諸人詩歌酬唱甚多。

⑱ 劉禹錫自蘇州刺史轉汝州刺史，事在太和八年（見劉禹錫年譜），在汝州，曾有「謝宰相狀」，時李德裕卽爲相。

之心。所以不欲看覽。其抑才也如此。初文宗命德裕，朝中朋黨。首以楊虞卿、牛僧孺爲言。楊、牛卽白之密友也，其不引翼，皆如此類。」

白居易與劉禹錫爲好友，當白居易被德裕批評時，竟不置一言以辯，或附和德裕之意，可見禹錫處朋黨之事十分謹慎。

至於他和牛僧孺的相處態度。可於唐范攄雲溪友議中之記載得之。它說：

「牛僧孺赴舉之秋，每與同袍見忽。嘗投贄于補缺劉禹錫。對客展卷，飛筆塗竄其文。且曰：必先輩期至矣。雖拜謝礱礪，終爲怏怏。歷三十餘歲，劉轉汝州。僧孺鎭漢南，枉道駐旌，信宿酒酣，直筆以詩喩之。劉承詩意，才悟往年改牛文卷。因戒子咸佐、承雍等曰：吾立成人之志，豈料爲非，況漢南尙書，高識遠量，罕有其比。嘗主父偃家，爲孫弘所夷，嵇叔夜身死鍾會之口。是以魏武戒其子云：吾大忿怒，小過失，愼勿學焉，汝輩進修守中爲上也。僧孺詩曰：粉署爲郎四十春，向來名輩更無人。休論世上昇沉事，且鬪尊前見在身。珠玉會應成咳唾，山川猶覺露精神。莫嫌恃酒輕言語，會把文章謁後塵。禹錫詩云：昔年曾忝漢朝臣，晚歲空餘老病身。初見相如成賦日，後爲丞相掃門人，追思往事咨嗟久，幸喜清光語笑頻。猶有當時舊冠劍，待公三日拂埃塵⑲。牛吟和詩，前意稍解。曰：三日之事，何敢當焉！於是移宴竟夕，方整前驅。」（也見太平廣記卷四九七引，文字與原詩略有出入。）

⑲ 劉詩也見劉賓客外集，文字稍異。

以上所引雖然只是一則逸事，從禹錫戒子咸佐、承雍等「進修以守中爲上」的道理來看，劉禹錫的處世態度是以中庸爲主。劉賓客集中與牛僧孺相和詩，也絕少提及朝廷大事，多敍景色。如他的「牛相公林亭雨後偶成」詩說：

「飛雨過池閣，浮光生草樹，新竹開粉匳，初蓮爇香炷，野花無時節，水鳥自來去，若問知境人，人間第一處。」

詩中絕口不談政治，而只有讚詠。故知劉禹錫對牛李黨人都盡可能保持中立的態度，其用心也良苦。

4.從白居易處受到了超脫事外的啓悟

劉禹錫和白居易是同庚，他們在貞元十九年（西元八〇三）時已經相識。後來劉禹錫因王叔文黨，得罪權貴，而四處貶斥，直到太和二年才同到京師，拜主客郎中。當時白居易曾寫了首詩「杏園花下贈劉郎中」說：

「怪君把酒偏惆悵，曾是貞元花下人。自別花來多少事，東風二十四廻春。」

從此二人交往愈趨密切，彼此詩歌唱和之作更多，合編了一本詩集，叫「劉白唱和集」，從此並稱「劉白」。這時的白居易已經五十七歲。從他此時的心境上看，他已轉入平澹的，退守以自保的處世態度。如舊唐書白居易傳說：

「居易初對策高第，擢入翰林，蒙英主特達顧遇，頗欲奮厲效報。苟量身於訐謨之地，則兼濟生靈。蓄意未果，望風爲當路所擠，流徙江湖四、五年間，幾淪蠻瘴。自是宦情衰落，無意於出處。唯以逍遙自得，吟詠性情爲事。太和已後，李宗閔、李德裕朋黨事起，是非排陷，朝昇暮黜，天子亦無如之何。楊穎士、楊虞卿與宗閔善，白居易妻，穎士從父妹也，居易愈不自安，懼以黨人見斥，乃求致身散地，冀於遠害，凡所居官，未嘗終秩，率以病免，固求分務，識者多之。」

而劉禹錫與白居易是晚年之至交，劉禹錫對白居易更視之爲莫逆之交。如他的「酬喜相遇同州與樂天替代」詩說：

「舊托松心契，新交竹使符。行年同甲子，筋力羨丁夫。別後詩成帙，携來酒滿壺，今朝停五馬，不獨爲羅敷。」

朋友相交如此深篤，彼此的情性和處世態度，必會相互影響的。我們再看會昌二年，劉禹錫死時，他七十歲的老友白居易帶淚寫了兩首詩：

「四海齊名白與劉，百年交分兩個繆。同貧同病退閑日，一死一生臨老頭。盃酒英雄君與操，文章微婉我知丘，賢豪雖沒精靈在，應共微之地下遊。

今日哭君吾道孤，寢門淚滿白髭鬚。不知箭折弓何用，兼恐唇亡齒亦枯。窅窅窮泉埋寶玉，駸駸落景掛桑榆。夜臺暮齒期非遠，但問前頭相見無⑧⓪。」

⑧⓪ 白氏哭劉尚書夢得詩見於白香山詩集卷十七頁四四八。

劉禹錫與白居易的交情如此深厚，死亦當瞑目九泉了。

## 結　論

在牛李黨爭期中，能同時與兩黨要人交往，以詩唱和[81]且又不爲黨爭所累者唯劉禹錫、白居易、劉三復、柳公權、韋温、王質、柳仲郢諸人。其中劉禹錫與白居易二人之遭遇又與其他諸人不同。他們之所以能擺脫黨爭繫累，是完全用自身的痛苦經驗，在磨練中得到的處世哲學。從以上所論劉禹錫的幾種避禍的因素觀之，除了劉禹錫因王叔文案貶居西南夷九年，以致避開了牛李黨爭之劇烈鬥爭時期，是時勢與命運的安排外，其他諸項，皆發之於個人的修養。足見在當時要避過牛李黨爭是相當不易的。

## (二)不爲朋黨所累的白居易

### 前　言

白居易字樂天，祖籍山西太原。六世祖建，自太原遷居韓城，曾祖温再遷下邽，所以也是下邽人。他的祖父鍠，晚年爲鞏縣令，罷官後，喜滎陽的風土，所以就遷居於此。而白居易就生在

[81] 劉禹錫與令狐楚有「彭陽唱和集」與李德裕有「吳蜀集」，與白居易有「劉白唱和集」等。

滎陽郡屬的新鄭、東郭里（見白居易撰醉吟先生墓誌）。白居易生於唐代宗大曆七年（西元七七二），卒於武宗會昌六年（西元八〇八）㉜，當憲宗元和三年，外廷發生牛李黨爭時，白居易已十七歲。他有三十八年的歲月生活在黨爭之中，他到底用什麼樣的態度來對待此一重大事件呢？

### 1. 白氏兄弟的政治立場

白居易有個哥哥叫幼文，在貞元十五年（西元七九九）做過江西浮梁縣主簿，不甚有名。他有兩個弟弟：一個叫行簡，一個叫金剛奴（幼美），金剛奴不幸在九歲時就夭折了。他還有個堂弟叫白敏中。兩唐書的白居易傳中附有行簡和敏中的傳略。因爲他們三人在當時名氣較大，尤其白敏中曾經拜相。下文試分析此三人的政治立場究屬何黨？

從幾種現象上觀察，白居易（尤其在早年）的政治立場是屬於牛黨的。

(1)當元和三年夏、四月，憲宗策試賢良方正直言極諫科時，牛僧孺、皇甫湜、李宗閔等因指陳時政之失，李吉甫哭訴於上，以致考策官楊於陵、韋貫之，覆試官裴垍、王涯與牛等均遭貶斥（參第一章「牛李黨爭肇始之原因」一節）。因而引起了牛李黨爭。同年五月，白居易上疏爲他們申辯㉝。

㉜ 據姜亮夫「歷代名人年里碑傳總表」。

㉝ 通鑑憲宗元和三年五月：「翰林學士左拾遺白居易上疏，以爲牛僧孺等直言時事，恩奬登科，而更遭斥逐，並出爲關外官。楊於陵等以考策敢收直言，裴垍等以覆策不退直言，皆坐譴謫，盧坦以數舉職事黜庶子。此數人皆今之人望。天下視其進退，以卜時之否臧者，一旦無罪䟽棄之，上下杜口，衆心洶洶，陛下亦知之乎？且陛下既下詔徵之直言，索之極諫，僧孺等所諫如此，縱未能推而行之，又何忍罪而斥之乎？」

雖然白居易此舉是基於無罪貶謫言官，可能造成上下杜口之不良影響，未必是針對維護牛黨而言。但與牛僧孺等敵對立場之李黨，自必視白居易爲牛黨無疑。

(2)白居易的妻子楊氏，是楊虞卿的從父妹（堂妹）❽❹，而楊虞卿、楊潁士兄弟與李宗閔的交情至善。楊虞卿在元和五年（西元八一〇）擢進士第，爲校書郎，後來再拜監察御史。牛僧孺、李宗閔輔政時，引虞卿爲弘文館學士、給事中，宗閔視爲骨肉，號爲「黨魁」❽❺，是牛黨中重要人物。楊虞卿有個堂弟汝士（就是居易的內兄），與白居易的交情也深。白居易和他的贈答詩，現存者仍有二十餘首。楊汝士出鎮東川時，白居易代妻作了兩首賀詩叫「楊六尚書新授東川節度使，代妻戲賀兄嫂二絕」。說：

「劉綱與婦共升仙，弄玉隨夫亦上天。何以沙哥領崔嫂，碧油幢引向東川。

金花銀椀饒君用，罨畫羅衣盡嫂裁，覓得黔婁爲妹婿，可能空寄蜀茶來。」

而楊汝士嘗爲牛僧孺用事時引爲中書舍人。白居易自己對這層關係，也常懷畏懼與顧慮的。故舊唐書白居易傳中卽說：所以白居易和楊家的親密關係上看，是定然會被政敵目爲「牛黨」中人。

「居易愈不自安，懼以黨人見斥，乃求致身散地，冀於遠害。」

❽❹ 白居易與楊虞卿書：「且與師臯（虞卿字）始於宣城相識，迨於今十七、八年，可謂故矣。又僕之妻，卽足下從父妹，可謂親矣。」又舊唐書白居易傳：「居易妻潁士從父妹也。」楊虞卿、楊潁士爲兄弟。

❽❺ 見舊唐書楊虞卿傳。

(3)元和十年七月，宰相武元衡遇刺㊇，白居易時爲太子左贊善大夫。他親自看到了右丞相武元衡血肉模糊在通衢上的慘狀㊈。激動的忘了本身職分，上疏爲元衡喊寃，急請捕盜，以雪國恥。而執政以爲白居易是宮官，不是言官。又有曾與居易嫌隙者，藉機毀謗居易，以爲「浮華無行」。並說居易母，因看花墮井而死，而居易竟作「賞花」與「新井」詩，甚傷名敎，不宜在朝居高位。執政本已厭惡居易的急請捕盜事，於是就貶居易爲江州刺史，後來中書舍人王涯以爲居易之過，不宜治郡，追詔江州司馬㊉。其實白居易眞是寃枉，其母早在太和六年，已因平素多病㊊，而歿於長安宣平里。所謂賞花、新井，都是欲加之罪的藉口。賞花、新井二詩，不見於今

㊇ 資治通鑑元和十年：「上自李吉甫薨，悉以用兵事委武元衡。李師道所養客說李師道曰：『天子所以銳意誅蔡者，元衡贊之也，請密往刺之。元衡死爭他相不敢主其謀，爭勸天子罷兵矣。』師道以爲然，卽資給遣之。王承宗遣牙將尹少卿奏事，爲吳元濟遊說。少卿至中書，辭指不遜。元衡比出之。承宗又上書詆毀元衡。六月癸卯，天未明，元衡入朝，出所居靖安坊東門，有賊自暗中突出射之，從者皆散走。賊執元衡馬，行十餘步而殺之。取其頭顱骨而去。又入通化坊，擊裴度，傷其首，墜溝中，度氈帽厚，得不死。傔人王義自後抱賊大呼，賊斷義臂而去。京城大駭。於是詔宰相出入，加金吾騎士……。」

㊈ 白居易與楊虞卿書：「去年六月，盜殺右丞相於通衢中，迸血髓，磔髮肉，所不忍道，合朝震慄，不知所云。僕以爲書籍以來，未有此事，國辱臣死，此其時耶。苟有所見，雖畎畝皁隸之臣，不當默默，況在班列而能勝其痛憤耶！故武相之氣平明絕、僕之書奏日中入，兩日之內，滿城知之，其不與者或誣以爲僞言，或搆以非語，且浩浩者不酌時事，大小與僕言當否？……。」

㊉ 見舊唐書白居易傳。

㊊ 白居易「請乞京兆府司」云：「臣母多病，臣家素貧，甘旨或虧，無以爲養。」

本白香山詩集。唯五代高彥休唐闕史說：

「居易母有心疾，及蔘（時年四十），家苦貧，居易與弟不獲安居，常索米乞衣於鄰邑。母晝夜念之，病益甚。及居易隨計宣州，母因憂憤發狂，以葦刀自剄，人救之得免。故遍訪名醫，或發或瘳。常侍二壯婢，厚給衣食，俾扶衛之。一旦稍怠，斃於坎井。居易及弟後已移家長安。其潁川縣君事狀稱：『元和六年四月三日，沒於長安宣平里第。』時裴度爲三省本廳，對客，京兆府中堂狀至，四坐驚愕。薛給事存誠言：『其所居與白鄰，聞其母久苦心疾，叫呼往往達於鄰里。』座客聞之意稍釋。居易長於情，無一春無詠花篇什，遂爲憸壬娼嫉輩掎摭詩章，以成讒謗，誣言其母看花墜井，而作賞花及新井詩。又驗新井是盩厔時作，隔官三政，不同時矣。」

在以上記事中，我們必須注意的是，加諸白居易的罪名是「浮華無行」、「甚傷名教」。雖然史籍中未說誣謗白居易者爲誰。但這種手段，正是李黨毀謗牛黨的貫用伎倆（如韋瓘之毀牛僧孺）。實則白居易事母至孝。如舊唐書白居易傳說：

「五年，當改官，上謂崔羣曰：居易官卑俸薄，拘於資地，不能起等。其官可聽自便奏來。居易奏曰：臣聞姜公輔爲內職，求爲京兆判司爲奉親也。臣有老母，家貧養薄，乞如公輔例，於是除京兆府戶曹參軍。」

(4)白居易的朋友中，有屬李黨的元稹，也有爲牛黨的牛僧孺。不過白居易與元稹之相識相交是基於同年及同授校書郎的情誼[90]。彼此縱有詩歌往返，或過從親密之舉，不會有人懷疑他們是同黨，況且二人相識早在貞元十九年，其時外廷並無「牛李黨爭」，當黨爭發生時，元、白二人已是舊交，當然也不會有人牽扯以爲同黨。而白居易和牛僧孺之相識相交則不同。白與牛的相識在順宗永貞元年（西元八〇五），當時正是他和元稹皆罷校書郎，退居華陽觀，苦讀詩書，準備制舉之時[91]。離憲宗元和三年發生黨爭之時只不過三年之久。而且彼此又無同年之誼，而是牛僧孺以一種仰慕前賢之心情去主動會見居易。尤其牛僧孺在出任淮南時，經常與白居易吟詠於洛陽歸仁里牛僧孺之宅第之中[92]。可惜牛僧孺詩今多不存。唯見全唐詩中錄有四首，而其中竟有兩首俱爲樂天而作[93]。至於白香山詩集中，酬和牛僧孺之詩則甚多。其中有一首「廬山草堂夜雨獨宿寄牛二李七庾三十二員外」詩，是白居易貶江州司馬時作，最能代表牛白之間的友情有逾於手足者。

[90] 據清徐松登科記考：元、白二人俱爲貞元十八年拔萃科及第。如元稹在「酬翰林白學士一百韻」中說：「昔歲俱充賦，同年遇有司。」

[91] 白居易酬寄牛相公同宿話舊勸酒見贈詩：「每來故事堂中宿，共憶華陽觀裏時，日暮獨歸愁未盡，泥深同出借驢騎。交遊今日唯殘我，富貴當年更有誰？彼此相看頭雪白，一盃可合重推辭。」時白居易年七十三，牛僧孺以太傅留守東都。

[92] 舊唐書牛僧孺傳：「僧孺識量弘遠，心居事外，不以細故介懷。洛陽築第於歸仁里。任淮南時，嘉木怪石置之階庭，館於清華，木竹幽邃，常與詩人白居易吟詠其間，無復進取之懷。」

[93] 全唐詩冊七卷四六六。僧孺給樂天詩兩首是：「樂天、夢得有歲夜詩聊以奉和」、「李蘇州遺太湖石奇狀絕倫，因題二十韻奉呈夢得樂天」。

詩說：

「丹霄携手三君子，白髮垂頭一病翁。蘭省花時錦帳下，廬山雨夜草菴中。終身膠漆心應在，半路雲泥迹不同。唯有無生三昧觀，榮枯一照兩成空。」

這種「終身膠漆」似的情誼，是不得不令人懷疑白居易之爲牛黨了。

至於白居易的弟弟白行簡，在貞元末才進士及第，而在敬宗寶曆二年（西元八二六）多就病逝了。所以他實際上涉及牛李黨爭的時間不長，才十八、九年，而且牛李黨爭在文宗太和以後才愈趨激烈，對白家也漸漸構成嚴重威脅94。而且白行簡在這十八、九年間，多數時間都追隨在居易身側。其中除了元和九年盧坦鎭劍南東川，辟行簡爲掌書記，離開過居易三年外95，當盧坦罷節度使時，行簡卽往江州依居易。元和十四年春，白居易離江州入川，任忠州刺史，行簡也隨往96。元和十五年，白居易奉召還朝，拜尚書司門員外郎，行簡也隨之上京，授左拾遺97。穆宗時，河朔再度作亂，而穆宗又荒於畋遊。居易屢次上書進諫，但都不被援納，在長慶二年（西元八二二）自求外任，出知杭州，才和行簡分別98。而行簡也曾歷遷司門員外郎、主客郎中等職。

94 舊唐書白居易傳：「太和以後，李宗閔、李德裕朋黨事起。」
95 白居易「登西樓憶行簡」詩云：「浸天秋水白茫茫，風波不見三年面。」
96 白居易有「江州赴忠州至江陵已來舟中示舍弟五十韻。」
97 見舊唐書白居易傳附白行簡傳。
98 白居易有「路上寄銀匙與阿龜」詩。阿龜是行簡的兒子。

至寶曆二年病卒。所以白行簡的政治立場和他的哥哥應該是一致的。所以當元和十年，宰相武元衡被刺，白居易上書急請捕盜被斥，並被蒙以「浮華無行」、「甚傷名教」等罪名時，心境鬱邑之極[99]，身爲弟弟之行簡，在此時執筆寫了「李娃傳」，以高門第滎陽鄭氏娶娼女爲妻的故事爲背景，爲白家的貧寒士族之蒙侮而申辯，爲白氏之被辱，提出控訴[100]。

白居易還有一位堂弟是白敏中，字用晦。他是季康的兒子，季康和季庚是同祖兄弟[101]。敏中的父親早逝，他就跟著白居易讀書。長慶二年進士及第[102]。他的仕途成功，與李德裕的提拔有關。據舊唐書白敏中傳說：

「武宗皇帝素聞居易之名，及卽位，欲徵用之。宰相李德裕言居易衰病，不任朝謁，因言從弟敏中，辭藝類居易。卽日知制誥，召入翰林充學士，遷中書舍人，累至兵部侍郎，學士承旨。會昌末，同平章事，兼刑部尚書，集賢史館大學士。宣宗卽位，加右僕射金紫光祿大夫。太清宮使、太原郡開國公，食邑二千戶。」

仕途上可謂「飛黃騰達」、「一帆風順」。但是白敏中雖爲李德裕提拔，卻非李黨。他在宣宗朝

[99] 見白居易寄行簡詩：「鬱鬱眉多斂，默默口寡言。豈是願如此，舉目誰與歡……。」
[100] 見本書前第三章中「試探李娃傳的寫作動機及其時代」一文。
[101] 見清汪立名「白香山年譜」。
[102] 清徐松「登科記考」。

爲宰相時，薦舉令狐楚的兒子綯爲考功郎中[103]。後來兩人竟聯手排斥李德裕。見舊唐書李德裕傳：

「白敏中，令狐綯在會昌中，德裕不以朋黨疑之，置之臺閣，顧待甚優。及德裕失勢，抵掌戟手，同謀斥逐。而崔鉉亦以會昌末罷相，怨德裕。大中初，敏中復薦鉉在中書，乃相與掎摭構致，令其黨人李咸者訟德裕輔政時陰事，乃罷德裕……時大中元年秋，尋再貶潮州司馬……[104]。」

足證白敏中之政治立場仍屬牛黨。他所以會如此對待德裕，這恐怕與他的出身寒門有關。在最基本的黨爭形成因素上，他就與李黨不合。加之他欲得政治利益而不擇手段，不顧道義的做法，與元稹的心態相似[105]，也是構成牛李黨爭恩恩怨怨的原因之一。

綜上所論，白氏兄弟的政治立場，都站在「牛黨」。然而他們在「牛李黨爭」期間，自處的態度，則各有不同。大體上，白居易的介入黨爭，尚在早期，鬥爭不甚激烈，所以他有全身而退

[103] 新唐書卷一六六令狐綯傳：「大中初，宣宗謂宰相白敏中曰：憲宗葬，道遇風雨，六宮百官皆避。獨見頎而髯者，奉梓宮不去，果誰邪？敏中言：山陵使令狐楚。帝曰：有子乎？對曰：緒少風痺，不勝用。綯今守湖州，因曰其爲人宰相器也，卽召爲老功員外郎，知制誥，入翰林爲學士……。」

[104] 新唐書李德裕傳也載，可並參。

[105] 參本論文「沒落的舊族元稹」一章。

的可能。然則白敏中的捲入黨爭在末期，只有拼鬥到底，直待逼得對手，飲恨崖州，不能罷休，時勢然也[106]。

**2.白居易的自處之道**

宋、陳振孫撰白文公年譜說：

「案唐朋黨之禍，始於元和之初，而極於太和、開成、會昌之際。三十年間，士大夫無賢不肖，未有能自脫者。權位逼軋，福禍伏倚。大則身死家滅，小亦不免萬里投荒。獨公超然利害之外，雖不登大位，而能以名節始終，惟其在朋黨之時，不累於朋黨故也。」

當然，白居易之能不爲朋黨所累，除了時勢之外，完全得力於他的自處之道，今條貫於下：

(1)自求散地以避禍：白居易往往能在朋黨之爭，事起之先，卽自求散地以避禍，如穆宗長慶元年十一月，他的自求出爲杭州，卽是洞察先機之舉。據舊唐書白居易傳載：

「穆宗親試制舉人，又與賈餗、陳岵爲考策官，凡朝廷文字之職，無不首居其選，然多所排擯，不得用其才。時天子荒誕不法，執政非其人，制御乘方，河朔復亂，居易累上疏論其事，天子不能用，乃求外任，七月除杭州刺史。」

因爲長慶二年李逢吉拜相，卽展開對李黨的大肆排斥行動；裴度、元稹皆在此年罷相，李紳也在

[106] 陳寅恪先生於隋唐政治史述論稿中篇「政治革命及黨派分野」一文中說：「如牛黨白居易之消極被容，樂天幸生世較早耳，若升朝更晚，恐亦難幸免也。」

其年入翰林遭誣搆，李德裕出爲浙西觀察使。隨後牛黨的李宗閔、牛僧孺均紛紛得勢。就形勢觀察，在長慶元年時李德裕等對牛黨製造的壓迫，勢必卽將引起爆發。而白居易卽在此時見機自求出爲杭州，顯然是避禍的明智之舉。又如舊唐書白居易傳說：

「太和已後，李宗閔、李德裕朋黨事起，是非排陷，朝昇暮黜，天子亦無如之何。楊虞卿與李宗閔善，居易妻潁士從父妹也。居易不自安，懼以黨人見斥，乃求致身散地，冀於遠害。」

白居易此次離開京師（長安）是在太和三年，來到東都（洛陽）除太子賓客分司。當時他還寫了一首「喜除賓客」詩說：

「臥在漳濱滿十旬，起爲商皓伴三人。從今且莫嫌身病，不病何由索得身。」

還有一首「授太子賓客歸洛」詩說：

「南省去拂衣，東都來掩扉。病將老齊至，心與身同歸。白首外緣少，紅塵前事非。懷哉紫芝叟，千載心相依。」

詩中表明了他退守保身的哲理和修養。雖然太和四年十二月到七年四月間，除河南尹，但白居易從此就沒有離開過洛陽。

⑵假借病體以遠害：白居易初出仕時，跟一般年輕人一樣，對國家、社會充滿了熱望與幹勁。當元和二年，除左拾遺時，他曾寫了首「初授拾遺」詩說：

「奉詔登左掖，束帶參朝議。何言初命卑，且脫風塵吏。杜甫陳子昂，才名括天地，當時非不遇，尙無過斯位。況予蹇薄者，寵至不自意，驚近白日光，慙非靑雲器。天子方從諫，朝廷無忌諱，豈不思匪躬，適遇時無事，受命已旬月，飽食隨班次，諫紙忽盈箱，對之終自媿。」

又在「初授拾遺獻書」中說：

「臣本鄉里豎儒，府縣走吏，委心泥滓，絶望煙霄，豈意聖慈，擢居近職。每宴飫，無不先及；每慶賜，無不先霑。中廐之馬代其勞，內廚之膳供其食。朝慚夕惕，已逾半年，塵曠漸深，憂愧彌劇。未伸微效文擢淸班。臣所以授官以來，僅將十日，食不知味，寢不遑安，雖思粉身，以答殊寵。」

他自蒙受皇帝寵恩，所以工作努力，受命才旬月，諫紙已盈箱，而且抱定「粉身以答殊寵」之決心。但當他後來遇到幾番挫折後，竟變得心灰意懶，鬥志全消。往往假借病體以免官避害(107)。居易的這種心情，就如舊唐書本傳中所說：

「居易初對策高第，擢入翰林，蒙英主特達顧遇，頗欲奮厲効報，苟致身於訏謨之地，

(107) 從白居易的詩中看，他的健康情況，年輕時卽甚差。如貞元五年，他才十八歲，就有「病中作」詩。云：「久爲勞生事，不學攝生道，年少已多病，此身豈堪老。」（感傷四），而且他的「病」詩特多，此不贅引。

則兼濟生靈，蓄意未果，望風爲當路者所擠，流徙江湖，四、五年間，幾淪蠻瘴，自是宦情衰弱，無意於出處，唯以逍遙自得，吟詠性情爲事。」

如白居易在敬宗寶曆元年（西元八二五）三月，除蘇州刺史，可是到職不過一年，他就因病辭職。還寫了首「喜罷郡」詩：

「五年兩郡亦堪嗟，偸出遊山與看花。自此光陰爲己有，從前日月屬官家。樽前免被催迎使，拋上休閒抱坐衙，睡前午時歡到夜，廻看官職是泥沙。」

又如太和二年（西元八二八）正月，白居易轉刑部侍郎，封晉陽縣男，食邑三百戶。但到了三年，他就稱病免官，東歸洛陽，求爲分司官，不久除太子賓客。（見前節(1)）這時他一面以自求散地，一面又假借病體爲由，配合得眞是恰到好處。所以當時有識見的人，無不佩服他的高明⑩。又如在太和七年（西元八三三）二月，李德裕同平章事，四月，李宗閔罷，而白居易又因病免河南尹，再授太子賓客分司。到開成元年（西元八三六）除同州刺史時，居易又以病不赴任。這時他曾寫了一首「詔授同州刺史，病不赴任，因詠所懷」詩說：

「同州慵不去，此意復誰知。誠愛俸錢厚，其如身力衰。可憐病判案，何以醉吟詩。勞逸懸相遠，行藏決不疑，徒煩人勸諫，只合自尋思，白髮來無限，青山去有期，野心惟怕鬧，家口莫愁飢，賣卻新昌宅，聊充送老資。」

⑩ 舊唐書白居易傳：「凡所居官，未嘗終秩，率以病免，固求分務，識者多之。」

後來又改授太子少傅分司。這時他又以能得閒散之職而高興，寫了一首「從同州刺史改授太子少傅分司」詩說：

「承華東署三分務，履道西池七過春。歌酒優遊聊卒歲，園林蕭灑可終身。留侯爵秩誠虛貴，疏受生涯未苦貧。月俸百千官二品，朝廷雇我作閒人。」

到了開成四年（西元八三九）十月，白居易已經六十八歲，得了風痺⑩⑨。他作「病中詩」十五首，敍述他當時的病情和心境。說：

「六十八衰翁，乘衰百病攻。朽株難免蠹，空穴易來風。肘痺宜生柳，頭旋劇轉蓬。恬然不動處，虛白在胸中。」（初病風）

又說：

「風疾侵凌臨老頭，血凝筋帶不調柔。甘從此後支離臥，賴是從前爛漫遊。廻思往事紛如夢，轉覺餘生杳若浮。浩氣自能充靜室，驚飇何必蕩虛舟。腹空先進松花酒，膝冷重裝桂布裘。若問樂天憂病否？樂天知命了無憂。」（枕上作）

⑩⑨ 白居易病中詩序：「開成已未歲，余蒲柳之年六十八。冬十月甲寅旦，始得風痺之疾。體瘰目眩，左足不支。蓋老病相乘，時而至耳。予早棲心釋梵，浪迹老莊。因疾觀身，果有所得，何則？外形骸而內忘憂恚，先禪觀而後順醫治。旬日以還，厥疾少間，杜門高枕，澹然安閒吟諷，興來亦不能遏。因成十五首，題為病中詩，且貽所知，兼用自廣。」

這樣一位被老病摧殘而又達觀樂天知命的老人，縱有政敵，恐怕也不忍心下手排斥他吧！

(3)肆情山水以消憂：白居易在貶謫生涯中，往往能寄情於山水，以平息胸中鬱憤不平之氣。這也是他所以能處黨爭之時，而不爲所累的修養之一。如白居易在元和十年的被貶江州司馬，是他在仕途上所遭受第一次挫折，對他的打擊甚大。起初白居易痛苦莫名，特在「放言」詩中描述其痛苦矛盾之心境。說：

「世途倚伏都無定，塵網牽纏卒未休，禍福廻還車轉轂。榮枯反覆手藏鉤，龜靈未免刳腸患，馬失應無折足憂，不信君看奕棋者，輸贏須待局終頭。」（五首之二）

從此白居易對人生態度有了很大的轉變。他在「自悔」篇中透露了他當時的心態。說：

「樂天！樂天！來與汝言：汝宜拳拳，終身行焉。物有萬類，錮人如鎖，事有萬感，熱人如火。萬類遞來，鎖汝形骸，使汝未老，形如枯柴。萬感遞至，火汝心懷。使汝未死，心化爲灰。樂天！樂天！可不大哀，汝何不懲往而念來！人生百歲，七十盧設。使與汝七十期，汝今已四十四，卻後二十六年能幾時。汝不思二十五六年來事，疾速倏忽如一寐。往日來日皆瞥然，胡爲自苦於其間。樂天！樂天！可不大哀。而今以後，汝宜餓而食，渴而飲，晝而與，夜而寢。無浪喜，無妄憂；病則臥，死則休。此中是汝家，此中是汝鄉，汝何捨此而去，自取其遑遑，遑遑今欲安往哉！樂天！樂天！歸去來！」

從此他果然體會到超然物外，解脫人世羈絆，而寄情於山水之樂趣。他有篇「司馬廳記」，寫江州附近的名勝古蹟。說：

「江州左匡廬，右江湖，土高氣清，富有佳境。刺史守土臣，不可遠游；羣吏執事官，不敢自暇佚，惟司馬綽綽，可以容與山川詩酒間。由是，郡南樓，山北樓、水盜亭、百花亭、風篁石岩、瀑布廬宮、源潭洞、東西二林寺、泉石松雪，司馬盡有之矣。苟有志於吏隱者，捨此官何求焉？」

所以在這段「吏隱」期中，居易寫了不少欣賞景色，憑弔古蹟的詩，如：題潯陽樓、訪陶公舊宅、北亭、遊盜水、春遊西林寺、遊石門澗、登香爐峰頂、望江樓上作、湖亭晚望殘水、宿東林寺、南湖晚秋等詩皆是⑩。

長慶二年，牛李黨爭日烈，朝臣相互攻訐，而河朔又亂，白居易數上疏論事，不為天子所用，於是自求外放杭州。杭州風景之美，西湖之勝，早已成為文學作品中描繪之對象。白居易在此，又得以飽覽無遺，所以此時他又寫了不少刻劃風景的詩。現姑舉一首為例。如「餘杭形勝」詩說：

「餘杭形勝四方無，州傍青山縣枕湖。遠郭荷花三十里，拂城松樹一千株。夢兒亭古傳名謝，敎妓樓新道姓蘇。獨有使君年太老，風光不稱白髭鬚。」

白居易遊覽之暇，還大事修葺西湖。據明、田汝成「西湖遊覽志」中說：

⑩ 參劉維崇白居易評傳第一章生平。

「六朝以前，史籍莫考。雖水經有明聖之號，天竺有靈隱之亭，飛來有慧理之塔，孤山有天嘉之檜；然華艷之蹟，題詠之篇，寥落莫覩。逮于中唐，而經理漸著，代宗時李泌刺史杭州，憫市民苦江水之鹵惡也，開六井，鑿陰竇，引湖水以灌之，民賴其利。長慶初，白樂天重修六井、甃、函、筧以蓄洩湖水，溉沿河之田。其自序云：『每減湖水一寸，可溉田十五餘頃，每一復時，可溉田五十餘頃。此州春多雨，夏秋多旱，若隄防如法，蓄洩及時，即瀕湖千餘頃無凶年矣。』」

白居易更濬湖築堤，沿堤植柳，滿湖殖蓮，「白堤」之名，至今流傳。

長慶四年五月，居易任期屆滿，改除太子左庶子，回到洛陽。依然不忘庭園之勝。如舊唐書白居易傳說：

「初，居易罷杭州，歸洛陽，於履道里，得故散騎常侍楊憑宅。竹木池館，有林泉之致。家妓樊素、蠻子者，能歌善舞。居易既以尹正罷歸，每獨酌賦詠於舟中，因為池上篇曰：『東都風土水木之勝在東南，偏東南之勝在履道里，里之勝在西北隅，西閈北垣第一第，即白氏叟樂天退老之地，地方十七畝，屋室三之一，水五之一，竹九之一，而島樹橋道間之。初樂天即為主，喜且曰：雖有池臺，無粟不能守也，乃作池東粟廩。又曰：雖有子弟，無書不能訓也，乃作池北書庫。又曰：雖有賓朋，無琴酒不能娛也，乃作池西琴亭，加石樽焉……。』」

他在洛陽停留將近一年。在敬宗寶曆元年三月四日，除蘇州刺史。蘇州景色之美，可與杭州比美。周朝時吳王建都於此，造「姑蘇臺」，因以名「姑蘇」。它城西有太湖（又稱五湖），近郊有虎邱、靈岩、滄浪亭、寒山寺等勝景，白居易在爲政之暇，也多賞玩，這時也寫了不少寄情景色之詩。如「題靈岩寺」詩說：

「娃宮屧廊尋已傾，研池香徑又欲平。二三月時但草綠，幾百年來空月明，使君雖老頗多思，携觴領妓處處行。今愁古恨入絲竹，一曲涼州無限情。直自當時到今日，中間歌吹更無聲。」

詩中不僅攬勝，又多一層懷古憑弔之意。

後來白居易曾歷任太子賓客分司、河南尹諸職，但自太和三年以後，就沒有離開過洛陽，從此過著半仕半隱的生活。

(4) 修養佛老以逃世：白居易在憲宗元和十年被以不孝之罪名，貶謫江州司馬一事，對他思想之轉變甚大。從此居易篤信佛理，潛心老莊，淡薄名利，厭棄仕宦，他所以能不爲朋黨所累，此也原因之一。

白居易在此之前，並不信佛。他在元和四年新樂府中還寫了首「兩朱閣」詩，以諷刺佛寺之多[111]。可是第二年他的愛女金鑾子夭折[112]，第三年，他的母親陳氏去世。短短數年之間，他歷經

[111] 白居易新樂府五十篇中有「兩朱閣」詩：「兩朱閣，南北相對起，借問何人家？貞元雙帝子，帝子吹蕭

兩次與親人死別的悲痛，眞是人間少有之慘劇。他有兩首「自覺」詩，最能寫出此時的心境。詩說：

「朝哭心所愛，暮哭心所親，親愛零落盡，安用身獨存。幾許平生歡，無限骨肉思。結爲腸間痛，聚作鼻頭辛，悲來四支緩，泣盡雙眸昏。所以年四十，心如七十人。我聞浮圖教，中有解脫門。置心爲止水，視身如浮雲。斗擻垢穢衣，度脫生死輪。胡爲戀此苦，不去猶逡巡。冋念發弘願，願此見在身。但受過去報，不結將來因。誓他智慧水，永洗煩惱塵，不將恩愛子，更種悲憂根。」

於是白居易不得不試圖從禪理中去尋求苦痛的解脫。然而，接踵而至的，卻又是在無限的寃屈下，被貶江州，在心靈的困苦、焦慮上更加上了一層仕途的坎坷與多變。於是他對佛教的相信，愈見誠篤。隨卽開始精研釋典，常以忘懷、處順以爲修養身心，頓拋遷謫後所引起的介意。他更

雙得仙，五雲飄飄飛上天，第宅亭臺不將去，化爲佛寺在人間。妝閣妓樓何寂靜，柳以舞腰池似鏡。花落黃昏悄悄時，不聞歌吹聞鐘磬。寺門勅榜金字書，尼院佛庭寬有餘，靑苔明月多閑地，比屋齊人無處居。憶昨平陽宅初置。呑併平人幾家地，仙去雙雙作梵宮，漸恐人家盡爲寺。」

⑫ 白居易有「念金鑾子二首」、「金鑾子晬日詩」、「病中哭金鑾子」諸詩之作。其「病中哭金鑾子」詩說：「豈料吾方病，翻悲汝不全，臥驚從枕上，扶哭就燈前。有女誠爲累，無兒豈免憐，病來纔十日，養得已三年，慈淚隨聲迸，悲腸遇物牽，故衣猶架上，殘藥尚頭邊。送出深春巷，看封小墓田，莫言三里地，此別是終天。」

在湓城廬山遺愛寺傍築了草堂隱舍。在與友人書中，追敍他與禪師相交的情形。說：

「予去年秋，始遊廬山，到東西二林間，香鑪峯下，見雲木泉石，勝絕第一，愛不能捨，因立草堂，前有喬松十數株，脩竹千餘竿，青羅爲牆，援白石爲橋，道流水周於舍下，飛泉落於簷間，紅榴白蓮，羅生池砌。居易與湊、滿、朗、晦四禪師，追永遠宗雷之迹，爲人外之交，每相携遊詠，躋危登險，極林泉之幽邃，至於翛然順適之際，幾欲忘其形骸。或經時不歸，或逾月而返，郡守以朝貴遇之，不之責。」（舊唐書白居易傳）

太和六年（西元八三二），白居易爲河南尹。他看到香山寺樓亭崩缺，佛僧暴露。於是把前一年元稹去世時，元家送他的六、七十萬撰寫墓誌銘的謝文之贄，都捐給香山寺，作爲修葺廟宇之用，也等於替元稹做了件功德。這段時期，他與香山寺僧人往來甚密。

開成四年（西元八三九）冬，白居易已經六十八歲，他得了風痺之疾，從此對佛學更爲專注。據舊唐書本傳說：

「予栖心釋梵，浪迹老莊。因疾觀身，果有所得。何則？外形骸而內忘憂患，先禪觀而後醫治，旬月以還，厥疾少間，杜門高枕，澹然安閑，吟詠興來，亦不能遏。」

會昌二年（西元八四二），白居易罷太子少傅，以刑部尚書致仕，而時與香山僧如滿，結香火社，每次穿著白衣，拿著鳩杖，坐著轎子，相互往來，因自號「香山居士」。對人間煙火事，不聞不問。白居易的修養已入化境，而牛李朋黨之爭，再也影響不到他了。

## 結論

從白居易的政治背景，親族關係上看，他之爲牛黨無疑。雖然白居易的秉性孤忠，言行耿直，一切作爲，都只在報答天子知遇，國家厚恩。他原並沒有參與黨爭的意思，然而政治是敏感而現實的，他實際上已被目爲牛黨中人。於是在他的警覺中，力求解脫，努力掙扎，不過白居易所付出代價與修養，不是常人可以企及的。

# 總結

牛李黨爭原本是中晚唐時，在外廷士大夫間，爲權力衝突而引發的歷史事件。它與文學之所以會產生關係，是因爲歷史與文學皆爲人類活動的記錄。只是歷史較偏重於人類生活外在的敍述；而文學則着重於人類心靈活動的反映。實則歷史與文學是一體的兩面，相輔相成，不可分離。甚至，人類的心靈活動，有時就被歷史事件所牽引。而本論文就是想探討歷史事件究竟對文學能產生多大的影響。而選擇唐代的牛李黨爭作爲歷史背景，是基於：第一、它前後延續了四十餘年，有足够的時間使「朋黨」的結構成熟。第二、它有廣大的影響面。因爲唐代的文士眾多，而文學形式已大體具備。不過，在我國浩瀚的歷史賡續中，「牛李黨爭與唐代文學」，只是歷史與文學相關研究中的一個例子而已。

# 一、黨爭的本質

## ㈠黨爭是人性衝突的產物

黨爭的發生，是人類營求政治行爲後的必然結果。即如康德說：「人類天生具有不合羣的合羣性。」（見詹同章著「人性、權力、政術」一書引）因爲人類有合羣性，所以他會自覺地去組織一個團體，結合眾人的力量，以達成某項目的。然而人類又天生具有不合羣性，積極的要求在團體中，別人必須受制於己。於是在合羣慾與支配慾的結合下，就自然形成「朋黨」，在彼此利益衝突下，就發生「黨爭」。誠如宋、歐陽修在「朋黨論」中說的好。

「臣聞朋黨之說，自古有之……。大凡君子與君子以同道爲朋；小人與小人以同利爲朋。此自然之理也。」

這「自然之理」就是人類的天性。

## ㈡牛李黨爭是若干事件的統稱

牛李黨爭肇始於唐憲宗元和三年，結束於唐宣宗大中三年。在這漫長的四十餘年之中，「

牛、李」的相互鬥爭，並不是持續不斷的，而是由若干次斷斷續續的大小事件所組成。而且爭鬥的對象與成員也都不盡相同。（參本論文第一章「牛李黨爭的始末」㈢「黨爭中的幾件大事」）然則，歷史學家之所以把這些事件統稱爲「牛李黨爭」，是基於：

第一：所謂「牛」、「李」黨人，都大致具有某些一定的地緣、背景以及政治立場或主張的不同。而「牛黨」中人、或「李黨」中人，自己則又是大致相同的。（參本論文第一章「牛李黨爭的始末」㈠「黨爭的肇始」）

第二：所謂「牛李黨爭」，是後代歷史家對前代歷史事件的統稱，就唐代當時人的奏疏、文章上看，但有指某集團爲「朋黨」者。（參本論文第二章「黨爭與史料鑑別」㈠「兩唐書所論牛李黨爭之歧異」）

㈢牛李是貫穿黨爭的主線

所謂「牛李」，在此是指三李一牛。三李是李德裕、李宗閔和李逢吉，一牛是牛僧孺。所有黨爭中大小事件，均與此三李一牛有關。所以他們的生平事蹟是探索牛李黨爭的主線。然而本論文中卻獨不見三李一牛之專論。其原因是：

第一：三李一牛的生平事蹟已分別見於各篇專論中，如果再獨立闢爲一章節，恐有重複之弊。

第二：牛僧孺有朱桂「牛僧孺研究」、李德裕有湯承業「李德裕研究」等之專著在，而且得之甚便。

## ㈣生活行爲與政治行爲的矛盾與調和

人類的行爲，可依分類基準的不同，而分成無以數計的種類。但若以「政治意識」之有無爲準，則可簡分爲二類。一是生活行爲；一是政治行爲。人雖然是政治動物，但他不可能永遠生活在政治活動之中，他必須也去營求若干人類本能的需求，如飲食、男女、愛、惡、慾等，此之謂「生活行爲」。而「政治行爲」則不然，它是以達成某種政治企圖爲目的的行爲。行爲既涉及企圖，則可能就有眞假。職是之故，我們不難了解，在牛李黨爭期中，牛僧孺與李德裕、李宗閔與李德裕、白居易與李德裕之間，都不斷的有詩歌酬唱，但是那並不表示他們的政治立場就是一致。第一：詩歌酬唱在當時是一種很普遍的交際行爲。第二：它也可能是政治行爲的一種。所以劃分「黨籍」時，不能單憑詩歌的酬唱爲據，必須再證之於他們的其他行爲表現。又如令狐綯曾爲李德裕所提携，也未見令狐綯有所拒絕，單憑這層認知，並不足以確定二人的政治立場相同，而必須再通觀全局。因爲令狐綯可能是虛與委蛇的「政治行爲」（李德裕也不無可能），所以生活行爲與政治行爲，看似矛盾，而實際又是調和的。

再者，政治立場是會改變的，正因爲政治形勢也是會改變的緣故，而且「政治之爭」並非是絶對的「善惡之爭」（所謂善惡的批判，應該從另外的角度加以衡量）。所以在牛李黨爭中，我只報導事件的過程，以及它對文學與文士產生了如何的影響，而並不刻意的品評人物。所以牛僧孺、李德裕都不是小人。白居易的不爲黨爭所累是清高嗎？李商隱的依違於兩黨之間是卑下嗎？自應留待以他種角度品評，而都不是本文推究的目的。

## 二、黨爭對文學與文士的影響

### ㈠影響於散文者

散文是一種比較著重於直接鋪敍的文體。如果用來攻訐政敵，往往落人把柄，而且用之不妥，反成謾罵。所以在黨爭中運用散文以爲手段的不多。也就是說散文受黨爭的影響不大。在散文中唯一可以利用的技巧是借隱喻來達成諷刺、嘲弄的目的。如本論文第三章「黨爭與文學」中「牛李的幾篇攻訐散文」中所例舉者，大都如是。不過在資料的解釋上，必須特別留意的是，隱喩的對象，不是斷然可以確指的，必須再引用某些資料或條件加以比附。縱使如此，也猶恐失之。

## (二)影響於詩歌者

歷史事件之影響於詩歌者，不外二途。一是歷史成爲詩歌敍述的材料，此卽謂「敍事詩」。如李紳的「趨翰苑遭誣搆四十六韻詩」是。這種詩歌，以確定他與黨爭的關係，十分容易。因爲他已把歷史事件明白的敍述出來。然而牛李黨爭在唐代外廷中，雖是大事，但是它缺乏構成敍事詩的本質。所以這方面影響到詩歌的也並不多。至於歷史事件影響到詩歌的另一途是，該事件所引起的作者經歷，化爲情緒，而表現於詩歌之中，此之謂「抒情詩」。此類詩歌，欲判定它與黨爭的關係，就十分困難了。因爲任何外在的因素，都可能刺激情緒，何以肯定此情緒必來自於某特定事件（黨爭）！所以我的取材層次是：

(1)詩中或序中已明說的。

(2)前人注中已確指的。

(3)我有足够的資料以判定的（用的極少）。

例如：「李商隱的婚姻與黨爭」一文中多屬此種推理以選取材料。

## (三)影響於小說者

小說原是最可利用爲黨爭攻訐的形式。因爲它原本就具有一層可資僞裝或隱蔽的外衣。但要寫出一篇既膾炙人口而又能寄寓攻訐或譏諷意味的小說則甚難。因爲這兩種效用是相剋的。而我在探討小說與黨爭的關係時，把握的一項原則是：只要它有意被用爲攻訐，必也有迹可尋。所以我的推理層次是：

(1)尋找出小說中的問題。

(2)探討作者如是安排的動機。

(3)從作者與主角或問題中去確定它與黨爭的關係。

## (四)影響於文士者

黨爭之影響於文士者，在指這歷史事件促使了他在思想、際遇、命運等方面產生了改變而言。這種情況也不外二類：一是原已置身黨爭之中，在經一番掙扎後，得以脫免者，如白居易是；一是但因自己行爲的不愼或缺乏政治意識的警覺性而捲入了黨爭者，如李商隱是。如果他能掙脫，必有掙脫的原因；如果他會陷身，也必有捲入的苦衷。所以有關這部分，我多在尋求被影響者的心態變化。

## 三、黨爭對歷史的影響

### (一)扭曲了歷史的事實

黨爭使史籍扭曲的情形，不外兩種：一是當代黨爭中人，有意竄改了史料。如李德裕的竄改實錄，抹殺了不利於其父李吉甫的事實，而增添了有利的資料。（參本論文第二章「黨爭與史料鑑別」中一項「通鑑考異中提到幾種因牛李黨爭而竄改的史書」）。一是後代歷史家因本身對牛李黨爭主觀的好惡，而影響到他們執筆書史時的公正性。（參本論文第二章「黨爭與史料鑑別」中二項「兩唐書所論牛李黨爭之歧異」）。

### (二)誤解了人物的形象

黨爭中，有意攻訐政敵而揑造的資料，或個人好惡不同而撰述的資料，在不經證實下，流入民間（如筆記小說等）。或轉載入正史（如新唐書等）。使後人對牛、李諸人物的形象，產生誤解。如筆記小說中或說李德裕奢侈，又說李德裕勤儉，則兩者之間必有一誤。（參本論文第二章「黨爭與史料鑑別」中三項「唐人筆記小說中的牛李傳聞」）又如牛僧孺、楊虞卿成了不忠不孝的大奸。（參本論文第三章「黨爭與文學」中三項之(三)「周秦行紀的再審視」）

### ㈢間接加速了唐室的滅亡

唐代之覆亡，自有其內政、外患上的多種因素。但，不可否認的，牛李黨爭所造成的後遺症，也是加速唐室滅亡的原因之一。因爲黨爭中的外廷士大夫與宦官是相互依賴的。在外廷士大夫的不斷鬥爭下，不但削減了自己的勢力，卻促成了宦官之間消除了內部之歧見，而增加了他們的勢力。所以，從此以後，皇儲的廢立，完全取決於宦官，而天下政事，又全然決定於北司，宰相不過行文書而已。故而激成崔胤等不得不假借黃巢餘黨朱全忠（原名溫，爲黃巢部將，以同州〔今陝西大荔縣〕降唐，賜名全忠）之力，以排斥宦官，終使全忠勢力坐大，而唐代皇室也隨以覆亡。

總之，像「牛李黨爭」這樣轟動的歷史事件中，某些問題是必然會已經有人從事研究過的，而且有很好的成績。不過在問題的探討與分析上，本論文是極力試圖用一種新的尺度、新的觀念、新的推理層次而加以組織。而且它也是全面性的。當然應該也能得到一個新的評價吧！

# 附錄一

## 牛李黨爭大事年表（注：本表以資治通鑑爲主，並酌參兩唐書及近人所編年譜）

唐肅宗乾元元年（西元七五八年）

李逢吉生

代宗永泰元年（西元七六五年）

裴度生

令狐楚生

大曆三年（西元七六八年）

韓愈生

大曆七年（西元七七二年）

白居易生

劉禹錫生

大曆八年（西元七七三年）

韋處厚生

大曆十四年（西元七七九年）

元稹生

仇士良生

牛僧孺生

德宗貞元元年（西元七八五年）

李珏生

貞元二年（西元七八六年）

楊嗣復生

貞元三年（西元七八七年）

李德裕生

貞元十九年（西元八〇三年）

杜牧生

唐憲宗元和元年（西元八〇六年）

正　月：韋夏卿卒。

四　月：元稹、白居易、蕭俛、沈傳師制擧及第。元稹爲左拾遺、白居易爲盩厔尉、蕭俛爲右拾遺、沈傳師爲校書郞。

杜佑拜司徒，仍同平章事。

八　月：李吉甫爲中書舍人。

十一月：同中書門下平章事鄭餘慶罷爲河南尹。

吐突承璀爲左神策中尉。

元和二年（西元八〇七年）

正　月：以中書舍人、翰林學士李吉甫爲中書侍郞同平章事。

十一月：白居易作樂府詩百篇召爲翰林學士。

元和三年（西元八〇八年）

四　月：上策試賢良方正直言，牛僧孺、皇甫湜、李宗閔指陳時政之失，李吉甫擯不用，黨爭伏根於此。

五　月：白居易除左拾遺。上疏爲牛等申辯。

九　月：裴垍由戶部侍郎守中書門下平章事。

李吉甫出爲檢校兵部尙書兼中書侍郎同平章事淮南節度使。

元和四年（西元八〇九年）

十　月：竇羣爲湖南觀察使，李吉甫劾其陰事，改爲黔中觀察使。

元和五年（西元八一〇年）

十　月：白居易上疏諫吐突承璀不得爲都統。李絳極言宦官驕橫。

三　月：元稹宿敷水驛，內官劉士元（一作仇士良）後至爭廳，以箠擊傷稹面，稹貶江陵士曹。（舊唐書作二月今依羅聯添白香年譜考辯）

牛僧孺或於此年與辛氏成婚（據朱桂牛僧孺研究）

元和六年（西元八一一年）

正　月：李吉甫拜中書侍郎同中書門下平章事。

四　月：白居易丁母陳太夫人喪，退居渭上。

元和七年（西元八一二年）

溫庭筠生

李商隱生（依張爾田考定）

三　月：李絳、李吉甫爲「人臣是否當強諫」事爭辯於廷，吉甫失色退。

元和八年（西元八一三年）

正　月：李吉甫李絳數爭論上前。

十　月：李絳論朋黨事。

元和九年（西元八一四年）

二　月：李絳罷禮部尙書。

吐突承璀復爲左神策中尉。

十　月：李吉甫卒。

刑部員外郎令狐楚知制誥。

十一月：裴度爲御史中丞。

令狐楚爲翰林學士。

十二月：韋貫之同中書門下平章事。

此年牛僧孺或爲監察御史，丁太夫人憂，居家守制。

元和十年（西元八一五年）

三　月：坐王叔文黨，劉禹錫爲播州刺史，御史中丞裴度上疏以禹錫母老，改刺連州。

六　月：李師道遣刺客殺宰相武元衡，裴度傷首。白居易首上疏，急請捕盜，以非諫官，爲人所惡，並誣以其母墮井死而居易猶爲「賞花」、「新井」詩，甚傷名教，貶江州司馬。

元和十一年（西元八一六年）

正　月：張弘靖罷相，鎭太原，辟李德裕掌書記。

二　月：李逢吉同中書門下平章事。

四　月：司農卿皇甫鎛以兼中丞權判支度。

八　月：韋貫之爲左補闕張宿誣爲朋黨，罷相爲吏部侍郎。

元和十二年（西元八一七年）

七　月：裴度守門下侍郎同平章事彰義節度淮西宣慰處置使，出征吳元濟，奏李宗閔為彰義軍觀察判官，韓愈為行軍司馬判官書記。

九　月：李逢吉又與裴度異議，上方倚度以平蔡，罷逢吉為劍南東川節度使。

元和十三年（西元八一八年）

三　月：李夷簡（宗閔兄）由守御史大夫改守門下侍郎同中書門下平章事。

七　月：李夷簡罷。

九　月：皇甫鎛、程异同中書門下平章事。

十二月：白居易量移忠州刺史，白行簡隨往。

元和十四年（西元八一九年）

正　月：中使迎佛骨至京師，刑部侍郎韓愈上表切諫貶潮州刺史。

三　月：白居易、元稹會於峽口，行簡從行。

四　月：裴度在相位，知無不言，皇甫鎛黨陰擠之，出為河東節度使。

七　月：令狐楚與皇甫鎛同年進士，故鎛引楚同中書門下平章事。

元和十五年（西元八二〇年）

正　月：內官陳弘志弒上、憲宗崩。王守澄等共立太子殺吐突承璀。皇甫鎛貶崖州司戶。

五　月：元稹為祠部郎中知制誥。監察御史李德裕、右拾遺李紳為翰林學士。

七　月：令狐楚罷相，為宣歙觀察使。

九　月：駕部郎中知制誥李宗閔為中書舍人。

十二月：牛僧孺爲御史中丞。

皇甫鎛卒。

白居易爲主客郎中知制誥。

穆宗長慶元年（西元八二一年）

正　月：李德裕以考功郎中知制誥，翰林學士。

三　月：楊汝士、錢徽掌貢舉。段文昌、李紳、李德裕、元稹言於上，以禮部不公。白居易、王起覆試。

四　月：貶李宗閔劍州刺史、楊汝士開江令。從此德裕、宗閔各分朋黨，更相傾軋垂四十年。

十　月：白居易轉中書舍人。

長慶二年（西元八二二年）

二　月：李德裕爲中書舍人。

元稹以工部侍郎同平章事。

李德裕爲御史中丞。

李紳爲中書舍人。

三　月：李逢吉自襄陽入朝，乃密賂織人搆成于方獄。

六　月：裴度、元稹罷相。李逢吉爲門下侍郎同平章事。

七　月：白居易出爲杭州刺史。

九　月：李德裕爲潤州刺史、兼御史大夫浙西觀察使。

十月：路隨、韋處厚修撰憲宗實錄。

長慶三年（西元八二三年）

三　月：牛僧孺爲中書侍郎同中書門下平章事。

十　月：京兆尹韓愈與御史中丞李紳不協，愈爲吏部侍郎、紳爲戶部侍郎。（今依穆宗本紀）

長慶四年（西元八二四年）

二　月：李紳受逢吉之謗，貶端州司馬，嚴鼐貶信州刺史、蔣防貶汀州刺史。

四　月：李逢吉封涼國公。牛僧孺封奇章縣。

十　月：李宗閔權知兵部侍郎。

十二月：宰相牛僧孺進封奇章郡公。

韓愈卒。

敬宗寶曆元年（西元八二五年）

正　月：牛僧孺罷相，出爲武宣節度使。

二　月：李德裕獻丹扆六箴。

三　月：白居易除蘇州刺史。

寶曆二年（西元八二六年）

二　月：裴度復相。

十一月：李逢吉罷相，出爲山南東道節度使。

冬（不詳何月）：白行簡卒。

文宗太和元年（西元八二六年）

正　月：李益以禮部尚書致仕。

三　月：白居易爲秘書監。

太和二年（西元八二八年）

二　月：白居易爲刑部侍郎（依文宗本紀）。

三　月：杜牧舉賢良方正科。

十一月：宰相韋處厚卒，路隨爲中書侍郎同中書門下平章事。

太和三年（西元八二九年）

八　月：李德裕召爲兵部侍郎，裴度欲薦爲相，而李宗閔得中人之助同中書門下平章事。出李德裕爲義成節度使。

太和四年（西元八三〇年）

正　月：牛僧孺入朝，宗閔薦爲兵部尙書同平章事。

十　月：李德裕爲西川節度使。

十二月：白居易爲河南尹。

太和五年（西元八三一年）

正　月：上與宋申錫謀誅宦官，宋引吏部侍郎王璠爲京兆尹，璠泄其謀，鄭注、王守澄知之，牛僧孺爲宋辯護。

八　月：元稹卒。

九　月：吐蕃將悉怛謀以維州來降，牛僧孺建議不受詔，李德裕歸其人其地於吐蕃，皆殺之。德裕怨牛。

太和六年（西元八三二年）

十二月：同中書門下平章事牛僧孺出爲檢校左僕射同平章事淮南節度使。西川節度使李德裕爲兵部尙書，上注意甚厚且夕爲相，宗閔百方沮之。

太和七年（西元八三三年）

二　月：李德裕守兵部尙書同中書門下平章事。上與之論朋黨。德裕因得以排所不悅者。

三　月：楊虞卿貶常州刺史、張元夫貶汝州刺史。

四　月：白居易以病免河南尹復授太子賓客分司。

六　月：李宗閔罷相，出爲檢校禮部尚書同平章事興元節度使。

七　月：李德裕請依楊綰議，進士試議論，不試詩賦。

九　月：鄭注幾被殺。

十二月：鄭注復得寵。

太和八年（西元八三四年）

六　月：李逢吉思復入相，引李仲言（訓）與鄭注善，以王守澄薦仲言於上。

九　月：復召李宗閔於興元。

十　月：李宗閔守中書侍郎同中書門下平章事。
　　出李德裕爲興元節度使。
　　貢院奏進士復試詩賦。

太和九年（西元八三五年）

正　月：李逢吉卒。

三　月：王璠、李漢進狀論李德裕厚賂仲陽結託漳王圖謀不軌，路隨辯之。

四　月：楊虞卿爲京兆尹。

五　月：京城訛言，鄭注爲上合金丹，須小兒心肝，民間驚恐，以此語出京兆尹楊虞卿家人。

六　月：楊虞卿貶明州：李宗閔等坐救，貶宗閔明州刺史、李漢汾州刺史、蕭澣遂州刺史。

十　月：白居易爲同州刺史。
　　王守澄被殺。

十一月：宰相鄭注謀誅宦官不克皆死。

鄭覃、李石爲相。

開成元年（西元八三六年）
三　月：李德裕以袁州長史爲滁州刺史。
四　月：李宗閔以潮州司戶爲衡州司馬。
李紳爲河南尹。

開成二年（西元八三七年）
四　月：陳夷行同中書門下平章事。
五　月：李德裕檢校戶部尚書、充淮南節度使。
十一月：令狐楚卒。
是年高鍇爲禮部侍郎知貢擧、李商隱及第。

開成三年（西元八三八年）
正　月：楊嗣復以戶部尚書同中書門下平章事。
李宗閔爲杭州刺史。
九　月：以東都留守牛僧孺爲尚書左僕射。

開成四年（西元八三九年）
三　月：裴度卒。
四　月：李德裕加檢校尚書左僕射。
五　月：鄭覃罷相爲左僕射、陳夷行罷相爲吏部侍郎。
八　月：牛僧孺復檢校司空兼平章事、襄州刺史、山南東道節度使。
十二月：李宗閔爲太子賓客分司東都。

開成五年（西元八四〇年）

五　月：楊嗣復罷相，守吏部尚書。

七　月：召李德裕於淮南。

九　月：李德裕爲吏部尚書兼門下侍郎同中書門下平章事。入謝言朋黨。

武宗會昌元年（西元八四一年）

二　月：以淮南節度使李紳爲中書侍郎同平章事。

三　月：楊嗣復爲湖州刺史。李珏瑞州司馬。

李德裕進位司空。

九　月：牛僧孺爲太子太師。

十二月：李德裕奏改修憲宗實錄，所載吉甫不善之迹，鄭亞希旨削之。

會昌二年（西元八四二年）

正　月：右散騎常侍柳公權素與德裕善。崔珙奏爲集賢學士判院事。德裕以恩非己出，因事左遷公權爲太子詹事。

二　月：李紳由檢校右僕射淮南節度使爲中書侍郎同中書門下平章事。

九　月：上聞太子少傅白居易名，欲相之。李德裕以居易衰病，以敏中爲翰林學士。

會昌三年（西元八四三年）

四　月：劉從諫卒，子稹自爲留後。

杜牧爲黃州刺史上李德裕書言兵事。

會昌四年（西元八四四年）

五　月：李德裕言太子賓客分司李宗閔與劉從諫交通不宜置東都，出爲湖州刺史。

七　月：李紳出爲檢校右僕射同平章事淮南節度使。
九　月：李德裕怨牛僧孺、李宗閔，於潞州求僧孺與宗閔與從諫交通書疏，無所得。貶僧孺汀州刺史、宗閔漳州長史。
十一月：貶牛僧孺循州長史，李宗閔長流封州。

會昌五年（西元八四五年）
正　月：淮南節度使李紳按江都令吳湘盜用程糧錢、強娶所部女，處湘死罪。
二　月：李德裕以柳仲郢爲京兆尹。
十　月：李德裕秉政日久，好徇愛憎，人多怨之，上亦不悅。

會昌六年（西元八四六年）
四　月：李德裕罷相，出爲檢校司徒同平章事荆南節度使。
五　月：白敏中以翰林學士承旨兵部侍郎本官同中書門下平章事。
七　月：淮南節度使李紳卒。
八　月：白居易卒。循州司馬牛僧孺爲衡州長史。李宗閔爲郴州司馬。尋卒。
十　月：以荆南節度使李德裕爲東都留守。

宣宗大中元年（西元八四七年）
二　月：以東都留守李德裕爲太子少保分司東都。桂管觀察使楊漢公遷浙東觀察使。給事中鄭亞爲桂州刺史。
六　月：令狐綯爲考功郎中，知制誥。
十二月：李德裕貶潮州司馬。

大中二年（西元八四八年）

正　月：白敏中兼刑部尚書。

李回左遷湖南觀察，鄭亞貶循州刺史。皆坐不能直吳湘憲。

二　月：令狐綯充翰林學士。

九　月：李德裕貶崖州司戶。

十　月：牛僧孺卒。

大中三年（西元八四九年）

正　月：李德裕達珠崖郡。

五　月：葬太尉牛僧孺。

十二月：李德裕卒。

# 附錄二 牛李黨爭有關人物年里科第表

| 及第年代 | 制科 | 人名 | 籍貫 | 黨籍 | 備考 |
|---|---|---|---|---|---|
| 大曆三年 | 進士 | 李益 | 隴西 | 牛 | 逢吉從兄弟 |
| | 茂才 | 韋夏卿 | | 李 | 韋瓘伯父 |
| 大曆六年 | 諷諫 | 李益 | | | |
| | 進士 | 楊於陵 | 華陰 | 牛 | 嗣復父 |
| 大曆七年 | 博學 | 楊於陵 | | | |
| 貞元元年 | 進士 | 錢徽 | 吳興 | | |
| | 賢良 | 錢徽 | | | |
| 貞元二年 | 進士 | 李夷簡 | 隴西 | | 一宗閔兄 |
| 貞元五年 | 進士 | 裴度 | 聞喜 | 李 | |
| 貞元七年 | 進士 | 令狐楚 | 敦煌 | 牛 | |
| | | 蕭俛 | | 牛 | |
| | | 皇甫鎛 | 安定 | 牛 | |
| 貞元八年 | 進士 | 王涯 | 太原 | 牛 | |
| | | 韓愈 | 南陽 | | |
| | | 李絳 | 贊皇 | | |
| | | 崔羣 | 清河 | 李 | 鎛惡之 |
| | 博學 | 裴度 | | | |
| 貞元九年 | 進士 | 柳宗元 | 河東 | | |
| | | 劉禹錫 | 彭城 | | |
| | | 武儒衡 | 太原 | | |
| | 明經 | 元稹 | 河南 | 李 | |
| 貞元十年 | 進士 | 李逢吉 | 隴西 | 牛 | |
| | | 王播 | | 牛 | |
| | 賢良 | 裴垍 | 河東 | 牛 | |
| | | 王播 | | | |
| | | 裴度 | | | |
| | | 崔羣 | | | |
| | | 皇甫鎛 | | | |

| 年代 | 科目 | 姓名 | 籍貫 | 黨派 | 備註 |
|---|---|---|---|---|---|
| 貞元十二年 | 博學 | 柳宗元 | | | |
| 貞元十四年 | 進士 | 王起 | 太原 | 牛 | |
| 貞元十六年 | 進士 | 白居易 | 太原 | 牛 | |
| | | 杜元穎 | 杜陵 | | |
| 貞元十八年 | 博學 | 王涯 | 太原 | 牛 | 吉甫怒之 |
| 貞元十九年 | 進士 | 賈餗 | 河南 | 李 | |
| | 博學 | 王起 | | | |
| | 拔萃 | 白居易 | | | |
| | | 元稹 | | | |
| 貞元廿一年 | 進士 | 李宗閔 | 隴西 | 牛 | |
| | | 牛僧孺 | 隴西 | 牛 | |
| | | 楊嗣復 | 華陰 | 牛 | |
| | | 杜元穎 | | | |
| 元和元年 | 進士 | 皇甫湜 | 睦州 | 牛 | |
| | | 李紳 | 山東 | 李 | |
| | | 韋處厚 | 京兆 | | |
| | 博學 | 杜元穎 | | | |
| | 才識 | 元稹 | | | |
| | | 韋處厚 | | | |
| | | 白居易 | | | |
| | | 蕭俛 | | | |
| 元和二年 | 進士 | 白行簡 | 太原 | 牛 | 居易弟 |
| 元和三年 | 進士 | 柳公權 | 華原 | | |
| | 博學 | 柳公權 | | | |
| | 賢良 | 牛僧孺 | | | |
| | | 皇甫湜 | | | |
| | | 李宗閔 | | | |
| | | 賈餗 | | | |
| | | 王起 | | | |
| 元和四年 | 進士 | 楊汝士 | | 牛 | |
| 元和五年 | 進士 | 王璠 | | | |
| | | 楊虞卿 | 弘農 | 牛 | |
| 元和六年 | 進士 | 王質 | 太原 | 李 | |
| | | 盧簡辭 | 范陽 | 李 | |
| 元和 | 進士 | 李固言 | 趙郡 | 牛 | |
| | | 李漢 | | 牛 | |

| 年代 | 科目 | 姓名 | 郡望 | 黨派 | 備註 |
|---|---|---|---|---|---|
| 七年 | | 陳夷行 | 潁川 | 李 | |
| | | 李珏 | 趙郡 | 牛 | |
| 元和八年 | 進士 | 舒元輿 | 江州 | | |
| | | 楊漢公 | 弘農 | 牛 | 虞卿弟 |
| 元和九年 | 進士 | 張又新 | 深州 | 牛 | |
| 元和十年 | 進士 | 封敖 | 渤海 | | |
| | | 麗嚴 | 壽春 | 李 | |
| 元和十一年 | 茂才 | 杜元潁 | | | |
| 元和十二年 | 博學 | 張又新 | | | |
| 元和十三年 | 進士 | 李石 | 隴西 | | |
| | | 柳仲郢 | | | |
| | | 劉軻 | 曲江 | 李 | |
| 元和十四年 | 進士 | 李讓夷 | 隴西 | 李 | |
| 元和十五年 | 進士 | 鄭亞 | 滎陽 | 李 | |
| | | 李中敏 | 隴西 | 牛 | |
| 長慶元年 | 進士 | | | | 黨人多覆試 |
| | 賢良 | 麗嚴 | | | 落第 |

| 年代 | 科目 | 姓名 | 郡望 | 黨派 | 備註 |
|---|---|---|---|---|---|
| 長慶二年 | 進士 | 白敏中 | 太原 | 牛 | |
| | | 周墀 | 汝南 | 牛 | |
| 長慶三年 | 進士 | 李訓 | | | |
| 長慶四年 | 進士 | 李甘 | | | |
| 太和元年 | 進士 | 崔鉉 | | 牛 | |
| 太和二年 | 進士 | 杜牧 | 京兆 | 牛 | |
| | 賢良 | 李甘 | | | |
| | | 杜牧 | | | |
| | | 鄭亞 | | | |
| 太和四年 | 進士 | 令狐綯 | 敦煌 | 牛 | |
| 開成二年 | 進士 | 李商隱 | 河內 | | |
| 會昌二年 | 進士 | 鄭畋 | 滎陽 | 李 | |
| | 拔萃 | 鄭畋 | | | |
| 不詳 | 進士 | 韋瓘 | (注) | 李 | |
| 未及第 | | 李德裕 | 趙郡 | 李 | |
| | | 鄭覃 | 滎陽 | 李 | |
| | | 王茂元 | 濮州 | 李 | |

(注)：當時韋瓘有二，一於元和四年及第者，另有其人。參本論文五三〇頁注十六。

# 參考資料舉要


㈠詩文總集、別集與相關論著

全唐文　清董浩等　中文出版社

唐文粹　宋姚鉉　世界書局

全唐詩　清彭定求等　文史哲出版社

全唐詩稿本　清錢謙益、季振宜輯　聯經出版社

唐詩人李益的生平　容肇祖　嶺南學報二卷一期

韓昌黎集　唐韓愈　商務四庫珍本

韓昌黎全集　唐韓愈　中華書局

韓昌黎文集校注四種　清馬其昶注　世界書局

韓昌黎詩繫年集釋　錢仲聯集釋　世界書局

韓愈年譜　馬曰璐　商務印書館

韓文公年譜　馬起華　商務印書館

韓愈與元白關係　蛻園　中華藝林叢書　文馨出版社

韓愈與廣東　冼玉清　同上

韓愈　羅聯添　河洛圖書出版社

韓愈研究　羅聯添　學生書局

劉夢得文集　唐劉禹錫　商務四部叢刊

劉賓客集　唐劉禹錫　中華書局

從劉禹錫、柳宗元談到李白　章木　中華藝林叢書　文馨出版社

劉禹錫　劉宗烈　中國文學史論集　中華文化出版事業社

劉禹錫年譜　劉達人　商務印書館

劉禹錫年譜　羅聯添　臺大文史哲學報八期

劉禹錫與令狐楚卞孝萱　中華文史論叢第一輯

白氏長慶集　唐白居易　商務四部叢刊

白香山詩集四種　唐白居易　世界書局

附白香山年譜舊本一卷　宋　陳振孫

附白香山年譜一卷　清　汪立名

白樂天之先祖及後嗣　陳寅恪　陳寅恪全集（不著出版者）

白樂天之思想行爲與佛道之關係　同上

白居易與劉夢得之詩　同上

白香山集外　袁白　中華藝林叢書　文馨出版社

朱紱、紫綬、紫衣——談白居易詩的幾個誤注　朱金城　同上

白居易研究　（不詳）　粹文堂

白居易的私生活　費海璣　大陸雜誌十六卷三期

白居易的政治經濟及宗教生活　同上　大陸雜誌十七卷十一期

白居易　秦少儀　中國文學史論集　中華文化出版事業社

武元衡之死與白居易之貶　葉慶炳　出版月刊廿五期

兩唐書白居易傳考辨　葉慶炳　淡江學報六期
白香山年譜考辨　羅聯添　大陸雜誌卅一卷三期
白居易作品繫年　羅聯添　大陸雜誌卅八卷三期
讀白居易秦中吟　羅聯添　思與言五卷四期
白居易　邱燮友　河洛出版社
白居易評傳　劉維崇　商務印書館
元氏長慶集　唐元稹　商務四部叢刊
微之年譜　汪辟疆　唐人小說本　河洛出版社
連昌宮詞　陳寅恪　陳寅恪全集（不著出版者）
艷詩及悼亡詩　同上
元稹世系　岑仲勉　唐集質疑　九里出版社
元稹　張秀亞　中國文學史論集　中華文化事業出版社
唐元微之稹先生年譜　張達人　商務印書館
元稹評傳　劉維崇　黎明文化事業公司
牛僧孺研究　朱桂　正中書局
李衞公會昌一品集　唐李德裕　藝文印書館
李德裕貶死年月及歸葬傳說考辨　陳寅恪　陳寅恪全集（不著出版者）
姚合、李德裕及其系屬　岑仲勉　唐集質疑　九思出版社
李德裕研究　湯承業　嘉新文化基金會
樊川文集（附詩）　唐杜牧　九思出版社

樊川詩集注　清馮集梧注　中華書局
杜牧　劉象山　中國文學史論集　中華文化出版事業社
杜牧交遊考　王先漢　政大中華學苑六期
杜牧之年譜　張再富　政大中華學苑七期
杜牧研究　謝錦桂毓　商務印書館
杜牧　顏崑陽　河洛出版社
杜牧研究資料彙編　譚黎宗慕　藝文印書館
樊南文集詳注　唐李商隱　清馮浩注　中華書局
玉谿生詩箋注　清馮浩　中華書局
玉谿生詩年譜會箋　張爾田　中華書局
李商隱詩新詮　朱偰　近代文史論文類輯　學生書局
李義山與劉禹錫的關係　倚清　中華藝林叢書　文馨出版社
玉谿詩謎（李義山戀愛事迹考）　蘇雪林　商務印書館
李商隱　祝秀俠　中國文學史論集　中華文化出版事業社
環繞李義山錦瑟詩的諸問題　徐復觀　中國文學論集　學生書局
李商隱評傳　劉維崇　黎明文化事業公司
滄海月明珠有淚（李商隱詩賞析）　顏崑陽　偉文圖書公司
溫飛卿集箋注　唐溫庭筠　明曾益箋注　清顧予咸輯補　中華書局
溫飛卿繫年　夏瞿禪　世界書局
新舊唐書溫庭筠傳訂補　顧學頡　國文月刊　泰順書局

溫庭筠「感舊陳情五十韻獻淮南李僕射詩」舊注辨誤　顧學頡　國文月刊　泰順書局
溫庭筠　盛成　中國文學史論集　中華文化出版事業社
讀溫飛卿詩集書後　溫廷敬　國立中山大學文史學研究所月刊三卷一期　古亭書屋
溫庭筠的行誼及人生觀　費海璣　幼獅月刊廿六卷四期
溫庭筠詞概說　葉嘉瑩　淡江學報一期
溫庭筠詩集研注　張翠寶　師大碩士論文

㈡文學史及論文

中國文學發展史　劉大杰　華正書局
插圖本中國文學史（不著撰者）　明倫出版社
中國詩史　陸侃如、馮沅君　明倫出版社
中國文學史　葉慶炳　弘道圖書公司
中國歷代故事詩　邱燮友　三民書局
唐代士風與文學　臺靜農　臺大文史哲學報十八期

㈢筆記、小說、詩話及論文

唐人小說　汪辟疆　河洛出版社
唐人小說研究　劉開榮　商務印書館
唐人小說研究（一——三集）　王夢鷗　藝文印書館
霍小玉傳之作者及故事背景
周秦行紀與周秦行紀論之作者問題
李娃傳之來歷及其寫成年代

霍小玉傳之作者及其寫作動機　同上　政大學報十九期
牛羊日曆及其相關作品與作家辨　同上　史語所集刊四七本
莫爲古人睡眠擔心——有關唐人說書問題　同上　聯合報副刊七十年八月十一日
一枝花話　張政烺　史語所集刊二十本下
唐人小說敍錄　王國良　政大碩士論文
次柳氏紀聞　唐李德裕　藝文寶顏堂秘笈本
唐國史補　唐李肇　藝文學津討源本
幽閒鼓吹　唐張固　藝文顏氏文房本
因話錄　唐趙璘　藝文稗海本
雲溪友議　唐范攄　藝文稗海本
杜陽雜編　唐蘇鶚　藝文學津討源本
尙書故實　唐李綽　藝文寶顏堂秘笈本
牛羊日曆　唐劉軻　藕香零拾　藝文印書館
玉泉子（不詳）　藝文稗海本
獨異志　唐李亢　藝文稗海本
宣室志　唐張讀　藝文稗海本
雲仙雜記　唐馮贄　藝文唐宋叢書本
唐摭言　五代王定保　藝文學津討源本
賈氏談錄　宋張洎　藝文守山閣叢書本
北夢瑣言　宋孫光憲　藝文稗海本

南部新書　宋錢易　藝文粤雅堂叢書本
唐語林　宋王讜　藝文惜陰堂叢書本
唐詩紀事　宋計有功　鼎文書局
容齋隨筆　宋洪邁　藝文史學叢書本
太平廣記　宋李昉等　新興書局
筆記小說大觀初編至廿編　新興書局

㈣正史及其補證

舊唐書　五代劉昫　藝文印書館
新唐書宋宋祁、歐陽修　藝文印書館
新舊唐書互證　清趙紹祖　藝文史學叢書本
新五代史　宋歐陽修　藝文印書館
宋史　元托克托　藝文印書館
明史　清張廷玉　藝文印書館
二十二史劄記　清趙翼　世界書局
二十二史考異　清錢大昕　樂天出版社
隋唐五代史　呂思勉　九思出版社
資治通鑑　宋司馬光　世界書局
通鑑紀事本末　宋袁樞　九思出版社

㈤通史及專史

唐鑑　宋范祖禹　商務印書館

國史論衡　鄺士元　里仁出版社
中國通史　傅樂成　大中國圖書公司
唐代政治述論稿　陳寅恪　商務印書館
唐代政教史　劉伯驥　中華書局
唐代政制史　楊樹藩　正中書局
中國婦女生活史　陳東源　河洛出版社
中國文化史　陳登原　世界書局
中國史學史　金毓黻　洪氏出版社

㈥史料、類書、輿地及相關論文

通典　唐杜佑　新興書局
東觀奏記　唐裴庭裕　藝文稗海本
唐律疏議　唐長孫無忌　商務印書館
唐會要　宋王溥　世界書局
唐史論斷　宋孫甫　藝文粵雅堂叢書本
藝文類聚　唐歐陽詢　新興書局
文苑英華　宋李昉　新興書局
太平御覽　宋李昉　新興書局
唐才子傳　元辛文房　世界書局
讀史方輿紀要　清顧祖禹
登科記考　清徐松　鷩聲圖書出版公司

四庫全書總目　清紀昀　藝文印書館
歷代黨鑑　清徐賓　廣文書局
日知錄集釋　清顧炎武撰　黃汝成集釋　世界書局
元祐黨案表　宋元學案　藝文印書館
慶元黨案表　同上
唐人行第錄　岑仲勉　九思出版社
僞書通考　張心澂　明倫出版社
中古門第論集　何啓民　學生書局
實錄考　趙士煒遺著　輔仁學誌五卷一、二期
牛李黨爭始因質疑　馮承基　臺大文史哲學報八期
由文化階層看李唐朋黨閹寺與藩鎭　馮承基　思與言五卷四期
唐代的科舉制度與士風　李樹桐　唐史新論　中華書局
品行與漢唐宋明的朋黨　雷飛龍　中國歷代政治理論　商務印書館
唐代之進士科　卓遵宏　淡江學報十四期
唐代進士風氣浮薄之成因及影響　卓遵宏　淡江學報十五期
歷代名人年里碑傳總表　姜亮夫　商務印書館
唐代文學論著集目　羅聯添　學生書局

# 滄海叢刊已刊行書目（六）

| 書名 | 作者 | 類別 |
|---|---|---|
| 中國文學鑑賞舉隅 | 黃慶萱、許家鸞 | 中國文學 |
| 唐代黨爭與文學的關係 | 傅錫壬 | 中國文學 |
| 浮士德研究 | 李辰冬譯 | 西洋文學 |
| 蘇忍尼辛選集 | 劉安雲譯 | 西洋文學 |
| 文學欣賞的靈魂 | 劉述先 | 西洋文學 |
| 西洋兒童文學史 | 葉詠琍 | 西洋文學 |
| 現代藝術哲學 | 孫旗譯 | 藝術 |
| 音樂人生 | 黃友棣 | 音樂 |
| 音樂與我 | 趙琴 | 音樂 |
| 音樂伴我遊 | 趙琴 | 音樂 |
| 爐邊閒話 | 李抱忱 | 音樂 |
| 琴臺碎語 | 黃友棣 | 音樂 |
| 音樂隨筆 | 趙琴 | 音樂 |
| 樂林蓽露 | 黃友棣 | 音樂 |
| 樂谷鳴泉 | 黃友棣 | 音樂 |
| 樂韻飄香 | 黃友棣 | 音樂 |
| 水彩技巧與創作 | 劉其偉 | 美術 |
| 繪畫隨筆 | 陳景容 | 美術 |
| 素描的技法 | 陳景容 | 美術 |
| 人體工學與安全 | 劉其偉 | 美術 |
| 立體造形基本設計 | 張長傑 | 美術 |
| 工藝材料 | 李鈞棫 | 美術 |
| 石膏工藝 | 李鈞棫 | 美術 |
| 裝飾工藝 | 張長傑 | 美術 |
| 都市計劃概論 | 王紀鯤 | 建築 |
| 建築設計方法 | 陳政雄 | 建築 |
| 建築基本畫 | 陳榮美、楊麗黛 | 建築 |
| 中國的建築藝術 | 張紹載 | 建築 |
| 室內環境設計 | 李琬琬 | 建築 |
| 現代工藝概論 | 張長傑 | 雕刻 |
| 藤竹工 | 張長傑 | 雕刻 |
| 戲劇藝術之發展及其原理 | 趙如琳 | 戲劇 |
| 戲劇編寫法 | 方寸 | 戲劇 |

# 滄海叢刊已刊行書目 (五)

| 書名 | 作者 | 類別 |
|---|---|---|
| 孤寂中的廻響 | 洛夫 | 文學 |
| 火天使 | 趙衛民 | 文學 |
| 無塵的鏡子 | 張默 | 文學 |
| 大漢心聲 | 張起鈞 | 文學 |
| 回首叫雲飛起 | 羊令野 | 文學 |
| 文學邊緣 | 周玉山 | 文學 |
| 大陸文藝新探 | 周玉山 | 文學 |
| 累廬聲氣集 | 姜超嶽 | 文學 |
| 實用文纂 | 姜超嶽 | 文學 |
| 林下生涯 | 姜超嶽 | 文學 |
| 材與不材之間 | 王邦雄 | 文學 |
| 人生小語 | 何秀煌 | 文學 |
| 印度文學歷代名著選(上)(下) | 糜文開 | 文學 |
| 比較詩學 | 葉維廉 | 比較文學 |
| 結構主義與中國文學 | 周英雄 | 比較文學 |
| 主題學研究論文集 | 陳鵬翔主編 | 比較文學 |
| 中國小說比較研究 | 侯健 | 比較文學 |
| 現象學與文學批評 | 鄭樹森譯編 | 比較文學 |
| 韓非子析論 | 謝雲飛 | 中國文學 |
| 陶淵明評論 | 李辰冬 | 中國文學 |
| 中國文學論叢 | 錢穆 | 中國文學 |
| 文學新論 | 李辰冬 | 中國文學 |
| 分析文學 | 陳啓佑 | 中國文學 |
| 離騷九歌九章淺釋 | 繆天華 | 中國文學 |
| 苕華詞與人間詞話述評 | 王宗樂 | 中國文學 |
| 杜甫作品繫年 | 李辰冬 | 中國文學 |
| 元曲六大家 | 應裕康<br>王忠林 | 中國文學 |
| 詩經研讀指導 | 裴普賢 | 中國文學 |
| 莊子及其文學 | 黃錦鋐 | 中國文學 |
| 歐陽修詩本義研究 | 裴普賢 | 中國文學 |
| 清真詞研究 | 王支洪 | 中國文學 |
| 宋儒風範 | 董金裕 | 中國文學 |
| 紅樓夢的文學價值 | 羅盤 | 中國文學 |

# 滄海叢刊已刊行書目 (四)

| 書名 | 作者 | 類別 |
|---|---|---|
| 知識之劍 | 陳鼎環 | 文學 |
| 野草詞 | 韋瀚章 | 文學 |
| 現代散文欣賞 | 鄭明娳 | 文學 |
| 現代文學評論 | 亞菁 | 文學 |
| 當代台灣作家論 | 何欣 | 文學 |
| 藍天白雲集 | 梁容若 | 文學 |
| 思齊集 | 鄭彥棻 | 文學 |
| 寫作是藝術 | 張秀亞 | 文學 |
| 孟武自選文集 | 薩孟武 | 文學 |
| 歷史圈外 | 朱桂 | 文學 |
| 小說創作論 | 羅盤 | 文學 |
| 往日旋律 | 幼柏 | 文學 |
| 現實的探索 | 陳銘磻編 | 文學 |
| 金排附 | 鍾延豪 | 文學 |
| 放鷹 | 吳錦發 | 文學 |
| 黃巢殺人八百萬 | 宋澤萊 | 文學 |
| 燈下燈 | 蕭蕭 | 文學 |
| 陽關千唱 | 陳煌 | 文學 |
| 種籽 | 向陽 | 文學 |
| 泥土的香味 | 彭瑞金 | 文學 |
| 無緣廟 | 陳艷秋 | 文學 |
| 鄉事 | 林清玄 | 文學 |
| 余忠雄的春天 | 鍾鐵民 | 文學 |
| 卡薩爾斯之琴 | 葉石濤 | 文學 |
| 青囊夜燈 | 許振江 | 文學 |
| 我永遠年輕 | 唐文標 | 文學 |
| 思想起 | 陌上塵 | 文學 |
| 心酸記 | 李喬 | 文學 |
| 離訣 | 林蒼鬱 | 文學 |
| 孤獨園 | 林蒼鬱 | 文學 |
| 托塔少年 | 林文欽編 | 文學 |
| 北美情逅 | 卜貴美 | 文學 |
| 女兵自傳 | 謝冰瑩 | 文學 |
| 抗戰日記 | 謝冰瑩 | 文學 |
| 給青年朋友的信（上下） | 謝冰瑩 | 文學 |

# 滄海叢刊已刊行書目 (三)

| 書名 | 作者 | 類 | 別 |
|---|---|---|---|
| 憲法論叢 | 鄭彥棻 | 法 | 律 |
| 師友風義 | 鄭彥棻 | 歷 | 史 |
| 黃帝 | 錢穆 | 歷 | 史 |
| 歷史與人物 | 吳相湘 | 歷 | 史 |
| 歷史與文化論叢 | 錢穆 | 歷 | 史 |
| 中國人的故事 | 夏雨人 | 歷 | 史 |
| 老台灣 | 陳冠學 | 歷 | 史 |
| 古史地理論叢 | 錢穆 | 歷 | 史 |
| 我這半生 | 毛振翔 | 歷 | 史 |
| 弘一大師傳 | 陳慧劍 | 傳 | 記 |
| 蘇曼殊大師新傳 | 劉心皇 | 傳 | 記 |
| 孤兒心影錄 | 張國柱 | 傳 | 記 |
| 精忠岳飛傳 | 李安 | 傳 | 記 |
| 師友雜憶<br>八十憶雙親 合刊 | 錢穆 | 傳 | 記 |
| 中國歷史精神 | 錢穆 | 史 | 學 |
| 國史新論 | 錢穆 | 史 | 學 |
| 與西方史家論中國史學 | 杜維運 | 史 | 學 |
| 清代史學與史家 | 杜維運 | 史 | 學 |
| 中國文字學 | 潘重規 | 語 | 言 |
| 中國聲韻學 | 潘重規<br>陳紹棠 | 語 | 言 |
| 文學與音律 | 謝雲飛 | 語 | 言 |
| 還鄉夢的幻滅 | 賴景瑚 | 文 | 學 |
| 葫蘆・再見 | 鄭明娳 | 文 | 學 |
| 大地之歌 | 大地詩社 | 文 | 學 |
| 青春 | 葉蟬貞 | 文 | 學 |
| 比較文學的墾拓在臺灣 | 古添洪<br>陳慧樺 | 文 | 學 |
| 從比較神話到文學 | 古添洪<br>陳慧樺 | 文 | 學 |
| 牧場的情思 | 張媛媛 | 文 | 學 |
| 萍踪憶語 | 賴景瑚 | 文 | 學 |
| 讀書與生活 | 琦君 | 文 | 學 |
| 中西文學關係研究 | 王潤華 | 文 | 學 |
| 文開隨筆 | 糜文開 | 文 | 學 |

# 滄海叢刊已刊行書目㈡

| 書名 | 作者 | 類別 |
|---|---|---|
| 知識、理性與生命 | 孫寶琛 | 中國哲學 |
| 逍遙的莊子 | 吳怡 | 中國哲學 |
| 中國哲學的生命和方法 | 吳怡 | 中國哲學 |
| 希臘哲學趣談 | 鄔昆如 | 西洋哲學 |
| 中世哲學趣談 | 鄔昆如 | 西洋哲學 |
| 近代哲學趣談 | 鄔昆如 | 西洋哲學 |
| 現代哲學趣談 | 鄔昆如 | 西洋哲學 |
| 佛學研究 | 周中一 | 佛學 |
| 佛學論著 | 周中一 | 佛學 |
| 禪話 | 周中一 | 佛學 |
| 天人之際 | 李杏邨 | 佛學 |
| 公案禪語 | 吳怡 | 佛學 |
| 佛教思想新論 | 楊惠南 | 佛學 |
| 禪學講話 | 芝峯法師 | 佛學 |
| 當代佛門人物 | 陳慧劍 | 佛學 |
| 不疑不懼 | 王洪鈞 | 教育 |
| 文化與教育 | 錢穆 | 教育 |
| 教育叢談 | 上官業佑 | 教育 |
| 印度文化十八篇 | 糜文開 | 社會 |
| 清代科舉 | 劉兆璸 | 社會 |
| 世界局勢與中國文化 | 錢穆 | 社會 |
| 國家論 | 薩孟武譯 | 社會 |
| 紅樓夢與中國舊家庭 | 薩孟武 | 社會 |
| 社會學與中國研究 | 蔡文輝 | 社會 |
| 我國社會的變遷與發展 | 朱岑樓主編 | 社會 |
| 開放的多元社會 | 楊國樞 | 社會 |
| 社會、文化和知識份子 | 葉啓政 | 社會 |
| 財經文存 | 王作榮 | 經濟 |
| 財經時論 | 楊道淮 | 經濟 |
| 中國歷代政治得失 | 錢穆 | 政治 |
| 周禮的政治思想 | 周世輔<br>周文湘 | 政治 |
| 儒家政論衍義 | 薩孟武 | 政治 |
| 先秦政治思想史 | 梁啓超原著<br>賈馥茗標點 | 政治 |
| 憲法論集 | 林紀東 | 法律 |

# 滄海叢刊已刊行書目（一）

| 書名 | 作者 | 類別 |
| --- | --- | --- |
| 中國學術思想史論叢（一）（二）（三）（四）（五）（六）（七）（八） | 錢穆 | 國學 |
| 國父道德言論類輯 | 陳立夫 | 國父遺教 |
| 兩漢經學今古文平議 | 錢穆 | 國學 |
| 先秦諸子論叢 | 唐端正 | 國學 |
| 先秦諸子論叢（續篇） | 唐端正 | 國學 |
| 儒學傳統與文化創新 | 黃俊傑 | 國學 |
| 宋代理學三書隨劄 | 錢穆 | 國學 |
| 湖上閒思錄 | 錢穆 | 哲學 |
| 人生十論 | 錢穆 | 哲學 |
| 中國百位哲學家 | 黎建球 | 哲學 |
| 西洋百位哲學家 | 鄔昆如 | 哲學 |
| 比較哲學與文化（一）（二） | 吳森 | 哲學 |
| 文化哲學講錄（一）（二）（三） | 鄔昆如 | 哲學 |
| 哲學淺論 | 張康 | 哲學 |
| 哲學十大問題 | 鄔昆如 | 哲學 |
| 哲學智慧的尋求 | 何秀煌 | 哲學 |
| 哲學的智慧與歷史的聰明 | 何秀煌 | 哲學 |
| 內心悅樂之源泉 | 吳經熊 | 哲學 |
| 愛的哲學 | 蘇昌美 | 哲學 |
| 是與非 | 張身華譯 | 哲學 |
| 語言哲學 | 劉福增 | 哲學 |
| 邏輯與設基法 | 劉福增 | 哲學 |
| 中國管理哲學 | 曾仕强 | 哲學 |
| 老子的哲學 | 王邦雄 | 中國哲學 |
| 孔學漫談 | 余家菊 | 中國哲學 |
| 中庸誠的哲學 | 吳怡 | 中國哲學 |
| 哲學演講錄 | 吳怡 | 中國哲學 |
| 墨家的哲學方法 | 鐘友聯 | 中國哲學 |
| 韓非子的哲學 | 王邦雄 | 中國哲學 |
| 墨家哲學 | 蔡仁厚 | 中國哲學 |